IHRE LETZTE BEICHTE

WEITERE TITEL VON LISA REGAN

DETECTIVE JOSIE QUINN SERIE

Die verlorenen Mädchen

Das Mädchen ohne Namen

Das Grab ihrer Mutter

Ihre letzte Beichte

Ihre begrabenen Geheimnisse

IN ENGLISCHER SPRACHE

DETECTIVE JOSIE QUINN SERIE

Vanishing Girls

The Girl With No Name

Her Mother's Grave

Her Final Confession

The Bones She Buried

Her Silent Cry

Cold Heart Creek

Find Her Alive

Save Her Soul

Breathe Your Last

Hush Little Girl

Her Deadly Touch

IHRE LETZTE BEICHTE

LISA REGAN

Übersetzt von Laura Weber

bookouture

Herausgegeben von Bookouture, 2022
Ein Imprint von Storyfire Ltd.
Carmelite House
50 Victoria Embankment
London EC4Y 0DZ

www.bookouture.com

ISBN: 978-1-80314-466-5
eBook ISBN: 978-1-80314-465-8

*Für Helen Conlen, die mir gezeigt hat, was es bedeutet,
außergewöhnlich zu sein.*

1

JUNI 1992

Billy verließ das Geschäft mit einer Tüte um das Handgelenk, in der sich zwei Becher Minz-Schokosplitter-Eis befanden, und hielt kurz an, um sich eine Zigarette anzuzünden. Er zog den Rauch tief ein und schaute auf die Uhr. Er könnte zwei Zigaretten rauchen und immer noch pünktlich zum Abendessen zu Hause sein. Seine Frau mochte es nicht, wenn er rauchte.

Aus dem Augenwinkel sah er eine alte Dame, die in Richtung ihres Kleinbusses lief. Ihm fiel auf, wie ihr silbernes Haar in der Sonne leuchtete, als sie über den Parkplatz stolperte. Er beobachtete, wie sie eine ganze Runde drehte, bevor sie nach ihren Schlüsseln suchte. Vielleicht ging es ihr ja nicht gut, vielleicht war sie betrunken. Vielleicht aber war sie bloß alt oder verrückt oder beides zusammen. Als sie dann in den Bus gestiegen war und ihn angelassen hatte, wanderte sein Blick weiter. Das Rattern eines Motorradmotors lenkte ihn ab.

Er konnte sein Glück kaum fassen, als Lincoln Shore mit

lautem Getöse bis vor das Geschäft fuhr und dort sein Motorrad parkte. Selbst gesetzlose Biker mussten essen, führte er sich vor Augen. In Wahrheit wusste Billy bereits, dass Linc diesen Supermarkt und auch ein paar andere Orte in der Gegend häufig aufsuchte – und er hatte gehofft, ihm zu begegnen. Mehrere Mitglieder der Devil's-Blade-Gang kannten ihn bereits gut, aber Lincs Aufmerksamkeit fehlte ihm noch. Billy zündete sich die zweite Zigarette am Ende der ersten an und ließ den Stummel auf den Boden fallen, als Linc vom Motorrad stieg. Sein durchdringender Blick blieb an Billy haften. Dann hörte er die Reibeisenstimme: »Du bist dieser Hangaround, oder? Der in letzter Zeit hier viel in der Bar gehockt hat?«

»Ja«, antwortete Billy. »Ich ...«, aber seine Worte gingen im Lärm von etwas unter, das sein Gehirn im ersten Moment nicht verarbeiten konnte. Ein Luftwirbel, Reifenquietschen, das Kreischen von Metall an Metall und das Aufheulen eines Motors, der bis an seine Grenzen getrieben wurde.

Er hatte bloß den Bruchteil einer Sekunde, um zu reagieren, und sein Instinkt leitete ihn nun. Aus dem Augenwinkel sah er, dass der Kleinbus in die Einkaufswagen fuhr und auf ein geparktes Auto zusteuerte. Andere Kunden sprangen aus dem Weg, während der Wagen an Fahrt aufnahm.

Billy stürzte sich auf Linc, warf sich mit ganzem Gewicht auf den kräftigen Biker, sodass sie beide durch die Luft flogen. Sie rasten auf den Asphalt zu. Lincs Körper federte Billys Landung ab und seine Lederjacke verhinderte, dass sich größere Hautfetzen abschürften, als er über den Boden schlitterte. Hinter ihnen krachte der Kleinbus in das geparkte Auto und drückte es in zwei weitere Wagen, bis er schließlich zum Stehen kam. Der Motor heulte noch immer auf und die Vorderreifen quietschten auf dem Asphalt. Die Fahrerin sackte über dem Steuer zusammen. Ihr silberner Schopf färbte sich blutrot. Als die anderen Kunden auf den Kleinbus zueilten, war Billy wieder auf den Füßen, reichte Linc die Hand und zog ihn wieder auf die Beine.

Sie standen beide still da und betrachteten das Ausmaß des Schadens, den die Kleinbusfahrerin angerichtet hatte. Linc sagte: »Danke, Kumpel.«

Billy lächelte. »Klar doch«, gab er zurück. Weil er sein Glück nicht herausfordern wollte, ging er langsam davon.

»Hey«, rief ihm Linc hinterher. »Wie heißt du Hangaround denn?«

Billy drehte sich um. »Benji«, antwortete er mit seinem Decknamen. »Benji Stone.«

2

DENTON, PENNSYLVANIA

GEGENWART

Auf dem Küchentisch vor Josie lag eine Unmenge an Broschüren, die Haussicherheitssysteme bewarben. Es war nun sechs Monate her, dass ihr Leben von der Frau, die Josie für ihre Mutter gehalten hatte, auf den Kopf gestellt worden war. Zu den Angriffen auf Josies Leben und psychisches Wohlergehen hatte auch ein Einbruch bei ihr zu Hause gehört. Monatelang hatte sie versucht, ein Haussicherheitssystem zu finden, das ausgeklügelt genug war, um ihre Angst in Schach zu halten. Zweimal hatte sie schon Vertreter damit beauftragt, zu ihr zu kommen und die Systeme zu installieren, aber in der letzten Minute hatte sie sich dagegen entschieden, da sie einen versteckten Makel entdeckte oder unverschämt hohe Zusatzgebühren.

Sie zog eine bunte Broschüre von Aegis Home Security aus dem Stapel. DIE SPEZIALISTEN FÜR HAUSSICHERHEIT SEIT ÜBER 20 JAHREN. Es handelte sich um eine der wenigen Firmen, die ihre komplette Preisliste im Werbematerial transparent machten. Sie schlug sie auf und warf einen Blick auf die verschiedenen Möglichkeiten. Sie fragte sich, ob nicht ein Hund vielleicht die bessere Lösung wäre. Ein großer Hund. Aber ihr Arbeitspensum konnte heftig sein. Als Detective für die Kleinstadt Denton in Pennsylvania hielten sie ihre Fälle oft so beschäftigt, dass sie häufig tagsüber und sogar manchmal nachts nicht zu Hause war. Oft kam sie bloß zum Duschen und Umziehen heim und kehrte dann gleich wieder zurück zur Arbeit. Wenn sie einen Hund hätte, müsste sie einen Hundesitter beauftragen. Dann würde sie sich darüber Gedanken machen, ob man dieser Person vertrauen könnte. Josie seufzte. Es gab zu viel zu bedenken. Sie würde wohl in den sauren Apfel beißen und ein kleines Vermögen für ein Sicherheitssystem ausgeben müssen, wenn sie sich jemals wieder zu Hause sicher fühlen wollte. Sie war kurz davor, nach der Broschüre einer anderen Firma, Summors Security, zu greifen, als sie ein Klopfen an der Haustür in ihren Gedanken unterbrach.

Sie ging in den Eingangsbereich. Durch ihren Türspion sah sie, dass es Lieutenant Noah Fraley war. Sie öffnete die Tür, musterte ihn von oben bis unten und pfiff anerkennend. »Na«, sagte sie. »Hätte ich gewusst, dass du dich so rausgeputzt hast ...«

Er trug einen perfekt geschnittenen anthrazitfarbenen Anzug und eine geschmackvolle gelb-grau gestreifte Krawatte, die seine haselnussbraunen Augen besonders zur Geltung brachten.

Sein Lächeln löste einen kleinen Sturm in ihrem Inneren aus. »Sehr witzig«, erwiderte er und ging an ihr vorbei in Richtung Küche. »Du bist nicht fertig. Du hast dich nicht mal umgezogen.«

Josie schaute auf ihre Jeans und ihr verblasstes Luke-Bryant-T-Shirt. »Gib mir eine Minute.«

»Sagen das nicht alle Frauen und dann brauchen sie eine Stunde, um sich die Haare zu machen und zu schminken?«

Josie zog die Augenbraue hoch: »Pass auf, was du sagst. Ich *muss* meinen Freund nicht mit zu diesem Abendessen nehmen.«

»War nur Spaß«, sagte Noah. Er ließ seinen Blick durch die Küche wandern. Dann ging er wieder in den Eingangsbereich, steckte den Kopf kurz ins Wohnzimmer und kam in die Küche zurück. Er fragte sie: »Wo sind denn alle?«

Josie war vor Kurzem wieder mit ihrer biologischen Familie zusammengekommen. Sie hatte nicht gewusst, dass sie von ihren Verwandten kurz nach ihrer Geburt getrennt worden war. Immer noch musste sie sich daran gewöhnen, Shannon und Christian Payne »Mom« und »Dad« zu nennen. Sie zählte die Personen an ihren Fingern ab, während sie sprach: »Shannon und Trinity sind shoppen. Sie kommen zum Restaurant. Mein Vater und mein Bruder sind noch in Callowhill. Sie kommen auch dahin. Meine Oma ist zurück in Rockview, weil ich das einzige freie Schlafzimmer für Shannon gebraucht habe. Und Mrs. Quinn muss diese Woche auf den kleinen Harris aufpassen.«

Noah ging um den Tisch herum und kam so dicht heran, dass ihre Schenkel hinten gegen die Tischkante stießen. Er beugte sich nach vorn und klemmte sie unter sich ein. Seine Hände gelangten zu ihren Hüften und seine Lippen trafen ihre. »Möchtest du mir sagen, dass wir echt mal ganz unter uns sind? Wirklich ganz für uns?«

Josie musste lachen, schlang ihre Arme um seinen Hals und zog ihn für einen Kuss zu sich herunter. Es stimmte, dass sie seit Ende des Belinda-Rose-Falls keinen einzigen Augenblick für sich gehabt hatten, in dem sie nicht entweder arbeiten oder zu erschöpft für mehr gewesen waren. Mit einer völlig neuen Familie in ihrem Leben hatte es in Josies Haus ein beständiges Aus- und Eingehen in den letzten sechs Monaten gegeben. Ihre echte Mutter, Shannon, war mehrere Wochen bei ihr geblieben und hatte dann mit Lisette, Josies Großmutter, getauscht, als sie der Arbeit wegen wieder nach Hause musste. Josies Arm war nach dem Angriff eingegipst gewesen, deshalb konnte sie Unterstützung gut gebrauchen. Gelegentlich kam ihre Schwester Trinity aus New York City zu Besuch. Dort arbeitete sie als nationale Nachrichtensprecherin, und an den Wochenenden verbrachte sie Zeit mit Josie. Ein paar Mal waren auch Christian und Josies Bruder im Teenageralter, Patrick, zu Besuch gewesen.

Josie hatte für einige Zeit allein gelebt. Es war erst schwierig gewesen, auf einmal immer Menschen um sich herum zu haben. Das erste Mal, als ihr Milchkaffee im Kühlschrank gefehlt hatte, war frustrierend gewesen, genauso, wie das erste Mal, als keine Handtücher und Matten im Bad gewesen waren, weil Shannon sie gerade wusch. Ihre sorgfältig geordnete Welt, ihr Zufluchtsort, war auf den Kopf gestellt worden. Sie führte sich aber vor Augen, dass die Familie wichtiger war als jeder Gegenstand im Haus oder jegliche Gewohnheit, die sie sich in den letzten Jahren angeeignet hatte. Die Paynes wollten auf einen Schlag die vergangenen dreißig Jahre in nur ein paar Monaten aufholen, aber Josie würde mehr Zeit brauchen.

Dann war da noch Misty Derossi, die Frau, mit der Josies verstorbener Ehemann, Ray, zusammen gewesen war, bevor er starb. Nach seinem Tod hatte Misty ihren gemeinsamen Sohn zur Welt gebracht und die beiden Frauen hatten sich unerwarteterweise angefreundet. Baby Harris war fast ein Jahr alt und Misty hatte das Strippen aufgegeben. Sie hatte eine Stelle im neuen Frauenzentrum der Bürgermeisterin bekommen, bei der sie Opfer häuslicher Gewalt aufnahm. Das bedeutete, dass Josies gelegentliche Babysitting-Schichten zur Routine geworden waren. Nun gab es in ihrem Haus überall Spuren davon, wie präsent Harris in ihrem Leben war – einen Hoch-

stuhl am Ende des Küchentisches, Babyschutzgitter, Trinklerntassen, einen Eimer mit Spielsachen und einen Schaukelstuhl
in ihrem Wohnzimmer. Für Josie war es einfacher, manche
Sachen bei sich im Haus zu behalten, als Misty jedes Mal,
wenn sie das Baby vorbeibrachte, zu bitten, alles hin- und
herzutransportieren.

Noahs Lippen bahnten sich ihren Weg zu Josies Hals.
Seine Hände schlossen sich um ihren Po, er hob sie hoch und
setzte sie auf dem Tisch ab. Ganz von selbst schlangen sich ihre
Beine um seine Hüften. Sie warf den Kopf zurück. »Dein
Anzug«, stieß sie atemlos hervor.

Seine Hände wanderten nach oben, unter ihr Shirt, zu
ihrem BH-Verschluss. »Mir ist der Anzug ganz egal.«

Sie konnte spüren, wie sich die ungebändigte Energie
zwischen ihnen steigerte, und sie wusste, bald gäbe es kein
Zurück mehr. Die Spannung zwischen ihnen hatte sich schon
seit so langer Zeit aufgebaut, dass es sich wie ein Vulkan kurz
vor dem Ausbruch anfühlte. Am Ende des Belinda-Rose-Falls –
nach ihrem ersten Kuss – hatte sie ihm gesagt, dass es für sie
wichtig war, es langsam anzugehen, und er hatte das respektiert. Josie hatte eine ziemliche Pechsträhne hinter sich, was
Beziehungen anging, und sie wollte nicht, dass nun auch noch
Noah die Nachwirkungen ihrer schrecklichen Kindheit und
ihren persönlichen Ballast zu spüren bekam. Sie wollte, dass
diesmal alles passte. Oder vielleicht hatte sie einfach nur
Angst …

»Willst du das erste Mal etwa hier haben?«, fragte sie. »Auf
dem Küchentisch?«

Er hob sie vom Tisch herunter, als ob sie nichts wiege.
»Dann lass uns nach oben gehen.«

Sie wollte schon protestieren, aber als sich ihr Körper an
seinen schmiegte, verlangte jeder Zentimeter ihrer Haut
danach, zu erfahren, was sich unter diesem Anzug versteckte.

Sie waren bis zu den untersten Treppenstufen gekommen,

als das leise Klingeln eines Handys aus seiner Jackentasche ertönte, gefolgt von dem ihres eigenen Mobiltelefons irgendwo auf der anderen Seite im Haus.

Ihre Körper erstarrten. Josie löste sich als erstes von ihrem Kuss und hielt den Kopf in Richtung des Geräusches. Sie hatte ihr Handy im Wohnzimmer liegengelassen. Keiner von ihnen beiden sprach es aus, aber sie wussten, dass ihre Handys nur aus einem Grund so dicht hintereinander klingeln konnten. Es musste die Arbeit und etwas Ernstes sein. Obwohl sich viele der vierundsechzig Quadratkilometer von Denton über die wilde Berglandschaft Zentral-Pennsylvanias erstreckten, war die Bevölkerung zahlreich genug, um der örtlichen Polizei über ein halbes Dutzend Morde pro Jahr zu bescheren. Dazu kamen genügend andere Verbrechen, die das Personal des Denton Police Departments, bestehend aus mehr als fünfzig Mitarbeitern, so ziemlich auf Trab hielten. In den vergangenen Jahren hatte es in der Kleinstadt ein paar Fälle gegeben, die so schrecklich gewesen waren, dass sie die Aufmerksamkeit des ganzen Landes auf sich gezogen hatten. Diese Ereignisse hatten Noah und sie sehr mitgenommen und Josie wusste, dass er jetzt die gleiche Beklommenheit spürte, die sich auch in ihrem Inneren breitmachte. Wenn sie beide an ihrem freien Tag angerufen wurden, musste es etwas Großes sein.

Langsam löste Josie ihre Füße von Noahs Hüfte und er ließ sie auf den Boden gleiten. Sein Handy hörte auf zu klingeln und ihres begann erneut. Sie strich ihre Kleidung glatt und lief ins Wohnzimmer, um den Anruf annehmen zu können. Dentons Polizeichef, Bob Chitwood, kam gleich zur Sache. »Quinn, ich brauche Sie und Fraley sofort draußen im Einsatz. Es hat einen Mord gegeben.«

»Sir,« antwortete Josie, »wir waren ... ich ...«

»Ich weiß. Ist mir egal. Bewegt eure Hintern auf der Stelle raus an den Tatort.«

Er rasselte eine Adresse herunter, die Josie bekannt vorkam.

Chitwoods Stimme war so laut, dass sie durch den ganzen Raum bis zu Noah drang, der mit zerknittertem Anzug an der Tür stand und eine Augenbraue hochzog. Mit den Lippen formte er die Frage: *Gretchen?*

Gretchen Palmer war ebenfalls Ermittlerin bei der Polizei von Denton. Josie sagte: »Detective Palmer ist heute Abend im Dienst. Sie kriegt das hin.«

Chitwood schnaubte verärgert. »Ich weiß, wer im Dienst ist, Quinn. Aber ich kann Detective Palmer nicht erreichen.«

»Haben Sie versucht ...«

Seine Stimme steigerte sich zu einem Brüllen. »Verdammt noch mal, Quinn. Ich hab keine Zeit für zwanzig Fragen. Es gibt eine Leiche, einen Tatort und keinen Detective. Los, einer von euch beiden dahin jetzt.« Er schnaubte die Adresse noch einmal und Josie wurde in diesem Moment bewusst, weshalb sie ihr bekannt vorgekommen war.

Es war Gretchens Privatadresse.

3

»Fahr langsamer«, meinte Noah.

Josie schaute kurz zu ihm hinüber und sah, dass er eine Hand fest um den Türgriff ihres Ford Escape geklammert hatte, während die Stadt Denton verschwommen an ihnen vorüberraste. »In Gretchens Hause hat es einen Mord gegeben«, erinnerte sie ihn.

»Und wir wissen, dass es nicht Gretchen war, denn sonst hätten die verantwortlichen Officers das weitergegeben«, antwortete Noah.

Josie fuhr langsamer, aber nur ein wenig. »Schreib ihr«, wies sie ihn an.

»Schon passiert«, sagte Noah. »Und ich habe versucht, sie anzurufen, während du dich umgezogen hast. Die Mailbox springt sofort an. Keine Antwort auf meine Nachrichten. Ich habe aber auf der Wache angerufen und die Leitstelle hat mir gesagt, dass Gretchen da zuletzt eine Stunde, bevor die Leiche gefunden wurde, gesehen wurde. Wir wissen noch nicht mal, ob sie zu Hause war, als das passiert ist.«

»Aber wir wissen nicht, ob sie es nicht war. Eine Stunde wäre für sie lang genug gewesen, um zu ihrem Haus zu fahren.«

»Im Dienst?«

»Vielleicht. Ich weiß es nicht. Uns fehlen die Informationen.«

Ihr wurde flau im Magen. Es passte gar nicht zu Gretchen, zu verschwinden und nicht an ihr Telefon zu gehen oder zurückzuschreiben – besonders während ihres Dienstes. Josies trat wieder fester auf das Gaspedal. »Von der Leitstelle konnte sie nicht aufgetrieben werden?«, fragte sie.

»Nein«, antwortete Noah. »Sie prüfen gerade das MDT, um herauszufinden, ob sie ihr Auto orten können.«

Gretchen fuhr gewöhnlich einen extra für ihre Dienststelle ausgestatteten Chevy Cruze, in den ein MDT, ein Mobiles Datenterminal, eingebaut worden war. Es handelte sich dabei um ein computergestütztes Mobilgerät, das Gretchen nicht nur ermöglichte, mit der Leitstelle zu kommunizieren, sondern auch dieser, ihren Wagen zu orten.

»Ich möchte es sofort wissen, wenn sie sie finden«, sagte Josie.

Noah nickte stumm. Als Josie ihm einen kurzen Blick zuwarf, sah sie, wie sein Kiefermuskel zuckte und er die Landschaft fixierte, die am Fenster vorbeisauste. Gretchens Haus war ein zweigeschossiges rotes Backsteingebäude und lag in einem von Dentons ruhigen Mittelschichtsvierteln. Das Grundstück war fast einen halben Hektar groß, besaß eine lange, gerade Einfahrt, die von der Straße an einer Hausseite vorbei bis zu einer Garage hinter dem Haus führte. Ein großer weißer Zaun zog sich die gesamte Einfahrt entlang und bildete eine Abgrenzung von den Nachbarn auf dieser Seite. Riesige immergrüne Sträucher versperrten den Nachbarn auf der anderen Seite den Blick. An jedem anderen Tag wirkte das Haus niedlich und einladend, aber heute war es von Streifen- und Krankenwagen umgeben. Josie und Noah parkten auf der anderen Straßenseite und liefen um einen vor dem Eingang geparkten Krankenwagen herum zur Einfahrt. Ein Stück Absperrband hielt sie davon ab, näher an das Haus heranzukommen. Davor stand einer der Streifenpolizisten Dentons mit einem Klemmbrett in den Händen.

»Hummel«, begrüßte ihn Josie.

»Boss«, antwortete er.

Josies Finger trommelten im Takt gegen ihr Bein, aber sie brachte sich dazu, ein angespanntes Lächeln aufzubringen. »Nur noch Detective Quinn, erinnerst du dich?«

Zwei Jahre lang war Josie Dentons vorübergehende Polizeichefin gewesen, war dann aber mit Freude wieder zu ihrer Position als Detective zurückgekehrt, nachdem die Bürgermeisterin darauf bestanden hatte, sie durch Bob Chitwood zu ersetzen. Die anderen Mitarbeiter nannten sie aber immer noch »Boss«.

»Manche Gewohnheiten lassen sich nur schwer ändern«, sagte Noah und lächelte Hummel verständnisvoll zu.

Hummel begrüßte sie mit einem Nicken, als er ihre Namen in das Protokoll eintrug. Er musterte Noah kurz und meinte: »Schicker Anzug.«

In Blitzgeschwindigkeit hatte sich Josie ihre gewohnte Khakihose, ein Poloshirt mit dem Logo der Dentoner Polizei und darüber eine schwarze Jacke angezogen. Noah aber sah immer noch aus wie aus einer Zeitschrift für Männermode entsprungen. »Ich war auf dem Weg ins Restaurant, als ich den Anruf bekommen habe«, erzählte ihm Noah.

Hummel zeigte zu einem der Streifenwagen, die an der Bordsteinkante geparkt waren und dessen Kofferraum offen stand. »Da drinnen sind Tyvek-Anzüge.«

»Was habt ihr entdeckt?«, fragte Josie Hummel.

Hummel machte eine Bewegung in Richtung Haus, bei dem sich Kollegen der Spurensicherung in weißen Tyvek-Schutzanzügen über Einfahrt, Vorgarten und Veranda arbeiteten. Sie waren damit beschäftigt, Beweismaterial mit gelben Fähnchen zu markieren, Abmessungen vorzunehmen, den Tatort zu skizzieren und Fotos zu machen. Auf der linken Seite der Einfahrt, mehrere Meter von der Vorderveranda entfernt, war ein weißes Tarp-Zelt zu sehen. Josie wusste, dass das der Ort war, an dem die Leiche lag.

Hummel antwortete: »Wir haben einen Toten, weiß, männlich, Schusswunde am Rücken, unbewaffnet, ohne Ausweis. Es ist niemand hier, aber die Haustür stand offen. Wir haben versucht, Detective Palmer auf ihrem Handy zu erreichen, aber die Mailbox springt sofort an. Cap sagt, dass sie auch nicht auf dem Revier ist. Irgendwer hat sie da vor über einer Stunde gesehen, aber jetzt ist sie unauffindbar. Die Leitstelle konnte sie nicht auftreiben. Sie prüfen jetzt das MDT.«

»Schon gehört«, sagte Josie. »Wenn sie in einer halben Stunde immer noch nicht erreichbar ist, möchte ich, dass sich Lamay die Aufnahmen der Überwachungskamera vom Revier ansieht, damit wir die genaue Uhrzeit haben, wann sie da weg ist. Wer hat die Leiche gefunden?«

»Im Haus gibt es eines dieser Sicherheitsüberwachungssysteme. So eins, durch das die Polizei gerufen wird, wenn ein Alarm ausgelöst wurde, wisst ihr?«

»Ja«, antwortete Josie. »Ich überlege, mir so eins für mein Zuhause zu besorgen.«

»Also, der Alarm an der Haustür ist losgegangen. Der Sicherheitsdienst hat versucht, Detective Palmer zu erreichen – ohne Erfolg. Sie haben 911 angerufen. Wir sind hergefahren. Haben den Toten gefunden. Ah, und da ist noch was anderes ...«

»Was?«, fragte Noah.

Hummel trat vom einen auf den anderen Fuß, sein Mund bildete eine gerade, dünne nervöse Linie, bevor er antwortete. »Ihr seht besser selbst.«

4

Als sie komplett in ihren Schutzanzügen waren, ließ Hummel sie unter dem Absperrband durch und sie gingen schnurstracks zum Tarp-Zelt. Darunter fanden sie den Körper eines jungen Manns vor, der mit dem Gesicht nach unten auf dem Asphalt lag. Einer ihrer Kriminaltechniker knipste Fotos, als sich Josie neben die Leiche hockte. Sie sah sofort, was Hummel gemeint hatte. Der Mann trug Jeans, weiße Sneaker und ein grünes T-Shirt, dessen Rückseite unter dem linken Schulterblatt, nahe der Wirbelsäule, nun von einem einzigen Schussloch rot einge-färbt war. Das Ungewöhnliche an der Szene war aber, dass jemand mit einer Sicherheitsnadel ein Foto am T-Shirt-Kragen befestigt hatte.

»Ist das ein echtes Foto?«, fragte Noah und hockte sich neben sie.

Josie nahm es in ihre behandschuhten Finger und prüfte es genau. »Ja, sieht auch alt aus«, sagte sie.

Es war vom Format neun mal dreizehn Zentimeter und zeigte einen kleinen Jungen – vielleicht vier oder fünf Jahre alt – von der Seite, der durch hohes Gras lief. Die Ränder des Fotos waren vergilbt und gewellt. Selbst die matte Oberfläche schien verblasst. Der Junge war weiß, hatte struppige blonde Haare, trug eine braune Kordhose und ein Flanellhemd. Sein kleiner Körper war in Bewegung gewesen, als das Foto geschossen worden war. Ein Arm und ein Bein hingen mitten im Laufen in der Luft.

»Schau dir das mal an«, sagte Josie. Vorsichtig nahm sie das Foto zusammen mit der Nadel hoch, damit Noah die Rückseite sehen konnte, auf der in verblichenem Schwarz gedruckt stand: 2004.

»Wurde es in dem Jahr ausgedruckt?«

»Nicht ausgedruckt«, antwortete Josie. »Entwickelt. Ich denke, vielleicht wurde es mit einer richtigen Kamera gemacht. Sieht nach einem Fünfunddreißig-Millimeter-Film aus. Die Entwickler haben oft das Datum hinten auf die Fotos gedruckt.«

»Solche Fotoläden gibt es nicht mehr«, bemerkte Noah.

»Das stimmt«, erwiderte Josie. »Aber ich denke, wir können uns sicher sein, dass das Foto von 2004 ist.«

»Glaubst du, dass das dieser Kerl hier ist?«

Josie nahm ihr Handy und machte schnell ein Bild vom Foto. Sie stand auf und trat näher an den Kopf des Mannes. Er war mit ausgestreckten Armen gelandet, als ob er versucht hätte, seinen Fall abzufangen. Es war nur eine Seite seines Gesichts sichtbar, aber er schien jung zu sein. Josie schätzte ihn auf Anfang zwanzig. Olivfarbene Haut, lockige schwarze Haare. Seine Augen waren geschlossen. »Schwer zu sagen. Das Foto wurde von der Seite gemacht, also kann man das Gesicht des Jungen gar nicht sehen. Aber wenn ich mir seinen Hautton und seine Haarfarbe anschaue, ist mein erster Eindruck, nein, er ist es nicht.« Ihr Blick wanderte wieder zu seiner Schuss-wunde am Rücken. »Hat jemand die Gerichtsmedizinerin angerufen?«, fragte Josie.

Noah nickte. »Ja, Hummel hat es getan. Sie ist auf dem Weg.«

»Hummel hat gesagt, dass kein Ausweis bei ihm gefunden werden konnte. Wenn Dr. Feist ihn angeschaut hat, drehen wir ihn um und durchsuchen mal seine vorderen Taschen. Lass jemanden die Wagen an der Straße überprüfen. Er dürfte in der Nähe geparkt haben – vorausgesetzt, er ist mit dem Auto hergekommen. Bitte sag mir, dass schon jemand die Nachbarn abklappert.«

»Hummel hat gleich, als sie den Tatort abgeriegelt haben, ein paar Officers damit beauftragt.«

»Super«, sagte Josie. Sie ging von der Leiche in Richtung Veranda und zählte die Schritte dabei. Es waren zwölf Schritte vom Toten bis zu den ersten Treppenstufen. Als sie die Stufen hochging, sah sie mittig, zwischen der obersten Treppenstufe und der Eingangstür, die gelbe Beweismarkierung auf den Verandadielen. Als sie näher kam, erkannte sie im nachlassenden Sonnenlicht eine glänzende Neun-Millimeter-Hülse. Einer ihrer Teamkollegen hatte einen Kreidekreis darum gezogen. Josie bewegte sich von der Leiche weg, schaute auf die Einfahrt und versuchte, sich das Szenario vorzustellen. Hatte der Mörder hier auf der obersten Stufe gestanden und den Mann in den Rücken geschossen? Während der gerade wegging? Obwohl er unbewaffnet gewesen war? Ein Schauer überkam sie.

Einer ihrer Kollegen der Spurensicherung kam aus dem Haus heraus. »Boss? Alles in Ordnung?«

»Detective Quinn«, murmelte sie. »Hummel hat gesagt, die Haustür wäre offen gewesen. Nicht abgeschlossen oder angelehnt?«

»Angelehnt«, sagte er. »Keine Aufbruchspuren. Die Schlösser sind intakt. Die Tür ist nicht kaputt.«

Josie stellte fest: »Also sieht es nicht danach aus, als ob der Typ eingebrochen wäre.« Es war merkwürdig. Da sie wusste, wie viele Verbrechen Gretchen in ihrer langen Karriere mitbekommen hatte, konnte Josie kaum glauben, dass sie ihre Türen nicht abschloss – selbst in Denton, wo die Kleinkriminalität niemals die Ausmaße wie in einer Stadt von der Größe Philadelphias erreichen würde. Oder hatte Gretchen vielleicht das Polizeirevier verlassen und war nach Hause gekommen, nur um dem jungen Mann die Tür zu öffnen?

Mettner meinte: »Wenn er eingebrochen ist, dann aber nicht durch die Eingangstür.«

»Warum wurde denn dann die Sicherheitsfirma verständigt? Was hat den Alarm ausgelöst?«

Mettner zeigte zum Eingang. »Die Tür stand etwas offen. Ich nehme an, dass ein Alarm an die Sicherheitsfirma gesendet wird, wenn sie länger als zehn Minuten offen ist.«

»Gibt es ein Tastenfeld?«, fragte Josie. »Um den Code einzugeben?«

»Nein, es läuft übers Smartphone. Also, wenn der Türrahmen beschädigt wird oder die Tür zu lange offensteht, sollte die Sicherheitsfirma Gretchen eine Nachricht schicken. Sie gibt den Code ein und sie wissen, dass alles gut ist.«

»Aber die Tür könnte aufgeschlossen werden und jemand könnte aus- und eingehen, ohne einen Alarm auszulösen?«

Mettner zuckte mit den Schultern. »Schon, ich nehme es mal an.«

»Also wissen wir eigentlich nicht, ob die Tür schon offen gewesen ist oder ob sie mit einem Schlüssel aufgeschlossen und angelehnt gelassen wurde?«

»Nein, nur, dass sie sehr lange offen war.«

»Gibt es irgendeinen Hinweis darauf, dass der Tote aus der Einfahrt im Haus war?«, fragte Josie.

»Wir haben das ganze Haus abgesucht und nichts gesehen, das irgendwie beweisen würde, dass er wirklich drinnen gewesen ist. Es war niemand hier, als wir vorgefahren sind. Nichts sieht durcheinander aus. Zumindest nichts Auffälliges. Wir haben Detective Palmer angerufen – sie könnte uns sagen, ob irgendwas fehlt oder woanders liegt. Aber sie geht nicht …«

»Ich weiß«, unterbrach ihn Josie. »Ich habe es gehört. Habt ihr innen Fotos gemacht?«

»Ja. Auch Videos.«

»Super. Ich möchte die vom Erdgeschoss ausgedruckt bekommen, okay?«

»Alles klar, Boss«, versicherte ihr Mettner. Josie setzte schon dazu an, ihn zu korrigieren, überlegte es sich aber anders. Sie korrigierte sie alle schon monatelang. Es blieb nicht hängen. Sie warf einen Blick hinter sich zu Noah, der noch über die Leiche gebeugt stand und wild in seinem Notizbuch herumkritzelte. Dann schlüpfte sie durch die Tür.

Gretchens Wohnzimmer war dürftig ausgestattet: mit einem Mikrofaser-Sofa, einem dunklen Couchtisch und auf der anderen Seite einem kleinen Schränkchen mit einem genauso kleinen Fernseher darauf. Der Fußboden war aus Hartholz und, von ein paar Zimmerpflanzen abgesehen, fehlten persönliche Akzente. Vor den Fenstern hingen hauchdünne Vorhänge. Im Esszimmer stand ein Tisch mit ordentlich daruntergeschobenen Stühlen. Die Oberfläche des Tisches war mit ein paar Rechnungen, zusammengeknüllten Quittungen und Werbepost übersät. Ein Aktenkorb aus Plastik stand in einer Ecke des Raumes. Josie hockte sich hin und nahm den Deckel hoch, um den Inhalt genauer zu untersuchen. Darin waren bloß bezahlte Rechnungen, Hausrat- und Autoversicherungsverträge sowie eine Mappe, die mit NOTFALL-KREDITKARTE beschriftet war.

Das Auto.

Josie wusste, dass Gretchen einen eigenen Privatwagen besaß. Einen Nissan Sentra laut Autoversicherungspolice. Josie ging zurück zur Eingangstür, steckte den Kopf nach draußen und fragte Mettner, ob sich irgendwer die Garage auf der Rückseite des Hauses angesehen hatte.

»Ja, ihr Privatwagen steht da drinnen«, antwortete er.

Noah kam die Verandatreppen hoch. »Sollen wir eine

Fahndung veranlassen, wenn wir sie nicht durch das MDT auftreiben? Unsere Leute schauen schon danach, aber wir könnten auch die Staatspolizei verständigen.«

Die Wahrscheinlichkeit, dass Gretchens Auto über das MDT nicht geortet werden konnte, war sehr gering. Trotzdem konnte Josie das Unbehagen nicht verdrängen, das sich in ihrer Magengegend ausbreitete. »Wenn wir sie über das MDT nicht auftreiben können«, sagte Josie, »dann verständige sie.«

Mettner nickte und hielt sich das Handy ans Ohr.

Noah ging an Josie vorbei ins Haus. »Glaubst du, dass Gretchen in Schwierigkeiten steckt?«

Josie trat wieder hinein und stemmte die Arme auf die Hüfte. »Ich weiß es nicht. Es ist extrem ungewöhnlich für Gretchen, sich nicht zu melden – oder zu verschwinden.«

»Wissen wir denn, dass sie wirklich verschwunden ist?«, fragte Noah. »Es ist noch nicht so lange her.«

Das war es tatsächlich noch nicht. Weniger als zwei Stunden waren verstrichen, seit die Leiche in Gretchens Einfahrt gefunden worden war. Sie war zuletzt während ihrer Schicht auf dem Polizeirevier gesehen worden. Es könnte eine logische Erklärung dafür geben, weshalb sie weder auf Anrufe oder Nachrichten reagierte noch sich bei der Leitstelle zurückmeldete. Vielleicht war ihr Handy kaputtgegangen. Vielleicht hatte das Auto seinen Geist aufgegeben und sie war irgendwo zu Fuß unterwegs.

»Findest du es übertrieben, eine Fahndung zu veranlassen?«

»Nicht, wenn wir sie über das MDT nicht orten können«, antwortete Noah. »Wenn sie in Schwierigkeiten steckt, ist es besser, die Fahndung so früh wie möglich zu starten und nicht damit zu warten. Aber wenn ihr Auto kaputt ist oder ihr das Handy runtergefallen ist und sie in den nächsten Stunden auf der Wache auftaucht, stehen wir wie Idioten da.«

»Lass uns Idioten sein«, sagte Josie entschieden. »Ich

möchte kein Risiko eingehen, besonders, wenn sich rausstellen sollte, dass sie in Schwierigkeiten steckt.«

Noah nickte und fragte: »Was haben wir hier?«

Josie ließ den Blick noch einmal durchs Wohnzimmer schweifen. »Leider verdammt wenig, wie es für mich aussieht. Es gibt keine sichtbaren Anzeichen für einen Kampf. Aber wie Mettner gesagt hat: Wir können nicht wirklich wissen, ob irgendwas nicht an seinem Platz steht.«

»Außer hier«, sagte Noah und zeigte auf einen der Beistelltische. Neben der Lampe leuchtete ein Kreis perfekten Holzes aus der ansonsten verstaubten Oberfläche.

»Vielleicht hat sie da heute Morgen ihre Kaffeetasse abgestellt«, meinte Josie. »Sie dann abgewaschen und weggestellt, bevor sie aufgebrochen ist.«

Noah runzelte die Stirn. »Es könnte von irgendeiner Vase oder Schüssel sein.«

»Na gut, wenn wir Gretchen finden, werden wir sie danach fragen. Sorg bitte dafür, dass Fotos davon gemacht werden.«

Als sich Noah auf die Suche nach Mettner machte, ging Josie weiter ins Haus hinein. Sie war eigentlich noch nie wirklich darin gewesen. Sie hatte Gretchen immer nur aus beruflichen Gründen abgesetzt oder sie abgeholt. Jetzt überkam sie eine Welle der Schuld. Gretchen war gut zu ihr gewesen, hatte Josie auf eine Art verstanden wie kaum jemand anders – ihr starkes Bedürfnis, Dinge für sich selbst zu behalten, und die persönlichen Probleme, die aus einer Kindheit mit einer toxischen Mutter resultierten. Vielleicht hätte Josie stärker versuchen sollen, Gretchen besser kennenzulernen, die Mauer von strikter Professionalität zu durchbrechen, hinter der sie sich versteckte.

Als Noah zurückkam, erkundeten sie den Rest des Hauses. Alles war ordentlich gehalten, aber wie auch im Wohnzimmer fehlten die persönlichen Akzente. Nur in Gretchens Schlafzimmer fanden sie mehrere eingerahmte Familienfotos. In einem dreizehn mal achtzehn Zentimeter großen Klapprahmen auf Gretchens Kommode waren zwei Fotos. Auf dem einen saßen ein älterer Mann und eine ältere Frau gemeinsam an einem Restauranttisch. Das andere zeigte dasselbe alte Ehepaar auf Gartenklappstühlen sowie Gretchen, die sich zwischen den beiden hinunterbeugte, ihre Arme um sie gelegt hatte und deren Gesicht mit einem für sie ganz untypischen Grinsen aufleuchtete.

»Agnes und Fred«, sagte Josie.

»Was meinst du?«, fragte Noah, während er die Schranktür öffnete und hineinschaute.

»Ich denke, dass das Gretchens Großeltern sind«, antwortete Josie und zeigte auf das Foto. »Gretchen hat mir erzählt, dass sie von ihnen großgezogen wurde, nachdem ihre Mutter ins Gefängnis gewandert war, weil sie versehentlich ihre Schwester getötet hatte.«

Noah drehte sich zu ihr um. »Meine Güte. Was ist denn da passiert?«

Josie wandte sich von den Fotos ab und ein starkes Unbehagen darüber, Gretchens Privatbereich durchsuchen zu müssen, breitete sich in ihr aus. Sie musste aber diesen Tatort hier wie jeden anderen behandeln. An jedem anderen Tatort würden sie das ganze Haus einmal einer Prüfung unterziehen, um sicherzugehen, dass nichts Wichtiges fehlte.

»Gretchens Mutter hatte das Münchhausen-Stellvertreter-Syndrom«, erklärte Josie.

Noah kratzte sich mit dem Stiftverschluss an der Schläfe. »Das ist doch das Syndrom, bei dem die Eltern die Kinder krank machen, um Aufmerksamkeit zu bekommen, oder?«

Josie nickte. »Ja. Pass auf, Gretchen hat mir das anvertraut. Wenn sich jetzt alles als falscher Alarm herausstellt – ich meine, wenn sie in der nächsten halben Stunde mit einem kaputten Handy und einer großen Entschuldigung auftauchen sollte – behalte es bitte für dich.«

»Natürlich«, versicherte ihr Noah. »Aber, was, wenn sie nicht auftaucht ...?«

»Das ist mir klar«, antwortete Josie. »Dann kommen wir nicht drumherum, in ihrem Privatleben herumzuwühlen.«

»Ja, wir müssen dann definitiv ein paar ihrer Familienmitglieder ausfindig machen und fragen, ob sie von ihr gehört haben.«

Josie begann damit, Schubladen herauszuziehen und sie sorgfältig durchzusehen. In Gretchens Sockenschublade fand sie in einer bis an die Rückwand geschobenen Socke ein Geldbündel. Ohne es herauszunehmen zählte Josie die Ränder der Scheine. Es handelte sich bei allen um Hunderter. Etwa zweitausend Dollar. Sie winkte damit Noah zu und er machte eine Notiz. Dann verstaute sie es wieder da, wo sie es gefunden hatte und schloss die Schublade. Im Nachttisch befand sich eine kleine Glasschatulle aus roten, schwarzen und silbernen Mosaikkacheln, die zusammen ein Blumenmuster bildeten. Josie öffnete sie und fand eine kleine Schmucksammlung darin. Sie hatte Gretchen nie irgendwelche Accessoires tragen sehen. Hier lagen allerdings eine Handvoll Ketten, Armbänder und Ringe sowie ihr Namensschild aus der Zeit, als sie für die Polizei von Philadelphia gearbeitet hatte. »Noch mehr Wertsachen«, berichtete sie Noah.

Er machte eine schnelle Bestandsaufnahme der Schatulle und notierte sich etwas. »Also wird das kein Raubüberfall gewesen sein.«

»Nein, das glaube ich nicht«, stimmte ihm Josie zu. »Mettner hat gesagt, dass nichts durcheinander war, und er hat recht gehabt. Weißt du noch, wie diese Rabauken mein Haus ausgeraubt haben? Sie haben alles verwüstet.«

»Ja. Hier sieht es gar nicht danach aus, als ob jemand hier leben würde.«

Mit einem Seufzer verließ Josie das Schlafzimmer und schaute flüchtig in die anderen Zimmer hinein, an denen sie vorbeikam. Das erste war völlig leer, ohne Möbel und noch nicht einmal mit einem Teppich ausgestattet. Das Parkett glänzte im schwachen Dämmerlicht, das durchs Fenster gelang. Das andere Zimmer war voller Umzugskartons, die nicht ausgepackt worden waren. Josie überflog die eilig mit der Hand geschriebenen Etiketten: KÜCHE, BÜCHER, WEIHNACHTEN. Gretchen wohnte mindestens seit zwei Jahren in diesem Haus und es sah immer noch so aus, als wäre sie gerade erst eingezogen. Hatte sie etwa nicht geplant, dauerhaft in Denton zu bleiben, fragte sich Josie. Sie ging weiter in das Zimmer hinein und zwei Kartons zogen ihre Aufmerksamkeit auf sich. Auf dem einem stand GRANDMAS STRICKZEUG und auf dem anderen GRANDPAS WERKZEUG. Josie runzelte die Stirn. Sie wandte sich wieder den anderen Kisten zu und warf einen Blick in die mit KÜCHE beschriftete. Es war seltsam, dass Gretchen ihre Küchensachen innerhalb von zwei Jahren nicht ausgepackt hatte. Im Karton befand sich eine Vielzahl dekorativer Küchengegenstände mit Hahn-Motiven: ein Küchenrollenhalter mit einem Hahnenkopf aus Keramik, Salz- und Pfefferstreuer in der Form von zwei Hähnen, Handtücher, Topfuntersetzer und Tischsets. Fest neben einer riesigen weißen Hahnen-Keksdose eingepackt standen zwei Wandbilder aus auf alt gebeiztem Holz. Auf einem stand LAND-HAUSKÜCHE und auf dem anderen DER HAHN KRÄHT, ABER DAS EI LEGT DIE HENNE.

Der Fußboden knarrte, als Noah hinter sie trat. »Was hat das mit den ganzen Hühnern auf sich?«, fragte er, nachdem er ihr über die Schulter gesehen hatte.

»Ich denke nicht, dass die von Gretchen sind.«

Noah zog eine Augenbraue hoch. »Ja, ich hätte Gretchen nicht gerade für eine Person gehalten, die ihre Küche mit netten Bauernhoftieren dekoriert. Was meinst du?«

Josie zeigte auf die Kartons. »Ich denke, das ist alles Kram von ihren Großeltern. Bestimmt sind sie gestorben.«

»Was es schwieriger für uns macht, Gretchen zu finden, falls wir anfangen müssen, Familienmitglieder zu befragen.«

Josie seufzte und schloss die Kartondeckel. »Hoffentlich taucht sie von selbst auf und es kommt gar nicht erst dazu.« Aber ihr brodelnder Magen sagte etwas anderes.

Von unten rief Mettner: »Boss? Lieutenant Fraley? Die Gerichtsmedizin ist da.«

5

Dr. Anya Feist trug bereits den Schutzanzug und den Kopfschutz aus Tyvek. Sie kniete neben der Leiche, zog vorsichtig die Nadel aus dem Foto und legte es in den braunen Beweisbeutel, den Mettner ihr hinhielt. Während er ihn verschloss und beschriftete, wandte sich Dr. Feist wieder der Leiche zu. Ihre behandschuhten Finger untersuchten den fransigen blutigen Kreis, den die Kugel in das Hemd gestanzt hatte. Sie schaute nicht hoch, als Josie und Noah näherkamen.

Sie sagte: »Wer auch immer dieser Junge ist, er hatte keine Chance.«

Noah holte sein Notizbuch hervor und schlug eine neue Seite auf.

Dr. Feist sprach weiter: »Ich muss ihn erst auf den Tisch bekommen, aber ich kann euch jetzt schon sagen, dass die Kugel wahrscheinlich seine Lunge durchlöchert hat und vielleicht sogar durchs Herz gegangen ist. Er war wahrscheinlich innerhalb von ein paar Sekunden tot, bevor er dann auf dem Boden aufgeschlagen ist. Habt ihr eine Patronenhülse finden können?«

»Neun Millimeter«, konnte ihr Josie sagen.

Dr. Feist nickte, bewegte sich zu seinem Kopf und strich die lockigen schwarzen Haare auf seiner Stirn glatt. »Ja, das können neun Millimeter gewesen sein. Mein Gott. Er ist so jung.« Sie wandte sich wieder seinem Oberkörper zu und rollte langsam das Hemd seinen Rücken hoch, um das Schussloch direkt unter dem linken Schulterblatt zu zeigen, das gerade mal zweieinhalb Zentimeter von seiner Wirbelsäule entfernt war. »Ich sehe weder Schmauch noch eine Stanzmarke, also war es kein aufgesetzter Schuss.«

»Wir gehen davon aus, dass die Person, die ihn erschossen hat, auf der Veranda gestanden hat«, sagte Josie. »Oben auf der Treppe.«

Dr. Feist sah von der Veranda zurück zur Leiche. »Dann hat euer Schütze entweder wirklich Glück gehabt oder einen wirklich guten Schuss abgegeben. Ich meine, dieser Junge hatte noch nicht einmal Zeit, aufzuschreien. Der Tod ist vermutlich sofort eingetreten.«

Josie war es nur ein kleiner Trost, dass er nicht gelitten hatte. Dr. Feist hatte recht – er war jung gewesen – und Josie konnte das zukünftige Leid seiner Eltern spüren. Sie musste gar keine Mutter sein, um zu wissen, dass der Verlust ihres Sohnes ihr Leben völlig erschüttern würde. Sein Leben war vorbei, aber ihre Tortur würde erst beginnen.

Dr. Feist richtete sich mit einem tiefen Seufzer auf und klopfte sich die Knie ab. »Also gut. Schiebt ihn in den Krankenwagen und bringt ihn zu mir. Ich werde mich gleich an die Arbeit machen. Ich stelle sicher, dass seine Fingerabdrücke genommen werden.«

Mettner gab Hummel ein Signal, der ein paar Rettungssanitäter mit einer Bahre durch das Absperrband ließ. Josie erkannte einen von ihnen als Owen. Er war nicht viel älter als der Tote, aber Josie wusste, dass er Zwillinge hatte, die noch kein Jahr alt waren. Er leistete so viele Überstunden, dass ihn die Polizisten von Denton praktisch an jedem Ort sehen konnten, zu dem ein Krankenwagen gerufen werden musste. Er winkte ihr und Noah zu, während sie einen Leichensack neben dem Toten auslegten und ihn dann auf den Rücken drehten, damit er über der Öffnung des Sacks lag. Noah durchsuchte die Vordertaschen der Jeans, dann zerrten Owen und sein Kollege beide Seiten des Leichensacks über den Körper und verschlossen ihn.

»Kein Portemonnaie«, murrte Noah, als die Rettungssanitäter den Sack auf die Bahre hievten, und sie, dicht gefolgt von Dr. Feist, zum offenen Krankenwagen schoben. »Glaubst du, dass er ausgeraubt worden ist?«

Josie ging wieder zurück zum Haus. »Nein. Keine Ahnung. Wir wissen noch nicht einmal, ob er im Haus gewesen ist, und, wenn er es war, wer sonst noch vor Ort gewesen ist. Ich nehme mal an, Gretchen war es nicht.«

»Ein Komplize?«

Josie ging die Einfahrt hinunter und um die Hausseite herum. Noah folgte ihr. »Ich denke, wir können uns sicher sein, dass das kein Raub war«, sagte sie. »Wenn es zwei Männer waren, was ist dann passiert? Sie sind hierhergekommen – weswegen, das wissen wir nicht – dann ist es zu einer Auseinandersetzung gekommen und der Mörder hat seinen Komplizen in den Rücken geschossen, sein Portemonnaie an sich genommen und ihn hier mit einem rätselhaften alten Foto am Kragen liegengelassen? Wieder, ohne irgendwas aus dem Haus mitgehen zu lassen? Ohne noch nicht mal irgendwas im Haus durcheinanderzubringen?«

Noah sagte: »Vielleicht ist er durchgedreht und abgehauen, gleich nachdem er den Jungen erschossen hatte. Außerdem wissen wir nicht wirklich, ob nichts im Haus fehlt. Wir vermuten das bloß, weil nichts verwüstet wurde und wir das Geld und den Schmuck in ihrem Schlafzimmer gefunden haben. Vielleicht war da noch etwas anderes, das für sie von Wert war und von dem wir nichts wissen. Wir brauchen wirklich Gretchen dafür, um alles durchzugehen. Nur sie kann uns sagen, ob alles so ist, wie es sein sollte.«

Josie hielt vor jedem Fenster auf dieser Seite des Hauses an und untersuchte es. Keines sah eingeschlagen aus, aber bei allen schien ein selbst gemachter Einbruchschutz auf der Außenfensterbank angebracht zu sein. »Schau mal«, sagte sie zu Noah, der hinter ihr stand. Die Fenstersimse befanden sich etwa dreißig Zentimeter über ihr. Noah, der fast einen Kopf größer als sie war, stand schon fast in Augenhöhe zum Fensterbrett. Er griff nach oben, um es zu berühren.

»Vorsichtig«, warnte ihn Josie.

»Mein Gott«, meinte Noah, als er einen Zeigefinger ausstreckte, um behutsam die Spitzen eines der vielen kleinen Nägel zu berühren, die aus einer Holzleiste auf dem Sims nach oben ragten. »Sie hat sich ihre eigene Abschreckung gebastelt.« Er versuchte, die Holzleiste zu lockern, aber sie ließ sich nicht bewegen. Er stand auf Zehenspitzen und sah sich beide Enden der Leiste an. »Ja«, sagte er. »Sie hat sie an den Sims genagelt.«

»Falls also irgendwer jemals versuchen würde, hochzuklettern und einzubrechen, würde er oder sie sich einen Haufen Nägel durch die Hand bohren«, meinte Josie.

Mit Noah im Schlepptau lief sie schnell ums Haus und bemerkte, dass an jedem der Fenster im Erdgeschoss die gleiche Falle angebracht war. Zurück im Haus schob sie die hauchdünnen Wohnzimmergardinen zur Seite und entdeckte Holzdübel, die oben zwischen dem Fensterrahmen und dem oberen Teil des beweglichen Fensters eingeklemmt waren. Man konnte das Fenster nicht öffnen, ohne sie zu entfernen. Natürlich könnte das niemanden davon abhalten, einfach das Glas einzuschlagen und hineinzuklettern. Vielleicht hatte sich Gretchen gedacht, dass der Krach von zerberstendem Glas ausreichen würde, um sie vor dem Eindringling zu warnen, wenn sie zu Hause war.

Noah stand neben ihr und stieß einen leisen Pfiff aus. »Das nenne ich mal paranoid.«

»Ja«, pflichtete ihm Josie bei. »Irgendwas stimmt doch hier nicht.«

»Was meinst du?«, fragte Noah.

Ehe Josie antworten konnte, hörten sie Mettner von draußen rufen. »Boss, wir haben hier was.«

6

Josie und Noah folgten Mettner hinter die Tatortabsperrung
auf die Straße hinaus und zu einem blauen Ford Fusion, der
fast einen Block von Gretchens Haus entfernt am Bürgersteig
stand. Mettner stand hinter dem Wagen und seine Finger
flogen über ein Tablet, das er in den Händen hielt. »Ein paar
der Nachbarn haben uns gesagt, dass sie dieses Auto noch nie
gesehen haben. Es steht hier seit heute Morgen. Wir haben das
Nummernschild überprüft. Es ist ein Mietwagen«, erklärte er.
»Ich habe schon bei Prime, der Mietwagenfirma, angerufen und
sie haben mir bestätigt, dass es vor zwei Tagen in Philadelphia
gemietet worden ist.«

»Von wem?«, fragte Noah.

Mettner runzelte die Stirn. »Sie wollen eine Befugnis, bevor
sie mit dieser Information rausrücken. Ich habe schon Lamay
angerufen. Er setzt eine auf.«

»Da ist eine Prime-Filiale kurz vor der Stadt«, meinte Josie.
»Wir könnten Glück haben, wenn wir vorbeischauen. Wir
brauchen nur einen Namen.«

»Wir fahren gleich dahin, wenn wir hier fertig sind«, sagte

Noah. Er fragte Mettner: »Hat irgendein Nachbar was gesehen?«

»Die Dame gegenüber von Detective Palmers Haus meinte, sie habe Gretchen vor nicht so langer Zeit ihre Einfahrt entlanglaufen sehen, aber sie konnte nicht sagen, wann das war.«

»Laufen?«, fragte Josie. »Hat sie Gretchens Wagen gesehen?«

»Sie kann sich nicht daran erinnern. Die Kollegen, die von Haus zu Haus gegangen sind, haben sie weiter gelöchert, aber sie konnte sich wirklich nicht an irgendwas Nützliches erinnern. Sie hat auch gesagt, dass Gretchen den ganzen Tag über ein- und ausgeht.«

Josie seufzte. »Also hätte sie Gretchen heute Morgen oder vor einer Stunde sehen können, als sie ihre Einfahrt entlanggegangen ist.«

Mettner verzog das Gesicht. »Ja, genau. Ein paar Nachbarn haben den Schuss gehört, aber die meisten, die zu Hause waren, waren gerade beim Abendessen oder haben die Nachrichten geschaut. Außerdem, wegen des Sichtschutzzauns auf der einen Seite vom Grundstück und der Büsche auf der anderen ...«

»Kann niemand irgendwas sehen«, beendete Josie den Satz für ihn und die Frustration bereitete ihr langsam Kopfschmerzen.

»In Ordnung. Ich denke, wir sind hier fertig. Nehmt ihr mal den Tatort weiter auf. Fraley und ich werden beim Revier vorbeifahren, um zu sehen, was über das MDT herausgefunden werden konnte, um die Befugnis zu bekommen und um zu sehen, was Lamay auf der Überwachungskamera gefunden hat.«

Sie begaben sich auf den Weg zum Polizeihauptquartier – einem großen, dreistöckigen Steingebäude mit kunstvollen Verzierungen über den vielen zweiflügeligen Rundbogenfenstern und einem alten Glockenturm auf einer Seite. Während der Fahrt durch Denton ging die Sonne unter und die letzten Strahlen tauchten den Horizont in leuchtendes Rosa und Gelb. Sie schwiegen beide. Noah schaute sich die Notizen und Zeichnungen an, die er am Tatort gemacht hatte. Josie ignorierte das beharrliche Vibrieren ihres Handys – es war ihre neue Familie, die vom Geburtstagsabendessen berichtete, das sie gerade verpasste. Trinity und sie hatten Geburtstag, und es wäre ihr erstes gemeinsames Familiengeburtstagsessen gewesen. Sie hatte ein schlechtes Gewissen, aber sie konnte das Gefühl nicht loswerden, dass Gretchen sie brauchte. Josie parkte auf dem öffentlichen Parkplatz und sie traten in den Eingangsbereich. Der diensthabende Polizist, Dan Lamay, begrüßte sie mit einem Nicken und winkte sie dann zurück zum Videoüberwachungsraum hinter dem Empfangstresen.

»Boss«, sagte er, als sich Josie und Noah in den winzigen Raum hinter ihm drängten, »ich habe das gefunden, was Sie gesucht haben.«

»Bitte sag Detec...«, setzte Josie an, aber führte den Satz nicht zu Ende. Lamay ließ sich auf einem knarzenden Schreibtischstuhl nieder, der vor einer langen Reihe Bildschirmen für verschiedene Bereiche des Gebäudes stand. Josie legte ihm eine Hand auf die Schulter. »Dan«, fuhr sie fort, »nenn mich einfach Josie, okay?«

Er lächelte und nickte ihr zu. Lamay war seit mehr als vierzig Jahren in diesem Revier. Er hatte fünf Polizeichefs – Josie miteingeschlossen – kommen und gehen gesehen und außerdem einen Riesenskandal miterlebt. Er war nun schon im Rentenalter, hatte ein kaputtes Knie und sein Bauch wurde immer größer. Josie hatte ihn während ihrer Amtszeit als Chefin weiterhin am Empfang eingesetzt, weil sich seine Frau gerade von ihrer Krebserkrankung erholte und seine Tochter aufs College ging. Er war stets an ihrer Seite, unterstützte sie, so gut es ging. Nun machte sich Josie Sorgen, dass Chief Chitwood ihn entlassen würde. Bis jetzt hatte Chitwood ihn aber noch nicht ins Auge gefasst, da er seine Aufgaben still und effizient erledigte.

»Was habt ihr über das MDT rausbekommen?«, fragte Josie.

Lamay zeigte auf einen aufgeklappten Laptop am Tischende, der eine GPS-Karte des südlichen Denton zeigte. »Wir haben das Signal hier verloren«, erklärte er und zeigte auf eine dicke Linie, die, wie Josie wusste, für eine Brücke über dem Susquehanna River stand.

»Das Signal verloren?«, fragte Josie.

»Das ist nicht möglich«, meinte Noah. »Habt ihr ein paar Einheiten dahin geschickt?«

»Natürlich haben wir das getan«, antwortete Lamay. »Da ist aber nichts.«

Das bedeutete, irgendwer hatte das MDT in Gretchens Cruze manipuliert oder zerstört. Entweder das – oder jemand hatte das Auto über die Brücke in den Fluss stürzen lassen. »War das Geländer noch intakt?«, fragte Josie.

Lamay starrte sie für einen Augenblick an und kaute dabei auf der Innenseite seines Mundes herum.

»Ich nehme es mal an«, erwiderte er. »Die Kollegen von der Streife haben nichts Ungewöhnliches berichtet.«

»Wir fahren da erst mal rüber und dann zur Mietwagenfirma. Was hast du auf der Überwachungskamera gesehen?«

Lamay drehte sich mit dem Stuhl um, sodass er den großen Computerbildschirm direkt vor sich hatte, der den Flur im Erdgeschoss zeigte. Lamay hatte die Aufnahme angehalten. Der Zeitstempel rechts oben in der Ecke besagte: 15.30 Uhr. Vor der Küchentür sah man Gretchen in der gleichen Uniform wie Josie, außer dass sie über ihrem Shirt noch eine alte, abgetragene Lederjacke trug. Gretchen zeigte sich nie ohne diese, aber niemand aus dem Team hatte sich getraut, der Geschichte dahinter auf den Grund zu gehen. In einer Hand hielt sie eine Kaffeetasse.

Lamay drückte auf »Start«. Sie sahen, wie sich Gretchen langsam von der Küche wegbewegte. Sie nippte an ihrem Kaffee und fuhr sich mit der freien Hand durch die kurze Stachelfrisur. Dann hielt sie an und holte ihr Handy aus der hinteren Hosentasche. Stirnrunzelnd schaute sie aufs Display. Sie schien zu zögern, ehe sie das Gespräch annahm. Ihr Blick verdüsterte sich, als sie sich das Handy ans Ohr drückte. Es gab keine Audioaufnahme, daher konnten sie nicht hören, was Gretchen sagte, aber es sah nicht gut aus. Das Gespräch dauerte mehr als drei Minuten. Dann legte sie auf, steckte das Handy wieder in die Tasche, stellte ihre Tasse auf dem Wasserspender im Flur ab und lief aus dem Bild.

»Wo ist sie hingegangen?«, fragte Josie.

Lamay drehte sich auf seinem Stuhl um, damit er sich einem anderen Bildschirm zuwenden konnte, auf dem er Bildmaterial aus dem Eingangsbereich aufrief. »Sie ist direkt durch die Tür nach draußen gegangen«, sagte er und spielte die Aufnahme ab. Sicherlich war Gretchen durch den Gang im Erdgeschoss in den Eingangsbereich gekommen und dann ohne einmal zurückzuschauen durch die Vordertür nach draußen gegangen.

»War das ein Dienst- oder Privathandy?«, fragte Noah. »Wenn es von der Polizei bereitgestellt ist, können wir ziemlich schnell rausfinden, wer sie angerufen hat.«

Josie schüttelte den Kopf. »Es ist ihr eigenes Handy. Ich hatte ihr angeboten, ein Diensthandy zu bekommen, aber sie hat es abgelehnt. Dan, wir sind hier fertig. Setz bitte eine Befugnis für ihren Mobilfunkanbieter auf. Wir werden sehen, ob es möglich ist, ihr Handysignal zu triangulieren. Können wir bitte noch mal zur anderen Aufnahme zurückgehen?«

Dan drehte seinen Stuhl zurück zum ersten Bildschirm und rief das Bildmaterial noch einmal auf. Josie ließ es ihn dreimal abspielen, ihre Versuche, Gretchens Lippen zu lesen, blieben erfolglos. »Was sagt sie da?«

Noah beugte sich vor, nahm die Maus und stellte die Videoaufnahme noch einmal an den Anfang. »Genau da«, sagte er. »Bevor sie auflegt, sagt sie: ›Ich bin gleich da‹.«

»Na ja, das hilft uns nicht weiter«, meinte Josie. »Wir haben keine Ahnung, wo sie hin wollte. Kannst du sonst noch etwas erkennen, das sie sagt?«

Sie schauten sich das Material noch zweimal an, konnten aber alle keine weiteren Wörter von Gretchen ablesen. »Wo ist sie hingefahren? Habt ihr irgendwas über das MDT rausbekommen?«

Lamay nickte. »Das MDT konnte sie bis zu einem Block von ihrem Haus entfernt zurückverfolgen. Der Wagen hat da eine halbe Stunde lang gestanden, dann wurde er in Richtung Süden gefahren und das Signal war auf der Hälfte der Brücke weg.«

Lamay zog den Laptop zu sich heran, klickte ein paar Mal und zeigte ihnen auf einem neuen Bildschirm ein Straßenraster, in dem sich auch Block 400 der Campbell Street befand. Gretchens Haus war in der Mitte des Blocks angesiedelt. Das Symbol, das für Gretchens Wagen stand, hatte in der Miller Street angehalten, im Block hinter Gretchens Haus. Josies Berechnungen zufolge hatte es nicht so ausgesehen, als ob sie genau parallel zu ihrem Zuhause geparkt hätte. Sie hätte sich aber immer noch von der Rückseite auf ihr Grundstück schleichen können. Weshalb hätte sie das aber tun sollen? Wenn sie auf dem Weg zu ihrem eigenen Haus gewesen war, warum hatte sie dann nicht in der Einfahrt geparkt? Wenn Gretchen das Revier nach dem Anruf verlassen und direkt in ihre Wohngegend gefahren war, hieße das, dass sie am Tatort gewesen war. Oder etwa nicht? Wenn es stimmte, wo war sie dann als nächstes hingefahren und weshalb hatte sie das MDT ihres

Autos deaktiviert? Oder hatte es jemand anders getan? Hatte jemand anders den Jungen erschossen und Gretchen entführt?

Noah sagte: »Ich werde die Fahndung veranlassen.«

»Gute Idee«, meinte Josie und riss ihren Blick vom Computer los. Sie klopfte Lamay auf die Schulter. »Danke, Dan. Wie sieht es mit der Befugnis für die Mietwagenfirma aus?«

Es gab zwei Brücken in Denton, die in den äußersten Randgebieten der Stadt über den Susquehanna River führten, dort, wo er sich schlängelte und wand. Die Brücke im südlichen Denton war relativ klein – mit einer Fahrspur in jeder Richtung und nicht sehr viel Verkehr. Auf der anderen Seite befand sich ein Netz aus engen Straßen, die sich durch die Berge zogen und zum benachbarten Bezirk Lenore mit seiner Talebene aus Acker- und Jagdland führten.

Josie hielt am Seitenstreifen an und stieg aus dem Auto. Noah folgte ihr. »Wonach halten wir denn Ausschau?«, fragte er.

An ihnen fuhr ein Auto in Richtung Innenstadt von Denton vorbei. Ansonsten war es still um sie herum. Die Straßenbeleuchtung über ihnen gab ein dumpfes gelbes Licht ab. Josie beugte sich über den Rand des Schutzgeländers. Unter ihnen schwappte der Fluss friedlich. »Ich weiß es nicht«, erwiderte Josie.

Noah berührte das Geländer mit einer Hand. »Also, wir wissen, dass sie mit dem Auto nicht von der Brücke gestürzt ist. Hier ist nichts beschädigt. Die Ufer sehen nicht danach aus.

Wenn jemand auf eines der Ufer heruntergestürzt wäre, würde ich erwarten, dass das Gestrüpp plattgedrückt wäre oder es einen Baum umgehauen hätte.«

»Das bedeutet, wer auch immer das Auto hier angehalten hat, hat das MDT deaktiviert«, meinte Josie. »Und es dann wahrscheinlich in den Fluss geworfen.«

»Du denkst, jemand anders als Gretchen war der Fahrer des Autos?«

Josie sah ihn fest an. »Du glaubst, Gretchen hat am Steuer gesessen? Du glaubst, sie hat eine Leiche in ihrer Einfahrt liegengelassen, ist hergefahren, hat ihr MDT deaktiviert, es in den Fluss geschmissen und ist dann abgehauen?«

Noah Stimme klang ruhig und vernünftig. Er war immer vernünftig. »Gretchen war auf der Wache. Sie hat einen Anruf auf ihrem Handy bekommen. Sie hat gesagt: ›Ich bin gleich da.‹ Sie ist zum Block neben ihrem Haus gefahren. Ihre Eingangstür war offen und die Patronenhülse, die man auf ihrer Veranda gefunden hat, war eine Neun-Millimeter, das gleiche Kaliber, das ihre Dienstwaffe hat. Alles, was wir wissen, deutet darauf hin, dass sie zu Hause war, als das Opfer dorthin kam, und dass sie ihn erschossen hat. Außerdem ist es schwerer, ein MDT zu deaktivieren, als es aus dem Auto zu werfen. Wer auch immer das war, wusste ganz genau, was er tat.«

»Also hat der Mörder des Jungen vielleicht Gretchens Pistole benutzt, um ihn zu erschießen, und ihn dann in Gretchens Einfahrt liegen gelassen. Vielleicht wusste diese Person, wie man es deaktiviert, oder vielleicht wurde Gretchen dazu gezwungen.« Gleich nachdem sie das gesagt hatte, stiegen Zweifel in ihr auf. Selbst wenn Gretchen dazu gezwungen worden wäre, hätte sie eine Möglichkeit gefunden, ihnen eine Nachricht, einen Hinweis zu hinterlassen. Sie hätte es so aussehen lassen, als ob das MDT deaktiviert gewesen wäre, aber die Antenne intakt gelassen, um von ihnen gefunden werden zu können. Oder nicht?

»Josie«, sagte Noah, »ich glaube, wir müssen uns eingestehen, dass wir Gretchen nicht so gut kennen – nicht gut genug, um zu wissen, wozu sie wirklich fähig ist.«

Josie stemmte die Hände in die Hüften und funkelte ihn wütend an. »Ich kenne sie genug und weiß, dass Gretchen nicht in der Lage wäre, einen jungen Mann in den Rücken zu schießen, ihn zurückzulassen und abzuhauen.«

Noah hob versöhnlich die Hände. »Boss – ich meine, Josie – mir ist klar, dass Gretchen dir wichtig ist, und sie war von Anfang an eine loyale, engagierte Kollegin in unserem Revier. Aber wie viel weißt du eigentlich wirklich über sie?«

Auf dem Weg zurück zum Auto drängte sich Josie an ihm vorbei. Sie schaute über ihre Schulter und murrte: »Genug. Ich weiß genug. Lass uns jetzt zur Mietwagenfirma fahren. Wir müssen die Identität des Jungen rauskriegen und in welcher Verbindung er zu Gretchen steht.«

8

Die Autovermietungsagentur Prime Car Rental hatte ihren Sitz an einer zweispurigen Allee am Stadtrand, nur etwa vierhundert Meter von der Autobahn entfernt. Das gedrungene einstöckige Gebäude war von einem großen Parkplatz umgeben. Glänzende Limousinen und kleine Geländewagen in allen Farben standen dort. Fluoreszierende Lichter schimmerten durch die Glaswände auf der Vorderseite des Gebäudes. Sie beleuchteten einen kleinen, gefliesten Empfangsbereich mit ein paar vereinzelten PVC-Stühlen und einem Tisch voller Broschüren. Gegenüber der Rezeption stand eine hohe Theke. Als Josie und Noah eintraten, ertönte irgendwo im hinteren Teil des Gebäudes ein langes, grelles Dingdong. Eine junge Frau mit schwarzen, zu einem unordentlichen Dutt aufgetürmten Haaren kam aus einer Tür hinter der Rezeption hervor. Sie trug ein einfaches schwarzes Kleid mit einem grauen Pullover darüber. Sie rückte das Revers zurecht und bedachte sie mit einem Standardlächeln. »Was kann ich für Sie tun?«

Josie schob die Befugnis über die Theke und zeigte ihren Polizeiausweis. »Ich bin Detective Quinn, das ist Lieutenant Fraley von der Polizei Denton.«

Die Augen der jungen Frau wurden größer, als sie Josies Dienstausweis prüfte. »Oh mein Gott, ich kenne Sie!«, rief sie aus. »Sie waren doch Polizeichefin. Ihre Schwester ist diese Reporterin ...«

»Ja«, fiel ihr Josie ins Wort, »das bin ich. Aber ich bin nicht hier, um ...«

»Oh mein Gott«, fuhr die junge Frau fort. »Ich habe die Sendung *Dateline* über Sie gesehen. Ich meine, die dritte davon. Sie haben diesen Fall gelöst, bei dem es ...«

»Es tut mir leid, Miss ...« unterbrach Noah sie mit einem breiten Lächeln und schob sich vor Josie. »Mir ist klar, dass Detective Quinn so etwas wie eine lokale Berühmtheit ist, aber wir sind eigentlich wegen eines Falls hier. Es ist wirklich wichtig. Wir hatten gehofft, dass Sie uns weiterhelfen können.«

Sie hielt sich eine Hand an den Brustkorb und Josie sah, dass ihre Fingernägel bis aufs Nagelbett abgekaut waren und der rote Lack bis auf zackenförmige Streifen verschwunden war. »Ich?«, fragte sie. »Ich würde sehr gerne helfen.«

»Ja«, sagte Noah und klopfte mit einem Finger auf die Befugnis. »Wir ermitteln in einem Fall, in dem einer Ihrer Mietwagen involviert war. Diese Befugnis erlaubt Ihnen, uns den Namen der Person zu verraten, die ihn gemietet hat.«

Sie nahm die Befugnis hoch und schaute sie sich stirnrunzelnd an. Ihre Blick blieb weiterhin an Josie hängen, die hinter Noah stand. »Ist das so etwas wie ein großer Fall?«, fragte sie im Flüsterton.

Josie antwortete: »Wir gehen allen unseren Fällen mit gleicher Gründlichkeit nach.«

»Natürlich«, meinte die junge Frau. Vorsichtig platzierte sie die Befugnis neben ihrer Tastatur und begann zu tippen. »James Omar«, sagte sie. Sie drehte den Bildschirm, sodass sie einen Scan seines Führerscheins sehen konnten. »Aus Boise, Idaho«, fuhr sie fort.

Josie würde den Führerschein mit dem Toten abgleichen

müssen, aber sie war sich ziemlich sicher, dass er der Mann war, der in Gretchens Einfahrt erschossen worden war. Der Führerschein zeigte einen jungen Mann mit olivfarbenem Teint, lockigem schwarzen Haar und haselnussbraunen Augen. Er lächelte auf dem Foto nicht, aber Josie konnte erkennen, dass er attraktiv war. Als ob sie ihre Gedanken gelesen hätte, sagte die junge Frau: »Er ist süß. Und erst dreiundzwanzig.«

Josie musste sich anstrengen, nicht ihr Gesicht zu verziehen. Sie konnte es nicht vermeiden, an all die Leute zu denken, mit denen James Omar nun nicht mehr zusammenkommen würde. Was hatte er nur vorgehabt?

»Ich dachte, wenn man unter sechsundzwanzig ist, darf man gar kein Auto mieten«, sagte Josie.

Die junge Frau winkte ab. »Ach, das ist eine alte Regel. Nicht alle Vermietungsagenturen halten sich daran. Neuere Firmen wie unsere haben das Mietalter auf einundzwanzig gesenkt. Es bringt viel mehr ein.«

Noah war damit beschäftigt, die Informationen im Notizbuch festzuhalten. Josie fragte die junge Frau: »Wäre es vielleicht möglich, dass Sie das für uns ausdrucken?«

Sie antwortete lächelnd: »Natürlich!«

Einen Augenblick später hörten sie das Surren eines Druckers, das hinter der Rezeption hervorkam. Die junge Frau beugte sich unter die Theke und tauchte mit einem Stapel Papier wieder auf, den sie Josie überreichte. »Sein Mietvertrag ist auch dabei.«

»Es sieht so aus, als ob er das Auto vor zwei Tagen in Philadelphia gemietet hätte«, sagte Noah.

Die Frau drehte ihren Bildschirm zurück und klickte ein paar Mal mit der Maus.

»Ja, das stimmt. Bei unserer Filiale in der Chestnut Street 3300. Kann ich Ihnen sonst noch behilflich sein?«

Josie nahm einen Stift vom Thekentisch und unterstrich die Adresse oben auf dem Stapel Papier, den das Mädchen ihnen gegeben hatte. »Nein, aber vielen Dank. Sie haben uns sehr geholfen.«

Im Auto musterte Noah den Ausdruck von James Omars Führerschein. »Was macht ein junger Kerl aus Idaho in Philadelphia?«

»Arbeit? College?«, schlug Josie vor, während sie den Escape anließ und vom Parkplatz in Richtung Leichenschauhaus fuhr.

»Er ist dreiundzwanzig – er war dreiundzwanzig. Zu alt für einen Collegestudenten.«

»Vielleicht war er im Master-Programm«, meinte Josie. »Oder vielleicht hat er einen Job bei einer Firma in Philadelphia angenommen.«

»Was hat er dann hier gemacht?«

»Das finden wir noch raus«, versicherte ihm Josie. »Steht da eine Handynummer von ihm?«

Noah blätterte durch ein paar Seiten. »Jap«, antwortete er, zog sein Handy heraus und wählte die Nummer. Er schaltete es auf Lautsprecher, sodass sie beide hören konnten, wie es einmal klingelte und dann direkt die Mailbox anging. Die Stimme eines jungen Mannes sagte: »Das ist die Mailbox von James. Lass gern eine Nachricht zurück.«

Noah drückte seufzend auf das Symbol für ANRUF BEENDEN.

»Wir müssen auch eine Befugnis für seinen Mobilfunkanbieter bekommen. Wir werden die Daten der letzten zwei Wochen bekommen und dann sehen, ob wir sein Handy und auch Gretchens triangulieren können. Weder am Toten noch im Mietwagen wurde ein Handy gefunden.«

Josie nickte. »Machen wir das. Aber erst mal muss er sicher identifiziert sein.«

Dentons Leichenschauhaus, das von Dr Feist geleitet wurde, bestand aus einem großen Untersuchungszimmer ohne Fenster und einem kleinen Büro. Es war im Keller des Denton-

Memorial-Krankenhauses untergebracht – einem alten Backsteingebäude auf einem Hügel, von dem aus man einen Ausblick über fast die ganze Stadt hatte. Sie nahmen den Geruch wahr, noch bevor sie den Untersuchungsraum betreten hatten – eine seltsame Mischung aus beißenden Chemikalien und Verwesung, an die sich Josie niemals hatte wirklich gewöhnen können. Sie erinnerte sich auf einmal wieder schmerzlich daran, wie sie neben Gretchen im Untersuchungsraum gestanden hatte, der die Leichenhallengerüche überhaupt nichts ausgemacht hatten – und auch die traurigen und oft grauenvollen Schicksale nicht.

Der Junge lag nackt auf dem Untersuchungstisch und eine große, runde Lampe schien auf sein Gesicht. Josie konnte sehen, dass er dünn und muskulös war, die Figur eines Läufers hatte. Brust und Beine waren dicht von dunklem, drahtigem Haar bedeckt. Das Tattoo eines Wolfskopfs mit durchdringenden Augen erstreckte sich über seinen linken Oberarm. Dr. Feist stand mit dem Rücken zu ihnen, während sie ihr Sezierbesteck auf der Arbeitsfläche ordnete. Sie trug einen marineblauen OP-Kittel und ihre silberblonden Haare waren unter einer passendfarbigen Baumwollkappe hochgesteckt. Sie drehte sich um, als sie eintraten, und warf ihnen ein düsteres Lächeln zu. »Ich hoffe, ihr habt etwas für mich.«

Josie gab ihr die Kopie von James Omars Führerschein. Dr. Feist begutachtete sie und ihr Lächeln verschwand. »Das sieht nach einem echten Treffer aus, so eindeutig, wie ich es selten sehe. Natürlich, nachdem wir uns mit der Familie in Verbindung gesetzt haben, wird es nach deren Überprüfung des Tattoos keine Zweifel mehr geben.«

Sie lief zum Untersuchungstisch und hielt das Führerscheinfoto genau neben das Gesicht des Jungen. Josie und Noah stellten sich dicht neben sie und schauten lange darauf. Josie kam es immer so vor, als ob der Tod den Menschen ein grundlegendes Merkmal ihrer Erscheinung raubte, sodass sie nicht mehr wie die aussahen, die sie zu Lebzeiten gewesen waren. Das galt auch für Omar. Die Eigenschaften, die ihn zu James Omar gemacht hatten, waren verschwunden und was zurückblieb, war bloß eine leblose Hülle. Dennoch waren Knochenbau, Haare, Augen und Hautfarbe identisch.

Noah seufzte tief. »Er ist es.«

Dr. Feist hielt die Kopie seines Führerscheins hoch. »Kann ich die behalten?«

»Natürlich«, erwiderte Josie. Sie holte ihr Handy hervor und machte ein Foto davon.

Der Standardprozedur nach kontaktierte die Gerichtsmedizin von Denton diejenige aus dem anderen Bezirk und Bundesstaat, aus dem das Mordopfer kam, das in ihrem Zuständigkeitsbereich gefunden worden war. Dann würde das gerichtsmedizinische Büro am Wohnsitz des Opfers die Todesfallmeldung erstellen und die Familie mit der Polizei von Denton in Verbindung setzen.

Dr. Feist sagte: »Ich bitte das gerichtsmedizinische Büro in Boise, euch zu kontaktieren, wenn sie die Meldung abgegeben haben. Ich nehme mal an, ihr möchtet mit der Familie sprechen.«

»Ja«, antwortete Josie, »wir haben eine Menge Fragen an sie.«

9

SEATTLE, WASHINGTON

MAI 1993

Nach und nach wurde ihr alles klar. Luisa Munroe konnte zuerst nicht verstehen, was geschah. Ihr war noch nicht einmal bewusst, dass überhaupt irgendetwas geschah. Sie war nach ihrer Schicht im Northwest Hospital, die von drei bis elf Uhr gedauert hatte, nach Hause gekommen, und der Schmerz in ihrem unteren Rücken beschäftigte sie mehr als der Fakt, dass das Verandalicht aus war. Sie ging hinein und bis ins dunkle Wohnzimmer.

»Josh?«, rief sie.

Sie drückte den Lichtschalter neben der Eingangstür. Nichts tat sich. Müde seufzte sie. Wie lange war der Strom wohl schon ausgefallen? Lang genug, dass das ganze Essen in der Tiefkühltruhe schlecht geworden war? Sie warf ihre Handtasche aufs Sofa und bahnte sich ihren Weg zur Küche. Dort fiel ein Lichtstrahl durch den Raum und tauchte ihn in dämmriges Licht. Luisa schaute nach links zum Grundstück ihrer

Nachbarn, in dem ein Flutstrahler stand und – wie immer – durch ihr Küchenfenster schien. Sie hatte Josh schon seit Monaten in den Ohren gelegen, doch kleine Jalousien anzubringen, weil sich der Idiot von nebenan weigerte, das Licht von ihrer Seite des Hauses wegzudrehen.

»Josh?«, rief sie erneut.

Sie ging zur Hintertür und als sie sie öffnete, brachte sie das Windspiel in Form von kleinen Heißluftballons in Bewegung, das auf der hinteren Veranda über der Tür hing. Sie warf einen Blick nach draußen und bemerkte erst jetzt, dass in den Nachbarhäusern Licht brannte, was bedeutete, dass nur bei ihnen der Strom ausgefallen war. Sie ging wieder hinein und bemerkte das Bild an ihrem Kühlschrank. Es handelte sich um ein weißes Blatt Papier mit unbeholfenen Farbtupfern, die ungleichmäßig verteilt waren. Es war eine einfache Kinderzeichnung eines roten Hauses, mit einer klobigen gelben Sonne und vier Strichmännchen.

»Josh!« Diesmal schwang ein Anflug von Panik in Luisas Stimme mit.

Sie hatten keine Kinder. Sie hatten weder Freunde noch Kollegen mit Kindern. Keiner der Nachbarn, mit denen sie sich gut verstanden, hatte kleine Kinder. Sie hatten nicht einmal Nichten oder Neffen. Ihre Entscheidung, *keine* Kinder zu bekommen, hatte sie gegenseitig angezogen und ihre Beziehung bestärkt. Sie waren glücklich so. Es reichte für sie aus. Die meisten Menschen konnten ihre Entscheidung nicht nachvollziehen, aber ihnen selbst kam sie vernünftig vor.

Luisa arbeitete auf der Intensivstation – dort, wo schmerzlich sichtbar wurde, wie zerbrechlich das Leben sein konnte –, aber entscheidender war, dass sie keinen Kontakt zu Kindern hatte, außer man zählte die erwachsenen Kinder dazu, die manchmal ihre Eltern verloren. Josh arbeitete als Automechaniker, lag meistens unter einem Fahrzeug und hatte weder mit Kunden – noch deren Kindern – zu tun. Luisa starrte auf das

Bild und zermarterte sich den Kopf, in welchem Szenario ihr Mann eine Kinderzeichnung hätte bekommen können – und sie dann an ihren Kühlschrank gehängt hätte.

Wo auch immer es herkam – das Bild gehörte ihnen nicht.

Auf einmal kam ihr die Stille im Haus wie Donnergrollen vor. Sie rannte zum Schlafzimmer und riss die Tür auf. Ihr blieb der Bruchteil einer Sekunde, um Josh am Fußende ihres Bettes knien zu sehen – bis sie dann von einer Taschenlampe geblendet wurde. Eine unbekannte Stimme sagte: »Oh, gut, dass du zu Hause bist. Dann können wir ja jetzt loslegen.«

10

DENTON, PENNSYLVANIA

GEGENWART

Bob Chitwood war nun seit etwa sechs Monaten Polizeichef und trotzdem wirkte sein Büro nur provisorisch. Es fehlte eine persönliche Note, und der Umzugskarton, den er gleich in der ersten Woche als Chef mitgebracht hatte, stand immer noch unausgepackt am Rand auf dem großen Schreibtisch. Während Josie mit Noah darauf wartete, dass Chitwood sein Telefongespräch beendete, schaute sie sich um und bemerkte die leere Pinnwand, an die sie damals Fotos geheftet hatte, und die jetzt kahlen Wände, an denen ihre Abschlüsse, Zertifikate und Auszeichnungen gehangen hatten. Es war nicht gerade ihre Lieblingsaufgabe gewesen, Chefin zu sein. Es hatte einen Haufen bürokratischer Arbeit bedeutet und zudem, politische Befindlichkeiten abzuwägen, wozu Josie kein Talent besaß — aber es fühlte sich auch seltsam am, jetzt auf der anderen Seite des Schreibtischs zu sitzen.

Chitwood beendete den Anruf, lehnte sich in seinem Stuhl

zurück und legte die Hände aufeinander. Mit hochgezogenen Augenbrauen schaute er Josie und Noah an. Er war ein großer, dünner Mann in den Sechzigern und sein weißes Haar lichtete sich. Ein paar Strähnen rutschten ihm immer wieder über die Stirn, als ob sie nicht fest in der Kopfhaut verankert wären. Seine Wangen waren mit alten Aknenarben übersät und graue Stoppeln sprossen ihm aus dem Kinn. Josie konnte nie einschätzen, ob er versuchte, sich einen Kinnbart wachsen zu lassen oder ob er bloß immer einen Fleck beim Rasieren vergaß.

»Ich möchte einen Untersuchungshaftbefehl für Detective Palmer erlassen«, sagte er. »Wegen Mordes.«

»Was?«, platzte es aus Josie heraus.

Noah, immer der Gemäßigtere von ihnen beiden, gab zu bedenken: »Chief, ich bin mir nicht sicher, ob wir genügend Beweise haben, um Detective Palmer wegen Mordes zu verhaften.«

»Ich habe schon mit dem Büro des Bezirksstaatsanwalts gesprochen«, sagte Chitwood. »Wir haben hier einen dreiundzwanzigjährigen Jungen, der in ihrer Einfahrt in den Rücken geschossen worden ist. Es gibt Hinweise darauf, dass sie dabei oder in der Nähe war, als der Schuss abgegeben wurde. Sie fehlt unentschuldigt und das MDT wurde aus ihrem Wagen entfernt. Was denken Sie, was ich noch brauche, um einen Haftbefehl zu erlassen? Es ist nur noch eine Frage der Zeit, bis die Presse Wind von allem bekommt. Wir können es nicht so aussehen lassen, als ob wir nichts tun würden.«

»Chief«, unterbrach ihn Josie und versuchte dabei, ihre Stimme ruhig zu halten. Sie wusste, dass sie emotional reagierte und versuchte, ihre persönlichen Gefühle beiseite zu schieben. »Ich kann das mit der Presse regeln. Ich habe da Kontakte. Hören Sie, Detective Palmer ist eine von uns. Wir haben schon eine Fahndung nach ihr und auch nach dem Auto rausgegeben. Wir haben eine Befugnis an ihren Mobilfunkanbieter gefaxt, damit wir ihr Handy orten können. Ich kenne Detective

Palmer. Ich war es, die sie eingestellt hat. Ich habe mit ihr seit mehr als zwei Jahren zusammengearbeitet. Ich glaube nicht, dass sie so etwas tun könnte. Ich denke, es ist noch jemand anders dran beteiligt.«

Chitwoods Oberkörper schnellte nach vorne und der Stuhl knarrte. Er stemmte die Hände auf die Armlehnen. »Mir ist egal, was Sie denken, Quinn. Glauben Sie, Tara hätte mich nicht vor Ihnen und Ihren Machenschaften in dieser Stadt gewarnt?«

»Chief«, warf Noah ein, »Tara – Bürgermeisterin Charleston – war immer schon voreingenommen, wenn es um Detective Quinn ging.«

Chitwood lächelte, aber es war kein angenehmes Lächeln. »Aha, und Sie sind es nicht? Wenn ich nicht falsch liege, sind Sie beide ein Paar geworden, als Quinn wieder zurück im Dienst war. Also erzählen Sie mir nichts von Voreingenommenheit, Fraley, oder ich kriege Sie bis zum Wochenende am Arsch.«

Josie hob die Hände. »Bitte«, sagte sie. »Wir kommen vom Thema ab. Wir müssen uns weiter auf Gretchen – Detective Palmer – konzentrieren. Ich wollte nur sagen, dass wir Detective Palmer vielleicht einen Vertrauensbonus geben sollten. Dass wir sie vielleicht als Vermisste anstatt als Kriminelle auf der Flucht behandeln sollten. Ich verstehe, dass es schlecht aussieht, aber das ist kein klarer Fall. Da ist dieses Foto von einem kleinen Jungen von 2004. Warum hätte Gretchen diesen Kerl in den Rücken schießen und dann ein altes Foto an seinem Körper befestigen sollen? Es geht da noch viel mehr vor sich und ich würde gern die Möglichkeit erhalten, rauszufinden, was es ist, bevor wir mit den Fingern auf Leute zeigen.«

Chitwood dachte darüber nach. Josie konnte praktisch spüren, wie Hitze in Noah aufstieg. Sie warf einen Blick zu ihm und bemerkte, dass seine Wangen gerötet waren – ein Anzeichen von Wut, wie sie wusste. Noah war kein hitzköpfiger

Mensch. Chitwood hatte ihn wirklich aufgebracht. Josie konnte das verstehen. Ihr neuer Chef hatte angedeutet, dass ihre persönliche Beziehung sie davon abhielt, effektiv zu arbeiten, dabei war das Gegenteil der Fall. Sie hatten noch nicht einmal eine Beziehung geführt, bis Josie krankgeschrieben worden war. Konnte es überhaupt eine Beziehung genannt werden, wenn sie es niemals vollzogen hatten? Unabhängig davon hatte die Arbeit bei ihnen in den vergangenen zwei Jahren immer an erster Stelle gestanden.

Ihr Blick traf Noahs und sie sagte unhörbar: »Lass es gut sein.«

Er schaute weg. »Geben Sie uns wenigstens etwas Zeit«, bat er eindringlich. »Zweiundsiebzig Stunden. Wir behandeln den Fall Detective Palmer wie den einer Vermissten. Wenn wir sie bis dahin nicht gefunden haben, können Sie einen Untersuchungshaftbefehl erlassen. So oder so wird sie von der ganzen Dienststelle und der Staatspolizei gesucht.«

Chitwood starrte sie noch einen langen Augenblick an und sein steinharter Blick wanderte zwischen ihnen beiden hin und her. Schließlich sagte er: »Sie haben achtundvierzig Stunden.«

11

»Wir schaffen es niemals, den Fall in achtundvierzig Stunden zu lösen«, murmelte Noah, als sie Chitwoods Büro verließen und zum Großraumbüro gingen – einem weitläufigem Raum mit einer Ansammlung von Schreibtischen im ersten Stock. Dort wurde Verwaltungsarbeit erledigt, es wurden Telefonate geführt und Recherche betrieben. Josie, Noah und Gretchen hatten eigene Schreibtische, aber die anderen wurden von ihren restlichen Kollegen geteilt. Noah hatte Josies persönliche Gegenstände aus dem Chefbüro geräumt, als Josie krankgeschrieben gewesen war. Er war es auch gewesen, der ihren neuen, dauerhaften Detective-Schreibtisch direkt gegenüber von seinem eigenen ausgesucht hatte. Gretchens Schreibtisch befand sich seitlich zu ihren beiden, und zusammen bildeten die drei Tische ein T.

Als Noah verärgert sein Notizbuch auf den Platz warf, zog Gretchens Schreibtisch Josies Blick auf sich. Wie immer war alles absolut ordentlich. Alle Akten, an denen sie arbeitete, waren säuberlich auf einer Seite gestapelt. In einer alten Denton-PD-Kaffeetasse waren Stifte. Sie kam an ihrem eigenen, mit Papier übersäten Schreibtisch vorbei und begann,

Gretchens Schubladen herauszuziehen. »Wir werden das nicht in achtundvierzig Stunden lösen«, stimmte ihm Josie zu. »Aber wir könnten Gretchen finden.«

Noah zog sein Jackett aus und hängte es über die Stuhllehne.

Die Arme vor der Brust verschränkt, sah er ihr zu, wie sie Gretchens Schreibtischinhalte durchging. »Weil das so einfach ist«, meinte er.

Josie schaute lange genug nach oben, um ihm einen bösen Blick zuzuwerfen. »Wir gehen den Hinweisen nach, Fraley.«

Er lachte, als er sich hinter seinen Schreibtisch setzte. »Welche Hinweise meinst du denn? Für mich sieht es nämlich so aus, als ob wir ganz viel gar nichts haben.«

Gretchens Schreibtisch gab nicht mehr her als Büromaterial, ein paar persönliche Hygieneartikel – Zahnseide, ein Fläschchen Ibuprofen, mehrere Alka-Seltzer-Tabletten – und Arbeitsakten. »Ich brauche ihre Personalakte«, sagte Josie.

Sie ging zurück zu Chitwoods Büro und wartete einige Minuten, in denen er Gretchens Akte suchte. Er hatte sich nicht die Mühe gemacht, seine persönlichen Sachen auszupacken. Dafür hatte er sich aber die Zeit genommen, das Aktensystem umzustellen, das sie hatten, als Josie vorübergehende Chefin gewesen war. Schließlich kehrte sie mit Gretchens Akte in der Hand an ihren Schreibtisch zurück. Noah rollte seinem Stuhl herbei und setzte sich neben sie. »Du suchst nach einem Notfallkontakt, stimmt's?«

»Ja«, antwortete Josie. »Als sie angefangen hat, muss sie jemanden angegeben haben.«

Auf den verschiedenen Formularen, die Gretchen bei ihrer Einstellung hatte ausfüllen müssen, stand geschrieben: CAROLINE WEBER und, unter Beziehung: COUSINE. Der Vorwahl der angegebenen Telefonnummer nach vermutete Josie, dass diese Frau in oder bei Pittsburgh lebte, also über vier Stunden Fahrt von Denton Richtung Westen.

Josie holte ihr Handy heraus und wählte die Nummer. Nach dem dritten Klingeln meldete sich eine Frauenstimme. Josie fragte: »Miss Weber? Caroline Weber?«

»Ja?«, fragte die Frau. Ihrer Stimme nach schien sie jünger zu sein, als Josie erwartet hatte.

»Hier ist Detective Josie Quinn von der Polizei in Denton. Ich rufe wegen Ihrer Cousine Gretchen Palmer an.«

»Gretchen?«, wiederholte die Frau. Sie klang überrascht. »Ist alles in Ordnung?«

»Ehrlich gesagt, sind wir uns nicht ganz sicher. Vor ein paar Stunden gab es einen Mord bei ihr zu Hause und wir konnten Gretchen seitdem nicht finden. Sie wurden von ihr als Notfallkontakt genannt. Wir haben uns gefragt, ob Sie oder jemand aus Ihrer Familie von ihr gehört haben.«

Die Stille danach hielt so lange an, dass Josie dachte, es wäre aufgelegt worden.

»Miss Weber?«

Sie räusperte sich. »Dr. Weber.«

»Entschuldigung?«

»Bitte Dr. Weber. Ich absolviere meine Facharztausbildung am Medical Center der Universität von Pittsburgh.«

Josie war nicht klar, was das mit der verschwundenen Gretchen zu tun hatte, aber sie wollte nicht drängen. Stattdessen sagte sie: »Es tut mir leid, Dr. Weber, aber haben Sie in letzter Zeit etwas von Gretchen gehört?«

Sie seufzte. »Hören Sie, Detective ...«

»Quinn«, half ihr Josie auf die Sprünge.

»Detective Quinn, ich weiß, warum Gretchen mich als ihren Notfallkontakt angegeben hat. Ich wohne nur ein paar Stunden weit weg. Ich bin Ärztin, deshalb wäre es kein Problem für mich, medizinische Entscheidungen zu treffen, wenn sie selbst dazu nicht mehr in der Lage wäre. Aber Gretchen und ich stehen uns nicht nah. Ich habe von ihr seit Jahren nichts gehört. Sie schickt mir Postkarten aus dem Urlaub. Das war's.«

»Also haben Sie heute nicht mit ihr gesprochen«, sagte Josie nachdrücklich.

»Nein. Ich meine, ich kann mir Ihre Nummer notieren, und wenn ich tatsächlich von ihr höre, rufe ich Sie an. Ich kann Ihnen sonst aber nicht weiterhelfen.«

Josie konnte nachvollziehen, weshalb Gretchen der Frau nicht nahestand. Sie war kühl wie ein Wintertag. Sie hatte sich noch nicht einmal ein wenig um Gretchens Sicherheit oder Wohlergehen besorgt gezeigt und hatte keine einzige Frage über den Mord gestellt. Josie fragte sich kurz, ob sie es bereits von Gretchen selbst erfahren hatte, und ob es einfach eine Lüge war, dass sie nichts von ihr gehört hatte.

»Gibt es jemand anderes in Ihrer Familie, an den sich Gretchen wenden könnte, wenn sie in Schwierigkeiten stecken oder Hilfe brauchen würde?«, fragte Josie.

»Nein, nur unsere Großeltern, die vor ein paar Jahren gestorben sind. Also, ich habe ihr wahrscheinlich am nächsten gestanden, aber das heißt nicht viel. Meine Mutter und Gretchens Vater waren Geschwister. Gretchens Vater ist gestorben. Ich habe eine ältere Schwester, aber sie lebt in Ohio. Gretchen hatte ein paar Tanten und Onkel mütterlicherseits, aber ich bin mir ziemlich sicher, dass sie keinen Kontakt mehr zu ihnen hat. Besonders, weil ...« Sie brach den Satz plötzlich ab und es wurde still in der Leitung.

»Es ist okay, Dr. Weber. Ich weiß von ihrer Mutter«, sagte Josie. »Gretchen hat es mir erzählt. Sie haben nicht zufällig Kontaktdaten von ihnen, oder?«

»Ich selbst nicht, aber meine Mutter. Ich kann sie von ihr bekommen und Ihnen weiterleiten, wenn Sie mir Ihre Nummer geben«, bot sie an.

»Das wäre eine große Hilfe. Danke. Eine letzte Sache: Wäre

es für Sie in Ordnung, wenn ich Ihnen das Foto eines kleinen Jungen schicke? Wir haben es auf Gretchens Grundstück gefunden und versuchen herauszufinden, wer dieser Junge ist.«

»Sicher, schicken Sie es rüber. Ich werde Ihnen mitteilen, ob ich ihn kenne.«

12

SEATTLE, WASHINGTON

JULI 1993

Mary lag angespannt im Bett und lauschte. Da war es schon wieder. Dieses Geräusch. So ähnlich, als ob Glas zerspränge, aber das traf es nicht ganz. Es klang melodischer. Sie stieß ihren Mann mit dem Ellenbogen an, der darauf mit einem Grunzen reagierte. Sie legte ihm eine Hand auf die Schulter.

»Tim«, flüsterte sie. »Wach auf. Ich höre etwas.«

Es brauchte mehrere Anläufe, bis er aufwachte. Er hatte schon immer einen so tiefen Schlaf gehabt, als ob ihn jemand unter Drogen gesetzt hätte. Schließlich weckte ihn ein kräftiger Schlag gegen den unteren Rücken auf und sein Kopf schoss vom Kissen hoch.

Unter einer ins Gesicht fallenden braunen Haarsträhne funkelnden sie zwei Augen verärgert an.

»Um Gottes Willen, Mare. Was ist denn jetzt schon wieder?«

Sie hielt sich einen Finger an die Lippen, damit er schwieg.

Er verdrehte die Augen, hörte aber trotzdem hin. Das Klirren setzte wieder ein.

»Das sind nur die Nachbarn, die werfen Flaschen in ihre Wertstofftonne«, tat er es ab und vergrub das Gesicht wieder im Kissen.

Mary kniff ihn fest in den Arm.

»Auuu, verdammt noch mal, Mare.« Er stand jetzt aber aus dem Bett auf und murmelte dabei vor sich hin. Etwas über Blödsinn.

»Ich habe das gehört«, zischte Mary, während Tim auf dem Nachttisch nach seiner Brille suchte und im dunklen Flur verschwand. Sie zog sich die Daunendecke bis zur Brust und hörte, wie er durchs Haus lief. Die Haustür quietschte verräterisch und einen Augenblick später hörte sie es noch einmal. Dann weitere Schritte. Sie hörte, wie er mit der Hintertür zu kämpfen hatte. Das feuchte Wetter hatte den Rahmen aufquellen lassen. Sie war ihm immer wieder hinterher gewesen, dass er sie abschliff, damit sie sich leichter öffnen und schließen ließ. Dann hörte sie ein lautes Klirren, als ob er mit der Quelle des Lärms kämpfte. Es klang nicht wie eine Wertstofftonne voller Bierflaschen. Es gab einen Krach, der sie zusammenzucken ließ. Etwas war, wie sie vermutete, auf dem Küchentisch gelandet, dann knallte die Hintertür zu.

Selbst in dem schwachen Mondlicht, das durch das Schlafzimmerfenster fiel, konnte Mary erkennen, dass ihr Mann wütend war.

»Das verdammte Windspiel«, sagte er und legte sich zurück ins Bett. »Was hast du dir dabei gedacht? Du wachst ja schon auf, wenn jemand drei Blocks weiter furzt. Gerade du kannst kein Windspiel gebrauchen.«

Mary spürte, wie Angst ihren Brustkorb beschwerte. »Ein Windspiel? Ich habe kein Windspiel gekauft.«

Er legte seine Wange aufs Kissen und schloss die Augen.

»Wer zum Teufel hat es denn dann draußen aufgehängt, Mare? Die Zahnfee?«

Er war schon fast wieder eingeschlafen, als sie die Decke zurückwarf und aus dem Bett sprang. Ihr Muskelgedächtnis führte sie im Dunkeln zur Küche. Dort konnte man durch das von draußen kommende Licht der Straßenlaternen ein Windspielset sehen, das durcheinander auf dem Küchentisch lag. Als sie näherkam, sah sie, dass es aus kleinen Heißluftballons bestand.

Sie huschte zurück zum Schlafzimmer. »Tim«, sagte sie, als sie an der Türschwelle angekommen war, »ich habe das nicht gekauft. Jemand anders ...« Die Worte blieben ihr im Hals stecken, als ihr der Strahl einer Taschenlampe in die Augen leuchtete. Sie hielt eine Hand hoch, um sich vor dem blendenden Licht zu schützen. Hinter dem Lichtkreis glaubte sie, Tims Augen zu sehen, die weit aufgerissen waren und in denen Angst stand. Er saß aufrecht im Bett und der Lauf einer Pistole war gegen seine Schläfe gedrückt.

»Renn!«, rief er.

Dann war eine andere Stimme zu hören. Männlich. Unbekannt. »Oh, Mary läuft nirgendwo hin. Wir fangen doch gerade erst an.«

13

DENTON, PENNSYLVANIA

GEGENWART

Caroline Weber kannte den kleinen Jungen auf dem Foto von 2004 nicht, das an James Omars Körper gesteckt hatte. Josie bat sie, es an ihre Mutter und Schwester weiterzuleiten, die den Jungen aber auch nicht erkannten. Sie schickten Josie aber recht schnell die Namen und Telefonnummern von Gretchens anderen Familienmitgliedern. Noah und sie teilten sich die Liste auf und begannen mit den Anrufen. Niemand aus der Familie hatte etwas von Gretchen gehört. Alle erklärten sich bereit, sich eine Nachricht mit dem Foto des Jungen von 2004 schicken zu lassen, aber keiner kannte ihn.

Es war schon fast dreiundzwanzig Uhr und sie steckten in einer Sackgasse.

Noah lehnte sich in seinem Stuhl zurück, räkelte sich und verschränkte dann die Finger hinter dem Kopf. »Wir sollten Feierabend machen.«

»Ihre Mutter lebt noch«, sagte Josie, ignorierte seine Anregung und machte sich Notizen in der Akte auf ihrem Schreibtisch.

Ohne zu zögern erwiderte Noah: »Ihre Mutter sitzt im Gefängnis.«

»Ich kann den Gefängnisdirektor anrufen«, schlug Josie vor. »Und ihn bitten, ihr das Foto zu zeigen. Ich muss da nicht selbst hinfahren.«

»Ja«, meinte Noah. »Ich glaube nicht, dass ein Besuch gerade die beste Idee wäre.«

Gretchens Mutter war im selben Gefängnis untergebracht wie zurzeit auch Josies Mutter – oder besser gesagt, die Frau, die Josie aus ihrer echten Familie entführt und sich ihr ganzes Leben lang als ihre Mutter ausgegeben hatte. Lila Jensen war so böse und toxisch, wie es nur möglich war. Selbst fortgeschrittener Eierstockkrebs konnte sie nicht ins Grab bringen. Nachdem es im Strafverfahren zu einer Verständigung für die vielen Anklagepunkte gegen sie gekommen und sie inhaftiert worden war, hatten ihr die Ärzte noch drei Monate gegeben. Das war vor sechs Monaten gewesen und das Miststück lebte immer noch. Josie müsste Lila Jensen nicht sehen, wenn sie Gretchens Mutter im Muncy Prison einen Besuch abstattete, aber trotzdem wollte sie nicht in ihrer Nähe sein.

»Außerdem«, fügte Noah hinzu, »war Gretchens Mutter 2004 nicht schon in Haft?«

Josie antwortete: »Es besteht immer noch die Möglichkeit, dass andere Familienmitglieder mit ihr in Kontakt geblieben sind. Die Justizvollzugsanstalt wird ein Besucherprotokoll führen und wissen, wie viele Briefe sie bekommen hat und von wem. Mir ist klar, dass das weit hergeholt ist, aber wir sollten sie nicht so schnell abschreiben.«

Sie suchte die Nummer des Gefängnisdirektors über ihren Bürocomputer heraus und griff dann zum Telefon. Noah stand auf, ging um den Schreibtisch herum und legte seine Hand sanft auf ihre. »Ich glaube, du vergisst, dass es dreiundzwanzig Uhr ist.«

Josie schaute zu ihm hoch und öffnete schon den Mund, um zu protestieren, aber Noah redete zuerst weiter: »Ich weiß. Ich weiß schon, dass du nicht aufhören willst, aber wir können gerade nichts mehr machen. Die Fahndung nach Gretchen und ihrem Wagen ist raus. Wir werden angerufen, falls sie oder ihr Auto in der Nacht geortet werden sollten. Die Mobilfunkbetreiber von Gretchens und Omars Handys bekommen beide die Befugnisse. Ich habe auch eine für Gretchens Bankkonto und Kreditkarten fertiggemacht, damit wir feststellen können, ob es da irgendwelche Aktivitäten gegeben hat. Wir hören wahrscheinlich morgen von ihnen, aber nicht früher. Vor morgen können wir nicht mit dem Gefängnisdirektor vom Muncy Prison oder Omars Familie sprechen. Das machen wir dann gleich als erstes. Lass uns jetzt ein paar von diesen ekligen Minimarkt-Sandwiches holen und nach Hause gehen.«

Noah, der immer praktisch dachte.

Josie stand auf und brachte ein kleines Lächeln zustande.

Noah senkte die Stimme. »Warum kommst du nicht mit mir nach Hause?«

Seine Berührung fühlte sich elektrisch an. Josie wäre nichts lieber gewesen als ein paar Stunden Ablenkung für sie beide von dem Rätsel um Gretchen. Sie hätte nichts lieber gehabt, als das zu vollenden, was sie so oft in den letzten paar Monaten angefangen hatten. Als sie schon seine Einladung annehmen wollte, piepste das Handy auf ihrem Tisch mit einer Textnachricht von Trinity.

Wir haben etwas Kuchen vom Restaurant mitgebracht.
Kommst du nach Hause?

Darauf folgte ein Foto von allen vier Paynes in Josies Küche, die sich um einen Geburtstagskuchen versammelt hatten. Sie lächelten alle. Ihre Familie. Die Familie, die sie sich immer gewünscht hatte, als sie klein gewesen war. Die Familie, für die sie während der vielen dunklen Stunden, eingeschlossen in Lila Jensens Wohnwagenschrank, alles gegeben hätte. Vor Sehnsucht spürte sie einen stechenden Schmerz in der Brust, der ein Echo wie von einer Stimmgabel in ihrem ganzen Körper widerhallen ließ. Sie drehte das Handy zu Noah um, sodass er das Foto sehen konnte.

»Es geht heute Nacht nicht«, murmelte sie.

Er wirkte nur leicht enttäuscht, und das war bloß für den Bruchteil einer Sekunde zu bemerken. Danach lächelte er sie an. »Du solltest bei ihnen sein. Wir haben noch viele Nächte vor uns, du und ich.«

Josie widerstand dem Drang, ihn zu küssen. Nicht hier, nicht vor allen. Stattdessen sagte sie einfach: »Danke.«

14

Obwohl sie bis weit nach zwei Uhr morgens mit den Paynes gefeiert hatte, war Josie um sechs auf den Beinen, tapste durch die Küche und wartete darauf, dass der Kaffee fertig wurde. Ihr Handy piepte. Eine Nachricht von Noah. Er war auf dem Weg zum Revier. *Bin in zehn Min da*, antwortete sie.

Hastig angelte sie ihren Thermobecher für unterwegs aus dem Schrank und warf dabei einen Berg aus Tupperware-Behältern um. Sie versuchte, sie davon abzuhalten, auf den Boden zu fallen, konnte aber nur zwei auffangen. Sie sammelte alle auf und warf sie ins Spülbecken. Dann lauschte sie kurz, ob jemand von ihren Gästen durch den Lärm aufgeweckt worden war. Niemand schien sich zu rühren, daher goss sie sich Kaffee ein und drückte den Deckel auf ihren Becher.

Ihre Gedanken wanderten zurück zu Gretchen – dem leeren Haus, der Liste an Verwandten, die kaum Kontakt zu ihr hatten, und den Fotos ihrer geliebten Großeltern, die nun bloß noch als eine Sammlung weggepackter Gegenstände in Gretchens Leben existierten. Sie fragte sich, ob Gretchen jemals einen Gast länger bei sich zu Hause in Denton gehabt hatte.

Und wie das wohl für eine Person sein musste, die ihre eigenen Fenster mit Einbruchfallen versehen hatte.

Josie hatte zuerst gedacht, dass es sie in den Wahnsinn treiben würde, ständig so viele Menschen wie jetzt um sich herum zu haben. Es war eine ziemliche Veränderung für sie gewesen, nachdem sie so lange allein gelebt hatte. Schließlich konnte sie es aber genießen. Wenn ihr Haus leer und still war, hatte sie zu viel Zeit, über alles nachzudenken, das in den vergangenen paar Monaten geschehen war, und über alles, das ihr Lila Jensen genommen hatte. Dann begannen die düsteren Gedanken und die beklemmende Angst setzte wieder ein. Sie hatte gewöhnlich ihren Schmerz mit Sex und Alkohol betäubt. Jetzt versuchte sie es in der Gesellschaft der Menschen, die sie am meisten schätzte – den Paynes, ihrer Großmutter, Misty, dem kleinen Harris und Noah.

Sie dachte manchmal schon, dass sie persönlich gewachsen war, aber eigentlich wusste sie es besser.

Josie griff zu einem Stück Geburtstagskuchen vom Vortag und verschlang ihn mit zwei Bissen, während sie das Haus verließ. Ihre Gedanken wanderten wieder zu James Omar zurück. War er zu Gast bei Gretchen gewesen? Woher kannten sich die beiden? *Kannten* sie sich überhaupt?

Noah saß schon am Schreibtisch und hatte den Hörer des Festnetztelefons am Ohr, als sie im Revier ankam. Sie setzte sich auf ihren Stuhl, während er das Gespräch beendete. »Der Gefängnisdirektor wird um acht da sein und sich darum kümmern, dass Gretchens Mutter sich das Foto anschaut. Er hat mir gesagt, dass Gretchen sie in den ganzen Jahren im Gefängnis nie besucht hat. Also glaube ich nicht, dass sie irgendeine Idee hat, wo Gretchen sein könnte. Aber anscheinend hat sie zwei eigene Cousinen, die sie im Laufe der Jahre besucht haben. Also hast du recht gehabt. Es ist einen Versuch wert, ihr wenigstens das Foto zu zeigen.«

»Super«, meinte Josie. »Mich wundert es nicht, dass Gretchen keinen Kontakt zu ihr hatte. Ich glaube, wir sind auf der falschen Fährte. Denk bitte mal darüber nach. Wo hat Gretchen die meisten der letzten fünfzehn Jahre ihres Lebens verbracht, bevor sie hierher gekommen ist?«

»Sie war bei der Polizei in Philly«, antwortete Noah. »Bei der Mordkommission. Wir sollten mit ihren Kollegen sprechen.«

»Genau«, stimmte ihm Josie zu. Sie öffnete die mittlere Schublade ihres Schreibtischs, zog die Personalakte heraus, die sie am vorigen Abend herausgeholt hatte, und blätterte sie durch. Sie war auf der Suche nach Gretchens Lebenslauf und Referenzen. Die erste aufgeführte Referenz war ein Lieutenant der Mordkommission, Steven Boyd.

Josie nahm ihr Handy, wählte die Nummer der Mordkommission von Philadelphia und fragte nach Lieutenant Boyd – der, wie sie gleich erfuhr, bis sechzehn Uhr abwesend sein würde. Sie würde ihn noch einmal anrufen müssen. Seufzend loggte sie sich auf ihrem Bürocomputer bei Facebook ein und suchte nach James Omar. Sie fand seinen Account fast sofort. Auf seinem Profilbild war er in Nahaufnahme mit im Wind wehenden Locken zu sehen. Hinter ihm konnte Josie einen Strand erkennen. Sie klickte sich durch die restlichen Fotos. Es waren nicht viele. Anscheinend verbrachte er nicht viel Zeit auf Social-Media-Kanälen. Ein paar Bilder zeigten ihn inmitten einer Männergruppe. Auf anderen waren seine Eltern und eine Person zu sehen, die Josie für seine jüngere Schwester hielt, da sie James selbst sowie dem älteren Ehepaar auf dem Foto ähnlich sah. Mal waren sie auf einem Open-Air-Konzert, bei einer College-Campustour, mal beim Thanksgiving-Dinner und beim Fällen ihres eigenen, riesigen Weihnachtsbaums. Sie sahen glücklich aus. Es zerriss Josie das Herz. Heute würden sie in einer Welt aufwachen, in der sie niemals wieder glücklich sein könnten. Zumindest nie wieder wie zuvor.

Sie übersprang die restlichen Fotos und widmete sich seiner

Freundesliste. Sie war sehr lang. Seufzend arbeitete sich Josie durch die Liste, um irgendeine Verbindung zu Gretchen oder Denton herauszufinden.

Drei Stunden später hatte sie einen verrenkten Hals und immer noch keine Anhaltspunkte. Die meisten seiner Freunde wohnten in Idaho. Ein paar Dutzend lebten im Umkreis von oder direkt in Philadelphia. Alle anderen waren im Land verstreut. Josie konnte weder Verbindungen zu Gretchen noch zur Stadt Denton finden.

Warum zur Hölle hatte Omar ein Auto gemietet und war nach Denton gefahren? Was hatte er bei Gretchens Haus zu suchen gehabt?

Sie klickte auf INFOS. Es war nicht verwunderlich, dass seine Heimatstadt Boise in Idaho war. Es war dort auch ersichtlich, dass er Single war und seinen Bachelor an der Purdue University gemacht hatte. Zurzeit war er Masterstudent an der Drexel University in Philadelphia. Sie hatte mit den Fotos und der Freundesliste begonnen, dabei hätte sie doch gleich zu INFOS gehen sollen. Das löste das Rätsel, weshalb er in Philadelphia gewesen war.

»Ich hatte recht«, sagte Josie und schaute zu Noah hinüber. Er kam zu ihr und studierte den Computerbildschirm. »Also gibt es zwei Bezüge zu Philadelphia – Gretchens ehemaliger Lieutenant von der Mordkommission und die Drexel University.«

Josie stand auf und ging zum Büro von Chief Chitwood. Über ihre Schulter sagte sie: »Wir fahren nach Philadelphia.«

15

»Sie beide fahren *nicht* nach Philadelphia«, betonte Bob Chitwood. Er stand, die Hände in die Hüften gestemmt, hinter seinem Schreibtisch und starrte Josie und Noah an.

»Chief«, entgegnete Josie, »alle Spuren führen nach Philadelphia. Jemand muss dahin fahren.«

»Sicherlich«, meinte Chitwood. »Jemand. Nicht sie beide. Sie denken, diese Dienststelle finanziert Ihnen einen romantischen Ausflug? Sie haben beide verdammt den Verstand verloren.«

Josie beobachtete wieder, wie Noahs Kiefermuskel zuckte und sich sein ganzer Körper anspannte. Er öffnete schon den Mund, um zu kontern, aber Josie kam ihm zuvor. »Chief, Gretchen hat in den letzten fünfzehn Jahren, bevor sie zu uns kam, in Philadelphia gelebt und gearbeitet. Die Wahrscheinlichkeit, dass sie dahin gereist ist, ist hoch, und wir haben ansonsten kaum Hinweise. Dazu kommt, dass ich einen Einblick in Omars Leben in Philadelphia bekommen muss und herausfinden möchte, warum er ein Auto gemietet und damit nach Denton gekommen ist. Es würde nur einen oder vielleicht zwei Tage dauern.«

Chitwood seufzte. »Na gut. Einer von Ihnen fährt hin. Den anderen brauche ich hier. Besonders, weil Palmer fehlt. Quinn, Sie sind die leitende Ermittlerin und fahren. Aber wenn Sie Ihren Hintern nicht bis Mittwoch zurückbewegt haben, melde ich Sie. Jetzt verdammt noch mal raus aus meinem Büro.«

Noah machte auf dem Absatz kehrt und stolzierte aus dem Raum. Josie folgte ihm, aber vor dem Großraumbüro trennten sich ihre Wege. Noah lief weiter – um etwas Luft zu schnappen und nicht auszurasten, vermutete Josie. Sie ging zu ihrem Platz, an dem das Telefon klingelte.

»Detective Quinn«, sagte sie in den Hörer.

Ein gebrochenes »Hallo« einer Männerstimme folgte, und in Josies Brustkorb regte sich ein leichter Schmerz. Sie brauchte gar nicht erst zu fragen, um wen es sich handelte. Es gab auf der ganzen Welt nichts, das mit der Trauer in der Stimme eines Elternteils vergleichbar wäre. »Mr. Omar?«, fragte sie.

Er räusperte sich. »Ja, Randall Omar«, antwortete er. »Ich ... ich bin der Vater von James.«

»Ich bin froh, dass Sie anrufen«, sagte Josie. »Erst mal mein herzliches Beileid.«

»Danke«, erwiderte er und die Anstrengung in seiner Stimme hatte zugenommen. »Der, äh, Gerichtsmediziner hier in Boise hat mit uns Kontakt aufgenommen. Hat uns von ... von James erzählt. Er hat gesagt, dass Sie dafür zuständig sind, ihn zu finden, seinen ... seinen ...«

»Seinen Mörder«, ergänzte Josie. »Ja, ich werde tun, was ich kann, um den Menschen zu finden, der Ihren Sohn getötet hat, und dafür sorgen, dass er vor Gericht kommt. Das verspreche ich Ihnen.«

»Danke«, wiederholte Randall mit tiefer, heiserer Stimme. »Haben Sie irgendwelche Hinweise?«

Josie fasste zusammen, was sie wussten, und ließ dabei die grauenvolleren Einzelheiten so weit wie möglich aus. Der trauernde Vater sollte nicht noch weiter aus der Fassung gebracht werden, nachdem er gerade erst erfahren hatte, dass sein Sohn derart kaltblütig ermordet worden war.

»Mr. Omar, Ihr Sohn wurde in der Einfahrt einer Frau namens Gretchen Palmer gefunden. Kommt Ihnen der Name bekannt vor?«

»Nein, das tut mir leid. Ich kann meine Frau fragen, aber er kommt mir überhaupt nicht bekannt vor. Was war mit dem Foto, das Sie erwähnt haben? Von einem kleinen Jungen, haben Sie gesagt? Wäre es möglich, dass wir es uns einmal anschauen könnten?«

»Das wäre sehr hilfreich«, erwiderte Josie. »Ich kann es Ihnen gleich schicken, wenn Sie mögen.«

»Ja, bitte.« Er ratterte seine Nummer herunter und Josie leitete ihm das Foto per Handy weiter. Sie wartete und hörte, wie er entfernt und mit gedämpfter Stimme etwas mit seiner Frau besprach. Dann war Randall wieder zurück in der Leitung. »Ich verstehe das nicht. Wir haben diesen Jungen noch nie gesehen. Wir wissen nicht, wer das ist. Können Sie sagen, wer der Junge auf dem Foto ist, oder warum es an die ... an die Leiche meines Sohnes geheftet wurde?« Seine Stimme wurde bei dem Wort Leiche brüchig. Josie antwortete mit sanfter Stimme: »Es tut mir sehr leid, Mr. Omar. Wir wissen nicht, wer der Junge ist – noch nicht. Ich versuche, es herauszufinden. Wann haben Sie das letzte Mal mit ihrem Sohn gesprochen?«

»Vor drei Tagen. Am Geburtstag meiner Frau. Er hat angerufen, um ihr alles Gute zu wünschen.«

»Hat er irgendwas davon erwähnt, dass er einen Ausflug machen wollte?«

»Nein«, erwiderte Randall.

»Hat er wie immer gewirkt? Gab es Anzeichen, dass er gestresst oder mit den Gedanken woanders war?«

»Nicht mehr als sonst. Er war immer ein bisschen wegen der Uni gestresst.«

»Ich habe gesehen, dass ihr Sohn Masterstudent an der Drexel University in Philadelphia war. Ist das richtig?«

Sie hörte, wie er schlucken musste. Er klang gefasster, als es um ein Thema ging, dass ihn weniger emotional mitnahm. »Ja, das stimmt. Sein Fach war ...«

Im Hintergrund hörte Josie, wie ihm eine Frauenstimme auf die Sprünge half: »Genetik. Er hat Genetik studiert.«

Nervöses Lachen drang durch die Leitung. Randall sprach weiter: »Meine Frau sagt, es war Genetik. Entschuldigung, ich kann gerade wirklich nicht klar denken.« Er atmete tief ein. »Ich wusste das nicht. James spricht immer über diesen ganzen wissenschaftlichen Kram – mein Gott – er hat ... er hat immer darüber gesprochen. Herrje.«

»Es ist okay, Mr. Omar«, sagte Josie behutsam. »Ich weiß, dass das eine sehr schwierige Zeit ist. Ich möchte noch einmal betonen, wie sehr ich es schätze, dass sie mit mir sprechen. Könnten Sie mir sagen, wo James gewohnt hat? Auf dem Campus?«

»Also, ich denke nicht, dass es ein Campus-Studentenwohnheim war. Er war Masterstudent. Aber ein paar Blocks vom Naturwissenschaftsgebäude entfernt gibt es eine Wohnanlage. Sie ist nicht besonders, aber günstig.«

»Hat er allein gelebt?«, fragte Josie. »Oder hatte er einen Mitbewohner?«

»Äh, ja, einen Mitbewohner. Ethan.«

»Ich werde Ethan befragen müssen«, meinte Josie. »Haben Sie zufällig seine Nummer?«

»Natürlich«, sagte Randall. »Fahren Sie nach Philadelphia?«

»Ich fahre in ein paar Stunden los«, antwortete Josie. »Es wäre super, wenn Sie mir die Namen und Kontaktinfos von allen Leuten, mit denen ich reden sollte, schicken könnten.«

»Natürlich«, antwortete Randall. »Er hatte einen Betreuer, Dr. Larson. Ich sende Ihnen seine Telefonnummer. Er war ein richtiger Mentor für James. Er ist auch sein Vermieter, Vielleicht kann er Ihnen weiterhelfen.«

Josie dankte ihm nochmals und stellte eine letzte Frage. »Mr. Omar, fällt Ihnen irgendein Grund ein, weshalb Ihr Sohn ein Auto gemietet und nach Denton gefahren sein könnte?«

Eine lange Stille folgte, in der sie nur die flachen Atemzüge des Mannes hörte. Schließlich antwortete er: »Nein, Detective. Es tut mir leid. Ich habe keine Idee.«

16

Drei Stunden später hatte sich Josie ein Zimmer im Hilton reserviert, das ein paar Blocks von Philadelphias Polizeipräsidium entfernt lag. Sie hatte sich sowohl mit Lieutenant Steve Boyd als auch Professor Perry Larson für den nächsten Tag verabredet. Außerdem hatte sie versucht, mit James Omars Mitbewohner Ethan Kontakt aufzunehmen, aber die Mailbox seines Handys sprang immer gleich an. Sie legte einen Zwischenstopp bei sich ein, um mit den Paynes schnell zu Abend zu essen, bevor sie alle wieder zurück nach Hause aufbrachen. Im Dunkeln fuhr sie nach Philadelphia und war froh, dass es spät genug war, sodass der Stadtverkehr kein Problem darstellte.

Ihr Hotelzimmer lag in einem der oberen Stockwerke und bot einen weitläufigen Blick über die funkelnden Lichter der umgebenden Stadt. Sie saß auf dem Bett, die unausgepackte Tasche neben sich und schaute in die Nacht. Das erste Mal seit Monaten war sie wirklich allein. Nicht bloß für wenige Minuten oder ein paar Stunden, sondern die ganze Nacht lang. Als der Nachthimmel dunkler wurde, konnte sie ihr Spiegelbild im Fenster deutlicher erkennen. Jedes Mal, wenn sie sich jetzt selbst betrachtete, hatte sie unvermeidlich das Gesicht ihrer Schwester Trinity vor Augen. Ihre Gedanken wanderten von der Familie, die sie gewonnen hatte, zu all dem, das ihr genommen worden war. In diesen seltenen Augenblicken allein konnte sie nicht anders, als Bitterkeit und Wut darüber zu empfinden, wie ihr Leben verlaufen war. Letzten Endes war alles gut ausgegangen, nahm sie an. Sie hatte überlebt, oder nicht? Sie war am Leben, während das über viele andere, die ihr über den Weg gelaufen waren, nicht gesagt werden konnte. Ihre Familie war wieder zusammengeführt worden. Trotzdem aber wirbelten die Dämonen in entlegenen Bereichen ihres Geistes nur so herum.

Das leise Brummen des Minibarmotors schien nach ihr zu rufen. Sie stand auf, ging hinüber und legte eine Hand auf den Griff. Es wäre so einfach. Nur ein klein wenig von irgendetwas, um den Schmerz zu lindern. Um die Nacht zu überstehen.

»Nein«, flüsterte sie sich selbst zu. Diese Bewältigungsstrategie half nicht. Sie hatte mitbekommen, wie Lila Jensen ihren Schmerz und ihren Jähzorn in jeglicher Substanz, die man sich nur vorstellen konnte, ertränkt hatte. Es hatte niemandem etwas gebracht. Ohne sich etwas genommen zu haben, ging sie zum Fenster zurück und ließ die Stadt auf sich wirken, in der Gretchen fünfzehn Jahre zu Hause gewesen war. Josie fragte sich, ob Gretchens Zuhause hier, genau wie ihres in Denton, mit Fallen einbruchssicher gemacht worden war. Mit welchen Dämonen hatte Gretchen wohl zu kämpfen? Was hatte sie die ganze Zeit über versteckt? Josie hatte immer schon gewusst, dass es in Gretchens Gedächtnis Dinge gab, die sie niemandem anvertraut hatte. Sie erkannte die Mauern, die Gretchen um sich herum errichtet hatte, weil sie sich selbst hinter ebensolchen versteckt hatte.

Das Klingeln ihres Handys unterbrach sie in ihren Gedanken. Noah. Ein Lächeln erschien auf ihrem Gesicht, als sie abhob. »Was ist los?«

»Bist du gut angekommen? Wie ist das Zimmer?«

Josies Blick wurde wieder von der Minibar angezogen. Schnell schaute sie weg. Mit einer Hand fing sie an, Sachen aus ihrer Übernachtungstasche zu packen. »Alles gut«, erwiderte sie. »Was gibt es sonst?«

»Auf Gretchens Konto hat es in den letzten vierundzwanzig Stunden keine Aktivität gegeben. Die Banken und Kreditkartenunternehmen benachrichtigen uns, wenn sie etwas feststellen. Wir haben auch das Ergebnis der Triangulation von Gretchens und Omars Handy«, berichtete Noah.

Josies Kopfhaut kribbelte vor Aufregung. »Schieß los.«

»Also, Omar hatte noch das Navi an seinem Handy an. Sieht so aus, als ob es irgendwo im Susquehanna River gelandet wäre.«

Josie seufzte. »Lass mich raten: In der Nähe der Brücke, wo das MDT-Signal aufgehört hat.«

»Über achthundert Meter flussabwärts. Das Navi zeigt als letzte Position den Fluss an, aber ich werde sofort am Morgen ein Team rausschicken, um die Ufer absuchen zu lassen.«

»Was ist mit Gretchens?«

»Ihr Navi war ausgeschaltet. Wir mussten triangulieren. Wir konnten ein Gebiet von etwa drei Kilometern eingrenzen, aber es ist die gleiche Grundposition.«

»Also sind die Handys und das MDT im Fluss.« Sie versuchte sich vorzustellen, wie Gretchen alles, durch das man sie aufspüren könnte, in den Fluss geworfen und dann Denton verlassen hatte. Sie konnte es nicht. »Da ist noch jemand anders beteiligt, Noah. Ich weiß es.«

Sein ausgedehnter Seufzer verriet ihr, dass er von ihrer Theorie nicht überzeugt war, dass er aber auch nicht wieder mit ihr streiten wollte. »Tja«, meinte er, »dir bleiben weniger als achtundvierzig Stunden, um es zu beweisen.«

17

Josie wartete draußen vor dem kleinen grauen Steingebäude in der Nähe der Thirty Third und der Ludlow Street. Sie lehnte sich an die niedrige Steinmauer davor und nippte an ihrem Kaffee vom Minimarkt in der Nähe. Sie war die zweiundzwanzig Blocks vom Hotel bis zu James Omars Wohngebäude mit einem Taxi gefahren und hatte die Stadt mit ihrem gleichgültigen Gewimmel und eigenem Rhythmus an sich vorbeirauschen sehen.

Ein paar Minuten später sah sie Dr. Perry Larson die Straße herunterschlendern. Bevor sie mit ihm Kontakt aufgenommen und einen Termin ausgemacht hatte, hatte Josie sein Fachbereichsprofil überprüft. Er wirkte etwas älter als auf dem Universitätsfoto – an die sechzig, wie sie schätzte. Sein silbernes Haar wehte im Wind und er trug er eine Piloten-Sonnenbrille. Lässig mit einem Poloshirt und einer Khakihose gekleidet, die Hände in den Hosentaschen, kam er auf sie zu.

Er blieb ein paar Schritte von ihr entfernt stehen. »Detective Quinn?«

»Dr. Larson?«, fragte Josie.

Er schob sich die Sonnenbrille auf den Kopf. Seine blauen

Augen lachten ihr zu, während er ihr die Hand gab. »Ich freue mich, Sie zu sehen«, sagte er. »Auch wenn ich mir wünschen würde, es wäre unter anderen Umständen. Ich kann es immer noch kaum glauben.«

»Standen Sie James nahe?«, fragte sie.

»James und ich haben für ein paar wissenschaftliche Artikel eng zusammengearbeitet. Er war ein vielversprechender Wissenschaftler. Sehr ehrgeizig. Zielgerichtet. Ich nehme grundsätzlich keine Studenten an, die nicht total engagiert sind.«

»Wann haben Sie das letzte Mal mit James gesprochen?«, fragte Josie.

Larsen fasste sich ans Kinn. »Vor ein paar Tagen im Labor.«

»Wie ist er Ihnen vorgekommen? War er gestresst? Zerstreut?«

Larson schüttelte den Kopf. »Nein. Er war genau wie immer.«

»Hat er etwas von einem Ausflug erwähnt?«

»Nein. Mich hat es auch wie Sie gewundert, dass er nach Denton gefahren ist. Ich habe keine Ahnung, was ihn dahin gezogen haben könnte. Wie schon gesagt, James war sehr zielorientiert. Dates oder Partys haben ihn nicht interessiert. Mir sind keine Freunde bewusst, die er in Denton gehabt haben könnte.«

»Haben Sie jemals von einer Frau namens Gretchen Palmer gehört?«

Sein ausdrucksloser Blick sagte Josie schon alles, was sie wissen musste. »Es tut mir leid«, erwiderte er. »Der Name kommt mir nicht bekannt vor.«

Sie nahm ihr Handy heraus und rief das Foto des Jungen auf, das an James' Kragen befestigt gewesen war. »Wir haben Grund zur Annahme, dass dieser Junge in irgendeiner Verbindung zu James steht. Erkennen Sie ihn?«

Larson nahm sich eine lange Minute Zeit, das Foto genauer

zu prüfen, bis er den Kopf schüttelte. »Es tut mir leid, nein. Aber hören Sie bitte, ich habe James nicht besonders gut gekannt. Vielleicht haben Sie mehr Glück bei Ethan, seinem Mitbewohner.«

Josie steckte ihr Handy wieder zurück in die Tasche. »Ich habe Ethan jetzt schon ein paar Mal versucht zu erreichen, unter der Handynummer, die ich von den Omars habe. Die Mailbox springt aber immer gleich an.«

Larson lachte kurz auf. »Das kommt mir bekannt vor. Ethan ist schon immer ein bisschen schwierig zu greifen gewesen. Ich war begeistert, als James bei ihm eingezogen ist, weil James mir die Miete immer pünktlich bezahlt hat.«

»Ist Ethan auch einer Ihrer Studenten?«

»Oh nein, er studiert Kriminologie. Er war schon ein Jahr lang mein Mieter, bevor James in meinem Studiengang angefangen hat. Nach dem ersten Semester hat James nach einem günstigen Zimmer gesucht. Ich habe die beiden einander vorgestellt und alles andere ist, wie man sagt, Geschichte.«

»Wann haben Sie das letzte Mal mit Ethan gesprochen?«, fragte Josie.

»Oh, vor ein paar Wochen. Wie schon gesagt, Ethan ist ein bisschen ... eigentümlich. Er neigt dazu, sich in seine eigenen Forschungsprojekte zu stürzen und von der Bildfläche zu verschwinden. James hat mir einmal erzählt, dass Ethan ein ganzes Wochenende vor dem Computer verbracht hat, zweiundsiebzig Stunden ohne Schlaf. Offensichtlich ist er ziemlich besessen von ungelösten Fällen und Serienmördern. Schöne Themen.«

Sein Scherz kam nicht an. Josie fuhr fort. »War er ein enger Freund von James?«

Larson bedeutete ihr, die Eingangstreppe hochzugehen, und sie folgte ihm. An der Tür tippte Larson einen Code ein, der ihnen Zutritt zu einer großen, gefliesten Vorhalle verschaffte. Eine Wand war mit grauen Würfeln bedeckt, die

Josie schnell als Briefkästen erkannte. Auf der anderen Seite hing eine öffentliche Pinnwand mit angehefteten Flyern für Gitarrenunterricht, Kunstausstellungen und Arbeitsgesuchen als Hundeausführer oder Putzkraft.

»Ethan und James sind sehr enge Freunde geworden«, antwortete Larson und nahm einen Schlüsselbund aus seiner Tasche. Er ging ihn durch, fand den passenden Schlüssel und steckte ihn in das Schloss der schweren Holztür auf der anderen Seite der Eingangshalle. Quietschend öffnete sie sich.

Josie winkte mit der Hand durch den Eingangsbereich. »Haben Sie hier Kameras?«, fragte sie. »In dieser Vorhalle?«

»Ja, warum?«, erwiderte er. »Wir hatten einige Schwierigkeiten, weil Pakete geklaut wurden. Ich habe letztes Jahr Überwachungskameras installieren lassen.«

»Das ist immer eine gute Idee«, meinte Josie. »Wäre es möglich, das Videomaterial zu überprüfen – und wie weit reicht es zurück?«

»Sechs Monate«, antwortete Larson. »Die Qualität ist sehr gut.«

»Ich bin auf der Suche nach einem System für mein eigenes Haus. Was für eins haben Sie hier?«

»Ich weiß nicht, wie es heißt, aber die Firma heißt Rowland Industries.«

»Oh«, sagte Josie und erinnerte sich an ihre eigenen Erfahrungen mit dem Sicherheitsriesen. »Ich kenne Rowland Industries – ihre Systeme sind von hoher Qualität. Könnten Sie in diesem Fall mindestens die letzten zwei Wochen überprüfen und schauen, ob Sie Aufnahmen vom letzten Zeitpunkt finden, an dem entweder James oder Ethan das Gebäude betreten und verlassen haben?«

»Natürlich. Ich weiß nicht ganz genau, wie ich darauf zugreifen kann, aber ich kann auf jeden Fall anrufen und es herausfinden. Sie sollten wissen, dass mir die Omars erlaubt haben, Sie in die Wohnung der beiden zu lassen – besonders, weil wir Ethan nicht erreichen können. Sie haben mir gesagt, dass Sie alles tun dürfen, was dabei hilft, James' Fall aufzuklären.«

Dass Ethan Robinson nirgendwo zu finden war, beunruhigte Josie immer mehr. Als Larson sie durch den engen Flur zu einer roten Tür mit der Nummer 19 führte, fragte sie: »Dr. Larson, haben Sie eventuell Kontaktdaten von Ethans Familie?«

Larson suchte wieder an seinem Schlüsselbund herum, bis er den richtigen gefunden hatte. »Oh, ja, natürlich. Wenn Sie möchten, kann ich sie Ihnen schicken, sobald ich wieder zurück im Büro bin. Ich denke, da sind nur sein Vater und er, aber ich habe die Nummer von seinem Dad. Wie schon gesagt, er war ein paar Mal mit der Miete spät dran und sein Vater hat mich angerufen und gebeten, ihn nicht rauszuschmeißen, während sie versucht haben, das Geld aufzutreiben.«

»Kommt Ethan aus Philadelphia?«

»Oh, nein«, erwiderte Larson. »Portland, glaube ich. Oregon. Zumindest wohnt sein Vater jetzt da, soweit ich weiß.«

In der Wohnung war es dunkel und roch nach abgestandenem Zigarettenrauch, gebratenem Speck und Schweiß. Larson knipste überall das Licht an, als sie durch die kleinen Zimmer liefen. Die Wohnung gab nicht gerade viel her. Da waren ein Wohnzimmer, eine enge Küche mit einer kleinen Nische, in der ein Klapptisch und zwei Klappstühle standen, gefolgt von einem Flur, der zu einem Bad und zwei Schlafzimmern führte. Überall verteilt lagen Lehrbücher und Computerzubehör. Die wenigen Möbelstücke wirkten alle wie in Secondhandläden gekauft. In der Küchenspüle stand ein Teller mit einer Gabel, auf dem Abtropfbrett befanden sich eine saubere Pfanne und Tasse. Auf der einen Seite des durchgesessenen roten Sofas lagen eine zusammengeknäulte Decke, ein paar True-Crime-Bücher mit Eselsohren und eine halbvolle Flasche Gatorade. Die andere Hälfte war tadellos. Der Klapptisch in der Küche sah genauso aus – die eine Seite war sauber und leer, die andere Seite voll mit schmutzigem Geschirr und Fast-Food-Verpackungen.

»Wer von den beiden war der Ordnungsfanatiker?«, fragte Josie.

Larson lachte. »James. Hier – das ist sein Schlafzimmer.«

James Bett war ordentlich gemacht. Keine Kleidung lag auf dem Boden. Alle Gegenstände auf dem Nachttisch und der Kommode waren sorgfältig angeordnet. Über der Kommode hing ein eingerahmtes Foto seiner Familie, das, wie Josie fand, Ähnlichkeit mit seinen Facebookfotos hatte. In einer Ecke des Raumes stand ein kleiner Schreibtisch mit einem flachen blauen Laptop darauf. Josie zeigte darauf. »Würde es Ihnen etwas ausmachen?«

»Nein, gar nicht«, antwortete Larson.

Josie setzte sich auf den Schreibtischstuhl, klappte den Laptop auf und fuhr ihn hoch. Wie erwartet, wurde ein Passwort benötigt. Hinter ihr sagte Larson: »Ich denke, ich kann da weiterhelfen.«

Sie tauschte den Platz mit ihm und nach zwei Versuchen war er eingeloggt. Nachdem sich Josie wieder hingesetzt hatte, fragte sie: »Ich dachte, Sie hätten gesagt, dass James und Sie sich nicht gut kannten. Er hat Ihnen aber das Passwort zu seinem Laptop verraten?«

Larson kicherte. »Ich habe es einfach versucht. Er hat einen eigenen Computer in meinem Labor und als Administrator weiß ich das Passwort. James ist Effizienz wichtig, deshalb habe ich gedacht, dass er vielleicht dasselbe Passwort an seinem privaten Laptop benutzt. Ich habe richtig gelegen.«

»Nun«, meinte Josie und wandte sich dem Computer zu. »Ich bin froh, dass wir es herausfinden konnten.«

Er sah ihr über die Schulter, während sie die Ordner und den Internetbrowser durchsuchte. Alles, was sie fand, hatte eindeutig mit seinem Studium zu tun. Die Fachsprache überstieg bei Weitem ihre Kenntnisse. Sie hatte im College gerade genug Naturwissenschaftskurse belegt, um ihr Hauptfach zu ergänzen und den Abschluss machen zu können. »James' Mutter hat gesagt, er studierte Genetik.«

»Eigentlich war es Epigenetik«, korrigierte Larson. Josie drehte sich auf dem Stuhl gerade so weit um, dass sie ihn sehen konnte.

»Ist das ein anderes Fachgebiet als Genetik?«

Larson setzte sich auf James' Bettkante. »Epigenetik ist eine Spezialisierung. Die einfachste Erklärung ist, dass Epigenetik die Lehre der Erforschung vererbbarer Veränderungen der Genfunktion ist, die nicht mit Veränderungen in der DNA-Sequenz einhergehen.«

»Das bedeutet, Veränderungen in den Genen?« Sie zeigte auf den Laptop. »Diese Hausarbeiten, die er geschrieben hat, und die Fachzeitschriften, bei denen er eingeloggt ist – das geht alles über mein Wissen hinaus.«

»Keine Veränderungen in den Genen selbst, sondern in ihrem Ausdruck«, erklärte Larson. »Bei den Mechanismen, die die Gene an- und abschalten. Externe Faktoren.«

»So etwas wie Lebensstil?«, fragte Josie.

»Ja. Aber noch mal, das ist alles sehr vereinfacht ...«

Josie lächelte. »Für mich passt vereinfacht gut.«

»Okay, also Entscheidungen, die den Lebensstil betreffen, können eine große Auswirkung auf die Aktivierung bestimmter Gene haben. Genauso kann das die Umgebung. Wenn es Ihnen nichts ausmacht, dass ich persönlich werde: Ich muss zugeben, dass ich mir letzten Monat *Dateline* angeschaut habe, die Folge über diese Nachrichtensprecherin, Trinity Payne, und Sie.«

Josie verkniff es sich, aufzustöhnen. Trinity hatte sie in einem besonders schwachen Augenblick erwischt, in dem sie zugestimmt hatte, in einer Fernsehsendung über ihre Zusammenkunft nach über dreißig Jahren zu sprechen. Allerdings hatte sie auch gewusst, dass Trinity niemals locker gelassen hätte. Deshalb hatte sie es einfach über die Bühne bringen wollen. Trinity zuliebe hatte sie einigen wenigen Interviews zugestimmt, und ihre Zwillingsschwester hatte schließlich die begehrte Moderatorenstelle bei der Morgenshow ihres Senders ergattert.

»Darüber möchte ich eher ungern sprechen«, erwiderte Josie. »Wenn es Ihnen nichts ausmacht.«

Er winkte ab. »Oh, nein, ich wollte mich nicht aufdrängen. Ich wollte nur darauf hinaus, dass Sie eine eineiige Zwillingsschwester haben. Wahrscheinlich wissen Sie, dass eineiige Zwillinge zu hundert Prozent die gleichen Gene besitzen.«

»Ja«, erwiderte Josie.

»Und trotzdem gibt es deutliche Unterschiede zwischen Ihnen und Miss Payne, oder nicht?«

Josie dachte darüber nach. Zuerst, bei ihrem ersten Treffen, waren Trinity und sie Erzfeinde gewesen. Sie hatten verschiedene Herangehensweisen an die Dinge, aber auch völlig verschiedene Berufe. Josies Aufgabe war es, Verbrechen aufzuklären. Trinitys Aufgabe war es, der Welt von Geschehnissen zu berichten, von denen die Menschen ansonsten nicht erfahren würden. Sie waren oft aneinandergeraten, weil Trinity darauf bestanden hatte, aus allem einen Bericht zu machen.

Josie war Gerechtigkeit wichtiger als Enthüllung. Trinity war auch schon seit langer Zeit vom Berühmtsein besessen, während es Josie ausreichte, Kriminelle ohne großes Aufsehen hinter Gitter zu bringen. Trotzdem zeigten beide bei der Verfolgung ihrer Ziele die gleiche kompromisslose Art. Josie hatte sich bei der Aufklärung des Falls der verschwundenen Mädchen von nichts abhalten lassen, genau wie Trinity sich von nichts abhalten ließ, um an den Kern einer guten Story zu gelangen.

»Ich würde sagen, dass es da definitiv Unterschiede gibt«, stimmt ihm Josie zu. »Aber auch Ähnlichkeiten.«

»Ähnlichkeiten wird es immer geben. Darum geht es mir nicht. Mir geht es darum, dass Sie eineiige Zwillinge mit den gleichen Genen in verschiedene Umfelder bringen können, in denen sie verschiedene Dinge erleben und verschiedene Lebensstil-Entscheidungen treffen – und ihre Gene werden sich unterschiedlich ausdrücken. Zum Beispiel, in dem Forschungsprojekt, das ich gerade durchführe – und bei dem James mir geholfen hat –, untersuchen wir, warum eineiige Zwillinge mit denselben Genen unterschiedliche Krankheiten entwickeln. Wussten Sie, dass eineiige Zwillinge selten die gleiche Todesursache haben?«

»Äh, nein«, antwortete Josie. »Wusste ich nicht.«

Er stand auf und begann, aufgeregt gestikulierend im Zimmer hin- und herzulaufen. »Es gibt ein Molekül, das Methyl heißt und in unseren Zellen herumschwimmt. Es hängt sich an die DNA in unserem Körper – dieser Prozess nennt sich Methylierung. Bei so einer Methylierung kann die Aktivität bestimmter Gene wesentlich reduziert oder gehemmt werden oder manche Gene können davon abgehalten werden, bestimmte Proteine in unserem Körper herzustellen. Fast alles kann unser Methylierungslevel beeinflussen – Krankheit, Ernährung, Rauchen, Alkohol- oder Drogenkonsum, Medikamente, externe Faktoren in der Umgebung. Ihre Schwester und Sie haben dieselben Gene, aber Ihre Methylierungslevel sind unterschiedlich und das wird Veränderungen bei Ihrem Genausdruck hervorrufen, die tatsächlich an nachkommende Generationen weitergegeben werden können.«

»Also, Sie sagen, dass unsere Gene zwar am Anfang gleich sind, aber wenn ich mehr Alkohol trinke, kann das die Methylierungslevel in meiner DNA beeinflussen und das Verhalten meiner Gene verändern?«

»So ungefähr« antwortete Dr. Larson mit einem Lächeln. »Stellen Sie sich vor, dass jede Zelle in Ihrem Körper DNA enthält und einfach nur da ist und darauf wartet, eine Anweisung zu erhalten, was sie tun soll. Die Methylgruppen in Ihrem Körper binden sich an Ihre Gene und befehlen ihnen im Prinzip, was sie tun sollen. Die Methylgruppe sagt der Zelle, was sie ist – zum Beispiel: ›Du bist eine Herzmuskelzelle, das hier musst du machen.‹ Dann gibt es noch die Histone. Das sind Proteinmoleküle, um die sich Ihre DNA wickelt. Sie sagen den Zellen, wie viel sie tun sollen – anders gesagt, sie regulieren die Gene.«

»Also zwischen dem Methyl und den Histonen wissen unsere Zellen, was und wie viel sie tun sollten?«

»Das ist wieder eine extrem vereinfachte Erklärung, aber ja.«

»Wenn ich fragen darf«, erkundigte sich Josie, »gibt es einen praktischen Nutzen, diese Dinge zu erforschen?«

Seine Augen leuchteten auf. Er klatschte in die Hände. »Detective Quinn, unsere Forschung in der Epigenetik könnte eventuell tiefgreifende Auswirkungen auf unsere Möglichkeiten haben, gewissen Krankheiten vorzubeugen und sie zu behandeln – sogar Krebs. Was wäre, wenn wir Medikamente entwickeln könnten, die die Methylgruppen oder die Histone manipulieren würden? Wir könnten so viele Krankheiten heilen.«

Es sah so aus, als ob er mit einem nächsten Vortrag beginnen wollte. Josie klappte den Laptop zu und stand auf. »Das ist sehr faszinierend. Es klingt vielversprechend.« Sie holte ihr Handy heraus und sah nach der Uhrzeit. »Es tut mir leid, Dr. Larson, aber ich muss mich bald zu einem Treffen mit einem Detective vom Philadelphia PD losmachen.«

Larson blickte verlegen nach unten. »Es tut mir leid, Detective Quinn. Die Arbeit ist meine große Leidenschaft.«

»Und ich bewundere das«, versicherte ihm Josie und ging an ihm vorbei in den Wohnungsflur. »Ich schätze es wirklich sehr, dass Sie sich Zeit nehmen, aber ich darf zu meinem nächsten Treffen nicht zu spät kommen.«

Er folgte ihr in die Küche. »James war auch sehr leidenschaftlich bei der Arbeit. Es ist ein enormer Verlust. Ich hoffe, dass Sie seinen Mörder finden.«

Ein Foto am Kühlschrank, das unter Fast-Food-Speise-karten und Uni-Stundenplänen kaum zu sehen war, zog Josies Blick auf sich. »Ich werde mein Bestes geben«, murmelte sie. Sie zeigte auf das Foto und fragte: »Wer ist das da neben James?«

Das Bild zeigte James von der Taille aufwärts. Er hatte den Arm um einen anderen Mann mit dunklem, struppigem Haar und braunen Augen gelegt. Beide grinsten und waren verschwitzt. Hinter ihnen konnte Josie ein zum Teil unscharfes Schild sehen, auf dem BROAD STREET RUN stand.

»Oh, das ist Ethan«, erklärte Larson. »Sie haben letztes Jahr bei einem regionalen Marathon mitgemacht.«

Josie holte ihr Handy hervor und schoss ein Foto von den beiden jungen Männern. Larson begleitete sie nach draußen und sie bedankte sich bei ihm für seine Zeit. Er versuchte, Trinity und sie für seine Forschung zu gewinnen und erwähnte, dass eineiige Zwillinge, die bei der Geburt getrennt worden waren, seinem Projekt besonders nützlich sein könnten. Josie lehnte aber höflich ab. Als der Professor davonging, schaute sie sich das Foto von Ethan Robinson auf ihrem Handy ganz genau an. Wo zum Teufel steckte er bloß?

18

SEATTLE, WASHINGTON

SEPTEMBER 1993

Travis' Lippen wanderten Janines Hals entlang, kitzelten sie am Ohr und brachten sie zum Kichern. Die Martinis waren ihr zu Kopf gestiegen. Oder vielleicht war er es. Acht Monate, zwei Wochen, drei Tage und sieben Stunden waren seit seiner Stationierung vergangen und nun war er wieder zurück in Fort Lewis. Nach der ersten langen Umarmung war alles unerwartet befremdlich zwischen ihnen gewesen. Travis hatte vorgeschlagen, etwas trinken zu gehen – und es hatte geholfen. Innerhalb von zwei Stunden wurde alles wieder wie immer zwischen ihnen. Sie konnten die Hände nicht voneinander lassen. Travis gab dem Barkeeper ein großzügiges Trinkgeld, sie kehrten zu Janines Haus zurück und stürzten eng ineinander verschlungen durch die Eingangstür.

Sie schalteten noch nicht einmal das Licht an, bevor sie sich aufs Sofa fallen ließen. Janine ließ ihre Hände über Travis'

Rücken gleiten. Es war so lang her und sie war bereit, zu explodieren.

Sie drückte ihn gegen die Brust und führte ihn, bis er sich auf den Rücken drehte. Mit einem Lächeln auf den Lippen setzte sie sich auf ihn. Als sie sich hinunterbeugte, um ihn ein weiteres Mal zu küssen, verzog er das Gesicht.

»Einen Augenblick, Baby«, sagte er.

Sie lösten sich voneinander und er begann, seine Hosentaschen zu leeren. Er warf sein Portemonnaie, etwas Kleingeld und die Autoschlüssel auf den Sofatisch. Janine strich ihm mit den Fingern übers Bein, während sie wartete. Als er wieder sprach, klang seine Stimme anders – angespannt und misstrauisch und nicht mehr atemlos und neckend. »Was ist das, verdammt noch mal?«

Janine schaute fragend zu ihm hoch. »Was?«

Er beugte sich nach vorne, nahm einen Gegenstand vom Sofatisch und hielt ihn ihr vor das Gesicht. Sie musste sich anstrengen, es im hineinfallenden trüben Dämmerlicht der Straßenlaterne zu erkennen.

»Das ist eine Männerbrille«, sagte Travis.

Janine lächelte nervös. »Ja, und? Meine ist es nicht.«

»Wie ist sie hierhergekommen? Wer war hier? Triffst du dich mit jemandem?«

Sie schloss die Augen im Versuch, den Nebel in ihrem Kopf zu verscheuchen, und wünschte sich plötzlich, dass sie den letzten Martini nicht getrunken hätte. »Nein, das tu ich nicht ... Schatz, die gehört mir nicht. Ich weiß nicht, woher sie kommt.«

Er wich von ihr zurück und seine dunkelbraunen Augen funkelten sie wütend an. »Auf deinem Sofatisch liegt eine Herrenbrille und du weißt nicht, wie sie dahingekommen ist? Glaubst du, ich bin blöd?«

Sie griff nach seiner Hand, aber er zog sie weg. »Nein«, flehte sie ihn an. »Ich schwöre. Ich weiß nicht, woher sie ist. Sie war vorher noch nicht da. Jemand muss hier gewesen sein. Vielleicht schaust du besser mal nach ...«

»Lüg mich nicht an, Janine.« Er wandte sich von ihr ab und stolzierte davon. Einen Augenblick später hörte sie einen Knall und Travis schrie: »Verdammt!«

Janine stand leicht wankend auf. »Warte, Travis ...«

Dann kam auf einmal aus der Dunkelheit eine neue Stimme, die Janine noch nie gehört hatte. »Ja, Travis, warum wartest du nicht eine Minute?«

Sie sah, wie sich Travis' Körper drehte. Hinter ihr leuchtete eine Taschenlampe in Travis' Gesicht. Er hielt eine Hand hoch. »Wer zur Hölle ist das?«

»Travis, ich habe Angst ...«, kreischte Janine, als eine Hand nach ihrem Haar griff und ihren Kopf nach hinten zerrte.

Sie spürte den warmen Atem des Eindringlings an ihrem Ohr. »Oh, die solltest du auch haben, Janine.«

19

PHILADELPHIA, PENNSYLVANIA

GEGENWART

Josie ging bis zur Market Street und lief in Richtung des Polizeipräsidiums. Sie rief Noah kurz an, aber er hatte nichts Neues zu berichten. An der Thirtieth Street nahm sie ein Taxi, das sie zur Ecke Eighth und Race Street brachte und vor dem Präsidium absetzte. Steve Boyd hatte es am Telefon das Roundhouse, den Lokomotivschuppen, genannt und nun verstand sie auch, weshalb. Das Gebäude hatte die Gestalt der Doppelläufe eines Schrotgewehrs. Als Josie kurz vor dem Eingang war, löste sich ein großer, dünner Mann mit einem gutsitzendem grauen Anzug und graumelierten Haaren von der Wand neben den Vordertüren und kam auf sie zu. »Sie müssen Josie Quinn sein«, sagte er und reichte ihr die Hand.

Josie gab ihm auch ihre. »Lieutenant Boyd?«

Er lächelte und die braunen Augen zwinkerten unter den buschigen Augenbrauen. »Der bin ich.«

Josie schaute ins Gebäude hinter ihm, aber er schüttelte den Kopf.

»Sie wollen da nicht reingehen«, sagte er zu ihr. »Sie bräuchten allein zwanzig Minuten, um durch den Sicherheitscheck zu kommen, selbst als mein Gast. Haben Sie Hunger?«

Ihr Magen hatte die ganze Fahrt über im Taxi laut geknurrt. »Großen«, antwortete sie.

»Dann gehen wir mal.«

Er holte einen Schlüsselanhänger heraus und führte sie zu einem zivilen Geländewagen auf dem Parkplatz gegenüber dem Eingang zum Roundhouse. Während der Autofahrt schwiegen sie, und Josie sah ihm zu, wie er sich auf den vollen Straßen in den Verkehr ein- und ausfädelte.

Sie hatte den Überblick darüber verloren, wie weit entfernt sie sich vom Roundhouse und ihrem Hotel befanden.

»Waren Sie schon einmal in Philadelphia?«, fragte Boyd.

»Nur für ein paar Konzerte«, antwortete Josie.

Schließlich parkte er vor einem Gebäude, das beinahe zu klein für einen Gastronomiebetrieb wirkte. Drinnen aber ließ der Geruch von Käsesteaks und Pommes ihren Magen knurren. Boyd zeigte auf zwei orangefarbene Bänke an einer Wand. »Setzen Sie sich. Sie mögen Zwiebeln, oder nicht?«

»Äh, klar«, sagte Josie.

Sie saß auf einer der leeren Bänke und wartete auf Boyds Rückkehr. Zehn Minuten später schob er sich mit einem vollgepackten Tablett mit Essen und zwei Limos auf den Platz gegenüber von ihr. Josie griff nach dem Käsesteaksandwich, das am nächsten zu ihr lag, und verschlang es. Sie aßen mehrere Minuten lang still und Boyd lächelte ihr verständnisvoll und anerkennend zu. Schließlich wischte er sich das Kinn mit einer Serviette ab und sagte: »Ich kann verstehen, warum Gretchen Sie mag.«

Josie Hand erstarrte mit einer Pommes auf halbem Weg zum Mund. »Wie bitte? Sie haben mit ihr gesprochen?«

»Nicht in letzter Zeit. Bevor sie die Stelle in Denton angenommen hat, hatten Sie das Vorstellungsgespräch mit ihr geführt. Sie mochte Sie. Sehr. Und Gretchen mag nicht sehr viele Menschen. Oder, wenn sie es tut, dann zeigt sie es nicht.«

»Sie zeigt nicht viel«, stimmte ihm Josie zu. Sie ließ von der Pommes ab und trank einen Schluck Limonade. »Wann haben Sie das letzte Mal mit ihr gesprochen?«

»Weihnachten. Sie hat angerufen und mir frohe Feiertage gewünscht. Wir haben ein bisschen miteinander gequatscht. Über die Arbeit geredet, so etwas. Ich höre von ihr immer nur ein- oder zweimal im Jahr.«

Das war vor neun Monaten gewesen. Josie fragte: »Kommt Ihnen der Name James Omar irgendwie bekannt vor?«

»Nee.«

Josie holte ihr Handy hervor und zeigte ihm das Foto des kleinen Jungen, das sie an Omars Körper gefunden hatten, aber er kannte das Kind nicht. Als Nächstes zeigte sie ihm das Foto, das sie von Omars und Ethan Robinsons Bild am Kühlschrank in deren Wohnung gemacht hatte.

»Es tut mir leid, ich kenne niemanden davon.«

Seufzend legte Josie das Handy weg. »Lieutenant ...«

»Steve.«

»Steve, ich denke, Gretchen steckt in Schwierigkeiten.«

Er nickte. »Nach dem zu urteilen, was Sie mir gestern erzählt haben, würde ich Ihnen zustimmen.«

»Wie lange waren Sie Arbeitspartner?«

»Oh, etwa acht oder neun Jahre.«

Das war ein ziemlich langer Zeitraum für Partner in ihrem Berufsfeld. Josie wusste, dass man den Kollegen bei der Polizei mit der Zeit näher als der eigenen Familie stehen konnte. Was man auf der Arbeit sah und erlebte, konnte einen wie nichts anderes zusammenschweißen. »Denken Sie, dass Sie das getan haben könnte?«, erkundigte sich Josie.

Boyd schaute nach unten auf den Tisch. Mit den Fingern faltete er eine Serviette zu winzigen Quadraten zusammen. »Ich weiß es nicht«, antwortete er. »Mein Bauchgefühl sagt nein, aber an Gretchen kam man nicht gut heran. Wir haben so lange zusammen gearbeitet und es fühlt sich immer noch nicht so an, als ob ich sie jemals kennengelernt hätte. Nicht so wirklich.«

Josie dachte an ihre eigene Zuneigung Gretchen gegenüber und dass sie eigentlich gar nichts über diese Frau wusste. Dann musste sie an die mit Nägeln gespickten Holzbretter vor Gretchens Erdgeschossfenstern denken. Was zum Teufel hatte sie versteckt? Oder wovor lief sie davon?

»Also wissen Sie nicht, wo sie hinfahren würde, wenn sie auf der Flucht wäre? Wen würde sie um Hilfe bitten?«

»Es tut mir leid, ich weiß es nicht.«

»Denken Sie, dass sie wirklich zu so etwas fähig ist?«

»Ich weiß es wirklich nicht.«

Dann fiel Josie die wichtigere Frage ein.

»Denken Sie, sie hätte ihre Karriere einfach so hingeworfen? Einen Jungen in den Rücken zu schießen und dann wegzulaufen?«

Boyd sah ihr in die Augen. »Gretchen kam mir nicht wie jemand vor, der wegläuft, und ihre Arbeit bedeutete ihr alles. Das weiß ich. Das kann ich mit hundertprozentiger Sicherheit sagen. Keine Ahnung, was sie in ihrer Freizeit gemacht hat. Ich weiß, dass sie nicht verheiratet war, keine Kinder hatte, ich weiß aber nicht, ob sie Hobbys, Freunde oder ein Haustier hatte. Verdammt, ich weiß noch nicht mal, ob sie hetero ist oder nicht. Ich kann nur mit hundertprozentiger Sicherheit sagen, dass sie die Arbeit liebt und dass sie gut darin ist.«

Das konnte Josie nicht bestreiten. Sie stopfte sich ein paar weitere Pommes in den Mund. Alles sah mehr und mehr nach einer Sackgasse aus. Gretchen war ein Buch mit sieben Siegeln,

die anscheinend niemand öffnen konnte. Josie hatte auf einmal
ein Bild von Gretchen vor Augen und mit einem Mal saß sie
ganz aufrecht. »Ihre Jacke!« rief sie aus. »Wissen Sie, was es mit
ihrer Jacke auf sich hat?«

Boyd lachte. »Diese scheußliche alte Lederjacke, die sie nie
auszieht? Ja, ich kenne die Geschichte dazu.«

20

»Ein paar Jahre, bevor sie nach Denton gegangen ist, hat sie einen Doppelmord aufgeklärt. Ein paar Biker. Habt ihr es bei euch mit vielen gesetzlosen Bikergangs zu tun?«

»Manchmal«, sagte Josie. »Aber meist nur, wenn sie auf der Durchfahrt sind.«

»Wissen Sie etwas über sie?«, fragte Boyd.

»Ich weiß, dass es sich bei ihnen praktisch um organisierte Verbrecherbanden handelt und dass sie im üblichen Kram mit drinstecken – Drogen, Prostitution, Glücksspiel. Ich weiß, dass sie Krieg gegeneinander führen. Viele von ihnen sind verdammt gewalttätig. Ist es das? Gretchen ist eine Bikerin?«

Boyd hielt eine Hand hoch. »Langsam. Gretchen ist keine Bikerin. Wie schon gesagt, sie bekam diesen Fall, bei dem ein paar Biker hier in der Stadt ermordet worden waren. In einem Revierkampf. Ein Typ namens Linc Shore hat sich hier rumge- trieben. Sagt Ihnen der Name etwas?«

Josie schüttelte den Kopf.

»Shore war ein hohes Tier in der Devil's-Blade-Gang. Er hat jahrzehntelang den Blade-Club drüben in Seattle ange- führt. Wir wissen immer noch nicht, was er hier zu suchen hatte. Vielleicht haben sie der Nordostgruppe Unterstützung geboten. Wie gesagt, sie waren in einen ziemlich schmutzigen Revierkampf mit einer anderen Gang namens Dirty Aces verwickelt. Wissen Sie übrigens, was ein Prospect ist?«

»Jemand, der in die Gang aufgenommen werden möchte?«, vermutete Josie.

Boyd öffnete die Serviette, die er zu einem münzgroßen Quadrat zusammengefaltet hatte. »Ein Hangaround ist jemand, der in der Gang sein möchte. Meistens ist ein Prospect eine Stufe höher, weil er ein Vollmitglied in der Gang gewonnen hat, das ihn unterstützt.«

»Also ist ein Prospect ein bisschen weiter ›drin‹ als ein Hangaround?«, fragte Josie.

»Im Prinzip, ja. Nun, Shore hatte einen Prospect bei sich. Der hieß Seth Cole. Ein junger Bursche. Um die zwanzig, einundzwanzig. Mittlerweile wissen wir, dass die Vollmitglieder Prospects quälen. Sie müssen allen möglichen üblen Mist machen, während sie darauf warten, die Kuttentaufe zu bekommen.«

»Die Kuttentaufe?«, fragte Josie.

»Die bekommen Prospects, wenn sie zum Vollmitglied werden. Der Club stimmt für ihre Aufnahme und sie müssen gewöhnlich etwas dafür tun, ihre Loyalität zu beweisen – jemanden töten oder etwas anderes Kriminelles –, und dann bekommen sie einen Aufnäher für ihre ›Kutte‹ – ihre Weste oder Jacke.«

»Ich verstehe«, antwortete Josie. »Hat Linc Shore diesen Prospect unterstützt?«

»Wissen wir nicht«, antwortete Boyd. »Wir werden es wahrscheinlich nie wissen. Der Junge ist mit ihm aus Seattle hierhergekommen. Möglich ist es, dass Linc ihn nur mitgebracht hat, damit er Drecksarbeit für ihn erledigt – wie ein persönlicher Sklave. Jedenfalls haben die Dirty Aces sie allein erwischt, sie erschossen und beiden die Kehle durchgeschnitten.«

»Woher wissen Sie, dass es die Dirty Aces waren?«, fragte Josie.

Boyd antwortete: »Sie haben ihre Visitenkarte dagelassen. Eine zum Teil verbrannte Pik-Ass-Karte. Anscheinend machen sie das häufig an ihren Tatorten. So wissen andere Gangs, dass es eine Warnung ist.«

»Mein Gott.«

»Ja. Also wussten wir gleich, dass es mit dem Revierstreit zu tun hatte. Aus irgendeinem Grund hat Gretchen sich das sehr zu Herzen genommen.«

»Inwiefern?«

Boyd lehnte sich auf seinem Platz zurück und ließ den Blick durch den kleinen Sandwich-Laden schweifen. »Schauen Sie, wir bearbeiten die Fälle, ja? Worum auch immer es geht, wir arbeiten dran. Mord ist Mord. Aber wenn da eine siebzehnjährige Schülerin beim Warten auf den Bus vergewaltigt wird oder ein Kleinkind von einem Querschläger getroffen wird oder ein alter Mensch bei einem Einbruch zu Hause zu Tode geschlagen wird, trifft es einen mehr. Vielleicht arbeitet man etwas schneller, nimmt sich mehr Zeit dafür, möchte es dringender lösen, als, sagen wir, den Mord an zwei Menschen, die sich selbst ein Leben mit Gewalt und Töten ausgesucht haben.«

»Linc Shore und Seth Cole waren Hochrisikopersonen«, pflichtete ihm Josie bei.

»Es war nur eine Frage der Zeit für diese Typen. Wenn man sich einer gesetzlosen Bikergang anschließt, muss man damit rechnen, am Ende auf sehr unangenehme Art ermordet zu werden. Die meisten von uns beschäftigt es nicht so, wenn es um Opfer wie diese geht. Wir machen immer noch unsere Arbeit, aber wir fiebern nicht so auf den Ausgang hin, denn gleich wenn die Mörder hinter Gittern sind, kriegen zwei neue Prospects die

Kuttentaufe und nehmen ihren Platz ein. Aber Gretchen – Mensch, sie hat es emotional mitgenommen. Ich hatte sie vorher noch nie so gesehen. Ich habe sie mehrmals beim Weinen erwischt. Es war einfach nur merkwürdig. Es hätte einfach wie jeder andere Fall sein sollen. Außerdem wollten wir anderen eher die Finger davon lassen. Wenn man einmal in so etwas die Nase drin hatte – richtig tief drin –, gerät man ins Fadenkreuz der Gang, deren Mitglieder man versucht, ins Gefängnis zu bringen. Gretchen hat sich einen Dreck darum geschert. Sie hat an diesem Fall härter gearbeitet als an jedem anderen davor.«

»Kannte sie einen der beiden?«, fragte Josie verwirrt. »Nein, das war ja das Seltsame. Es gab keine Verbindung. Ich weiß immer noch nicht so richtig, warum ihr der Fall so viel bedeutet hat. Na ja, auf jeden Fall hat sie Festnahmen erreicht und die Täter an die Staatsanwaltschaft übergeben. Sie wurden verurteilt – beide Dirty-Aces-Mitglieder haben lebenslänglich bekommen – und dann hat ihr Shores Gang die Jacke gegeben.«

»War es *seine* Jacke?«

Boyd zuckte mit den Schultern. »Weiß ich nicht. Sie hat es mir nie gesagt. Könnte Linc Shores Jacke gewesen sein oder vielleicht die des Prospects. Oder vielleicht einfach eine Jacke, die sie für sie gekauft haben. Aber sie war alt. Sah aus, als ob sie die Aufnäher abgemacht hätten. Jedenfalls habe ich sie nach der Verurteilung gesehen. Oft, wenn wir wegen Zeugenaussagen da unten beim Strafjustizzentrum sind, machen wir zum Mittagessen einen Abstecher zum Reading-Terminal-Markt. Da gibt's eine Menge verschiedener Imbissbuden. Jedenfalls, ich war da wegen eines Verhörs, habe fürs Mittagessen angehalten und habe Gretchen im Burgerladen gesehen, zusammen mit einem Typ von den Devil's Blade und Linc Shores Lady.«

»Seiner Frau?«

»Ach, verdammt, ich weiß nicht. Frau? Freundin? Ich weiß nur, dass sie mit Linc was am Laufen hatte. Sie war die ganze Zeit beim Prozess dabei. Genauso wie der andere Typ. Jedenfalls waren sie mit Gretchen da. Sie haben ihr die Jacke gegeben und Gretchen hat sie danach nie ausgezogen.«

»Haben Sie Gretchen jemals gefragt, warum sie die Jacke angenommen hat?«

»Natürlich habe ich das«, antwortete Boyd. »Sie hat mir gesagt, dass mich das verdammt noch mal nichts anginge. Ich habe weitergefragt. Sie hat gesagt, dass es eine Sache zwischen Lincs Freunden und ihr wäre, dass ich es nicht verstehen würde und nicht mehr dazu wissen bräuchte. Ich habe nicht locker gelassen, aber es ist ziemlich deutlich geworden, dass sie nicht mehr darüber erzählen würde, also habe ich aufgehört zu fragen.«

Für ein paar Augenblicke herrschte Stille zwischen ihnen. Josie lauschte den Geräuschen aus der Küche hinter ihnen – den gebrüllten Bestellungen, dem Klirren eines Metallpfannenwenders über dem Grill, dem Brutzeln von angebratenem Fleisch, dem Piepen einer Fritteuse, das ankündigte, dass ein Schwung Pommes fertig war. Gretchen war ihr ein größeres Rätsel als zuvor. Sie seufzte. »Gab es noch andere Fälle, bei denen sie emotional wurde?«, fragte Josie.

Boyd nahm sich etwas Zeit, bevor er antwortete. »Nein, keinen, an den ich mich erinnern kann. Keinen, bei dem es so hervorstach.«

»Wäre es möglich, dass ich einen Blick in die Akte werfen könnte? Von dem Shore/Cole-Mord?«

Boyd runzelte die Stirn. »Es ist eine alte Akte. Geschlossen. Ich versuche, was ich kann. Fürs Erste könnten Sie googeln. Gehen Sie auf philly.com und lesen Sie es nach. Es gab einiges an Presseberichten zu der Zeit. Wenn ich sie in die Hände bekommen sollte, schicke ich Ihnen, was ich habe – wie finden Sie das?«

»Klingt gut.«

21

Josie fuhr nicht direkt nach Hause. Sie checkte aus ihrem Hotel in Philadelphia aus, kämpfte sich durch den Nachmittagsverkehr und fuhr stattdessen zu Gretchens Haus, solange es noch ein wenig hell war. Sie parkte an der Straße, lief zum Haus und duckte sich unter dem Absperrband hindurch, das noch straff über Einfahrt und Veranda gespannt war. Schwache Sonnenstrahlen prallten an den Fenstern seitlich am Haus ab. Josie stellte sich auf Zehenspitzen und berührte die Spitzen an den Fensterbrettern vorsichtig. Nach dem, was Steve Boyd ihr erzählt hatte, konnte Josie Gretchens stark ausgeprägte Paranoia verstehen. Niemand sollte in ihr Haus gelangen können – zumindest nicht, ohne sich zuerst zu verletzen. War sie besorgt gewesen, dass die Dirty Aces hinter ihr her waren, nachdem sie zwei ihrer Mitglieder ins Gefängnis gebracht hatte? Hatte die Gang sie in Denton aufgespürt und Rache genommen? Aber wenn das so war, wie passte James Omar da hinein? Er konnte nicht zufällig am falschen Ort zur falschen Zeit vorbeigekommen sein. Nicht, wenn er ein Auto gemietet hatte und von Philadelphia hergefahren war.

Josie ging um das Haus herum und kam zurück zur

Eingangstür. Sie konnte das Gefühl nicht loswerden, dass ihr etwas entgangen war. Ihr sprang aber kein neues Detail ins Auge. Zumindest nicht draußen. Sie schlüpfte unter dem gelben Band hindurch, das über die Veranda gespannt war, und prüfte die Eingangstür. Sie war nicht abgeschlossen und knarrte beim Hineingehen. Staubpartikel schwebten gemächlich im Sonnenlicht, das durch Gretchens dünne Gardinen fiel. Neu waren dieses Mal nur die Spuren dunklen Pulvers dort, wo ihr Spurensicherungsteam nach Fingerabdrücken gesucht hatte. Sie schaute sich noch einmal den staubfreien Kreis auf Gretchens Beistelltisch im Wohnzimmer an. Sie wusste, dass er Noah wichtig vorgekommen war, aber sie war sich nicht sicher, ob er etwas zu bedeuten hatte. Das war das Problem an Tatorten. Es war schwer einzuschätzen, was von Bedeutung war, deshalb mussten alle Spuren in Betracht gezogen werden – zumindest am Anfang.

Sie lief noch einmal durch das Haus, langsam und auf der Suche nach etwas, das ihr beim ersten Mal nicht aufgefallen war. Sie bemerkte, was ihr beim ersten Mal entgangen war, dass Gretchens gesamtes Geschirr aus Plastik war. Josie stand vor den offenen Küchenschränken und erfasste jeden Gegenstand. Vier Schüsseln, vier Essteller, vier große Tassen – alle aus Plastik. Zum Kaffeetrinken waren ausschließlich Coffee-to-go-Becher aus Plastik da. Das war auf jeden Fall exzentrisch, aber hatte es wirklich etwas zu bedeuten? Josie konnte Noah in ihrem Kopf praktisch sagen hören: »Vielleicht ist sie tollpatschig.« Aber ihr fielen auf der Arbeit keine Dinge aus der Hand und sie hatte kein Problem damit, auf der Wache Keramiktassen zu benutzen.

Josie wurde vom Piepen ihres Handys in der Jackentasche aufgeschreckt. Sie fischte es heraus und schaute auf das Display. Dr. Larson hatte ihr Doug Robinsons Namen und Handynummer geschickt. Sie schrieb ihm ein Danke zurück, schaltete alle Lichter in Gretchens Haus aus und lief zurück zu ihrem Auto. Sie ließ es noch nicht sofort an und rief stattdessen erst einmal Doug Robinson an. Nach dem vierten Klingeln nahm er ab.

»Mr. Robinson?«, fragte Josie. »Doug Robinson? Mein Name ist Detective Josie Quinn. Ich bin vom Denton Police Department. Wir sind in Pennsylvania ...«

»Oh, hallo«, unterbrach er sie. »Ja, äh, dieser Professor Larson hat mich angerufen. Es tut mir sehr leid, das von James zu hören. Was für ein Schock. Das ist ... das ist wirklich schrecklich.«

Josie war erleichtert, dass Dr. Larson ihr die Mühe erspart hatte, die Neuigkeit überbringen zu müssen. »Kannten Sie James?«

»Oh, ich habe ihn ein paar Mal gesehen. Ethan hat ihn letztes Jahr in den Frühjahrssemesterferien mitgebracht und sie haben eine Tour durch Portland gemacht. Ein guter Junge. Sehr ernst.«

»Mr. Robinson, wann haben Sie zum letzten Mal von Ihrem Sohn gehört?«

Sie hörte ihn murmeln, als ob er nachrechne. Dann sagte er »Oh, vielleicht vor drei Wochen?«

»Keine Anrufe? Keine Nachrichten? Ist das ungewöhnlich?«

Robinson lachte. »Für Ethan? Nein, überhaupt nicht. Er ist da ein bisschen eigentümlich. Nicht wirklich gesellig. War er noch nie so sehr. Hatte nicht viele Freunde in der Schule. Hatte den Kopf immer in einem Buch oder klebte vorm Computer. Er ist ein spitze Student, aber wissen Sie, es ist schwer, an ihn ranzukommen. Meine Frau – seine Mutter – war wirklich gut darin, ihn aus der Reserve zu locken, aber sie ist gestorben, als er auf der Highschool war.«

»Es tut mir sehr leid, das zu hören«, sagte Josie.

»Danke. Ja, es hat ihn schwer getroffen. Seit seiner Collegezeit geht es ihm aber besser.«

»Soweit ich weiß, ist er Masterstudent. Wo hat er den Bachelor gemacht?«, fragte sie.

»Ach, gleich daneben an der University of Pennsylvania.« Er lachte. »Direkt von der Drexel-Uni aus die Straße runter und genauso teuer. Aber ich will mich nicht beschweren. Er wird einen guten Berufseinstieg finden.«

Josie führte das Gespräch wieder zu seinem Kontakt mit Ethan zurück. »Also gibt es immer wieder lange Zeiten, in denen Ihr Sohn sich nicht bei Ihnen meldet? Was war der längste Zeitraum, in dem Sie nicht von ihm gehört haben?«

»Vielleicht sechs Wochen? Sehen Sie, Detective, Ethan ist ein großer Junge, wissen Sie? Hat da draußen sein eigenes Leben. Ich bin für ihn da – das weiß er –, aber ich gehe ihm nicht auf die Nerven. Außer, wenn er mit der Miete spät dran ist und Larson sich bei mir beschwert.«

Josie wusste nicht, was sie von der scheinbaren Unbekümmertheit des Mannes halten sollte. Machte er sich keine Sorgen um seinen Sohn oder war Ethan so wenig einzuschätzen und neigte dazu, von der Bildoberfläche zu verschwinden? Sie fragte sich, ob es da etwas gab, das er ihr nicht erzählte, ob Ethan und sein Vater sich irgendwie zerstritten hatten. Sie wusste, dass es nicht in jeder Familie starke Bande gab, aber ihr kam Doug Robinsons sorglose Haltung seinem Sohn gegenüber seltsam vor – besonders angesichts der Tatsache, dass sein Mitbewohner gerade ermordet worden war. »Nun, könnte ich Sie vielleicht um einen Gefallen bitten?«, fragte Josie. »Könnten Sie mit Ethan Kontakt aufnehmen? Wegen James' Tod möchte ich wirklich gerne wissen, dass er in Sicherheit und auf dem Laufenden ist.«

»Klar doch«, antwortete Doug.

»Außerdem habe ich seinen Namen nicht in der Freundesliste von James auf Facebook gefunden. Ist er auf irgendwelchen Social-Media-Kanälen unterwegs?«

»Nein«, erwiderte Doug. »Keine, von denen ich wüsste – er findet das wohl rebellisch.«

»Eine letzte Sache«, sagte Josie. Sie berichtete ihm, dass das Foto eines Jungen am Tatort gefunden worden war, dass sie sich nicht sicher waren, ob es wichtig sei oder nicht, aber versuchen würden, den Jungen zu identifizieren. Robinson stimmte bereitwillig zu, einen Blick darauf zu werfen. Schon wenige Sekunden aber, nachdem er es bekommen hatte, sagte er, er habe das Kind noch nie gesehen.

Jetzt gab es noch mehr Sackgassen und Vermisste, aber sie wusste nicht, was sie damit anstellen sollte.

22

Bevor sie wieder von Gretchens Zuhause losfuhr, schrieb Josie Noah. *Haben die Suchtrupps das Handy oder das MDT gefunden?*

Er antwortete fast sofort. *Nein. Nichts. Sackgasse.* Seufzend ging sie zu etwas Persönlicherem über und schrieb: *Ich bin zu Hause. Magst du heute Abend vorbeikommen?*

Schnell kam zurück: *Ich würde sehr gern. Glaub mir das. Aber der Boiler von meiner Mom ist kaputt und ich helfe ihr, einen neuen einzubauen. Wird spät.*

Josie seufzte wieder und ließ ihren Escape an. Noahs Eltern hatten sich scheiden lassen, als er achtzehn war. Er war der Jüngste von drei Geschwistern und der einzige unter ihnen, der in Denton geblieben war. Josie konnte es nur bewundern, wie er sich um seine Mutter kümmerte. Sie wollte schon zurückschreiben: *Richte ihr Grüße aus,* als ihr einfiel, dass Noahs Mutter sie bei ihrer einzigen Begegnung von oben bis unten angeschaut und dann gesagt hatte: »Das ist die Frau, die auf dich geschossen hat, was?« Noah hatte ihr *unendlich* oft erklärt, dass Josie versucht hatte, eine Jugendliche zu retten, als sie ihn angeschossen hatte. Dass sie gedacht hatte, das Richtige zu tun, er keine Anklage erhoben und ihr gleich vergeben hatte. Trotzdem konnte sich Mrs. Fraley immer noch nicht für sie erwärmen. Josie konnte es ihr nicht wirklich übel nehmen. Sie kämpfte selbst immer noch mit Schuldgefühlen wegen des Vorfalls. Sie schrieb zurück: *Kein Problem. Bis morgen*, fuhr aus der Parklücke heraus und nach Hause.

Das Licht bei ihr daheim war immer noch an und von der Einfahrt aus konnte sie durchs Wohnzimmerfenster Fernsehflimmern sehen. Trinitys sportlicher roter Fiat war in der Einfahrt geparkt. Josie überraschte es, wie erleichtert sie auf einmal war. Nach einer Nacht allein in Philadelphia war sie froh, noch Gesellschaft zu haben. Trinity lag ausgestreckt auf Josies blauem Sofa. Sie trug eine Jogginghose und ein T-Shirt mit dem Logo ihrer Nachrichtensendung und hatte die Fernbedienung fest in der Hand. Auf dem Sofatisch vor ihr stand eine große Schüssel mit Popcorn. Als Josie hineinkam, drückte Trinity eine Taste auf der Fernbedienung und das Geschehen auf dem Fernsehen wurde angehalten.

»Du bist ja noch hier«, begrüßte Josie sie.

Trinity lachte, setzte sich auf und klopfte auf das Sofakissen neben sich. »Ich freue mich auch, dich zu sehen.«

Josie legte ihre Tasche und Jacke im Eingangsbereich ab und ließ sich neben ihre Zwillingsschwester fallen. Sie griff nach einer Handvoll Popcorn, aß es und versuchte, sich zu entschuldigen. »Ich habe es nicht so gemeint. Ich habe nur gedacht, dass du zurück an der Arbeit sein müsstest.«

»Ich fahre morgen nach New York zurück. Ich hoffe, es macht dir nichts aus, dass ich mich hier breitgemacht habe.« Sie wedelte mit der Fernbedienung im Zimmer herum. »Ich finde es immer noch faszinierend, in deinem Zuhause zu sein.«

Jetzt war es an Josie, zu lachen. »Du solltest mich nach New York einladen, damit ich mal *dein* Zuhause sehen kann.«

Trinity klopfte sich leicht mit der Fernbedienung auf den Schenkel. »Ja, bitte. Dazu müsstest du dann mal eine Pause von der Arbeit machen. Außer, mir würde eine Spur mitten in Manhattan einfallen, die« dir bei deinem aktuellen Fall weiterhelfen würde. Dann würdest du hinfahren.«

Sie waren beide gleichermaßen karriereorientiert, deshalb entschuldigte sich Josie nicht. Stattdessen fragte sie: »Apropos Fall: Hast du schon mal von den Devil's Blade oder den Dirty Aces gehört?«

»Gesetzlose oder Outlaw-Motorradgangs«, antwortete Trinity. »OMGs. Du arbeitest doch nicht an einem Fall, der mit so einer zu tun hat? Das könnte ungemütlich werden.«

Josie hätte fast aufgestöhnt. Das letzte Mal, als Trinity davon gesprochen hatte, dass es mit jemandem ungemütlich werden könnte, hatten sich die Leichen schneller gestapelt, als Josie mitzählen konnte. »Ich bin mir nicht sicher. Also, nicht direkt. Ich glaube nicht.«

»Dann weiß ich Bescheid«, scherzte Trinity.

»Weißt du viel über sie?«

»Ich weiß ein bisschen. Wir haben letztes Jahr eine große Reportage über sie gemacht. Einer meiner Produzenten hatte einen engen Kontakt im Verband der Dirty Aces. Wir haben auch über andere OMGs berichtet, aber über sie haben wir am meisten erfahren. Die Aces haben ziemlich viel mit Drogenhandel und illegalem Waffenschmuggel zu tun. Sie haben die Ostküste als ihr Revier abgesteckt und sind nicht gerade freundlich zu anderen Gangs, die in ihr Gebiet eindringen. Jeder, der sich ihnen in den Weg stellt, wird entweder getötet oder verschwindet auf mysteriöse Weise.«

»Ich habe davon gehört«, meinte Josie. »Meine Quelle hat mir gesagt, dass sie eine Visitenkarte zurücklassen.«

»Eine halb verbrannte Pik-Ass-Karte«, erwähnte Trinity. »Das ist keine Visitenkarte, das ist eine Warnung.«

»Wie meinst du das?«

Trinity legte die Fernbedienung auf den Sofatisch. »Die Dirty Aces haben einige Morde begangen, aber sie lassen das angekokelte Pik-Ass nur dann zurück, wenn sie rivalisierenden Gangs eine Botschaft schicken wollen.«

»Okay, und was ist mit den Zeugen?«, fragte Josie. »Sagen wir, jemand hat gesehen, wie ein oder zwei ihrer Mitglieder einen Mord begangen haben, und er würde gegen sie vor Gericht aussagen?«

Trinity schüttelte den Kopf. »Sie lassen Zeugen verschwinden. Die Leichen werden nie gefunden.«

»Kommt es vor, dass sie es auf Staatsanwälte oder Ermittler absehen, die an diesen Fällen arbeiten?«

»Bestimmt, aber es ist effektiver, auf Zeugen abzuzielen, weil Polizisten und Staatsanwälte Zeugen brauchen, um ihre Fälle zu beweisen.«

»Aber sie würden kein Pik-Ass hinterlassen, wenn sie einen Polizisten getötet hätten oder ihn verschwinden lassen würden?«

»Nein, ich denke nicht. Hat das mit Gretchen zu tun? Meinst du, die Aces haben ihr etwas angetan? Ihr habt doch nicht etwa ein Pik-Ass am Tatort gefunden, oder?«

»Nein, und ich weiß es nicht. Sie hat vor ein paar Jahren an einem Fall gearbeitet, bei dem sie ein paar Aces wegen Mordes an Typen von den Devil's Blade hinter Gitter gebracht hat. Ich greife im Moment nach jedem Strohhalm. Besonders mit dem ermordeten Masterstudenten und dem ...«

Josie bremste sich, um Trinity nicht von dem Foto des mysteriösen Jungen zu erzählen.

»Es ist okay«, sagte Trinity. »Ich weiß, dass du mir bestimmte Dinge nicht erzählen darfst. Nicht, dass es mir gerade etwas ausmacht. Ich bin nicht mehr für die regionalen Nachrichten zuständig.«

Sie nahm die Fernbedienung wieder zu sich hoch und schaltete ihre Serie wieder an. »Aber du greifst nicht nach Strohhalmen, wenn du eine Verbindung zwischen Gretchen, dem Opfer und den Aces herstellen kannst.«

Josie lachte tief. »Einfacher gesagt als getan.«

»Mach dir keine Sorgen«, sagte Trinity mit einem Augenzwinkern. »Du hast schon mit viel weniger viel mehr erreicht.«

Josie stand auf und ging langsam aus dem Raum.

Trinity fragte: »Wohin willst du denn gehen?«

Josie drehte sich um und schaute sie an. »Nach oben. Ich muss ein bisschen recherchieren.«

Trinity zog eine ihrer perfekt gezupften Augenbrauen hoch und zeigte wieder auf das Sofa. »Laptops sind dazu da, dass man sie mitnehmen kann, liebe Schwester. Bring ihn also runter und recherchiere, während ich mit meinem Serienmarathon weitermache. Ich koche dir Kaffee, wenn du denkst, es wird eine lange Nacht werden.«

Jetzt zog Josie ihre Augenbraue hoch, um es Trinity nachzumachen. »Versuchst du gerade, mir für irgendwas Honig um den Mund zu schmieren?«

Trinity lachte. »Nein. Ich probiere bloß diesen ganzen Zwillingsschwesternkram aus.«

23

Zwei Stunden später schnarchte Trinity neben ihr, während Josie die Nachrichtenwebsites von Philadelphia durchkämmte. Sie war auf der Suche nach Infos über die Morde an Linc Shore und Seth Cole sowie die Verurteilung der zwei dafür verantwortlichen Dirty Aces. Die Polizeifotos der zwei Mörder zeigten zwei fast schon identische Männer Ende vierzig mit runden, bärtigen Gesichtern und ergrauendem Haar, das zu einem Pferdeschwanz zusammengebunden war. Beide waren zu alt dafür, um der Junge auf dem Foto sein zu können. Sie fand auch Fotos von Linc und seinem Prospect – ob es Polizei- oder Führerscheinbilder waren, konnte Josie nicht sagen. Keiner kam ihr bekannt vor. Linc war zu alt, um der Junge auf dem Foto sein zu können, das an James Omars Leiche gesteckt hatte. Linc Shore war in den Fünfzigern und hatte schulterlange, fettige schwarze Haare und einen langen schwarzen Bart, der mit grauen Strähnen durchzogen war. Seine braunen Augen blickten herausfordernd in die Kamera und seine Mundwinkel deuteten das kleinste Anzeichen eines Lächelns an. Er wirkte wie ein Mann mit einem Geheimnis. Oder als ob er auf die Pointe eines Witzes wartete.

Seth Cole kam vom Alter her hin, aber weil der Junge auf dem Foto nur von der Seite zu sehen war, war es schwierig zu sagen, ob es ein und dieselbe Person war. Sie unterbrach ihre Suche nach Artikeln über den Mord, um über Google und in ein paar Polizeidatenbanken nach Seth Cole zu suchen. Er hatte so gut wie keine Online-Spuren hinterlassen. Sein Facebook-Account zeigte ein Profilbild, auf dem er grinsend und mit einem Bier in der Hand auf einer Harley Davidson posierte. Er hatte lange, blonde Haare, die ihm bis über die Schultern reichten. Seine lange, krumme Nase befand sich nicht ganz in der Mitte des geröteten, mit Stoppeln übersäten Gesichts. Er sah viel älter als einundzwanzig aus. Entweder hatte er seine Facebookseite kaum genutzt oder die strengsten Privatsphäre-Einstellungen gewählt, denn es war dort nichts zu sehen, außer dem Foto und der Angabe, dass er in Seattle wohnte. Die Polizeidatenbanken hatten nicht viel mehr zu bieten. Nur, dass er wegen ein paar ordnungswidriger Drogendelikte verurteilt worden war, ehe er von Linc Shore und dem Seattle-Club der Devil's Blade aufgenommen worden war.

Seufzend fuhr Josie mit der Suche nach Einzelheiten über den Doppelmord in Philadelphia fort. Es gab mehrere Artikel, aber aus keinem erfuhr Josie mehr, als sie schon von Boyd wusste. Die zwei Männer waren brutal erschlagen worden und Gretchen hatte unermüdlich daran gearbeitet, ihre Mörder vor Gericht zu bringen, obwohl die Zeugen wiederholt bedroht worden waren. Die Aces-Mitglieder hatten beide eine lebenslange Haftstrafe ohne Aussicht auf Bewährung bekommen. Fall abgeschlossen. Zwei Jahre später hatte Gretchen Josie im jetzigen Büro von Chief Chitwood zum Vorstellungsgespräch für die Stelle als Detective gegenübergesessen.

Josie verbrachte den größten Teil der Nacht damit, jede verfügbare Quelle zu durchsuchen, um eine Verbindung zwischen James Omar und den Dirty Aces – oder irgendeiner anderen gesetzlosen Motorradgang herstellen zu können. Sie suchte nach Gretchen Palmer und Dirty Aces; Gretchen Palmer und Devil's Blade; Gretchen Palmer und James Omar; sogar nach Gretchen Palmer und Ethan Robinson. Nichts.

Es gab eine Menge Nachrichtenberichte, in denen Gretchen als Mordkommissarin aus Philadelphia zu ihren damaligen Fällen zitiert wurde.

Josie fand außerdem die jeweiligen Todesanzeigen von Gretchens Großeltern, aber ansonsten nichts, was sie weiterbrachte.

In Josies Kopf wirbelten die ungelösten Fragen herum und zwar besonders: Wo zum Teufel steckte Gretchen? Wenn sie, wie Noah vermutete, von zu Hause geflohen war, weshalb hatte sie dann nicht die zweitausend Dollar aus ihrer Sockenschublade mitgenommen? Nein, Josie war sich sicher, dass sie entführt worden war. Waren es die Aces gewesen? Hatten sie Gretchen aus Rache für ihre Anstrengungen, Mitglieder des Clubs lebenslang hinter Gitter zu bringen, verschwinden lassen? War James Omar ihnen ins Fadenkreuz geraten? Vielleicht hatte sein Besuch bei Gretchen gar nichts mit ihrem Verschwinden zu tun gehabt. Möglicherweise war er aus Gründen zu Gretchen gefahren, die nichts mit den Dirty Aces zu tun hatten, und nur zur falschen Zeit am falschen Ort gewesen. Vielleicht wollten die Aces Gretchen den Mord an ihm anhängen? Wenn das der Fall war, hatten sie verdammt gute Arbeit geleistet. Am Morgen würde Chief Chitwood einen Untersuchungshaftbefehl erlassen und wenn erst mal die Presse Wind davon bekäme, wäre es der Anfang von Gretchens öffentlichem Prozess.

Was hatte es aber mit dem Foto auf sich? Wer hatte es an Omars Körper gesteckt und warum?

Neben ihr räkelte sich Trinity und setzte sich benommen auf. Verschlafen blinzelte sie auf den Kabelreceiver, der anzeigte, dass es nach drei Uhr am Morgen war, und dann wandte sie sich Josie zu. »Ach du liebes bisschen, du bist immer noch da dran?«

Josie klappte den Laptop zu und warf sich mit einem lauten Seufzer zurück in das Sofakissen. »Und ich komme nicht voran«, beschwerte sie sich.

Trinity schüttelte den Kopf, stand auf, hakte sich bei ihr ein und zog sie so vom Sofa hoch. Zusammen gingen sie in Richtung Treppe. »Das ist, weil du Schlaf brauchst. Du wirst einen klareren Kopf haben, wenn du dich etwas ausgeruht hast.« Josie ließ sich von Trinity die Stufen hochziehen. Sie protestierte nicht dagegen, als Trinity, statt ins Gästezimmer zu gehen, in ihr großes Doppelbett kletterte und auf der Stelle wieder anfing zu schnarchen. Erschöpft legte sich Josie neben sie. In ihrem Herzen öffnete sich eine kleine Wunde, als sie daran dachte, wie viele Nächte wie diese – neben ihrer Schwester zu schlafen – sie in den vergangenen dreißig Jahren verpasst hatte. Sie schob den Gedankengang und begleitenden Schmerz zur Seite. Gretchen kam ihr wieder in den Kopf und ihr Verstand versuchte, einen neuen Blickwinkel, einen neuen Zugang zum Fall zu finden. Sie dachte wieder an das erste Treffen mit Gretchen zurück. An das erste Gespräch. Dann fiel ihr ein, weshalb Gretchens Bewerbung aus den anderen hervorgestochen hatte. Die jahrelange Erfahrung, die ausgezeichneten Referenzen. Die Referenzen. In ihrem Hinterkopf meldete sich ein zündender Gedanke zu Wort, aber so schnell, wie er gekommen war, war er auch wieder verschwunden. Sie versuchte, ihn sich zurückzurufen, aber sie wurde zu schnell vom Schlaf übermannt.

24

Noah saß schon am Schreibtisch, als Josie zur Arbeit kam. Er schob ihr eine Tasse Kaffee und ein Stück Käseplunder zu, während sie ihm berichtete, was sie in den letzten vierundzwanzig Stunden erfahren hatte.

»Meinst du, die Aces haben irgendwas damit zu tun?«, fragte er.

Josie nahm einen Schluck Kaffee und öffnete die Schreibtischschublade, um Gretchens Personalakte hervorzuholen. »Ich weiß es nicht. Ich kann keine Verbindungen zwischen den Aces, Gretchen und Omar finden. Omar ist der Joker. Er passt nicht rein.«

»Und das Foto auch nicht«, wies sie Noah hin. »Das ist auch total seltsam. Wie kommt es, dass niemand, der entweder Omar oder Gretchen kennt, den Jungen auf dem Foto identifizieren kann?«

»Das ist rätselhaft«, stimmte ihm Josie zu. »Ich weiß, dass es ein Schuss ins Blaue ist, aber meinst du, du könntest ein Familienmitglied von Seth Cole ausfindig machen und ihr oder ihm das Foto zeigen? Er kommt vom Alter hin und hatte blonde Haare.«

»Natürlich«, antwortete Noah. Es pingte in seinem Computer und er klickte ein paar Mal mit der Maus. »Weißt du noch, ich habe dir erzählt, dass ich mir rausgenommen hatte, eine Befugnis für sowohl Gretchens als auch Omars Handydaten von letzter Woche zu bekommen?«

Josie fand Gretchens Akte und legte sie auf die Mitte des Schreibtischs.

»Und hast du sie schon?«

»Ich habe Gretchens«, erwiderte er. »Warte noch auf Omars.«

Durch den ganzen Raum konnte man hören, wie sich der Drucker des Reviers hustend und surrend an die Arbeit machte. Noah holte die Blätter ab, die er ausgespuckt hatte. Er breitete sie auf seinem Schreibtisch aus, Josie stellte sich neben ihn und sie prüften die Liste der ein- und ausgehenden Gespräche. »Da«, sagte Josie. Sie zeigte auf einen eingehenden Anruf von vor zwei Wochen. »Das ist James Omars Handynummer.«

Noah fuhr die Liste mit dem Finger ab und zeichnete dort Sternchen ein, wo Omars Nummer sonst noch auf der Liste stand. »Er hat sie letzte Woche angerufen und am Tag seiner Ermordung«, stellte er fest. »Sieht so aus, als ob alle Gespräche von ihm ausgegangen wären. Sie hat ihn nie angerufen.«

»Warum?«, fragte Josie. »Weswegen hätte er sie anrufen sollen? Woher hatte er nur ihre Nummer?«

Noah machte sich nicht die Mühe, ihr zu antworten. Er wusste, dass sie bloß ihrer Frustration Ausdruck verlieh. Er setzte sich auf seinen Stuhl. »Ich werde mal die restlichen Nummern ermitteln.«

Als er sich an die Arbeit machte, öffnete Josie Gretchens Personalakte und blätterte sie bis zu den Referenzen durch. Zwei davon waren vom Philadelphia Police Department – Steven Boyd miteingeschlossen. Die letzte Referenz war es gewesen, die ihr letzte Nacht kurz vor dem Einschlafen wieder wie ein Funke in den Sinn gekommen war. Gretchen hatte den

Namen, die Dienstanschrift und Telefonnummer von Jack Starkey angegeben, einem Agenten des ATF, der Sicherheitsbehörde für Alkohol, Tabak und Schusswaffen in Seattle, Washington. Josie schaute noch einmal in Gretchens Lebenslauf. Nichts in Gretchens Berufslaufbahn hatte sie nach Seattle geführt. Sie war in Allentown in Pennsylvania auf die Highschool gegangen. Zwischen ihrem Abschluss und Collegebeginn gab es eine Lücke von vier Jahren. Sie hatte dann ihr Strafrechts-Studium an der Pennsylvania State University abgeschlossen, und war direkt im Anschluss zur Polizeiakademie in Philadelphia gegangen. Sie hatte erst auf Streife gearbeitet und dann in der Mordkommission, bei der sie bis zu ihrem Umzug nach Denton geblieben war.

Was war also die Verbindung nach Seattle?

Josie dachte an das Vorstellungsgespräch zurück. Damals hatte sie sich nur für Gretchens langjährige Erfahrung bei der Polizei von Philadelphia interessiert. Sie erinnerte sich daran, dass sie Gretchen nach der Lücke von vier Jahren zwischen Highschool und College gefragt hatte. Gretchen hatte sehr allgemein geantwortet, dass sie sich eine Auszeit zum Reisen genommen habe. Auf die Frage, wie es käme, dass sie jemanden im ATF kannte, hatte Gretchen ihr eine weitere allgemeine Antwort gegeben und gesagt, sie habe ihn bei ein paar Konferenzen kennengelernt. Jetzt fragte sich Josie, ob es die Wahrheit war. Woher kannte sie Jack Starkey wirklich? War ihre Verbindung zu ihm über die Treffen bei ein paar Konferenzen hinausgegangen? Hatte sie während ihrer Dienstzeit bei der Polizei von Philadelphia mit ihm zusammengearbeitet? Wie war das möglich, wenn er in Seattle ansässig war? Hatte er an der Ostküste gearbeitet, bevor er nach Seattle umgezogen war? Linc Shore und Seth Cole waren aus Seattle gewesen. Josie wusste, dass das ATF an Fällen über gesetzlose Motorradgangs arbeitete.

Es konnte sehr gut sein, dass Starkey an Ermittlungen über

die Devil's-Blade-Gang beteiligt gewesen war. Hatte Gretchen wegen der Morde an Shore und Cole zu Starkey Kontakt aufgenommen? Vielleicht hatte Gretchen das ATF in Seattle kontaktiert, um an weitere Informationen über die beiden Männer zu gelangen.

Josie nahm ihr Bürotelefon in die Hand und wählte seine Nummer. Sie erreichte aber nur die Mailbox, die verkündete, dass er auf einer Konferenz war und nur beschränkt E-Mails lesen und seine Mailbox abhören konnte. Josie unterdrückte einen Seufzer und hinterließ ihm eine Nachricht, in der sie ihre Handy- und Arbeitsnummer angab und ihn dringend bat, sie so bald wie möglich zurückzurufen.

Ihr gegenüber beendete Noah gerade ein Handygespräch und schaute niedergeschlagen zu ihr. »Seth Cole ist nicht der Junge auf dem Foto.«

»Bist du dir sicher?«

»Ich habe gerade mit seiner Mutter gesprochen. Also, er ist im Alter von drei Jahren adoptiert worden, aber sie sagt, dass er es definitiv nicht ist. Außerdem sind die restlichen Nummern in Gretchens Handyprotokoll alle örtlich und, soweit ich weiß, hängen sie mit den Fällen zusammen, an denen sie gearbeitet hat. Nichts davon ist außergewöhnlich.«

Noch mehr Sackgassen.

Josie stützte die Ellenbogen auf den Schreibtisch und vergrub ihr Gesicht in den Händen. »Wo steckt sie, Noah? Was zum Teufel geht nur vor sich? Chitwood wird bis Tagesende hier sein und einen Haftbefehl erlassen.«

»Das hat er schon«, sagte Sergeant Dan Lamay, der gerade zu ihren Schreibtischen schlenderte. In der Hand hielt er eine Fernbedienung und schaltete damit den Fernseher an, der an der gegenüberliegenden Wand angebracht war. Sie schauten sich eine Minute lang Werbung an, bis es Zeit für die regionalen Nachrichten war. Gretchens Gesicht erschien knapp über der Schulter der Nachrichtensprecherin und den Worten:

UNTERSUCHUNGSHAFTBEFEHL FÜR POLIZISTIN AUS DENTON ERLASSEN. Josie hörte nur Bruchstücke der Geschichte: »... Student James Omar ... ihr Haus ... es ist unklar, woher sie sich kannten oder was zu der tödlichen Konfrontation führte ... falls Sie irgendwelche Informationen haben ...«

»Meine Güte«, meinte Josie.

Lamay schaltete den Fernseher aus und legte die Fernbedienung auf ihren Schreibtisch. »Es tut mir leid, Boss«, sagte er. »Ich dachte nur, dass du das wissen solltest.«

Josie brachte ein schwaches Lächeln auf. »Danke, Dan.«

Er schlürfte davon und Josie schlug wieder die Hände vors Gesicht. »Das ist nicht gut«, murmelte sie.

Das Geräusch von Noahs Stuhl, der über die Fliesen schabte, zog ihren Blick zu ihm. Er beugte sich über seinen Schreibtisch und sagte mit gesenkter, sanfter Stimme über ihre beiden Computer hinweg: »Hey, wir werden sie finden, okay?«

Lebendig?, fragte sich Josie. *War Gretchen überhaupt noch am Leben?*

Als ob er ihre Gedanken gelesen hätte, fügte Noah hinzu: »Es wird ihr gut gehen. Also, Chitwood hat den Haftbefehl erlassen? Selbst, wenn wir sie festnehmen müssen, wenn wir sie gefunden haben, wird sie erklären, was passiert ist, und alles wird sich zum Guten wenden.«

Josies Schreibtischtelefon klingelte und sie hob schnell ab, in der Hoffnung, Jack Starkey würde sie zurückrufen. Stattdessen war es wieder Lamay, der diesmal von der Rezeption aus anrief. »Boss«, sagte er, »die Leitstelle sagt, es gibt drüben beim Stadtpark einen Tatort.«

25

SEATTLE, WASHINGTON

JANUAR 1994

Die Töpferscheibe lag vor Kristen auf dem Tisch in Scherben.

Man konnte sie nicht reparieren. Sie wusste nicht viel übers Töpfern, aber ihr war klar, dass sie die Scheibe so sehr zerstört hatte, dass eine Reparatur nicht möglich sein würde. Seufzend fegte sie den Schutt zusammen. Darryl würde sauer sein. Er hatte ihr die Scheibe gekauft und ihren Vorraum in eine vollständige Tonwerkstatt verwandelt, damit ihr nicht langweilig würde. All das, weil sie ihm bei ihren ersten Dates erzählt hatte, dass sie das Töpfern gern ausprobieren würde. Sie wollte gar nicht erst wissen, wie viel er für die ganze Ausstattung und den Ton und den Brennofen ausgegeben hatte.

»Oh, mein Gott«, murmelte sie leise. »Der Ofen.«

Er hatte wahrscheinlich über tausend Dollar gekostet. Also könnte sie ihm die Wahrheit über die Scheibe sagen und sich von ihm eine neue kaufen lassen und es weiter versuchen. Oder vielleicht könnte sie einfach schwanger werden und dann hätte sich die ganze Sache erledigt. Das war der eigentliche Plan gewesen, nachdem das Restaurant, in dem sie gekellnert hatte, geschlossen worden war. »Bleib zu Hause«, hatte Darryl ihr gesagt. Er verdiente ein Vermögen als Verkäufer bei BMW. Sie kamen gut ohne ihr armseliges Kellnerinnengehalt aus. Obwohl sie mörderisch viel an Trinkgeld bekommen hatte. Eine Familie war der nächste Schritt in der Evolution von Kristen und Darryl Spokes. Dann hatte aber das Dach neu gemacht werden müssen und sie hatte einen Getriebeschaden am Auto gehabt. Dann war Darryls Mutter krank geworden und der Plan, eine Familie zu gründen, war in den Hintergrund gerückt.

Kristen aber saß immer noch zu Hause herum. Als sie wieder nach einer Arbeit hatte suchen wollen, war Darryl die Idee mit der Töpferwerkstatt gekommen.

Nur, dass sie im Töpfern schlecht war. Ziemlich schlecht.

»Schatz, ist alles gut?«

Seine Worte erschreckten sie. Ein Blick auf die Wanduhr verriet ihr, dass es nach dreiundzwanzig Uhr war. Er kam wieder spät von der Arbeit. Also, nicht wirklich von der Arbeit, sondern von den Feierabend-Drinks, die er absolut nötig fand, um weiterhin bei seinem Chef gut gestellt zu sein.

»Komm nicht rein«, rief sie, aber es war schon zu spät. Da stand er, die Hemdsärmel hochgekrempelt, die Krawatte gelockert und lose um den Hals hängend, Bartstoppeln am Kinn. Er zog die Augenbraue hoch.

»Was ist los?«

Kristen seufzte und wischte sich die mit Ton bedeckten Hände an der Jeans ab.

»Was los ist, ist, dass ich nicht sehr gut in diesem Töpfereikram bin, Darryl.«

Er lächelte. »Du wirst da noch hinkommen.«

Sie war zu müde, um zu diskutieren. Er ging einen Schritt

weiter in das Zimmer hinein und zeigte auf den Tisch neben ihrer zerbrochenen Töpferscheibe. »Ist das …?«

»Das ist mein Versuch einer Tasse.«

Er lief zum Tisch und nahm sie hoch. »Die ist großartig, Liebling.«

Kristen lachte leicht. »Hör bitte auf.«

Die Tasse war grau, ohne Glasur, und eine Seite war wie zusammengesackt, als ob sie geschmolzen wäre. Der Griff hing so schlaff herunter, als ob er angefangen hätte, sich aufzulösen.

»Ich werde sie mit zur Arbeit nehmen«, meinte Darryl und seine Mundwinkel zuckten. Kristen verpasste ihm einen Klaps auf den Arm. »Hör auf«, sagte sie, aber musste trotzdem lachen.

Er nahm sie in die Arme und küsste sie. »Komm mit ins Bett«, bat er sie. »Morgen kannst du mir für meine neue Tasse Kaffee kochen.«

Kichernd gab sie ihm noch einen Klaps, ließ sich aber von ihm ins Schlafzimmer führen. Ihre Kleidungsstücke fielen zu Boden, als sie sich zum Bett bewegten.

Darryl stolperte, fiel von ihr weg und fing sich auf dem Bett auf.

»Bist du betrunken?«, fragte Kristen.

»Mach das Licht an«, sagte er.

Sie knipste die Nachttischlampe an, während er ein braunes Portemonnaie vom Boden aufhob. Er öffnete es und seine Augenbrauen bogen sich nach oben. »Kristen, wer zur Hölle ist Travis Green und warum liegt sein Portemonnaie auf unserem Schlafzimmerboden?«

Sie wollte ihm sagen, dass sie keine Ahnung hatte, dass sie noch nie von Travis Green gehört hatte und nicht wusste, weshalb sein Portemonnaie auf ihrem Schlafzimmerboden lag. Aber das Licht ging aus und ein lautes, aber nachlassendes Surren war zu hören – der ganze Strom im Haus war ausgefallen.

»Kristen«, sagte Darryl.

»Was ist hier, verdammt noch mal, los?«, fragte Kristen.

Dann schien ein Lichtstrahl durch das Zimmer, leuchtete zuerst in Darryls Gesicht und blendete danach Kristen. Eine männliche Stimme fragte: »Ja, Darryl, was ist hier, verdammt noch mal, eigentlich los?«

26

DENTON, PENNSYLVANIA

GEGENWART

Der Denton City Park war ein grüner Fleck zwischen dem College-Campus und Dentons Main Street, in dem die Anwohner ihre Hunde ausführten, joggten und Nachbarschaftsfeste veranstalteten. Margie und Joel Wilkins' einstöckiges Haus im Ranchstil war einen Block vom Park entfernt und vom Gehweg durch einen weißen Lattenzaun getrennt. Auf der Innenseite des Zaunes spendete ein großer Ahornbaum der vorderen Veranda Schatten. Eine Holzschaukel hing an einem der Äste. Auf der Veranda umrahmten bunte Topfpflanzen die weißen Korbmöbel. Josie und Noah standen draußen am Tor und sprachen mit Mettner.

»Sie waren frisch verheiratet«, erklärte er. »Sie hätten heute Morgen in Philadelphia sein sollen. Anscheinend hatten sie geplant, mit einer Gruppe Freunden und Joels Schwester eine Kreuzfahrt zu machen. Weil sie nicht beim Schiff waren, als es an Bord ging, rief seine Schwester sie auf ihren Handys an. Bei beiden ist gleich die Mailbox angesprungen, deshalb war sie ganz außer sich vor Sorge. Hat im Revier angerufen, damit mal wer bei ihnen nach dem Rechten sehen würde.«

Josie konnte an Mettners blassem Gesicht erkennen, dass er derjenige war, der nachgeschaut hatte. »Beide tot?«, fragte sie.

Mettner nickte und wischte sich Schweiß von der Stirn, obwohl es ein kalter Herbsttag war. »Ja. Die Frau liegt im Wohnzimmer. Der Mann ist hinten im Haus im Hauptschlafzimmer.«

»Du warst der einzige drinnen?«, fragte Noah.

Mettner nickte. »Ja, nur ich. Dann kam Hummel vorbei und hat mir geholfen, den Umkreis abzusperren.« Er zeigte über die Schulter zu Hummel, der mit einem Klemmbrett an der Haustür der Wilkins stand.

»Ich habe nichts durcheinandergebracht. Ich habe bei beiden den Puls überprüft, obwohl ...« Er brach ab und musste schlucken. Sein Adamsapfel bebte.

»Es ist okay«, sprach ihm Josie zu. »An so etwas gewöhnt man sich nicht.«

Mettner schüttelte den Kopf, als ob er versuchte, den Schmerz wegzuschütteln. »Ich habe noch nie eine Frauenleiche gesehen. Nicht so, wisst ihr? Ihre Augen ... Ich bin nur ...«

Noah legte ihm eine Hand auf die Schulter. »Es ist schon gut. Kannst du bitte die Rettungssanitäter und die Gerichtsmedizinerin anrufen?«

»Klar doch.« Damit beauftragt ging Mettner zu seinem Streifenwagen.

Hummel war der inoffizielle Leiter des Spurensicherungsteams und sein Fahrzeug war mit allem ausgestattet, was sie benötigten, um einen Tatort zu sichern und zu bearbeiten. Er hatte es nicht abgeschlossen, damit sich Josie und Noah Tyvek-Schutzanzüge und Handschuhe anziehen konnten, bevor sie zur Veranda gingen.

»Drei Morde in einer Woche«, kommentierte Hummel, während er sie in das Tatortprotokoll aufnahm.

Die Tatsache war Josie nicht entgangen. Ihr Magen überschlug sich, als sie und Noah das Haus betraten. Innen war es so wohnlich, wie es von draußen gewirkt hatte. Hinter der Haustür befand sich gleich das Wohnzimmer. Glänzende Holzdielen knarrten unter ihren Füßen. Der Raum war hell und einladend, mit cremefarbenen Wänden und zwei dick gepolsterten blauen Sofas, die um einen niedrigen Sofatisch mit Glasplatte standen. Auf dem Tisch befand sich eine Vase mit einem bunten künstlichen Blumenstrauß. Darunter, auf einem luxuriösen lavendelblauen Flächenteppich war Margie Wilkins' nackter Körper gebettet. Die junge Frau lag mit dem Gesicht nach oben, mit weit geöffnetem Mund und herausstehenden Augen. Die letzten schrecklichen Augenblicke ihres Lebens standen ihr ins Gesicht geschrieben. Josie konnte sehen, weshalb der Anblick Mettner so sehr aus der Fassung gebracht hatte. Sie war jung – wahrscheinlich Anfang bis Mitte zwanzig, vermutete Josie. Früh genug würden sie es herausfinden, wenn sie den Tatort fertig aufgenommen und mit den Angehörigen gesprochen hatten.

Seufzend kniete sich Josie neben die Frau, vorsichtig, damit sie nichts veränderte, ehe die Spurensicherung Bilder vom Tatort hatte machen können. »Sie wurde erwürgt.« Sie zeigte auf den lila- und rosafarbenen Bluterguss in Form eines Fingers an Margie Wilkins' zartem Hals. »Schau, man kann sehen, wo der Mörder die Hände um ihren Nacken geschlossen hat. Und hier ...«, sie zeigte auf die Kehle. »Das sind Daumenabdrücke.«

Noah hatte sein Notizbuch herausgeholt, zeichnete die Szene und schrieb mit, während Josie sprach. »Auf den Innenseiten ihrer Oberschenkel sind auch Hämatome. Wahrscheinlich hat es einen sexuellen Übergriff gegeben.« Sie stand auf und gedachte Margie Wilkins in einem Moment der Stille. Niemand sollte auf solche Weise sterben, dachte sie. Zu Noah sagte sie: »Lass sie gleich fotografieren und deck sie dann bitte zu.«

»Natürlich«, gab er zurück.

Josie ließ den Blick langsam durch den Raum schweifen. Für die Gewalt, die Margie angetan worden war, wirkte alles im Zimmer seltsamerweise unberührt. »Es hat keinen Kampf gegeben«, meinte Josie.

»Glaubst du, ihr Mann hat sie umgebracht?«, fragte Noah. »Ein Ehestreit? Erweiterter Selbstmord?«

»Ich weiß es nicht. Lass uns seine Leiche ansehen.«

Sie gingen einen fröhlich dekorierten Flur entlang, in dem verschiedene eingerahmte Fotos hingen, die das Paar zeigten. Die Hälfte davon schienen Urlaubsfotos verschiedener exotischer Orte zu sein, an denen sie Campen und Felsklettern gewesen waren oder Wildwasser-Rafting ausprobiert hatten. Die andere Hälfte war eindeutig von ihrer Hochzeit. Zwischen den Fotos befanden sich gelegentlich bemalte Holzschilder, auf denen Sprüche standen wie GLÜCKLICH BIS ANS LEBENSENDE und ALLES, WEIL SICH ZWEI MENSCHEN VERLIEBT HABEN. Josie hielt an, um sich eines ihrer Hochzeitsfotos genauer anzuschauen, auf dem sie bei Sonnenuntergang am Rande eines Sees standen und sich liebevoll in die Augen sahen. Im Leben war Margie hübsch gewesen, aber der größte Teil ihrer Attraktivität schien von einem inneren Leuchten vor Glück zu kommen.

Josie riss sich los und folgte Noah zu dem Schlafzimmer am Ende des Flurs. Es war um einiges dunkler, denn die abdunkelnden Rollos schirmten es dicht gegen das Sonnenlicht ab. Ein großes Doppelbett dominierte das Zimmer. Die Decke war mit türkisfarbenem und grünem Blumenmuster bedruckt und war auf eine Seite des Bettes geschoben worden.

Zwei offene Koffer voller Kleidung lagen nah bei einer offenen Schranktür auf dem Boden. Sie waren mitten dabei gewesen, für die Kreuzfahrt zu packen. Oder vielleicht hatten sie das meiste gepackt gehabt und die Koffer offen gelassen, um die letzten Dinge am Morgen hineinzutun.

»Wir müssen wissen, wer als letztes von ihnen gehört hat«, meinte Josie.

Noah kritzelte etwas in sein Notizbuch.

»Hier ist er«, sagte sie und bewegte sich zur einen Bettseite. Zwischen Bett und Wand lag Joel Wilkins auf dem Boden. »Und das war kein Mitnahmeselbstmord.«

27

Joel Wilkins' Hände und Füße waren mit etwas zusammengebunden, das wie Kletterseil aussah. Er lag mit nacktem Oberkörper und abgeschnittener Jogginghose auf der Seite und seine blonden Locken waren von Blut durchtränkt. Eine rote Lache sammelte sich unter dem zerschmetterten Schädel auf dem Holzboden. Seine Augen waren halb geschlossen, als ob er gerade erst eingenickt wäre.

»Mein Gott«, sagte Noah.

Josie hockte sich hin, betrachtete ihn genauer und bemerkte den dicken silbernen Ehering an seinem Finger. Sie stand auf und prüfte das Zimmer noch einmal. Ihr Blick fiel auf eine kleine glitzernde Kristallschale auf dem Nachttisch gegenüber, die nicht größer als eine Handfläche war. In ihr lag ein Diamantring. Es handelte sich um einen Prinzessinnenschliff, wie Josie erkannte, und der Ring war mit winzigen Diamanten bestückt. Neben ihm befand sich ein kleinerer Ring, an dem sich ein halbes Dutzend kleine Diamanten befanden. Margie Wilkins' Verlobungs- und Ehering. Auf der großen Kommode gegenüber dem Bett lag ein schwarzes Portemonnaie. Josie wollte es nicht berühren, bevor der Tatort fotografiert worden war, aber ein flüchtiger Blick darauf zeigte ihr ein paar Geldnoten, die oben herausragten.

»Er hat nichts davon mitgenommen«, sagte sie. »Der Mörder. Das war kein Überfall.« Sie lief zu Margies Bettseite und zeigte auf die Ringe. »Allein dieser Verlobungsring ist mehrere Tausend wert.«

Noah nickte. »Auf den ersten Blick sieht es auch nicht so aus, als ob irgendwas aus den anderen Zimmern mitgenommen worden wäre.«

Josie ging zurück zum Eingang. »Lass uns schauen, ob wir herausfinden, wie der Mörder reingekommen ist.«

Gegenüber vom Flur befand sich das Bad. Das Fenster dort war klein. Zu klein, als dass ein erwachsener Mann durchpassen würde. Der Raum sah unberührt aus, außer dass zwei Handys unten in der Toilette schwammen. »Noah«, rief sie.

Er kam ins Bad und schaute in die Toilettenschüssel. »Also, dieser Kerl bricht ein, wirft ihre Handys ins Klo, damit sie keine Hilfe holen können, fesselt den Mann, schlägt ihn tot, und dann vergewaltigt und ermordet er die Frau.«

Es war warm im Haus geworden. Schweißperlen bildeten sich auf Josies Stirn. Sie bewegte sich aus dem winzigen Raum zurück in den Flur, in dem die Fotos der Glücksmomente hingen. »So in der Art«, antwortete sie. Sie ging zurück zum vorderen Teil des Hauses und in die Küche, die groß und mit Kunststeinfliesen ausgestattet war. In der Mitte war eine große Kücheninsel, die von hohen Hockern umgeben war. Sie war sauber und ordentlich. Auf der Arbeitsfläche glänzten Haushaltsgeräte aus Chrom. Zwei Ladegeräte hingen aus der Steckdose darüber heraus, ihre Kabel baumelten wie lose Fäden. »Sie müssen ihre Handys in der Nacht hier aufgeladen haben«, meinte Josie.

Noah sagte: »Der Mörder wird sie sich auf dem Weg hierdurch geschnappt haben.«

»Alles andere sieht unberührt aus«, gab Josie zurück.

Teller, Gläser, Besteck und zwei Edelstahl-Thermobecher – einer mit der Aufschrift MR. und der andere mit MRS. – trockneten auf dem Abtropfgestell. Die Spüle war leer. Ein brauner Plastikbecher mit der Aufschrift WAWA COFFEE unter den cremefarbenen Umrissen einer fliegenden Gans stand neben der Kaffeemaschine. Josie öffnete den Deckel mit ihrer behandschuhten Hand und spähte hinein. Der Becher war sauber und trocken. Sie hatten eindeutig aufgeräumt, ehe sie zu Bett gegangen waren – oder zumindest, nachdem sie mit dem Abendessen fertig gewesen waren. Dann hatten sie alles für den Morgen vorbereitet. Sie hatten geputzt, die meisten Sachen gepackt, ihre Handys aufgeladen und waren für die Kreuzfahrt bereit gewesen. Wahrscheinlich waren sie aufgeregt gewesen. Vielleicht hatten sie sich geliebt, oder vielleicht waren sie von der Vorbereitung auf die lange Reise zu erschöpft gewesen und einfach ins Bett gefallen. Niemand würde es jemals wissen. Irgendwann in der Nacht war jemand in ihr Haus gekommen und hatte sie der Welt beraubt, hatte ihre Liebe wie auch das Licht zerstört, das jeden Zentimeter ihres gemütlichen kleinen Heims ausgefüllt hatte. Eine Welle der Zärtlichkeit überkam Josie. Sie liebte ihre Arbeit, aber sie hasste diesen Teil davon. Sie dachte an die für Gretchen typische Unerschütterlichkeit an Tatorten wie diesem. In Philadelphia wurden in einem Jahr oft mehr Morde als in manchen Ländern begangen. Wie viele solcher Tatorte hatte Gretchen dort gesehen? Josie wusste, dass sie an die Nachwirkungen von Morden gewöhnt war. Warum hatte der Shore/Cole-Fall ihre Mauern erschüttert?

Noahs Stimme lenkte ihren Blick vom Becher weg.

»Hier drüben«, rief er. Er stand ein paar Schritte entfernt an einem der Küchenfenster. Als Josie näherkam, sah sie, dass es offen war und die Scheibe fehlte. Ohne den Rahmen zu berühren, steckte Noah den Kopf nach draußen. »Er ist hier reingekommen.«

Josie wartete, bis er zur Seite ging, und tat dann das Gleiche. Draußen unter dem Fenster lag die Glasscheibe auf dem Gras. Auf der äußeren Fensterbank waren Aufbruchspuren zu sehen. Ihr Blick wurde von einem langen, dünnen schwarzen Gegenstand angezogen, der in Richtung des hinteren Hausteils auf der Wiese lag. »Was ist das?«, fragte sie, obwohl sie wusste, dass Noah ihn nicht besser als sie sehen konnte.

Sie gingen beide nach draußen, wo Hummels Team Fotos von der Außenseite des Hauses machte. Josie und Noah gingen langsam um das Haus herum. Sie suchten den Boden mit den Augen nach etwas Ungewöhnlichem ab, bis sie bei dem Gegenstand angekommen waren.

»Eine Brechstange«, sagte Noah.

Josie kniete sich hin und warf einen Blick darauf. Kurze blonde Haare, Knochenstücke und Fleisch klebten am flachen Ende. »Na, da haben wir unsere Mordwaffe gefunden. Sorg bitte dafür, dass das Team sie kennzeichnet.« Sie stand auf. »Ich habe erst mal genug gesehen. Lass uns aus dem Weg gehen und die Spurensicherung ihre Arbeit machen lassen. Fotos. Fingerabdrücke aus dem Haus nehmen. Diese Sachen eintüten. Das volle Programm. Wir können die Nachbarn abklappern. Schauen, ob irgendwer was gesehen oder gehört hat. Besorg du die Nummer der Schwester des Mannes und ruf sie an. Sieh mal, was du über dieses Ehepaar herausfinden kannst.«

Zwei Stunden später stand Josie außerhalb des Lattenzauns und notierte sich noch schnell die letzten Stichpunkte des Gesprächs mit den direkten Nachbarn der Wilkins. Das Spurensicherungsteam beendete gerade seine Arbeit. Dr. Feist war gekommen und wieder gefahren. Josie wusste, dass sie schon zurück im Leichenschauhaus war und auf die Ankunft der Toten wartete. Mettner kam an den Zaun und winkte dem Krankenwagen, der am Straßenrand geparkt war. »Wir sind bereit für euch«, rief er. Die Sanitäter waren schon seit längerer Zeit am Tatort und hatten darauf gewartet, die Leichen herauszuholen und zum Leichenschauhaus zu transportieren. Owen stand mit dem Rücken gegen den Krankenwagen gelehnt und beschäftigte sich mit seinem Handy. Er sah auf und nickte Mettner zu.

»Wen holen wir als erstes?«, fragte er.

»Nehmt die Frau«, antwortete Mettner. »Sie liegt im Wohnzimmer.«

»Alles klar.«

Owen grüßte Josie, als er und sein Partner die Bahre an ihr vorbeinavigierten. Sie war froh, dass er im Dienst gewesen war, als der Anruf über den Doppelmord eingegangen war. Er war einer der wenigen Rettungssanitäter, die angesichts schlimm zugerichteter Leichen nicht zusammenzuckten oder denen nicht übel wurde. Sie wusste, dass er mit dem Paar respektvoll umgehen würde. Josie konnte das Bild von Margie Wilkins' glasigen, leeren Augen nicht mehr aus dem Kopf bekommen.

Noah stieg vom Beifahrersitz in Josies Escape aus, in dem er telefoniert hatte. »Was hast du herausbekommen?«, fragte er sie.

Josie blätterte eine Seite in ihrem Notizbuch um und las daraus vor. »Die Nachbarin im Osten hat nichts gehört oder gesehen. Der Nachbar im Westen hat gesagt, er habe sie letzten Abend gegen sechs – zur Essenszeit – nach Hause kommen sehen. Erst Joel und dann, eine halbe Stunde später, Margie. Er hat erzählt, dass sie Fitnesstrainerin in Teilzeit am College ist, und Joel unterrichtet an der Highschool. Er hat gesagt, er habe sich mit Joel unterhalten, als der nach Hause gekommen ist, und Joel habe ihm erzählt, dass sie am Morgen zu einer Kreuzfahrt aufbrechen würden. Ihm ist aufgefallen, dass ihre beiden Autos noch da waren, als er aufgewacht ist, aber er hat nur gedacht, dass sie ihre Pläne geändert hätten.«

Noah hielt eine Hand hoch, um etwas einzuwerfen. »Ich habe bis gerade mit Joels Schwester telefoniert und sie hat gesagt, dass sie etwa um 23.30 Uhr eine Nachricht von ihm bekommen hat. Es war ein normales Gespräch. Er hat sie gefragt, wo genau sie sich treffen würden, um wie viel Uhr, solche Sachen.«

»Also war es definitiv er«, meinte Josie.

»Ja. Sie hat gesagt, dass sie keine Zweifel hat. Dann hat Joel geschrieben, dass sie ins Bett gehen würden, und das war's.«

Josie zeigte zum Haus. »Der Nachbar von hinten hat berichtet, dass seine Hunde etwa um zwei Uhr verrückt geworden seien, gebellt und geknurrt hätten. Der Besitzer ist nach draußen gegangen, hat sich im Hof umgeschaut, aber nichts Ungewöhnliches bemerkt. Dann hatten die Hunde schon aufgehört zu bellen und er ist wieder zurück ins Bett gegangen.«

»Also waren sie um 23.30 Uhr noch am Leben und der Mörder ist um zwei herum von hinten gekommen, hat eine Brechstange genommen, um das Fenstergitter zu lösen und das Fenster aufzubrechen. Ist reingeklettert und zum Schlafzimmer gegangen.«

»Er hat die Handys auf dem Weg durch die Küche mitgenommen und sie ins Klo geworfen, bevor er ins Schlafzimmer gegangen ist.«

»Er muss sie beide geweckt und voneinander getrennt haben, außer die Frau hat auf dem Sofa geschlafen. Aber wie konnte er den Mann fesseln, ohne dass die Frau weggelaufen wäre oder ihn angegriffen hätte?«

Josie kaute eine Weile auf ihrer Unterlippe herum. Es war verdammt gewagt, ein Paar anzugreifen. Besonders, wenn man allein war. »Ich denke, wir müssen annehmen, dass er eine Waffe hatte. Eine Situation ist viel leichter mit einer Waffe zu kontrollieren. Er kann Hilfe gehabt haben. Eine andere Person bei ihm. Oder er hat dem Mann den Schädel eingeschlagen, bevor er die Frau überhaupt erst aufgeweckt hat.«

»Auf dem Bett ist kein Blut«, betonte Noah.

»Vielleicht hat er den Mann aus dem Bett gezerrt, ihn auf den Boden fallen lassen und dann auf ihn eingeschlagen, bevor beide wussten, was los war. Wahrscheinlich hatten beide gerade fest geschlafen. Aufzuwachen, weil ein Einbrecher im Schlafzimmer ist, muss erst mal sehr verwirrend sein. Ein anderes Szenario wäre, der Mörder hat sie geweckt und dann die Frau gezwungen, ihren Mann zu fesseln. Was hat seine Schwester über das Kletterseil gesagt?«

»Es ist wahrscheinlich ihr eigenes. Sie waren oft Klettern. Sie sagt, dass sie ziemliche Outdoor-Fans waren.«

»Also hat der Mörder das Seil nicht mitgebracht. Er hat es

entweder im Haus gefunden oder sie dazu gebracht, es hervorzuholen«, stellte Josie fest. »Vielleicht hat er die Fotos gesehen und sie dann das Seil holen lassen. Ich vermute, er hat die Frau dazu gezwungen.«

»Glaubst du, dass der Ehemann tot war, bevor der Mörder die Frau ins Wohnzimmer geholt hat?«, fragte Noah.

Josie antwortete: »Falls er es noch nicht war, dann aber so gut wie. Wenn der Täter keine Hilfe hatte, dann wollte er es bestimmt nicht riskieren, dass sich der Mann befreit, während er gerade im Begriff wäre, seine anderen Verbrechen zu begehen. Er hat den Ehemann bestimmt als die größte Gefahr angesehen. Jeder mit auch nur einem Funken Verstand würde die größte Gefahr gleich am Anfang außer Gefecht setzen. Er ist schlau genug gewesen, die Handys wegzuwerfen, bevor er überhaupt angefangen hat und das Seil gefunden und benutzt hat. Auch ist kein Licht im Haus angewesen und keiner der Nachbarn – besonders der hintere – kann sich daran erinnern, dass es in der Nacht an war. Also war der Täter schlau genug, um – ich vermute mal – eine Taschenlampe zu benutzen und alles dunkel zu lassen, damit neugierige Nachbarn nicht darauf aufmerksam werden würden. Der Mörder ist nicht dumm.«

»Na ja«, sagte Noah, »hoffen wir mal, dass er uns das eine oder andere Beweismittel irgendwo in diesem Haus zurückgelassen hat.«

»Was haben wir an Infos über den Hintergrund dieses Paars?«, erkundigte sich Josie.

»Joel Wilkins kommt von hier. Ist im Westen aufs College gegangen. Kam zurück nach Denton, um sich niederzulassen. Margie Wilkins kommt aus Erie. Ist auch im Westen aufs College gegangen, wo sich beide kennengelernt haben. Sie interessieren sich beide fürs Unterrichten und für Fitness. Sie haben vor einem guten Jahr geheiratet. Davor sind sie etwa drei Jahre zusammen gewesen.«

»Dann gibt es keine Expartner, die auf Rache aus sind«, bemerkte Josie.

»Ich fürchte nicht«, erwiderte Noah. »Ich habe die Schwester gefragt, ob ihr irgendwer einfällt, der ihnen Böses wollen würde, aber sie hat verneint. Sie sagt, dass die beiden gute Menschen und beliebt waren.«

Josie seufzte. »Ja, das haben auch die Nachbarn gesagt. Alle waren ziemlich bestürzt, von den Ereignissen zu hören. Das ist eine recht enge Gemeinschaft hier im Viertel. Niemand kann sich daran erinnern, irgendetwas Ungewöhnliches in den letzten Tagen gesehen zu haben. Deswegen bin ich mir nicht sicher, ob sich der Mörder das Haus zufällig ausgesucht hat oder ob er sich vor seiner Tat darüber erkundigt hat.«

Sie sahen auf den Boden, als Owen und sein Kollege eine Bahre mit einem Leichensack darauf herausschoben. Sie verfolgten, wie Margie Wilkins hinten in den Krankenwagen geladen wurde. »Wir sind in zwanzig Minuten zurück«, sagte Owen zu ihnen.

Josie und Noah nickten ihm bestätigend zu. Nachdem der Krankenwagen losgefahren war, sagte Noah: »Die Schwester wird in ein paar Stunden zurück in der Stadt sein. Ich habe ihr gesagt, dass sie bis morgen warten soll. Dann hätten wir den Tatort aufgeräumt und sie könnte eine Begehung machen und uns sagen, ob irgendwas fehlt, das uns nicht auffallen würde.«

»Perfekt«, sagte Josie.

»Womit haben wir es hier zu tun, Boss?«

Sie wusste, was er mit seiner Frage meinte. Es ging nicht darum, ob die Morde besonders kaltblütig waren, denn das war der Fall, oder ob sie geplant gewesen waren, denn das waren sie. Noah fragte danach, ob es sich um ein einmaliges Verbrechen handelte oder ob sie die ganze Stadt in höchste Alarmbereitschaft versetzen sollten. Man konnte es natürlich nie wirklich sagen, bis ein nächster Mord geschah. Soweit Josie aber bekannt war, handelte es sich bei Mördern, die ein so hohes Level an

Durchdachtheit an den Tag legten, nicht um Ersttäter und sie waren nicht dazu geneigt, aufzuhören. Josie seufzte tief. »Wir werden die Presse brauchen«, sagte sie. »Vielleicht war es etwas Persönliches – ein Bekannter der Wilkins, der Stress mit ihnen hatte – aber mir kommt es nicht so vor.«

»Der Tatort hat schon etwas Kaltes und Unpersönliches an sich«, stimmte ihr Noah zu.

»Wenn es nichts Persönliches war und wir es hier mit jemandem zu tun haben, der einfach so am Töten Gefallen findet, dann müssen wir die Stadt in höchste Alarmbereitschaft versetzen.«

Noah fuhr sich mit der Hand durch die dicken braunen Haare. »In Ordnung. Lass uns zurück zum Revier fahren, mit dem Chef reden und dann Alarm schlagen.«

29

Eine Pressekonferenz mit Chief Bob Chitwood zu planen, war in etwa so ein Vergnügen wie eine Wurzelbehandlung, aber nach einer Stunde hatten sie alle drei eine ziemlich gute Vorstellung davon, welche Einzelheiten der Chef der Öffentlichkeit mitteilen sollte. Er hatte ihnen in rascher Folge Fragen über die Morde, den Tatort, den zeitlichen Ablauf und die Familie gestellt – fast schon, als ob er ihre Eignung für Polizeiarbeit auf die Probe stellen wollte und nicht nur ihre Geduld. Als sie das Büro verließ, klammerte sich Josie an den Gedanken, dass sie dieses Mal wenigstens nicht diejenige sein würde, die vor den Kameras stehen müsste. Auch würden die Neuigkeiten über den Doppelmord an einem jungen, beliebten Paar aus Denton Gretchens Namen erst einmal zumindest für einen oder zwei Tage aus der Berichterstattung heraushalten. Josie setzte sich wieder an ihren Schreibtisch und tätigte ein paar Anrufe bei ihren Kontakten bei der Presse. Als sie ihr letztes Gespräch beendet hatte, klingelte ihr Handy. Eine Nummer aus Philadelphia.

»Josie Quinn«, meldete sie sich.

»Detective Quinn«, sagte eine bekannte männliche Stimme, »hier ist Dr. Larson.«

»Was kann ich für Sie tun, Professor?«

Er zögerte kurz. »Nun, es geht um Ethan. Ethan Robinson? James' Mitbewohner?«

»Ja«, sagte Josie. »Ich erinnere mich. Ich habe gleich, nachdem Sie mir seine Kontaktdetails gesendet hatten, mit Ethans Vater gesprochen. Haben Sie von Ethan gehört?«

»Na ja, nein. Das ist ja die Sache. Sein Vater hat mich angerufen, weil Ethan weder auf Anrufe noch Textnachrichten reagiert hat.«

»Ethans Vater hat mir erzählt, dass das kein ungewöhnliches Verhalten von ihm sei«, bemerkte Josie.

»Nein, ist es nicht. Ethan, wie soll ich es sagen ... verschwindet manchmal von der Bildfläche. Mr. Robinson hat sich aber Sorgen gemacht, dass er, wenn er auftaucht, keine Ahnung vom Mord an James haben würde. Deshalb wollte er ihn wirklich erreichen. Er hat mich angerufen und gebeten, auf Ethans Stundenplan zu schauen – in der Wohnung war tatsächlich eine Kopie davon – und mit seinen Professoren zu sprechen, um zu sehen, ob er in den Vorlesungen war. Ich muss sagen, dass Ethan seit einer Woche in keiner seiner Vorlesungen gewesen ist.«

In Josies Magengrube setzte sich ein kleiner Knoten aus Angst fest. »Dr. Larson, das ist sehr beunruhigend, aber Sie müssen verstehen, dass Philadelphia weit außerhalb meines Zuständigkeitsbereichs liegt. Ich denke, Ethans Vater oder Sie sollten ihn sofort bei der Polizei von Philadelphia als vermisst melden. Sie sollten ihnen helfen, festzustellen, wann zum letzten Mal jemand von Ethan gehört hat.«

»In Ordnung, das kann ich machen. Ich nehme an, ich kann die Meldung übernehmen. Wir haben auch Polizei auf dem Campus.«

»Hatten Sie schon Glück bei der Sichtung des Videomaterials, von dem wir sprachen? Vom Wohnungseingang?«

»Ich sollte es so in einem Tag haben«, antwortete Larson. »Ich habe mit meinem Ansprechpartner bei Rowland Industries gesprochen und sie werden es per E-Mail schicken. Von den letzten zwei Wochen. Ich werde versuchen, alles Bildmaterial mit Ethan und James darauf zu isolieren.«

»Perfekt«, gab Josie zurück. »Geben Sie es an die Polizei von Philadelphia weiter, sobald Sie es haben. Wahrscheinlich fragen sie sowieso sofort danach. Es wäre sehr hilfreich, wenn Sie mich wissen lassen könnten, was Sie auf dem Material finden. Vielleicht auch, wann die beiden das letzte Mal zu sehen sind – das würde auch helfen.«

»Natürlich. Vielen Dank, Detective. Ich halte Sie auf dem Laufenden. Haben Sie über meinen Vorschlag nachgedacht, dass Sie und Ihre Zwillingsschwester an meiner Studie teilnehmen?«

»Nein«, erwiderte Josie, bevor er zu einer Rede über die Nützlichkeit der Epigenetik ansetzen konnte. »Es tut mir leid, aber wir haben kein Interesse daran.«

Sie legten auf und Josie grübelte wieder über die seltsame Beziehung – oder das Fehlen einer solchen – zwischen Ethan und Doug Robinson nach. Anstatt des Vermieters hätte der Vater diese Besorgtheit an den Tag legen sollen. Außer Larson benutzte die ganze Sache bloß als Vorwand, um anzurufen und Trinity und sie für seine Forschung zu gewinnen.

Noah ließ sich auf seinen Schreibtischstuhl fallen und warf ihr ein Papierbündel zu, das mit etwas aufgewirbelter Luft auf ihrem Schreibtisch landete.

»Ist das von Gretchens Haus?«, fragte sie, während sie durch den Stapel blätterte.

»Ja, ihre Fingerabdrücke sind natürlich überall im ganzen Haus verteilt. Sie haben Omars Abdrücke auf der Veranda gefunden, aber nicht im Haus. Es gibt viele andere Abdrücke im Haus, aber alle unbekannt. Die können von ehemaligen Bewohnern stammen oder von Handwerkern.«

»Was ist mit dem Foto?«

»Keine Abdrücke auf dem Foto«, antwortete Noah. »Also, auf der Rückseite waren ein paar unvollständige, aber sie waren so alt, dass die Kriminaltechniker nichts damit anfangen konnten.«

»Aber Gretchens Fingerabdrücke waren da nicht«, bemerkte Josie.

Noah sah sie lange an. »Irgendwie denke ich nicht, dass der Staatsanwalt darauf viel Gewicht legen wird. Nicht bei den Fakten. Sie ist kurz vor Omars Ermordung nach Hause gefahren. Die Kugel, die sie aus seinem Rücken entfernt haben, ist vom selben Kaliber wie ihre Pistole. Sie ist verschwunden und hat das MDT aus ihrem Auto entfernt.«

Josie sträubte sich innerlich dagegen, sagte aber nichts.

Noah fuhr seinen Bürocomputer hoch. »Wir sollten uns Essen bestellen«, regte er an. »Weil wir die ganze Nacht hier sein und Papierkram erledigen werden.« Er senkte die Stimme. »Wenn wir damit fertig sind, solltest du mit zu mir nach Hause kommen, denke ich. Wir könnten ein paar Stunden schlafen ...« Er verstummte.

Josies Bürotelefon klingelte, bevor sie sich den Rest selbst zusammenreimen konnte. In der Hoffnung, dass es der Rückruf von ATF-Agent Jack Starkey war, hob sie ab. »Quinn.«

Sergeant Lamays Stimme klang seltsam und er sprach abgehackt. »Äh, Boss? Kannst du ... Kannst du nach unten kommen?«

»Was ist los, Sergeant?«

Eine langes Schweigen folgte. Dann sagte Lamay: »Äh, Detective Palmer ist hier und sie möchte, dass ich sie festnehme.«

30

Josie stürzte praktisch die kurze Treppe zum Erdgeschoss hinunter. Noah war ihr dicht auf den Fersen. Sie platzte in den Eingangsbereich und hielt plötzlich an, als sie Gretchen, die ganz blass im Gesicht war, in der Mitte des Raumes stehen sah. Sie trug eine schwarze Hose und ein weißes Poloshirt des Denton PD – die Kleidung vom Tag ihres Verschwindens. Nur, dass das weiße T-Shirt auf dem Überwachungsmaterial noch keine Schmutzflecken und etwas, das wie Blut aussah, aufgewiesen hatte. Durch einen Riss in der Hose lugte an ihrem linken Knie weiße Haut hervor. Über ihrer linken Augenbraue befand sich eine fünf Zentimeter lange Schnittwunde, um die sich eine Kruste aus getrocknetem Blut gebildet hatte.

»Gretchen«, begrüßte Josie sie.

Ihre braunen Augen schauten überall im Raum umher, als ob sie Josies Stimme hören, sie aber nicht sehen konnte, obwohl sie direkt vor ihr stand.

Josie bekam mit, wie Noah Lamay anwies, einen Krankenwagen zu rufen, was Gretchen anscheinend wieder ins Hier und Jetzt zurückholte. Kurz sah sie Josie in die Augen und dann hinter sie zu Noah und Lamay. »Nein, nein«, sagte sie und streckte ihre Handgelenke zu ihnen dreien aus. »Ich muss nicht medizinisch versorgt werden. Ich stelle mich wegen Mordes an James Omar.«

Noah trat nach vorne und blieb vor Josie stehen. »Gretchen«, sagte er sanft, »du hast eine ziemliche Wunde da über deinem Auge. Die muss wahrscheinlich genäht werden.«

Ihre Arme zitterten. Nur für einen Augenblick war Verzweiflung in ihrem Gesicht zu sehen. Dann war wieder der leere Ausdruck zurück. »Es muss nichts genäht werden. Verhaftet mich einfach. Ich möchte mich stellen.«

Noah schaute zurück zu Josie, als ob er fragen wollte, was sie tun sollten. Josie legte Gretchen die Hand auf die Schulter, aber sie schüttelte sie ab. »Okay«, sagte Josie sanft. »Wie sieht es damit aus? Wir gehen den Flur runter ins Besprechungszimmer.« Wut schoss Gretchen ins Gesicht. Sie ignorierte Josie und ging mit ausgestreckten Armen, die Handflächen nach oben, auf Noah zu. »Nimm mich fest. Ich stelle mich.«

»Gretchen«, warf Josie ein. »Setzen wir uns und reden, okay?«

»Ich möchte nicht reden«, knurrte sie. »Ich möchte, dass ihr eure verdammte Arbeit tut.«

Josie blieb ruhig. »Ich werde meine Arbeit machen. Du musst mich aber lassen.«

»Verhaftet mich«, sagte Gretchen.

»Wir können dich verhaften. Es ist auch schon ein Untersuchungshaftbefehl für dich raus. Wenn du aber ein Geständnis ablegen möchtest«, erwiderte Josie, »müssen wir die Staatspolizei verständigen.«

Sie gab Lamay ein Zeichen und er sagte: »Ich rufe sie an«, blieb aber stehen und beobachtete sie. Dem vorgeschriebenen Ablauf nach riefen sie die Staatspolizei, wenn jemand von ihren Officers ein Verbrechen gestehen wollte. So umgingen sie jeglichen Konflikt.

Josie wandte sich wieder Gretchen zu. »Bist du dir sicher,

dass du nicht Platz nehmen und dich erst mal sammeln möchtest?«

Gretchen knurrte noch feindseliger. »Verhaftet mich.«

»Na schön. Weil du dich stellst, brauchen wir keine Handschellen, denke ich. Wenn du in Gewahrsam bist, haben wir die Verantwortung dafür, dass sich um deine medizinischen Bedürfnisse gekümmert wird. Vor allem anderen muss sich jemand diese Schnittwunde anschauen. Gretchen, du kennst das ...«

Gretchens Schlag kam hart und schnell – sodass Josie keine Zeit blieb, zu reagieren. Sie hatte nicht einmal gewusst, dass sich die ältere Ermittlerin so flink bewegen konnte. Oder vielleicht war es gar nicht so schnell gewesen. Vielleicht hatte es nur daran gelegen, dass Josie nicht darauf vorbereitet gewesen war, von Gretchen angegriffen zu werden. Einen Moment lang sah Josie, wie Wut und Verzweiflung Gretchen im Gesicht standen, und im nächsten lag sie selbst mit schmerzender Wange auf den Bodenfliesen. Noah und Lamay drückten Gretchen neben ihr auf den Boden und zerrten ihr die Hände auf den Rücken. Josie berührte ihre Wange und an ihren Fingern war Blut. Sie starrte zu Gretchen, deren Wange jetzt fest gegen die Fliesen gedrückt war, während Lamay ihr Handschellen anlegte. Sie hatte die Augen geschlossen, aber ihr Gesicht – jetzt locker und entspannt – zeigte eine einzige Emotion: Erleichterung.

31

Josie saß auf der Kante der Krankenhausliege und versuchte, nicht zusammenzuzucken, während ein junger Arzt ihre raue Haut an der Wange untersuchte. Gretchen war es gelungen, sie genau unter der Augenhöhle am Wangenknochen zu treffen und die Haut dort aufzureißen. Finger in Handschuhen drückten auf die Ränder der Wunde und ihre ganze Gesichtshälfte pochte vor Schmerz. Für den Bruchteil einer Sekunde war sie wieder in ihre Kindheit zurückversetzt – wie sie im Alter von sechs Jahren eine lange Schnittwunde an der einen Gesichtsseite gehabt hatte und wie die Krankenpfleger sie festgehalten hatten, um sie säubern zu können. Unwillkürlich lief ihr ein Schauer durch den ganzen Körper. Der Arzt hielt inne und legte den Kopf zurück, um ihr in die Augen zu sehen. »Es tut mir leid«, sagte er. »Geht es Ihnen gut?«

Josie wollte die Wunde schon berühren, aber der Arzt hielt sie sanft davon ab und legte ihr die Hand wieder auf den Schoß. »Bitte«, erinnerte er sie, »wir wollen den Bereich sauber halten.«

Sie hätte sich gern an ihm vorbeigedrückt und wäre nach Hause gefahren, um den Schmerz mit ein paar Schlucken Wild

Turkey zu betäuben. Das konnte sie aber nicht tun. Stattdessen führte sie sich still vor Augen, dass sie nicht mehr sechs war. Dass das hier nicht das Werk ihrer Mutter war. Ihre Freundin und Kollegin steckte in Schwierigkeiten. Der Schlag war eine Botschaft an Josie gewesen und ihr Auftrag war es, diese zu entschlüsseln. »Sagen Sie mir bitte bloß, ob es genäht werden muss«, bat sie den Arzt.

Er lächelte sie an und seine geraden weißen Zähne ließen sie an James Omars Lächeln auf dem Foto denken, das ihn mit Ethan Robinson beim Broad Street Run zeigte. »Nein«, antwortete er. »Ich denke, dass ein Klammerpflaster reichen wird. Geben Sie etwas Bacitracin und Vitamin E darauf und es sollte keine Narbe zurückbleiben. Nehmen Sie Eis gegen die Schwellung. Es wird wahrscheinlich morgen sehr viel mehr wehtun.«

Schon im Begriff zu gehen, stand Josie auf, aber der Arzt hielt eine Hand hoch und lachte leise. »Ich weiß, dass Sie es eilig haben, Detective, aber bitte. Lassen Sie mich die Wunde säubern und verschließen.«

Vor Frustration fühlte sich ihr Gesicht heiß an. Es verlangte ihr alles ab, sie nicht an diesem armen, gutmeinenden Mann auszulassen, der nur versuchte, ihr zu helfen. Sie gab ihr Bestes, schenkte ihm ein Lächeln und versuchte, freundlich und nicht schnippisch zu klingen. »Können Sie sich nur bitte beeilen, wenn es geht? Ich muss zurück an die Arbeit.«

Er signalisierte ihr, sich zurück auf die Liege zu setzen. »Natürlich.«

Wie versprochen, beeilte er sich und, vom Brennen des benutzten Desinfektionsmittels abgesehen, spürte Josie keinen Schmerz. Schon in wenigen Minuten war sie hinter dem Trennvorhang allein und erleichtert, dass alles vorbei war. Ein Stiefelpaar erschien unter dem Vorhang direkt vor ihr. »Ich bin hier, Fraley«, rief sie.

Noah trat durch die Öffnung und zog den Vorhang hinter sich zu. Er kam näher, berührte sie mit einem Finger am Kinn, um sich ihre Wange besser anschauen zu können. Allein seine Nähe und sein Lächeln, nachdem sich ihre Blicke getroffen hatten, linderte einen Teil ihrer Angst. Sie atmete lang aus und lehnte ihre Stirn an seine Brust. Noah nahm sie für einen Augenblick in die Arme und hielt sie fest. Die alten Erinnerungen verschwanden. Dann war der Augenblick vorüber, er ließ sie los und trat zurück. Sein Geruch blieb an ihrer Kleidung zurück. Aftershave, Kaffee und etwas, das einzigartig an Noah war.

»Was hat sie über die tiefe Wunde an ihrer Stirn gesagt?«, fragte Josie.

Noah zögerte nicht. Ihr gemeinsamer Rhythmus hatte sich vor Jahren eingespielt und beruhigte Josie sehr, besonders in stressigen Zeiten.

»Sie hat den Ärzten erzählt, sie sei hingefallen. Sie möchte nicht sagen, wie oder wo oder wann. Die Wunde muss genäht werden. Weil sie ihnen aber nichts darüber erzählen möchte und sie länger als vierundzwanzig Stunden offen gewesen ist, muss sie auch erst mal offen bleiben. Sie wollen vermeiden, eine Infektion zu verschließen, was passieren könnte, wenn sie jetzt nähen würden. Die Ärzte sind fast damit fertig, die Wunde zu verbinden. Sie sagt, dass sie sonst nirgendwo Schmerzen hat. Sie sieht ziemlich schmutzig aus, aber, soweit wir es beurteilen können, ist sie ansonsten nicht verletzt.«

»Ich werde keine Anzeige erstatten«, sagte Josie.

»Ich glaube, sie weiß das. Keine Ahnung, was mit ihr los ist, aber sie hat sich erst beruhigt, als Lamay ihr die Rechte verlesen hat.«

»Hat sie irgendwas gesagt?«

Noah schüttelte den Kopf. »Nein, zu niemandem aus Denton. Ich habe die Staatspolizei angerufen. Sie schicken jemanden. Loughlin. Ich habe sie übers Telefon informiert. Sie sollte jede Minute hier eintreffen. Kennst du sie?«

Josie nickte. Heather Loughlin war eine erfahrene Ermittlerin der Staatspolizei. Josie konnte an einer Hand abzählen, wann sie ihr begegnet war, aber sie war professionell und gerecht. »Sie ist gut«, teilte sie Noah mit.

»Gretchen hat doch etwas gesagt, und zwar, dass sie einen Anwalt will. Aber das war auch das einzige.«

Natürlich hatte Gretchen nach einem Anwalt verlangt. Unzählige Male war sie die Person auf der anderen Seite des Tisches gewesen und hatte gehofft, dass sich der Verdächtige nicht verschloss und nach einem Anwalt fragte.

»Ich denke, dass sie gestehen wird, Josie«, fügte Noah hinzu.

Jetzt schüttelte sie den Kopf. »Nein, das wird sie nicht. Sie hat gesagt, dass sie sich stellt. Das ist nicht das Gleiche wie ein Geständnis. Sie möchte einen Anwalt haben, damit der ihr den Rücken freihält, bis sich alles aufgeklärt hat.«

»Josie, sie hat dir ins Gesicht geschlagen, damit wir sie festnehmen.«

Josie lächelte ihn höhnisch an und die Bewegung ihres Gesichts tat weh. »Es ist mir egal, was sie sagt oder tut. Sie hat James Omar nicht umgebracht.«

»Was ist, wenn sie es doch war?«

Josie schubste ihn mit beiden Händen aus dem Weg. Sie riss den Vorhang beiseite und die Ringe schossen mit einem lauten, schrillen Geräusch über die an der Decke befestigte Schiene. Weiter hinten im Flur, vor einem der Behandlungsbereiche, die von Glas umgeben und von weiteren Vorhängen verdeckt waren, saß einer der Streifenkollegen auf einem Klappstuhl und scrollte an seinem Handy. Josie lief zu ihm und stellte sich mit den Händen in den Hüften vor ihn. Beinahe ließ er das Handy fallen und sprang auf. »Boss«, murmelte er.

»Detective«, verbesserte ihn Josie. »Ist Gretch..., ist Detective Palmer da drin?«

Noah tauchte neben Josie auf. Der Streifenpolizist warf

ihm einen ängstlichen Blick zu. »Alles gut«, versicherte ihm Noah. »Ist Detective Loughlin schon angekommen?«

Er nickte. »Sie ist gerade reingegangen.«

Josie drängte sich an ihm vorbei und schob die Glastür nur ein kleines Stück auf, sodass sie mithören konnte. Noah stand hinter ihr und drückte sich an sie, damit er es auch mitbekommen konnte. Durch den Türspalt konnte Josie Gretchen sehen, die mit der gleichen Kleidung im Bett lag, die sie auf der Wache getragen hatte. Ein dicker Mullbausch bedeckte die Schnittwunde über ihrem Auge und wurde von einem Verband um ihren Kopf festgehalten. Die Arme hatte sie neben den Körper gelegt. Sie starrte geradeaus und vermied Augenkontakt zu Detective Loughlin, die neben dem Bett stand. Loughlin war groß und kräftig und ihre seidigen blonden Haare waren zu einem Pferdeschwanz zurückgebunden. Wie Josie und Noah trug sie eine Khakihose und ein Poloshirt – nur, dass ihres auf der rechten Brustseite das Abzeichen der Staatspolizei aufgedruckt hatte. »Detective Palmer«, sagte sie, »mir ist bekannt, dass ihre Kollegen seit ein paar Tagen nach Ihnen gesucht haben. Können Sie mir sagen, wo Sie gewesen sind?«

Gretchen antwortete nicht.

Loughlin zeigte auf Gretchens Stirn. »Wer hat Ihnen das angetan?«

»Ich bin hingefallen.«

»Wie? Wo? Wann sind Sie gestürzt?«

Gretchen ließ den Kopf zur Seite fallen und richtete ihren Blick auf einen Notfallwagen in der Ecke des Raumes.

»Was hat James Omar bei Ihrem Haus zu suchen gehabt? Woher kennen Sie ihn?«

»Ich möchte einen Anwalt«, sagte Gretchen mit leiser Stimme. Sie klang beinahe niedergeschlagen.

Loughlins Tonfall wurde sanfter. »Gretchen, Sie kennen den Ablauf. Ich kann Ihnen helfen. Was auch immer an diesem Tag in Ihrer Einfahrt geschehen ist, ich kann Ihnen helfen. Sie müssen aber mit mir reden. Ich muss wissen, was passiert ist. Die Wahrheit.«

Gretchen schluckte. »Rufen Sie Andrew Bowen an. Bitte. Sagen Sie ihm, dass ich ihn bezahlen kann.«

Josie drehte den Kopf und begegnete Noahs Blick. *Andrew Bowen?*, formte sie mit den Lippen. Bowen war ein bekannter Strafverteidiger in Denton. Jeder vom Polizeirevier kannte ihn, aber die Polizei von Denton – und zwar Josie – hatte seine Mutter sechs Monate zuvor wegen Mordes festgenommen. Es war ein ziemlich unschöner Vorfall gewesen und hatte der guten Zusammenarbeit zwischen den Ermittlern des Denton PD und ihm ordentlich geschadet.

Loughlin nahm ihr Handy heraus und wischte ein paar Mal nach unten, bevor sie Gretchen das Display zuwandte. »Lieutenant Fraley hat mir das geschickt. Können Sie mir sagen, wer der Junge auf diesem Foto ist?«

Gretchen warf einen kurzen Blick darauf, antwortete aber nicht.

»Dieses Foto hat an James Omars Leiche gesteckt. Wer ist dieser Junge?«

In Gretchens Gesicht war kurz etwas wie Schrecken oder Angst – oder vielleicht beides – zu sehen, aber es war so schnell wieder verschwunden, wie es gekommen war. Sie antwortete nicht. Loughlin hielt Gretchen das Handy noch mehrere Sekunden länger hin, aber da Gretchen sich weigerte, es sich genauer anzuschauen, steckte sie es wieder in ihre Tasche. »Ich rufe Mr. Bowen gern für Sie an, Gretchen. Aber Sie wissen, wie es läuft. Wie oft haben Sie für solche Gespräche auf meiner Seite gesessen? Hundertmal? Tausendmal vielleicht? Sind Sie sicher, dass Sie mir nicht erzählen wollen, was passiert ist, bevor wir Anwälte einschalten? Sind Sie sicher, dass Sie mir nicht als erstes sagen wollen, wer James Omar getötet hat?«

Weiteres Schweigen. Dann drehte sich Gretchen zu ihr, sah

ihr in die Augen und sagte: »Ich bin für den Tod des Jungen verantwortlich.«

»Nein«, murmelte Josie und wollte am liebsten in den Raum platzen und Gretchen schütteln. Sie wusste aber, dass sie das nicht tun konnte. Noahs Hand lang fest auf ihrer Schulter. Josie wandte sich ihm zu und flüsterte: »Es ist jemand anders dagewesen.«

Josie drehte sich noch rechtzeitig zurück, um eine einzelne Träne Gretchens Wange hinunterlaufen zu sehen. »Bitte«, sagte sie zu Loughlin. »Rufen Sie einfach Andrew Bowen an. Ich brauche einen Anwalt.«

32

Andrew Bowen sah aus, als ob er gerade aufgestanden wäre. Vielleicht war er das auch, wie Josie nach einem Blick auf ihr Handy dachte. Es war nach 23.00 Uhr, als er sich in Anzughose und zerknittertem Hemd ins Revier schleppte. In der einen Hand trug er eine Aktentasche. Seine dichten blonden Haare wirkten wie hastig aus dem Gesicht gekämmt. Er war Ende dreißig, groß, hatte ein attraktives, markantes Gesicht und durchdringende blaue Augen. Er warf Josie einen bösen Blick zu, als ihn einer der uniformierten Officers den Flur entlang zum Besprechungszimmer führte, vor dem Josie und Noah mit Detective Loughlin standen.

»Danke, dass Sie gekommen sind«, sagte Noah zu Bowen, nachdem er ihn Loughlin vorgestellt hatte. »Sie ist dort drin.«

Bowen nickte bloß und verschwand im Besprechungszimmer.

»Na, das war ja mal eine freundliche Begrüßung«, bemerkte Josie.

»Ich schätze, er übernimmt ihren Fall«, meinte Noah.

Loughlin erkundigte sich: »Sie haben gesagt, dass sie

einfach hier aufgetaucht ist. Wie ist sie hergekommen? Hat sie jemand danach gefragt?«

Noah schüttelte den Kopf. »Sie wollte es uns nicht sagen, aber Lamay hat das Bildmaterial von draußen überprüft. Sie ist mit ihrem Cruze hergefahren und hat sich auf den städtischen Parkplatz gestellt.«

»Also haben wir das Auto?«, fragte Josie.

»Es ist beschlagnahmt, bis die Kriminaltechniker herkommen und die Spuren sichern können«, antwortete Noah.

Josie verspürte eine Mischung aus Erleichterung und Hoffnung. Egal, was Gretchen gesagt oder angedeutet hatte, sie konnte nicht für eine Sekunde daran glauben, dass sie Omar getötet hatte. Irgendetwas anderes ging da vor sich. Jemand anderes war an der Sache beteiligt gewesen. Josie würde herausfinden, wer es war, und bei dem Auto anfangen. Gretchen war mit dem Auto weggefahren und zurückgekommen. Wer auch immer bei ihr gewesen war, hatte sicherlich auch das Auto betreten. Irgendetwas musste sich dort finden lassen. Fingerabdrücke. DNA. Selbst, wenn es nur ein einziges Haar wäre, Josie würde es finden.

»Was ist mit der Pistole?«, fragte Josie. »Ihrer Dienstwaffe?«

»Weder bei ihr noch im Auto«, gab Noah zurück.

Dann kam ihr ein anderer Gedanke. »Lag ihre Jacke drin?«

»Was?«

»Ihre Lederjacke«, sagte Josie. »Die sie von der Devil's-Blade-Gang bekommen hat. Die sie nie auszieht.«

»Ich finde das raus.« Er ging davon, um einen Anruf zu erledigen.

»Haben Sie hier Kaffee?«, fragte Loughlin.

Josie führte sie durch den Flur zu der kleinen Erdgeschoss-Küchenzeile und goss ihnen beiden jeweils eine Tasse Kaffee ein. Loughlins Handy klingelte, sie nahm ab, ließ sich auf einen Platz am Tisch fallen und sprach leise mit der Person in der

Leitung. Josie rührte sich gerade mehr Milch in ihre Tasse, als Noah zurückkam.

»Keine Jacke«, berichtete er.

Josie lief in den Flur und zeigte mit der Kaffeetasse auf die Kamera, die an der Decke befestigt war. »Sie hat sie getragen, als sie den Anruf von Omar bekommen hat. Das haben wir auf dem Bildmaterial gesehen.«

»Und?«, fragte Noah.

»Die Jacke ist nicht in ihrem Haus. Sie liegt nicht im Auto.«

»Wahrscheinlich ist sie im Fluss, zusammen mit dem anderen Kram, den sie weggeworfen hat.«

Josie nahm einen Schluck Kaffee und schüttelte den Kopf. »Nein. Sie würde diese Jacke nicht in den Fluss schmeißen. Die Person, die bei ihr war, hat sie.«

»Du denkst immer noch, dass da noch jemand anderes im Spiel ist?«, fragte Noah. »Josie, sie hat sich von sich aus gestellt. Sie hat dir ins Gesicht geschlagen, damit wir sie festnehmen. Sie hat Loughlin gesagt, dass sie ihn umgebracht hat.«

»Nein«, erwiderte Josie. »Sie hat gesagt: ›Ich bin verantwortlich für den Tod des Jungen.‹ Das ist nicht das Gleiche. Das ist kein Geständnis.«

Noah zog eine Augenbraue hoch. »Ich denke, die Geschworenen würden darüber anders denken. Hör mal, ich weiß, dass du Gretchen gegenüber eine gewisse ... Loyalität empfindest, aber ich denke, du solltest die Möglichkeit in Betracht ziehen, dass sie das getan hat. Wir wissen nicht, was stattgefunden hat – warum Omar da war oder was zwischen den beiden passiert ist – aber wir haben keinen Beweis dafür, dass eine andere Person daran beteiligt war. Gretchen hat sich gestellt. Sie hat niemand anderen belastet.«

»Weil sie nicht redet. Sie ist völlig durch den Wind. Irgendwas ist da los. An der Sache ist mehr dran.«

»Vielleicht ist es das«, sagte Noah. »Vielleicht ist es das

nicht. Manchmal machen sogar Leute, die darin geschult sind, das Richtige zu tun, das Falsche.«

Josie stemmte eine Hand in die Hüfte. »Wovon redest du?«

»Denk daran, was mit Luke passiert ist«, meinte er. Sie warf ihm einen vernichtenden Blick zu und er nahm die Hände hoch. »Lass mich bitte nur zu Ende reden.«

Luke war Staatspolizist gewesen. Als Josies Ehe mit Ray Quinn in die Brüche gegangen war, war sie mit Luke zusammengekommen und sie hatten sich schließlich verlobt. Nach gemeinsamen zweieinhalb Jahren war er an einer außerdienstlichen Schießerei beteiligt gewesen und, anstatt sie zu melden, hatte er sie vertuscht. So hatte er seine Karriere zerstört und sich vor Gericht verantworten müssen.

Noah fuhr fort: »Luke war wie wir darin geschult, mit Verbrechen umzugehen. Das war seine Aufgabe als Polizist. Es hätte für ihn gar keine Frage sein sollen. Ich bin mir sicher, dass er es nicht zum ersten Mal mit einem Mord zu tun hatte. Es wäre einfach für ihn gewesen, das Richtige zu tun. Ganz selbstverständlich. Aber er hat es nicht getan. Er ist durchgedreht. Hat alles falsch gemacht. Manchmal machen Leute Fehler. Selbst, wenn es keinen guten Grund dafür gibt. Selbst, wenn es das Letzte ist, was du von ihnen erwarten würdest. Leute machen Fehler.«

»Luke hat nicht auf einen Anruf reagiert«, entgegnete Josie. »Er wollte einen Freund besuchen. Er hat Menschen verloren, die ihm nahestanden. Das ist nicht das Gleiche.«

»Nein, es ist nicht das Gleiche«, stimmte ihr Noah zu. »Aber fragst du dich nicht bis heute, warum er nicht einfach den Notruf gewählt hat?«

Sie zögerte einen Augenblick lang. Dann gab sie zu: »Natürlich frage ich mich das.«

»Weil Leute manchmal Fehler machen. Ohne Absicht. Ohne Grund. Es passiert einfach.«

So sehr sich Josie auch ärgerte, sie wusste, dass etwas

Wahres an Noahs Worten war. Alle dachten, sie wüssten, wer sie waren, bis das auf die Probe gestellt wurde. Sie dachten, sie wüssten ganz genau, wie sie in beängstigenden Situationen handeln würden. Die verstörende Wahrheit war aber, dass selbst anständige, gesetzestreue Menschen mit starken moralischen Überzeugungen manchmal vom Weg abkamen. Trotzdem konnte sie es nicht vermeiden, dass ihre Stimme eine Oktave höher klang. »Du willst mir erzählen, dass Gretchen, eine erfahrene Ermittlerin mit fast viermal so vielen Dienstjahren wie Luke, jemanden, den sie nicht kannte, erschossen hat und dann geflohen ist? Dass sie absichtlich Beweismittel vernichtet hat? Dass sie einfach ›einen Fehler gemacht hat‹?«

Falls Noah sich von ihrem bissigen Ton getroffen fühlte, zeigte er es nicht. Er zuckte bloß mit den Schultern. »Ich sage nicht, dass das so passiert ist. Wir wissen es nicht. Ich sage nur, dass wir die Möglichkeit in Betracht ziehen sollten, dass, ja, Gretchen diesen Jungen erschossen hat und dann geflohen ist.«

Josie zeigte mit dem Finger auf ihn und sagte nur ein Wort, klar und deutlich. »Nein.«

Ehe Noah antworten konnte, ging die Tür zum Besprechungszimmer knarrend auf und Andrew Bowen kam heraus. Er wirkte sogar noch müder als zuvor.

»Ich hole Detective Loughlin«, sagte Noah.

Kurze Zeit später war sie bei ihnen dreien im Flur. Die Ermittler sahen Bowen lange an.

»Sie können sie aufnehmen«, sagte er. »Ich werde dem Gericht am Morgen Bescheid geben, dass ich sie vertrete.«

Wenn Gretchen einmal im System eingetragen war, würde sie vom County Sheriff abgeholt werden und zu der vierundsechzig Kilometer entfernt gelegenen Hafteinrichtung in Bellewood gebracht werden. Sie würde dort bis zur Gerichtsverhandlung bleiben, wenn sie nicht gegen Kaution freigelassen werden könnte oder es zu einer Verständigung im Strafverfahren käme.

»Wird sie ein Geständnis ablegen?«, fragte Detective Loughlin.

»Detective Palmer wird heute Abend keine weiteren Fragen beantworten.« Er seufzte tief und fuhr sich mit der Hand über den blonden Lockenschopf. »Wir werden uns aber morgen mit Ihnen treffen, um ein Geständnis abzulegen. Sie hat mich damit beauftragt, in ihrem Namen auf schuldig zu plädieren.«

Josie musste kurz nach Luft ringen. »Wegen ... wegen vorsätzlichen Mordes?«

Noah sagte: »Sie könnte lebenslänglich bekommen. Sogar die Todesstrafe.«

Bowen lächelte schmerzlich. »Ich darf mit Ihnen nicht über die gerichtlichen Strategien meiner Klientin sprechen, Detectives. Aber es ist meine Aufgabe als Anwalt, zu versuchen, dass die Todesstrafe gar nicht erst zur Debatte steht, so wie ich es bei allen meinen Mandanten mit derart schweren Anklagen tun würde.«

Loughlin ging einen Schritt auf ihn zu und gab Bowen eine Visitenkarte. »Rufen Sie mich morgen früh an.«

Bowen nahm sie und steckte sie in seine Aktentasche. »Vielen Dank. Morgen wird sie ins Bezirksgefängnis in Bellewood überführt. Ich werde mit dem Staatsanwalt sprechen und wir werden alles vorbereiten, sodass Sie ihr Geständnis aufnehmen können, damit wir ein Schuldbekenntnis abgeben können.«

Josie fragte: »Wer ist der Junge auf dem Foto? Haben Sie nach ihm gefragt?«

»Also wirklich, Detective«, erwiderte Bowen und klang dabei erschöpft. »Sie wissen, dass ich nicht über vertrauliche Gespräche zwischen meiner Mandantin und mir sprechen kann.«

»Was ist, wenn der Junge auf dem Foto in Gefahr ist?«

»In Gefahr durch die Frau, die Sie in Gewahrsam haben?

Ich denke, nicht. Aber ich bin mir sicher, dass Detective Loughlin morgen alle relevanten Informationen von Detective Palmer bekommen wird.«

Sie würden Andrew Bowen nichts entlocken können. Josie wusste es. Wenn Gretchen nicht reden wollte, musste sie es nicht. Bowen war ihr Schutzpolster gegen ihre Flut an Fragen. Außerdem waren Josie und Noah in dieser Phase schon so gut wie außen vor. Ihre Aufgabe war es nun, die ganzen notwendigen Formalitäten zu erledigen, alles Unerledigte in ihren Ermittlungen zu Ende zu bringen und den Fall dem Bezirksstaatsanwalt fertig für die Anklage zu übergeben. Obwohl Bowen ihnen gesagt hatte, dass Gretchen sich schuldig bekennen würde, war es trotzdem notwendig, den Fall für den Staatsanwalt vorzubereiten, damit Gretchen vor Gericht erscheinen konnte, falls sie sich umentscheiden und doch auf unschuldig plädieren würde.

Die Ermittlerin der Staatspolizei würde allerdings die einzige Instanz der Strafverfolgung sein, die Zugang zu Gretchen haben würde. Wenn Gretchen, wie angekündigt, Loughlin gegenüber gestehen würde, dann wäre ihr Schicksal von da an vor allem in den Händen der Anwälte und des Gerichtssystems.

Gretchen schien entschlossen zu sein, lebenslang hinter Gitter zu kommen. Weshalb nur? Weshalb nicht kämpfen? Vor Gericht gehen und versuchen, einen Freispruch zu erwirken? Oder wenigstens eine mildere Strafe auszuhandeln? Josie wusste, was Noah sagen würde: Weil sie sich schuldig fühlte, Omar getötet zu haben, und sie dazu zur Rechenschaft gezogen werden wollte. Josie war sich aber sicher, dass an der Geschichte mehr hing. Wenn das der Fall war und Josie recht hatte, dann lief der Mörder immer noch irgendwo draußen frei herum.

»Gute Nacht, Detectives«, sagte Bowen und Josie sah hilflos zu, wie er davonging.

33

Josie fuhr mit zu Noah nach Hause, aber als sie angekommen waren, klingelte nach weniger als fünf Minuten das Handy. Es war die Arbeit.

»Geh nicht ran«, meinte Noah, ging ins Wohnzimmer und begann, überall das Licht einzuschalten.

»Es ist die Arbeit«, entgegnete Josie. »Wenn ich nicht rangehe, werden sie einfach dich anrufen.« Sie hielt sich das Handy ans Ohr. »Hallo?«

Bob Chitwoods brüllte schon fast. »Ich brauche einen von Ihnen sofort im Einsatz. Sie haben einfach den Kürzeren gezogen, deswegen rufe ich Sie als erstes an. Wenn Sie mir sagen, dass Sie schon schlafen, rufe ich Fraley an. Außer Sie sind gerade beieinander. Dann können Sie eine Münze werfen und wer gewinnt, kann seinen Hintern zur Einkaufsstraße am Corinthian Place schwingen. Es hat da eine Einbruchsserie gegeben.«

Josie seufzte. »Ich übernehme das.«

Chitwood legte ohne ein weiteres Wort auf. Sie schaute Noah an, der sagte: »Ich habe es mitbekommen. Ich gehe. Du brauchst etwas Schlaf.«

»Du denkst doch nicht, dass ich schlafen kann?«

Die Anspannung wegen des nicht zu Ende geführten Streits um Gretchens Schuld lag noch immer in der Luft.

Noah reichte ihr die TV-Fernbedienung. »Irgendwann schon, ja. Ich übernehme das hier. Du kannst dafür den Durchgang mit der Schwester von Joel Wilkins am Morgen machen.« Er nahm die Schlüssel vom Kaffeetisch, wo er sie hingeworfen hatte, und ging an ihr vorbei. »Nimm dir aus dem Kühlschrank, was du findest.«

Josie stellte sich vor ihn, bevor er an der Tür angekommen war. »Denkst du wirklich, dass Gretchen schuldig ist?«

»Müssen wir genau jetzt darüber sprechen?«

»Ich möchte es wissen.«

Er berührte ihre Wange, streifte ihr eine Haarlocke hinters Ohr, beugte sich sanft nach vorn und gab ihr den allerzärtlichsten Kuss auf das Klammerpflaster, das ihr der Arzt auf die Wange geklebt hatte. Dann sagte er: »Es spielt keine Rolle, was ich denke. Die Beweise und Gretchens Verhalten zählen. Sie möchte ein Schuldgeständnis ablegen. Der Fall ist abgeschlossen. Wir müssen uns mit dem Doppelmord an den Wilkins beschäftigen und allem anderen, was in dieser Stadt vor sich geht.«

Sie wich zurück. »Wir sollten zusammenhalten, Noah.«

»Wer, wir?«

»Du, ich, Gretchen. Das Denton PD. Wir sind ein Team. Wir müssen aufeinander achtgeben.«

Er zog eine Augenbraue hoch. »Es ist ein schmaler Grat zwischen ›aufeinander achtgeben‹ und Polizeikorruption.«

Josie spürte, wie ihr Gesicht erblasste. »Du weißt, dass ich das nicht meine.«

Noah verschränkte die Arme vor der Brust. »Was meinst du denn dann? Ich habe auf Gretchen achtgegeben, indem ich meine Arbeit gemacht habe. Sie ist eine erwachsene Frau. Sie hat Entscheidungen getroffen und jetzt zeigt sie Verantwortung für diese Entscheidungen. Ich weiß, dass du das nicht hören oder glauben willst, aber ...«

»Es ist nicht so, dass ich das nicht will, es stimmt nur einfach nicht. Gretchen hat das nicht getan. Ich weiß es vom Bauchgefühl her und das liegt selten daneben.«

Seine Arme entspannten sich und sein genervter Gesichtsausdruck wurde weicher. »Josie, ich verstehe deinen Impuls, Gretchen irgendwie freisprechen zu wollen. Verdammt, ich verstehe sogar dein Bedürfnis danach, alle Fragen zu klären. Es ist frustrierend, dass wir den Fall von unserer Seite aus abschließen müssen, obwohl wir nicht wissen, warum zum Teufel diese Dinge so passiert sind. Aber du musst einsehen, dass du Gretchen kaum kennst. Niemand von uns kennt sie wirklich. Selbst dieser Lieutenant aus Philadelphia hat dir gesagt, dass er ihr nicht wirklich nahestand. Sie hat ein Geschenk von den Devil's Blade angenommen. Ein Geschenk, dass sie von da an jeden Tag getragen hat. Ich weiß, dass du wahrscheinlich schon deine Hausaufgaben gemacht hast, aber mit den Devil's Blade ist nicht zu spaßen. Das sind Verbrecher – Mörder, Drogenhändler –, und wie sie Frauen behandeln ... Gut, ich kann einsehen, dass sie die Jacke nur angenommen hat, um höflich zu sein, aber warum hat sie sie dann getragen? Warum war der Fall so wichtig für sie? Ist es dir jemals in den Sinn gekommen, dass das, was Gretchen vertuscht, etwas Kriminelles sein könnte?«

Ihr jagten ein Dutzend Antworten durch den Kopf, aber alle ihre Argumente führten nur auf eine Tatsache zurück. Sie wusste es einfach. Sie wusste auch, dass das nicht die Art Begründung war, die Noah akzeptieren würde. Sein Handy klingelte. Er warf einen Blick darauf, schaltete es stumm und sagte: »Ich muss gehen. Wir sprechen darüber, wenn ich zurückkomme.«

»Ich werde nicht hier sein«, sagte Josie zu seinem Rücken. »Ich fahre nach Hause.«

Er drehte sich zu ihr um. »Josie, bitte. Lass das jetzt nicht persönlich werden.«

Es war aber schon persönlich. Gretchen wusste – wahrscheinlich besser als jede andere Person, die Josie je getroffen hatte –, was es bedeutete, eine toxische Mutter zu haben. Sie wusste, wie es sich anfühlte, von einer Person großgezogen zu werden, die einen hasste und bei jeder Gelegenheit verletzte. Gretchen konnte gut nachvollziehen, wie schwierig es war, über die Misshandlung zu sprechen. Als Josie zu schwach und zu sehr am Boden gewesen war, um die letzten Puzzlestücke zur Enttarnung der Frau zusammenzufügen, die sich als ihre Mutter ausgegeben hatte, hatte es Gretchen für sie getan. Gretchen verstand Josie auf eine Art wie niemand zuvor und wie es auch niemand je würde.

Und Josie verstand, dass Gretchen log.

»Wenn Gretchen das Gesetz gebrochen hätte, würde ich mich ihrer Anklage nicht in den Weg stellen«, sagte Josie zu ihm. »Aber ich denke nicht, dass Omars Tod auf ihre Kappe geht.«

»Dann sind wir einfach unterschiedlicher Meinung.«

34

Robyn Wilkins ging vor dem Lattenzaun, der das Haus ihres Bruders umgab, hin und her. Sie trug kniehohe braune Lederstiefel, in die ihre dunkelblaue, hautenge Jeans gesteckt war. Über einem langärmeligen, cremefarbenen T-Shirt hatte sie einen weinroten Pashminaschal gewickelt. Ihre Finger spielten mit den Fransen an seinem Ende. Ihre langen, seidig blonden Haare wurden oben auf ihrem Kopf in einem unordentlichen Dutt zusammengehalten. Ihre blauen Augen waren rot vom Weinen und ihr Gesicht war von Trauer gezeichnet. Josie parkte ihren Escape am Bordstein und stieg aus. Sie stellte sich vor und bekundete ihr Beileid.

Robyn hielt sich eine Hand ans Herz. »Meine Güte, Sie sind es. Die Polizeichefin, die mit der Zwillingsschwester …«

Josie unterbrach sie. »Einfach Detective jetzt. Ich war nur Interimschefin. Wenn Sie sich nicht damit wohlfühlen, die Begehung mit mir durchzuführen, kann ich Lieutenant …«

Robyn berührte Josies Unterarm. »Nein, nein. Ich bin froh, dass Sie hier sind. Es freut mich. Ich hatte nur nicht erwartet, sie jemals persönlich zu treffen, das ist alles.«

Es war nicht das erste Mal, dass sich Josie wünschte, Trinity hätte sie nicht dazu überredet, an diesen ganzen Folgen von *Dateline* teilzunehmen. Sie zeigte auf das Haus. »Wollen wir?«

Ein zusammengeknäultes Taschentuch kam in Robyns anderer Hand zum Vorschein und sie putzte sich die Nase. »Ich nehme an, wir müssen es machen, oder nicht?«

Josie hatte schon eine Hand am Tor, hielt aber inne. »Nein, wir müssen es nicht heute machen. Wenn es zu schwierig für Sie ist, können wir es verlegen. Ich kann das total verstehen. Es würde unseren Ermittlungen aber weiterhelfen, wenn wir wüssten, ob irgendetwas an falscher Stelle steht oder fehlt.«

Robyn starrte direkt auf das Haus. Sie runzelte die Stirn, als ob sie dabei sei, eine Entscheidung zu treffen. Dann holte sie tief und mit einem Beben Luft und sagte: »Ich möchte es hinter mir haben. Ich meine, ich muss sowieso bald zurückkommen, um die Kleidung für die Beerdigung zu holen, ihre Sachen durchgehen ... Oh, Gott.«

Josie gab ihr einen Augenblick, um sich zu sammeln. Dann nickte sie und Josie öffnete das Tor. Nebeneinander liefen sie zur Haustür und Josie ließ sie hinein. »Wir haben die Schlüssel Ihres Bruders drin gefunden.«

Robyn zeigte auf das Schlüsselbord, das an der Wand gleich hinter der Tür angebracht war. Es war aus einem Stück Treibholz gefertigt. »Mein Bruder hat es selbst gemacht. Er hatte das Treibholz von einem Strand an der Küste von Oregon.« Tränen stiegen ihr in die Augen. »Sie sind so gern gereist. Wissen Sie, Margies Eltern sind bei einem Autounfall ums Leben gekommen, als sie im Teenageralter war, und haben ihr einen hübschen kleinen Treuhandfonds hinterlassen. Trotzdem war sie auch wirklich gut darin, lange mit ihrem Reisegeld auszukommen. ›Mach mehr mit weniger‹, hat sie immer gesagt. Das hat ihre vielen Reisen möglich gemacht.«

»Ihre eigenen Eltern«, erkundigte sich Josie. »Wohnen die noch in Denton?«

Robyn nickte. »Ja. Ich habe es ihnen gestern beigebracht. Sie sind zu ... zu erschüttert, um sich um irgendwas hier zu kümmern.«

»Ich verstehe«, antwortete Josie. »Es ist gut, dass Sie für sie da sind.«

Abgesehen vom Fingerabdruckpulver, das die verschiedenen Oberflächen im Haus verunstaltete, wirkte alles genauso, wie es vom Spurensicherungsteam am Tag davor vorgefunden worden war. Robyn ging langsam durch die Zimmer und Josie folgte ihr. »Sie können Sachen anfassen«, erklärte ihr Josie. »Unser Spurensicherungsteam hat schon alles im Haus dokumentiert.«

Bei der Tür zum Hauptschlafzimmer fragte Robyn: »Sie haben Margies Verlobungsring nicht mitgenommen?«

»Nein«, antwortete Josie. »Es sieht nicht so aus, als ob irgendwas gestohlen worden wäre. Deswegen habe ich Sie gebeten, einmal durchzugehen. Wir müssen nur ausschließen, dass kein Raub stattgefunden hat.«

Sie gingen von Raum zu Raum, Robyn machte drei Durchgänge, fand aber nichts, das fehlte oder nicht an seiner Stelle stand. Sie stellte Fragen über das Verbrechen, wie die Leichen aufgefunden worden waren und über den zeitlichen Ablauf. Josie antwortete so gut, wie sie konnte, ohne zu viel über ihre Ermittlungen preiszugeben. Bei ihrem letzten Durchgang blieb Robyn länger vor der Mücheninsel stehen, dort, wo sie, wie Josie sich vorstellen konnte, viele Male als Gast ihres Bruders gestanden hatte. Nun war Josie an der Reihe, Fragen zu stellen. »Wie lange haben Margie und Joel hier gewohnt?«

»Oh, über drei Jahre. Sie haben das Haus vor ihrer Hochzeit gekauft. Sie dachten, sie würden bis ans Lebensende zusammen bleiben.«

»Wie ich sehe, waren sie sehr abenteuerlustig. Hatten sie eine feste Routine zu Hause oder war es von Tag zu Tag anders?«

Robyn griff zum Serviettenhalter in der Mitte der Küchen-insel, zog eine Serviette heraus und trocknete sich damit die Augen ab. »Sie haben sich zu Hause an eine Routine gehalten. Es hat alles leichter gemacht. Sie waren beide ziemliche Fitness- und Sportnarren. Normalerweise waren sie um sechs auf den Beinen und sind zusammen drei Runden um den Park gejoggt. Dann ist mein Bruder zur Arbeit gefahren. Margie brauchte erst später am Tag am College zu sein. Durch ihre Arbeit hatte Margie schon ihr Training, aber Joel ist meistens nach einem langen Unterrichtstag ins Fitnessstudio gegangen. Sie waren beide aber in der Regel spätestens um halb sieben zu Hause. Sie haben sich mit dem Kochen am Abend abgewech-selt. Nur gesundes Zeug.«

Also hätte jeder leichtes Spiel gehabt, der ihre Abläufe in Erfahrung bringen wollte, obwohl Josie auffiel, dass der Mörder sich ausgerechnet einen Zeitpunkt ausgesucht hatte, an dem sie zusammen zu Hause waren. Und dass, obwohl Margie jeden Tag für eine gewisse Zeit allein zu Hause gewesen war. Entweder hatte der Mörder vorher kaum nachgeforscht oder der sexuelle Übergriff war nicht der Hauptgrund für den Einbruch gewesen. Raub war es auch nicht gewesen. Josie bekam Gänsehaut an den Armen. Immer mehr sah es nach einem Mord aus Mordlust aus.

»Ich weiß, dass Lieutenant Fraley Sie das wahrscheinlich schon gefragt hat, aber gab es irgendwen, mit dem Joel und Margie Ärger hatten? Möglicherweise verfeindet waren? Irgendwer, der ihnen Schwierigkeiten bereitet hat? Irgendwer, mit dem Margie, von Joel unabhängig, ein Problem gehabt haben könnte?«

Robyn schüttelte den Kopf. »Nein, niemand, der mir einfällt. Und glauben Sie mir, nachdem ich gestern das Telefon-gespräch mit Lieutenant Fraley hatte, habe ich mir den Kopf zermartert. Aber mir ist niemand in den Sinn gekommen. Meinen Eltern auch nicht. Ich habe ein paar von Margies

Freundinnen angerufen – Frauen, die bei der Hochzeit Braut-
jungfern gewesen waren – um zu erfahren, ob sie von
irgendwem wussten, mit dem sie Probleme hatte. Aber ihnen ist
auch niemand eingefallen.«

Josie sagte: »Es wäre sehr hilfreich, wenn Sie mir eine Liste
mit den Namen ihrer engsten Freunde geben könnten.«

Robyn nickte. »Natürlich.« Sie stand auf, ließ ihren Blick
noch ein letztes Mal durch die Küche schweifen – und
erstarrte. Sie zeigte auf die Arbeitsplatte, auf der die Kaffeemaschine stand, in der sie sich spiegelten. »Der hier«, sagte sie.
»Der gehört ihnen nicht.«

Josie folgte ihrem Blick zu dem Plastikkaffeebecher neben
der Kaffeemaschine. Auf dem WAWA COFFEE zu lesen war.
»Der Becher? Der war gestern schon hier, als wir angekommen
sind.«

Robyn lief zur Arbeitsplatte und wollte den Becher schon
hochnehmen, aber Josie hielt behutsam die Hand davor.
»Warten Sie«, sagte sie. »Fassen Sie ihn nicht an. Wenn Sie
denken, dass er wichtig ist, werde ich ihn als Beweismittel
eintüten.«

Robyn zog die Hand ruckartig zurück, als ob sie sich
verbrannt hätte, und legte die Arme um sich.

Josie schickte Hummel eine kurze Nachricht, in der sie ihn
darum bat, zum Haus der Wilkins zu kommen und dort ein
zusätzliches Beweismittel abzuholen. Josie hatte keine Tüten
oder Etiketten bei sich, und davon abgesehen mussten sie die
Beweismittelkette einhalten. Außerdem wollte sie die Fotos
noch einmal überprüfen, die am Tag davor vom aktuellen
Standort des Bechers gemacht worden waren, um sicherzugehen, dass dort niemand aus ihrem Team etwas verändert hatte.
»Warum sagen Sie, dass er nicht ihrer war?«

Robyn lief durch die Küche und öffnete jeden der Hänge-
schränke. »Sehen Sie irgendetwas aus Plastik in dieser Küche?«

Josie begutachtete den Inhalt der Schränke noch einmal

sorgfältig. »Nein«, antwortete sie. Sie ging zu einem Schrank, dessen unterstes Fach voller weiterer Thermobecher im Stil der Mr.- und Mrs.-Tassen vom Abtropfgestell war. »Die sind alle aus Edelstahl«, stellte Josie fest.

»Genau«, sagte Robyn. »Sie wollten umweltbewusst sein, Karzinogene vermeiden und deshalb kein Plastik benutzen. Sie haben zu den Leuten gehört, die ihre eigenen Stoffbeutel zum Supermarkt mitnehmen. Niemals hätten sie in ihrem Haus eine Plastiktasse gehabt. Außerdem gibt es hier gar keine Wawa-Filialen.«

»Wawa gibt es im Südosten von Pennsylvania«, sagte Josie. »In New Jersey und Delaware auch, glaube ich. Sie könnten den Becher von da mitgenommen haben, falls sie in diesen Gegenden waren.«

Robyn schüttelte energisch den Kopf. »Ja, sie hätten es tun können. Ich bin mir sicher, dass sie irgendwann auf ihren Reisen in einem Wawa gewesen sind. Sie sind gerne im Sommer an die Küste in Jersey gefahren. Aber sie haben den hier nicht gekauft. Vielleicht hat ihn jemand aus Ihrem Team hiergelassen?«

Josie wusste zweifellos, dass niemand vom Spurensicherungsteam jemals mit einer Kaffeetasse in der Hand an einem neuen Tatort herumlaufen würde. Noch unwahrscheinlicher war es, dass sie dort vergessen worden war, aber das sagte sie Robyn nicht. »Oder vielleicht haben Joel und Margie einen Gast gehabt, der ihn mitgebracht hat?«, fragte sie.

Robyns Schultern sackten zusammen. »Oh. Ja, ich nehme es an. Ich meine, ich erinnere mich nicht daran, dass sie vor Kurzem irgendwelche Gäste gehabt hätten. Aber ich kenne auch nicht jede Einzelheit aus ihrem Leben.«

Josie berührte ihre Schulter und begleitete sie in Richtung Haustür. »Trotzdem müssen wir ihn zur Beweissicherung aufnehmen und ich werde das Labor fragen, ob sie versuchen können, ein paar Fingerabdrücke davon zu nehmen. Wir müssen alles als mögliches Beweismittel behandeln.«

Robyn nickte. »Vielen Dank.«

35

SEATTLE, WASHINGTON

MÄRZ 1994

Billys Schnarchen weckte Gretchen aus festem Schlaf auf. Wenn Drachen echt wären, klängen sie wie ihr tief schlummernder Ehemann, stellte sie sich vor. Sein Schnarchen hallte im ganzen Haus wider. Sie rollte sich auf seine Bettseite und berührte die Matratze an der Stelle, wo Billy – wenn er zu Hause war – normalerweise lag, jetzt allerdings nicht. Sie drehte sich auf den Rücken, starrte an die Decke und versuchte, zu entscheiden, ob sie trotz des Lärms, den er veranstaltete, weiterschlafen können würde. Eine Minute später tapste sie durch das dunkle Haus zum Wohnzimmer, in dem der Fernseher ein blaues Licht verbreitete. Billy lag ausgebreitet auf dem Sofa und seine Füße, die immer noch in Stiefeln steckten, baumelten über das Ende.

Langsam band Gretchen beide Stiefel auf und zog sie ihm aus. Seine langen weißen Baumwollstrümpfe waren vor Dreck grau und der große Zeh seines linken Fußes schaute aus einem Loch heraus. Sie fragte sich, ob Ehefrauen dafür sorgen sollten, dass ihre Männer saubere Socken ohne Löcher trugen. Billy aber schien sich nicht um so etwas zu scheren. Er wollte nur sie. Hatte nur sie gewollt, seitdem sie sich damals im Osten kennengelernt hatten.

Sie ließ sich zwischen Sofa und Tisch nieder und ihr Blick fiel auf das seltsame tassenartige Tongebilde, das zwischen seinem Portemonnaie und den Schlüsseln lag. Es war grau und sah wie zur Hälfte geschmolzen und nicht vollständig geformt aus, als ob jemand versucht hätte, eine Kaffeetasse in einer Lavagrube zu brennen. Sie hätte nicht erwartet, dass ein ATF-Agent, der als verdeckter Ermittler in einer gesetzlosen Motorradgang tätig war, gerade so etwas von der Arbeit mit nach Hause bringen würde, aber Billy hatte schon immer voller Überraschungen gesteckt.

Sein langer Bart fühlte sich zwischen ihren Fingern rau an. Sie weckte ihn mit einem Kuss. Noch bevor er sie auf sich hinuntergezogen hatte, wusste sie, dass er wach war, weil das Schnarchen endlich aufgehört hatte. Sein Körper war warm unter ihrem, seine Hände strichen ihr über den Rücken, seine Finger gelangten unter ihr Nachthemd und streichelten sie am Hintern. Sie küssten sich langsam und ausgiebig. Gretchen spürte, wie sich das Verlangen in ihr regte. Das war das Gefühl, dem sie den ganzen Weg durch das Land gefolgt war.

»Du hast gesagt, du würdest nicht auf dem Sofa einschlafen«, flüsterte sie, während seine Lippen ihren Hals hinunterwanderten.

»Tut mir leid. War eine harte Nacht. Aber ich stehe kurz vor der Kuttentaufe.«

Ein Angstfrösteln lief Gretchen den Rücken hinunter. Die Kuttentaufe zu bekommen, bedeutete, ein vollwertiges, offizielles Mitglied der Devil's Blade zu werden, der gesetzlosen

Bikergang, in der er seit fast zwei Jahren verdeckt unterwegs gewesen war. Sie hatte sich von dem Tag an um ihn Sorgen gemacht, an dem sie den Begriff das erste Mal gehört hatte. Was, wenn er aufflog? Der kleinste Fehler in seiner Deckung könnte sich als fatal erweisen.

»Das ist etwas Gutes«, erinnerte er sie, da er gespürt hatte, wie sich ihr Körper verspannte.

»Ich weiß«, sagte sie. »Aber ich mache mir Sorgen um dich.«

»Ich bin dicke mit Linc, Gretch. Er wird nicht vergessen, was ich für ihn getan habe.«

Sie rieb ihm nicht unter die Augen, dass Lincoln Shore ein Verbrecher war und dass, auch wenn Billy ihm das Leben gerettet hatte, ein Polizist immer noch ein Polizist war. Dass Linc Billy ohne mit der Wimper zu zucken umbringen würde, wenn er herausfände, dass Billy undercover für das ATF arbeitete. Sie hatten darüber mindestens ein Dutzend Mal gestritten und das war es jetzt nicht wert, nicht, während seine Hände zärtlich über ihren Körper fuhren und seine Lippen mit ihrem Ohr spielten.

Sie wechselte das Thema und sagte: »Schöne Tasse, übrigens.«

»Was?«

»Dieses ... Ding. Das ist doch eine Tasse, oder? Oder war es. Was hast du damit gemacht? Sie in eine Fritteuse fallen lassen?«

Er löste seine Hände und Lippen von ihrem Körper. Im Schein des Fernsehbildschirms sah sie Verwirrung in seinen Augen. Sie setzte sich auf und zeigte auf das unfertige Keramikteil auf dem Sofatisch. Er schubste sie praktisch von seinem Schoß hinunter und sprang auf.

»Wo ist mein Messer?«

»Was?«, fragte Gretchen.

Seine Augen suchten den Sofatisch ab. Portemonnaie,

tassenähnliches Gefäß, Schlüssel. Er zeigte auf eine Stelle. »Mein Messer lag hier.«

Alle Mitglieder der Devil's Blade – Prospects und auch Kuttengetaufte – trugen ein Messer bei sich. »Bist du dir sicher, dass ...«

Er schnitt ihr das Wort ab. »Es lag genau hier.« Er drehte sich um, sah sie an und senkte die Stimme. »Gretchen, erinnerst du dich noch daran, wie ich dir gezeigt habe, die Pistole, die Ruger, von oben zu benutzen?«

Sie nickte und ein unangenehmes Kribbeln stieg ihr vom Bauch bis in die Brust auf.

»Lauf ins Schlafzimmer und hol sie. Wir treffen uns im Eingangsbereich. Mach schnell.«

»Bist du dir sicher, dass das nöt...«

Seine Stimme blieb ruhig, aber es schwang in ihr eine fast panische Bestimmtheit mit. »Tu es einfach«, wies er sie an.

Sie raste zurück ins Schlafzimmer. Die Schublade von Billys Nachttisch ließ sich geräuschlos herausziehen. Sie suchte die Unterseite mit den Fingern ab, bis sie den winzigen Schlüssel gefunden hatte. Sie steckte sich ihn zwischen die Zähne und kletterte aufs Bett. Über dem Kopfende hing ein Gemälde, das sie auf einem lokalen Kunstfestival gekauft hatten. Ein kleines Holzboot, das in der Abenddämmerung allein auf der ruhigen Oberfläche eines Sees trieb. So leise sie konnte, hob Gretchen das Gemälde von der Wand ab, um an den eingebauten Wandsafe dahinter zu gelangen. Sie brauchte drei Versuche, bis ihre zitternden Finger den winzigen Schlüssel ins Schloss bekamen und den Safe öffnen konnten.

Die Ruger fehlte.

Panik durchfuhr sie, kalter Schweiß legte sich auf ihre Haut. Sie eilte zurück zum Wohnzimmer und bremste plötzlich, als sie Billy steif auf der Türschwelle stehen sah. Sie brauchte einen Augenblick, um zu erkennen, was nicht stimmte. Seine Hände. Sie waren hinter seinem Rücken. Ein langer Pistolenlauf wurde ihm an die Schläfe gedrückt. Ehe Gretchen auch nur die Möglichkeit hatte, ihre Aufmerksamkeit auf die schwarze Gestalt neben Billy zu richten, wurde sie vom Strahl einer Taschenlampe geblendet.

Eine unbekannte Stimme begrüßte sie: »Hallo, Gretchen.«

Billy rief: »Lauf!«

36

DENTON, PENNSYLVANIA

GEGENWART

Josie wartete auf Hummels Ankunft. Als er da war, fotografierte sie den Wawa-Reisebecher mit ihrem Handy, er tütete ihn ein und nahm ihn als Beweismittel auf. Sie gingen die Fotos noch einmal durch, die das Team am Tag davor gemacht hatte. Der Becher stand am selben Ort – also war er nicht verschoben oder von irgendjemandem aus ihrem Team angefasst worden. Den ganzen Weg zurück zum Revier beschäftigte sie der mysteriöse Becher. Er war ihnen am vorigen Tag überhaupt nicht wichtig erschienen, aber so war es nun mal an Tatorten – man wusste nie, welche Dinge eigentlich von zentraler Bedeutung sein würden. Das war genau der Grund, weshalb sie Robyn darum gebeten hatte, die Begehung zu machen. Gleich, als Josie an ihrem Arbeitsplatz angekommen war, rief sie eine Bekannte vom Kriminallabor der Staatspolizei an und bat sie um einen Gefallen. Noahs Schreibtisch ihr gegenüber war nicht besetzt. Sie hoffte, er schlief gerade. Als sie

sich an ihren Platz setzte, bemerkte sie eine kleine Gebäck-
schachtel von Komorrah's Koffee. Darin befand sich ein Käseplunder. Ihr Lieblingsgebäckstück. Noah hatte ihn wohl für sie
dagelassen, bevor er nach Hause gefahren war. Es war seine Art
von Versuch, die Wogen zu glätten, aber Josie war sich nicht
sicher, ob es ausreichte. Es beschäftigte sie, dass er so schnell
glauben konnte, dass Gretchen eine Mörderin war.

Dennoch hatte sie Hunger, deshalb aß sie das Plunderstück
und versuchte dann, Jack Starkey, den ATF-Agenten aus Gretchens Referenzenliste, zu erreichen. Seine Mailbox verkündete
immer noch, dass er in einer anderen Stadt auf einer Konferenz
sei. Josie hinterließ ihm eine weitere Nachricht. Dann suchte
sie die Nummer des ATF-Büros in Seattle heraus und rief dort
an. Sie erreichte einen anderen Agenten, der ihr genau das
sagte, was sie auch schon von Starkeys Mailbox wusste. Er war
nicht da. Sie gab dem Agenten ihre Handynummer und bat
ihn, Kontakt mit Starkey aufzunehmen und ihn zu bitten, sie
sofort zurückzurufen.

Josie erkundigte sich telefonisch, ob Gretchen noch unten
in der Arrestzelle war, aber sie war schon fort. Die Deputy
Sheriffs waren vorbeigekommen, um sie zum Bezirksgefängnis
in Bellewood zu transportieren, während sich Josie mit Robyn
Wilkins getroffen hatte. Josie hätte auch gar nicht mit ihr sprechen dürfen. Loughlin sollte später am Tag das Geständnis
aufnehmen und Gretchen würde anwaltlich vertreten sein.
Seufzend wandte sich Josie wieder ihren gewöhnlichen
Pflichten zu und verbrachte ein paar Stunden damit, Berichte
über den Wilkins-Fall zu verfassen. Dr. Feist rief an, um sie
wissen zu lassen, dass bei den Autopsien nichts Überra-
schendes herausgekommen war. Wie sie am Tatort angenommen hatten, war Margie Wilkins vergewaltigt und erwürgt
worden, während Joel Wilkins zu Tode geprügelt worden war;
die Frakturen an seinem Schädel stimmten mit Verletzungen
von Schlägen mit einer Brechstange überein. Es würde ein paar

Tage dauern, um die Auswertungen der Fingerabdrücke zu bekommen, und Wochen, um die an Margie Wilkins Körper gefundene DNA zu überprüfen. Echte Polizeiarbeit war überhaupt nicht das, was Leute im Fernsehen zu sehen bekamen.

Sie nahm einen Anruf über einen Ehekrach entgegen, aber die Frau entschied, keine Anzeige zu erstatten. Nachdem sie weitere Büroarbeit erledigt hatte, aß sie zu Mittag. Noah war immer noch nicht da, als sie an ihren Schreibtisch zurückkehrte. Sie nahm ihr Handy und rief Dr. Perry Larson an. Er nahm beim dritten Klingeln ab.

»Dr. Larson«, sagte Josie, »ich habe mich gefragt, ob Sie schon dazu gekommen sind, mit der Polizei über Ethan Robinson zu sprechen und sich das Bildmaterial vom Wohnungseingang anzusehen.«

Im Hintergrund hörte sie Verkehrslärm, dann etwas wie das Zischen einer elektrischen Tür und schließlich herrschte Stille, bis er wieder sprach. »Oh, ja. Die Detectives waren gestern da. Sie haben alles festgehalten, sich in der Wohnung umgesehen. Wir haben das Material vom Eingang überprüft und es hat sich herausgestellt, dass Ethan und James die Wohnung an dem Tag gemeinsam verlassen haben, als James nach Denton gefahren ist.«

»Wirklich?«, fragte Josie. »Könnten Sie mir das Bildmaterial schicken?«

»Natürlich.«

Er notierte sich ihre E-Mail-Adresse und ein paar Augenblicke später war die Überwachungsaufnahme in Josies Posteingang. Sie verschob sie in den temporären Speicher. Die Aufnahme war nur etwa zehn Sekunden lang. Man hatte einen Ausblick von oberhalb der Tür, die nach draußen führte. Die zwei Männer durchquerten die innere Tür, Omar voran, der dasselbe T-Shirt und dieselbe Hose trug wie an dem Tag, als er in Gretchens Einfahrt gefunden worden war. Ethan Robinson hatte braune, glatte Haare und war ein wenig größer als Omar. Er hatte auch ein T-Shirt und eine Jeans an und über seine Schulter war eine Laptoptasche geschwungen.

Josie seufzte frustriert, setzte die Aufnahme an den Anfang zurück und schaute sie sich erneut an. Die beiden liefen von der einen zur anderen Tür. Ethan sagte etwas zu Omar, der vor ihm war. Er hörte mitten im Satz auf, als sie in dem winzigen Eingangsbereich angelangt waren, und führte ihn nicht fort, zumindest bis sie draußen waren. Josie stellte das Video wieder an den Anfang, spielte es noch einmal ab und versuchte, Ethan Robinsons Lippen zu lesen. Sie unternahm noch mehrere Versuche, ohne herauszufinden, was er sagte, war sich aber sehr sicher, dass es sich um sieben Wörter handelte.

»Er sagt: ›Wenn du da bist, solltest du nicht‹, und dann ist er draußen.« Noahs Stimme über ihrer Schulter ließ sie so abrupt aufspringen, dass sie ihren Stift und Block vom Schreibtisch riss.

Sie drehte sich mit dem Stuhl um, schüttelte den Kopf und beugte sich hinab, um ihre Sachen aufzuheben. »Du hast mich zu Tode erschreckt.«

Noah hatte die übliche Khakihose und das Poloshirt des Denton PD an. Seine Haare sahen wie frisch gewaschen aus und der verführerische Duft seines Aftershaves ließ Josies früheren Ärger ein kleines bisschen verfliegen. Er lächelte. »Tut mir leid.«

»Danke für das Plunderstück«, sagte sie. »Wie kannst du wissen, was der Junge sagt? Du hast mir nie erzählt, dass du Lippenlesen kannst.«

Er zuckte mit den Schultern, lief um seinen Schreibtisch herum und ließ sich auf den Stuhl fallen. »Ich kann das nur ein bisschen.«

»Du hast Gretchens Lippen auf dem Überwachungsmaterial gelesen.«

»Ich hatte mal eine Freundin, die schwerhörig war. Sie hat

von den Lippen gelesen. Sie hat es mir beigebracht. Wir haben ein Spiel daraus gemacht.«

Es war das erste Mal, dass er ihr irgendetwas über eine seiner ehemaligen Freundinnen erzählte – außer ihren Namen und wie viele er gehabt hatte. Er war ein paar Jahre jünger als Josie, nie verheiratet gewesen und hatte keine dauerhafte Freundin gehabt, seit er in den Polizeidienst eingetreten war.

Noah fragte: »Ist das James Omar?«

»Ja«, antwortete Josie. »Es ist vom Morgen von Omars Ermordung. Omar und sein Mitbewohner Ethan Robinson sind zusammen aus der Wohnung gegangen.«

»Aber es hört sich nicht so an, als ob sie zum gleichen Ort fahren wollten«, wies sie Noah hin. »Robinson hat gesagt: ›Wenn du da bist‹.«

»Also wusste Robinson, was Omar vorhatte – wo er hinwollte und warum – und laut Professor Larson wird Ethan immer noch vermisst.«

»Die Polizei von Philly arbeitet daran, oder?«

»Ja«, antwortete Josie. Um das Thema zu wechseln, berichtete sie ihm von der Begehung des Hauses der Wilkins und von dem Becher, über den Robyn beharrlich gesagt hatte, dass er nicht Joel und Margie Wilkins gehörte.

»Hast du ein Foto davon?«, fragte Noah.

Josie rief es auf ihrem Handy auf und zeigte es ihm.

»Keiner aus unserem Team hat ihn an den Tatort gebracht«, sagte er.

»Hummel und ich haben es noch mal überprüft. Er war schon da, als die Rettungssanitäter eingetroffen sind.«

»Wenn ich mich richtig erinnere, waren da zwei Thermobecher auf dem Abtropfbrett«, merkte Noah an.

»Genau. Die Mr.- und Mrs.-Tassen.«

»Aber nur einer neben der Kaffeemaschine.«

»Weil es nicht ihrer ist und nicht von ihnen da hingestellt wurde«, bestätigte ihm Josie. »Es besteht die geringe Möglichkeit, dass ihn ein Freund oder anderer Besuch mit ins Haus gebracht hat und dass er deswegen da gestanden hat.«

»Aber warum dann neben der Kaffeemaschine?«

»Das stimmt«, meinte Josie. »Ergibt keinen Sinn. Ich denke, der Mörder hat ihn mitgebracht und dagelassen.«

»Mit Absicht?«

»Es wäre seltsam, so etwas mit Absicht zu tun, aber ich denke es fast schon. Dieser Kerl wurde von niemandem gesehen, war so vorausschauend, dass er ihre Handys ins Klo geschmissen hat, und er hat es geschafft, zwei Opfer im Griff zu haben. Das erfordert schon ein gewisses Maß an Erfahrenheit. Ich kann mir kaum vorstellen, dass er versehentlich seine saubere, leere Kaffeetasse am Tatort zurücklassen würde. Um zwei Uhr morgens.«

»Naja, er hat seine Mordwaffe dagelassen«, betonte Noah.

»Ja, aber viele Täter lassen ihre Mordwaffen am Tatort zurück. Außerdem hat er seine DNA an Margie Wilkins zurückgelassen, also geht es nicht darum, dass er keine Spuren hinterlassen möchte, durch die er möglicherweise identifiziert werden könnte. Der Becher ist etwas ganz anderes.«

»Okay«, sagte Noah. »Angenommen, er hätte den Becher mitgebracht und absichtlich am Tatort platziert. Zu welchem Zweck?«

»Es ist ein Spiel«, erwiderte Josie. »Sieh mal, wenn wir die Begehung mit Robyn nicht gemacht hätten – wenn ihr der Becher nicht aufgefallen wäre –, hätten wir niemals gewusst, dass er wichtig ist. Der Typ hat aus Mordlust getötet. Der Becher ist ein Mittel für ihn, uns zu verhöhnen oder zumindest, uns als dumm darzustellen, was er genießt.«

Noah lehnte sich in seinem Stuhl zurück und drehte ihn mit einem Fuß im Halbkreis hin und her, während er darüber nachdachte, was sie gesagt hatte. »Wir haben keine Wawa-Filialen in Denton. Wawas gibt es in Philadelphia.«

Josie sagte: »Das stimmt. Als ich in Philadelphia war, gab es da praktisch an jeder Ecke einen Wawa.«

»Du denkst, der Mörder ist aus Philadelphia hergekommen.«

»Nicht genau.«

Josie benutzte die Maus ihres Bürocomputers, um auf den Ordner von James Omars Mordfall zu gehen und gezielt auf die Fotos, die das Spurensicherungsteam in Gretchens Haus gemacht hatte. Sie fand das Foto des Beistelltischs mit dem hellen Kreis auf der staubigen Oberfläche, auf der irgendein runder Gegenstand gestanden hatte. Sie vergrößerte das Foto und drehte Noah den Bildschirm zu. Sie erwartete, dass er skeptisch sein würde, aber stattdessen rückte er nach vorne, betrachtete das Foto lange und fragte: »Kommt es von der Größe her hin?«

Sie grinste ihn an. Nach etwas Trickserei mit der Maus und dem Computerprogramm konnte sie ein Foto des gleichen staubfreien Kreises zwischen hellgelben Linealen hervorbringen und so die Größe messen. Dann öffnete sie das Foto von der Unterseite der Wawa-Tasse, das Hummel und sie am Morgen als Beweismittel aufgenommen hatten. Josie hatte die gleichen gelben Lineale zur Größenmessung für das Bild danebengehalten. Auf dem Bildschirm platzierte sie beide Fotos nebeneinander. »Ja«, teilte sie Noah mit. »Sie stimmen überein.«

»Aber wir können Gretchen unmöglich fragen, ob es ihre Tasse ist oder nicht«, meinte Noah. »Bowen wird uns auf keinen Fall mit ihr reden lassen. Natürlich könnte Loughlin sie fragen, denke ich.«

Josie sagte: »Ich habe schon Denise Poole angerufen – meine Bekannte vom Labor der Staatspolizei.«

»Ich erinnere mich an sie«, meinte Noah. »Sie kann die Fingerabdrücke schneller bekommen?«

Josie nickte. »Also, sie hat gesagt, dass es schwierig sein

könnte, Abdrücke von einer gewölbten Oberfläche zu nehmen, aber sie gibt ihr Bestes. Ich habe Hummel damit zu ihr geschickt.«

Noahs Augen wurden groß.

»Ist das dein Ernst? Das sind vier Stunden Fahrt. Chitwood wird ausrasten, wenn er das rausfindet.«

Josie lächelte. »Aber Lieutenant Fraley. Der Becher wurde am Tatort eines Doppelmords gefunden, von dem die Presse jetzt berichtet. Tatsächlich war Chitwood gestern Abend im Fernsehen und hat der Öffentlichkeit versichert, dass wir alles Mögliche tun, um den Mörder zu finden.«

Noah erwiderte ihr Lächeln. »Gutes Argument. Also, mal angenommen, wir finden Gretchens Fingerabdrücke auf dem Wawa-Becher. Was dann?«

»Dann wissen wir, dass am Tag von Omars Mord jemand anderes in ihrem Haus war.«

Noah schüttelte langsam den Kopf. »Nein, wir wissen es nicht. Alles, was wir von Gretchens Abdrücken auf der Tasse schließen könnten, wäre, dass sie am Tatort der Wilkins war.«

Josies Herz überschlug sich. Gretchen war in der Nacht der Wilkins-Morde verschwunden gewesen. Trotzdem konnte Josie nicht für eine Sekunde glauben, dass Gretchen dort gewesen war. »Na ja, wir wissen, dass Gretchen kein Sperma an Margie Wilkins' Körper zurückgelassen hat«, gab Josie bissig zurück. »Ich denke nicht, dass wir von ihrer Tasse am Tatort darauf schließen können.«

Ehe Noah antworten konnte, dröhnte Chief Chitwoods Stimme von der Türschwelle seines Büros, wo er stand, zu ihnen durchs Zimmer.

»Sie beide! Loughlin ist da. Sie hat Gretchens Geständnis. Bewegen Sie Ihre Hintern runter ins Besprechungszimmer.«

37

Gretchen hatte Detective Heather Loughlin ein handschriftliches Geständnis gegeben. Es war kurz und ein einziges Gekritzel. Josie kannte Gretchens Handschrift – sie war für gewöhnlich ordentlich und sauber. Josie konnte praktisch spüren, welche Anspannung und Verzweiflung hinter den hastig geschriebenen Worten stecken musste. Noah und sie lasen es sich durch, während Loughlin an ihrem Kaffee nippte und Chitwood am Tischende auf und ab ging. Als sie damit fertig waren, reichten sie es Chitwood, der kaum einen Blick darauf warf.

Josie fragte Loughlin: »Glauben Sie ihr?«

Loughlin zuckte mit den Schultern. »Was ich glaube, ist hier unwichtig. Sie hat gestanden. Sie konnte alle Fragen beantworten.«

Chitwood warf die Seiten auf den Tisch und Noah nahm sie noch einmal zu sich. »Sie sagt, sie hätte Omar vor einigen Jahren in Philadelphia kennengelernt. Das ist ziemlich vage.«

»Vor einigen Jahren war Omar noch nicht einmal in Philadelphia«, bemerkte Josie. »Er hat in Idaho gewohnt und seinen Bachelor in Indiana gemacht. Er hat erst an der Drexel University angefangen, als Gretchen schon aus Philadelphia weggezogen war, um hier zu arbeiten.«

»Ja, und?«, fragte Chitwood. »Sie hatte Freunde in Philadelphia. Vielleicht hat sie ihn kennengelernt, als sie zu Besuch war. Vielleicht hat sie die zeitlichen Abläufe durcheinandergebracht und ihn letzten Sommer gesehen.«

Josie war sich ziemlich sicher, dass Gretchen seit ihrem Umzug nach Denton nicht mehr in Philadelphia gewesen war. Allerdings hatte sie keine Möglichkeit, es zu beweisen, deshalb blieb sie still. Stattdessen fragte sie Loughlin: »Wo haben sie sich laut Gretchen kennengelernt?«

»Beim Joggen am Schuylkill River – er war joggen, nicht sie. Sie sagt, er habe sie umgerannt und sie sei gestürzt. Sie habe sich dabei den Kopf angestoßen. Er habe ihr geholfen, aufzustehen, eine Bank zu finden und sich hinzusetzen. Sie hätten miteinander geredet, und als er herausfand, dass sie Polizistin war, habe er ihr alle möglichen Fragen rund um den Beruf gestellt. Sie habe Kopfschmerzen gehabt und ihr sei nicht nach Reden gewesen, deshalb habe sie ihm ihre Nummer gegeben und gesagt, dass er sie jederzeit anrufen könne, wenn er Fragen über die Polizeiarbeit hätte.«

»Das ist ziemlich dürftig«, meinte Josie.

Loughlin zuckte mit den Schultern. »Ich habe keinen Grund, ihr nicht zu glauben, auch, wenn ihre Geschichte über sein Interesse an ihrem Beruf das zu sein scheint – eine Geschichte. Ich weiß nicht, ob sie die Wahrheit darüber sagt, wie sie sich kennengelernt haben. Aber sie sagt, dass er sie hier aufgespürt hat und sie sich von ihm bedroht gefühlt hat. Besonders weil er den Fahrtweg von zwei Stunden bis zu ihrem Zuhause in Kauf genommen hatte.«

»Worum ging es in der Auseinandersetzung?«, fragte Noah. »Hier steht nur, dass sie ihn mehrmals gebeten hätte, zu fahren, er sich aber geweigert hätte und aggressiv geworden sei.«

Josie schaute ihm über die Schulte auf das Geständnis. Es war so vage und offen gehalten, wie es nur ging.

»Sie sagt, dass er aus irgendeinem Grund von ihr besessen war. Sie wüsste nicht, warum, und hat gesagt, sie glaube nicht, dass es etwas Sexuelles gewesen sei. Aber dass es sich sehr aufdringlich und bedrohlich für sie angefühlt habe, als er ohne Einladung vor ihrem Haus aufgetaucht sei. Sie sagt, er habe sie vorher zwei Wochen lang übers Handy belästigt.«

Josie erinnerte sich, dass in Gretchens Handyprotokollen nur zwei Anrufe von Omars Nummer an ihre standen. Das konnte man keine Belästigung nennen.

»Wenn sie fand, dass er sie belästigt«, fragte Josie, »warum hat sie es dann nicht gemeldet?«

»Wie schon gesagt«, antwortete Loughlin, »ich glaube nicht, dass sie die Wahrheit über ihre Verbindung gesagt hat. Ich denke, was auch immer passiert ist – es war ihr peinlich, und sie hat gedacht, sie könne alles allein klären. Als es dann völlig schiefgelaufen ist, ist sie geflohen.«

»Sie denken, dass die beiden eine sexuelle Beziehung hatten?«, fragte Noah, und sein skeptischer Ton verriet Josie, dass es ihm genau wie ihr schwerfiel, sich Gretchen mit einem Studenten Anfang zwanzig zusammen vorzustellen.

Loughlin zuckte mit der Schulter. »Es sind schon seltsamere Dinge passiert.«

Noah zeigte auf die zweite Seite des Geständnisses. »Sie hat das MDT deaktiviert und es, zusammen mit Omars und ihrem eigenen Handy, in den Fluss geworfen. Dann ist sie für ein paar Tage ›herumgefahren‹, bis sie sich dazu entschieden hat, sich zu stellen. Sie wollte nicht sagen, wo sie hingefahren ist?«

Loughlin schüttelte den Kopf. »Sie war auf einmal ganz aufgewühlt, als ich da nachgehakt habe.«

»Warum hat sie in dem Block hinter ihrem Haus geparkt, bevor sie sich mit Omar getroffen hat?«, fragte Josie. »Hat sie

Ihnen das erzählt? Und was ist mit dem Foto des kleinen Jungen?«, fragte Josie. »Hat sie Ihnen erzählt, wer er war und warum sie es an Omars Kragen gesteckt hat?« Sie riss Noah die Seiten aus der Hand und blätterte sie durch. »Sie hat das Foto des Jungen überhaupt nicht erwähnt.«

»Ich habe sie danach gefragt«, sagte Loughlin. »Nach beiden Punkten übrigens. Sie hat gesagt, dass sie in dem Block auf der Rückseite ihres Hauses geparkt habe und von hinten aufs Grundstück geschlichen sei, weil sie Angst hatte, dass Omar gefährlich sein könnte. Sie wollte die Situation erst abschätzen, bevor sie sich zu erkennen gab.«

»Und das Foto?«, fragte Josie.

»Sie hat gesagt, sie habe es in der Nähe von Omar auf dem Boden gefunden, nachdem sie ihn erschossen hatte. Sie habe angenommen, dass es ihm gehört habe und aus der Tasche gefallen sei, deshalb habe sie es an seinem T-Shirt befestigt.«

»Woher hatte sie die Sicherheitsnadel?«, fragte Josie.

»Aus dem Nähkästchen ihrer Großmutter, hat sie erzählt«, antwortete Loughlin.

»Sie wollen mir sagen, dass sie sich an den jungen Mann angeschlichen hat, dass sie über etwas gestritten haben, sie sich ›bedroht‹ gefühlt hat, ihn deshalb in den Rücken geschossen hat, als er gegangen ist. Und dass sie dann wieder zurück in ihr Haus gelaufen ist, um eine Sicherheitsnadel herauszukramen, damit sie das Foto am T-Shirt befestigen konnte, das laut ihr aus seiner Tasche gefallen war?«

Loughlin runzelte die Stirn. »Ja, das klingt dürftig. Aber warum sollte sie gestehen, den Burschen getötet zu haben, wenn das nicht stimmt?«

Das hatte Josie noch nicht herausgefunden. Ohne großartig darüber nachzudenken, hatte sich Gretchen zu kaltblütigem Mord bekannt. Aber weshalb nur?

Chitwood sagte: »Sie hat den Jungen erschossen. Vielleicht sagt sie nicht die Wahrheit, warum oder woher sie sich gekannt haben, aber sie hatte vorher Kontakt zu Omar. Sie waren beide bei ihrem Haus, als der Schuss abgegeben wurde. Die Kugel, die sie aus seinem Rücken geholt haben, ist vom gleichen Kaliber wie Gretchens Dienstwaffe. Außerdem hat sie gestanden. Lassen Sie es gut sein. Die Wilkins-Morde müssen aufgeklärt werden.«

Er schritt aus dem Zimmer. Die drei Detectives gingen langsam in den Flur.

»Heather«, sagte Josie. »Was ist mit Gretchens Jacke? Haben Sie gefragt, wo ihre Jacke ist?«

Heather nickte. »Sie hat gesagt, dass sie die verloren hat.«

Es war absolut unmöglich, dass Gretchen ihre Jacke verloren hatte. Josie war es aber leid, dass sie die einzige von ihnen war, die sich für Gretchens Unschuld einsetzte. Sie brauchte Beweise dafür, dass jemand anderes am Tag von Omars Mord dort gewesen war – dass viel mehr vor sich ging.

Josie und Noah verabschiedeten sich von Loughlin und gingen zurück an ihre Schreibtische. Josie nahm den Hörer ihres Bürotelefons in die Hand.

»Wen rufst du an?«, erkundigte sich Noah.

»Den einzigen Menschen außer Gretchen, der irgendeine Ahnung von Omars wirklicher Absicht am Tag seiner Ermordung haben könnte, Ethan Robinson.«

»Der Mitbewohner? Er wird vermisst.«

»Ja, aber sein Vater nicht.«

38

Doug Robinson ging nach dem vierten Klingeln ans Telefon. Er klang wie in Eile und etwas nervös, als sich Josie noch einmal vorstellte und ihn fragte, ob er schon von seinem Sohn gehört habe. »Äh, nein«, antwortete er. »Ich habe die Polizei in Philadelphia veranlasst, nach ihm zu suchen. Ich habe ihnen gesagt, dass ich sie sofort anrufe, wenn er auftaucht, aber ich weiß, dass er nicht zu meinem Haus kommen wird.«

»Woran liegt das, Mr. Robinson?«, fragte Josie und nutzte so die Möglichkeit, eine der Fragen zu stellen, die ihr schon seit ihrem ersten Gespräch auf der Zunge gebrannt hatten.

»Was meinen Sie?«

»Als wir das letzte Mal miteinander sprachen, wirkte es so, als ob zwischen Ihnen beiden nicht alles gut wäre.«

Er seufzte lang. »Ich glaube, ich habe Ihnen erzählt, dass seine Mutter gestorben ist, als er auf der Highschool war.«

»Ja, ich erinnere mich«, sagte Josie.

»Also, sie standen sich sehr nahe. Nach ihrem Tod hat er herausgefunden, dass ...«

Er brach den Satz ab und Josie hörte ihn für einen langen

Augenblick nur atmen. Es klang für sie nicht nach Kummer oder Traurigkeit, sondern Enttäuschung.

»Mr. Robinson?«, erkundigte sie sich.

»Ich liebe meinen Sohn, verstehen Sie?«

»Natürlich.«

»Aber nach dem Tod meiner Frau hat er herausgefunden, dass wir ihn adoptiert hatten. Als er ein Baby war. Meine Frau hatte es ihm nie erzählen wollen. Zumindest nicht, als er noch ein Kind war. Ich dachte, wenn er erst mal alt genug wäre, zu verstehen, was Adoption bedeutet, sollten wir es ihm sagen. Wissen Sie, er war ein wirklich neugieriges Kind. Wirklich klug. Hat immer viele Fragen gestellt.

War immer in der Bibliothek und hat Bücher gelesen, die was für viel Ältere waren. Wissen Sie, wir haben ihn erwischt, wie er mit zwölf Jahren Bücher über Serienkiller gelesen hat. Meine Frau ist an die Decke gegangen!«

»Das kann ich mir vorstellen«, sagte Josie, um das Gespräch am Laufen zu halten.

»Na ja, nachdem sie gestorben ist, mussten wir viele Sachen durchgehen. Papierkram und so. Er hat herumspioniert und ein paar Dokumente gefunden. Er hat mich zur Rede gestellt. Ich habe ihm die Wahrheit gesagt.«

»Er war wütend, weil Ihre Frau und Sie es ihm nicht erzählt hatten?«, vermutete Josie.

»Ja. Echt wütend. Ich habe versucht, ihm zu erklären, dass seine Mutter es ihm hatte verschweigen wollen, aber das hat alles nur schlimmer gemacht. Er hat gesagt, ich würde versuchen, sie schlechtzumachen, weil sie sich selbst nicht mehr verteidigen konnte.«

Josie konnte nachvollziehen, weshalb Ethan das gedacht hatte, aber sie sagte nichts. »Also ist das der Grund für die Spannung zwischen Ihnen beiden?«

»Es war seitdem nicht mehr das Gleiche. Um ehrlich zu sein, Detective, höre ich von Ethan nur, wenn er Geld braucht.

Ich rufe ihn einmal die Woche an, aber er geht nie ran oder ruft mich zurück. Selbst, wenn er mal hier ist – das ist nicht sehr oft –, spricht er nur mit mir, wenn es unbedingt sein muss. Die meiste Zeit ist er auch gar nicht zu Hause. Als er einmal James mitgebracht hat, dachte ich, wir würden Fortschritte machen – James ist, ich meine, er war, ein guter Junge –, aber als sie wieder zurück in Philadelphia waren, hat Ethan mich wieder ignoriert. Ich habe über Jahre versucht, alles wieder gutzuma-chen, aber er ist so sauer. Ich komme nicht zu ihm durch.«

»Haben Sie alle Ihre Verwandten kontaktiert, um herauszu-finden, ob sonst irgendwer von ihm gehört hat? Die Familie Ihrer Frau?«, erkundigte sich Josie.

»Ja«, antwortete Doug. »Die Polizei von Philadelphia hat mich das gleich gefragt. Niemand hat von ihm gehört.«

Josie kam ein Gedanke. »Wissen Sie, ob er jemals nach seiner leiblichen Familie gesucht hat?«

»Nein, nicht dass ich wüsste. Ich meine, er war wütend, aber ich denke, es hätte sich für ihn wie ein Verrat an seiner Mom angefühlt, verstehen Sie? Adoption hin oder her: Sie war seine Mutter. Sie hat ihn großgezogen. Sie hat ihn geliebt.«

Dann bestand keine Chance, dass sich Ethan Robinson irgendwo bei seiner biologischen Familie versteckte. Josie sagte: »Das mit Ihrer Frau tut mir sehr leid, Mr. Robinson. Vielen Dank für das Gespräch heute. Wenn Sie irgendwas hören soll-ten, rufen Sie bitte auf der Stelle bei der Polizei von Philadel-phia an. Ich würde es sehr schätzen, wenn Sie mir dann gleich Bescheid geben könnten.«

»Natürlich«, stimmt er ihr zu. »Ach, haben Sie schon den Mörder von James gefunden?«

Josie zögerte. Sie schaute über die Schreibtische hinweg zu Noah, der in etwas an seinem Computer vertieft war. »Wir arbeiten noch daran«, gab sie zurück.

Sie gingen eine Kleinigkeit essen und als sie zurück an ihren Schreibtischen waren, lagen dort Omars Handydaten von den letzten zwei Wochen vor seiner Ermordung und auch eine Liste von Margie Wilkins' engsten Freunden und Kollegen, die ihnen Robyn Wilkins geschickt hatte. Josie rief Wilkins' Freunde nacheinander an, während Noah die Liste der ein- und ausgehenden Telefonnummern auf Omars Anrufprotokoll durchging und den Besitzer jeder Nummer aufspürte. Eine Stunde später beendete Josie ihr letztes Gespräch.

»Margie Wilkins hatte keinen Stalker«, berichtete Josie Noah. »Zumindest kennen ihre Freunde niemanden, der ihr Ärger gemacht hat. Wir stecken in einer Sackgasse.«

»Da ist immer noch die DNA«, erwähnte Noah. »Wir haben die DNA des Mörders.«

»Ja, und bis wir die Ergebnisse vom Labor bekommen, bin ich schon im Ruhestand. Du gehst davon aus, dass sie mit jemandem aus dem System übereinstimmen. Wir brauchen aber immer noch Hinweise, denen wir nachgehen können, und ich habe keine.«

Er winkte sie zu seinem Schreibtisch. »Dann mach erst mal eine Pause. Komm und schau dir an, was ich hier habe.«

Josie rollte den Stuhl zu Noah, damit sie sich neben ihn setzen konnte. Vor ihm lag eine Liste von Spur Mobile mit Telefonnummern, die er handschriftlich ergänzt hatte. Daneben befand sich ein Stapel Seiten mit den Namen und anderen Informationen zur Identifizierung verschiedener Personen, den er ausgedruckt hatte. In der Kopfzeile der obersten Seite standen Ethan Robinsons Name und Handynummer.

Noah zeigte auf die Nummer, die Josie als Ethans erkannte und die er mehrere Dutzend Mal mit pinkem Textmarker hervorgehoben hatte.

»Das sind alles ein- und ausgehende Nachrichten und Telefongespräche zwischen Omar und Ethan Robinson.«

Josie nahm ein Paar Seiten an sich und blätterte sie durch. »Du konntest nicht an den Inhalt der Textnachrichten kommen?«

»Du kennst Spur Mobile. Sie stellen dir einige Hürden in den Weg, wenn du das Handy nicht vorliegen hast und an so etwas herankommen möchtest«, antwortete Noah. »Ich warte aber auf den Inhalt. Es wird bloß länger dauern.«

Josie wusste, dass das stimmte. Je nach Mobilfunkanbieter unterschied sich die Bereitschaft zur Kooperation mit den Strafverfolgungsbehörden. Spur Mobile war der am wenigsten entgegenkommende Anbieter und der mit den meisten bürokratischen Hindernissen. Sie würden zwar an den Inhalt der Textnachrichten gelangen können, aber es würde seine Zeit dauern.

»Was hast du sonst noch rausgefunden?«, fragte Josie.

Noah ging die Nummern durch. Manche stammten von Omars engster Familie – Mutter, Vater und Schwester. Dr. Larsons war auch dabei. Andere Nummern gehörten zu Restaurants, bei denen er sich offenbar Essen bestellt hatte. Mehrere waren von anderen Studenten der Drexel University und Noah hatte es geschafft, die meisten ihrer Facebook-Accounts zu finden. Er reichte ihr die ausgedruckten Profilseiten jeder Person und Josie ging sie schnell durch. Dann waren da noch die Gespräche mit Gretchen.

»Dann hat er einmal noch bei einem freiwilligen Sanitätsdienst in Norristown angerufen – das liegt außerhalb von Philadelphia.«

Josie runzelte die Stirn. »Seltsam.« Sie fuhr mit dem Finger über die Seite, bis sie das Datum gefunden hatte. »Omar hat da zwei Wochen vor seiner Ermordung angerufen. Es war ein einmaliges Gespräch.«

»Eine falsche Nummer?«, fragte Noah.

»Wahrscheinlich«, sagte Josie. »Was ist das hier?«

In den Daten der zwei Wochen, die ihnen vorlagen, sah man drei Anrufe an die gleiche Nummer, und einer davon stammte vom Morgen von Omars Ermordung.

»Das ist ein Volltreffer«, meinte Noah.

»Hast du versucht, da anzurufen?«

»Natürlich. Es wird nicht mehr benutzt. War Prepaid. Wer auch immer es benutzt hat, hat nicht weiter dafür bezahlt.«

»Könnten wir versuchen, sein Signal zu triangulieren? Herausfinden, wo es als letztes war?«

Noah nickte. »Wahrscheinlich. Ich werde eine Befugnis aufsetzen.«

»Was ist mit diesem Anruf an Ethan Robinson? War das, nachdem Omar umgebracht worden ist?«

Noah sah auf die Zeit und überprüfte dann sein Notizbuch. »Entweder ist er nach dem Mord oder kurz vorher erfolgt. Wir können nichts Genaueres sagen, als dass Omar irgendwann in der Stunde zwischen Gretchens Verschwinden von hier und der Entdeckung durch die Streife getötet wurde.«

»Aber dieser Anruf ist in diesem Zeitraum abgegangen, in dem Gretchen weggefahren ist und als die Streife Omar in ihrer Einfahrt aufgefunden hat.«

»Ja, aber näher an dem Zeitpunkt, als die Streife vorgefahren ist. Ich würde vermuten, dass es nicht Omar war, der angerufen hat.«

Josies Bürotelefon klingelte. Sie rollte ihren Stuhl wieder zurück und meldete sich. »Detective Quinn.«

»Hallo, Jack Starkey hier. Sie haben angerufen.«

40

Josies Herz raste einen Augenblick lang. Würde sie endlich, statt nur noch weiteren Fragen, ein paar Antworten bekommen?

»Hallo, Agent Starkey«, sagte sie. »Danke, dass Sie zurückrufen.«

»Nun, jemand aus meinem Team in Seattle hat mich angerufen. Hat gesagt, dass Sie ziemlich niedergeschlagen klangen.«

»Niedergeschlagen« war nicht gerade, wie Josie sich selbst beschreiben würde, aber sie sah davon ab. »Also, es ist wichtig«, versicherte sie ihm. »Ich rufe wegen Gretchen Palmer an.«

»Lowther«, korrigierte er sie.

»Wie bitte?«

»Ich habe sie unter Lowther, nicht Palmer, kennengelernt.«

Josie brauchte einen Augenblick, um zu verarbeiten, was er ihr gerade sagte. Sie wusste, dass Gretchens Familienname Palmer war, weil ihre Großeltern Agnes und Fred Palmer geheißen hatten. Sie zog ihr Notizbuch zu sich herüber und blätterte durch die Seiten, um die Kontaktliste zu finden, die Caroline Webers Mutter von Gretchens Familie mütterlicherseits angefertigt hatte. Lowther war nicht der Familienname ihrer Mutter. Was nur eines bedeuten konnte.

»Einen Moment, bitte« sagte Josie. »Gretchen war *verheiratet*?«

Starkey lachte. »Ja. Sie war noch sehr jung. Sie war mit meinem Kumpel Billy verheiratet. William Benjamin Lowther. Sie muss ihren Namen geändert haben, als sie zurück an die Ostküste gezogen ist.«

Josie begann, sich Notizen auf einer freien Seite ihres Notizbuchs zu machen. Noah schaute zu ihr herüber und sein Gesicht verriet eine Mischung aus Neugierde und Unglauben.

»Beide haben dann in Seattle gelebt?«

»Nun ja, Billy war Agent.«

»Beim ATF?« erkundigte sich Josie und fühlte sich, als ob sie nicht ganz folgen könnte. Starkey musste denken, sie wäre eine Vollidiotin.

»Ja. Noch dazu ein verdammt guter.«

Josie war nicht entgangen, dass er die Vergangenheit benutzte, um Billy Lowther zu beschreiben, aber sie legte ihre Frage darüber erst einmal beiseite. »Wie lange waren sie verheiratet?«

Starkey atmete leicht hörbar aus, als ob er nachrechnen würde. Dann sagte er: »Ich weiß es nicht. Ein paar Jahre. Nicht lang.«

»Sie haben gesagt, dass Gretchen noch sehr jung war. Wie alt war sie, als sie ihn kennengelernt hat?«, fragte Josie.

»Achtzehn«, sagte Starkey und lachte. »Glauben Sie mir, wir haben es überprüft. Billy war gerade wegen einer Schulung an der Ostküste, als sie sich kennengelernt haben. Er hat sie mit nach Seattle gebracht und gesagt, dass er sie heiraten würde. Da hatten sie sich gerade mal zwei Wochen lang gekannt. Sie hat nicht einen Tag älter als sechzehn ausgesehen. Wir wollten auf Nummer sicher gehen, damit er sich selbst nicht in Schwierig- keiten brachte.«

Josie fragte sich, weshalb ihr Caroline Weber nicht von Gretchens Ehe erzählt hatte. War es möglich, dass Gretchen niemandem davon berichtet hatte? Vielleicht hatte sie darüber geschwiegen, weil es nicht so lang gehalten hatte, oder Caroline war der Fakt nicht relevant erschienen, weil die Beziehung so lange zurücklag.

Starkey fuhr fort und riss Josie aus ihren Gedanken. »Mensch, waren sie verliebt. So richtig. Billy war über zwölf Jahre älter als sie, aber das hat ihnen beiden nichts ausgemacht. Sie sind zum Rathaus gegangen und haben sich das Jawort gegeben. Ein paar Sekretärinnen von da waren ihre Trauzeugen.«

Josie versuchte, sich Gretchen als junge Frau vorzustellen, die wahnsinnig schwer in einen Mann verliebt war, den sie nur ein paar Wochen lang gekannt hatte, und die in einem städtischen Gebäude ohne weitere Gäste heiratete, nur mit ihrem neuen Ehemann und ein paar unbekannten Gesichtern. Der letzte Teil klang zwar nach Gretchen, aber Josie konnte sich ihre Kollegin nur schwer als ganz jung und heftig verliebt vorstellen.

»Die Ehe hat nicht gehalten?«, bohrte Josie nach.

Starkeys Stimme klang auf einmal schwermütig. »Billy ist gestorben.«

»Das tut mir leid«, sagte Josie. »Was ist pass...«

Starkey unterbrach sie. »Also, was ist mit Gretchen los? Ich weiß, dass sie mich als Referenz angegeben hat, aber weil Ihre Nachricht so dringend geklungen hat, nehme ich an, dass sie irgendwie in Schwierigkeiten steckt.«

Sie können es sich gar nicht ausmalen, dachte Josie. Sie fasste die bloßen Fakten kurz zusammen: Omar war erschossen im hinteren Teil von Gretchens Einfahrt aufgefunden worden und Gretchen war geflohen. Sie erwähnte noch nicht, dass Gretchen wieder aufgetaucht war und ein Mordgeständnis abgelegt hatte. Sie wollte zuerst erfahren, was er wusste.

»Es gibt keine Verbindung zwischen Gretchen und dem jungen Mann?«, fragte Starkey.

»Keine, außer dass Gretchen in Philadelphia gewohnt hat und Omar aus Philadelphia war«, erklärte Josie. »Ich bin nach Philadelphia gefahren und habe mich da mit Gretchens altem Arbeitspartner, Steve Boyd, getroffen. Wir haben uns über einen speziellen Fall unterhalten, an dem Gretchen ein paar Jahre vor ihrem Umzug nach Denton gearbeitet hat. Ein paar Dirty Aces hatten zwei Mitglieder der Devil's Blade getötet, die gerade auf Besuch von der Westküste waren. Linc Shore und Seth Cole. Anscheinend hat sich Gretchen den Fall sehr zu Herzen genommen, sich verdammt reingehängt, damit diese Aces lebenslang bekommen würden. Ich habe als erstes gedacht, die Aces hätten Gretchen vielleicht ins Visier genommen, weil sie ihre Leute weggesperrt hat, aber ich kann keine Anzeichen dafür finden. Ich kann auch keine Verbindung zwischen Omar und einer der beiden Gangs entdecken.«

Starkey fragte: »Haben Sie gesagt, dass Gretchen diejenige war, die am Fall von Linc Shore gearbeitet hat?«

»Ja, das hat mir ihr Arbeitspartner erzählt.«

»Gretchen Palmer?«, hakte er skeptisch nach.

»Ja«, antwortete Josie. »Sie haben das mit Linc Shore nicht gewusst?«

»Nun ja, ich wusste, dass er an der Ostküste getötet wurde. Wir haben viel mit gesetzlosen Motorradgangs in Seattle zu tun. Er war der Präsident des Ortsclubs. So etwas passiert nicht, ohne dass wir Wind davon bekommen. Aber ich habe die Sache dann nicht weiter verfolgt. Wir wussten nur, dass ihn die Aces ausgeschaltet hatten. Das ist alles.«

»Also hat Gretchen nie mit Ihnen über den Fall gesprochen? Um an Infos über die Devil's-Blade-Gang zu kommen oder mehr über Linc Shore oder Seth Cole herauszufinden?«

Starkey brach in Gelächter aus. Er lachte so heftig, dass er husten musste. Josie hielt das Telefon weiter weg von ihrem

Ohr und tauschte einen verwirrten Blick mit Noah aus. »Agent Starkey?«, fragte Josie und versuchte, durch seinen Lach- und Hustenanfall zu dringen.

»Gretchen Palmer würde mich nur anrufen, um an Infos über die Devil's Blade und Linc Shore zu kommen, wenn sie auf den Kopf gefallen wäre und unter Gedächtnisverlust leiden würde. Oder wenn jemand eine Lobotomie an ihr vorgenommen hätte.«

In Josie brodelte es vor Frustration, aber sie schluckte sie hinunter. »Wovon sprechen Sie?«

»Detective Quinn, Linc Shore und die Devil's Blade haben Gretchen entführt, als sie gerade mal zwanzig war. Sie haben sie über ein Jahr lang festgehalten. Niemand konnte sie finden. Wir dachten, sie wäre tot. Dann wurde sie eines Tages vor einem Gebäude der staatlichen Behörde abgeladen. Zusammengeschlagen, aufgeschlitzt und mit Drogen vollgepumpt.«

41

Ihr wurde eiskalt und eine vollkommene Stille legte sich über sie. »Es tut mir leid«, sagte Josie ins Telefon, nachdem sie sich geräuspert hatte. »Wie bitte?«

Starkey sagte: »Sie hat Ihnen nicht davon erzählt? Nun, ich nehme an, dass sie es nicht hat. Sie wollte nicht gern darüber reden, nachdem sie sich erholt hatte. Eigentlich hat sie niemandem irgendetwas erzählt.«

Das kam ihr bekannt vor. »Woher wissen Sie, dass sie von den Devil's Blade entführt wurde?«, hakte Josie nach.

»Sie haben sie wegen Billy geholt. Sie hatten rausgefunden, dass er verdeckter Ermittler gewesen war. Gretchen wurde kurz nach seinem Tod entführt. Wir hatten ein paar Informanten, die in den Kreisen der Devil's Blade unterwegs waren. Wir haben ziemlich viel Überzeugungsarbeit geleistet, damit sie versuchten, rauszufinden, wo sie versteckt gehalten wurde. Niemand hat sie gesehen, aber sie wussten, dass Linc sie festhielt.«

Josie konnte sich noch nicht einmal vorstellen, was Gretchen während dieses Jahres zugestoßen sein musste. Es war interessant, dass Gretchen nach der Tortur durch ihre Mutter, die die Ärzte davon überzeugt hatte, unnötige medizinische Eingriffe an ihr vorzunehmen, immer noch offen für die Liebe gewesen war – sich in einen älteren Ermittler der ATF verliebt hatte und ihm durch das ganze Land gefolgt war. Soweit Josie aber wusste, hatte Gretchen nach dem Tod ihres Mannes, den Qualen durch die Devil's Blade und ihrer Rückkehr nach Pennsylvania keine dauerhaften Beziehungen gehabt. Ihr Partner bei der Mordkommission in Philadelphia hatte noch nicht einmal ihre sexuelle Orientierung gekannt – weil sie keine Beziehungen geführt hatte. War das Jahr in Gewalt der Devil's-Blade-Gang die Ursache für Gretchens Verschlossenheit? Hatte sie ihre eigenen Fenster mit einem Einbruchschutz versehen, weil sie die Mitglieder der Devil's Blade gefürchtet hatte?

Aber wenn das stimmte, weshalb hatte sie sich dann den Mord an Linc Shore so zu Herzen genommen? Weshalb hatte sie ihr Bestes gegeben, damit Shore und Cole Gerechtigkeit widerfuhr? Hatte sie sich auf irgendeine Weise durch die Gang bedroht gefühlt? Sicherlich hätten die Devil's Blade aber selbst eine Art Gerechtigkeit herstellen können, die Gretchens Möglichkeiten über das Rechtssystem übertroffen hätte. Es ergab alles keinen Sinn.

»Was hat Gretchen gesagt, nachdem sie freigelassen worden ist?«, fragte Josie.

»Nichts. Kein einziges Wort. Sie wollte nicht darüber reden. Ich habe ihr versichert, dass wir sie beschützen würden, aber sie hat immer wieder gesagt: ›Niemand kann mich beschützen.‹ Sie hat einige Zeit im Krankenhaus verbracht und sich nach ihrer Entlassung dazu entschieden, zurück an die Ostküste zu ziehen. Ich habe ihr immer wieder gesagt, dass sie mich anrufen soll, wenn ich irgendwas für sie tun könnte. Sie hat mich, ich denke fünf oder sechs Jahre danach, angerufen und mir erzählt, dass sie in den Polizeidienst gehen wollte. Sie hat mich gefragt, ob sie meinen Namen erwähnen dürfte, wenn es für sie nützlich wäre, und natürlich war das für mich in

Ordnung.« Er lachte. »Hätte nie im Leben gedacht, dass das kleine Mädchen Polizistin werden würde, aber anscheinend ist sie das.«

»Sie macht ihre Arbeit ausgezeichnet«, sagte Josie. »Ist eine großartige Ermittlerin.«

»Das denke ich doch, wenn sie ihre eigenen Gefühle beiseite schieben und Linc Shores Mörder in den Knast bringen konnte. Das ist schon harter Tobak.«

»Haben Sie eine Ahnung, warum sie den Fall übernommen haben könnte?«, fragte Josie. »Ich versuche nur, es zu verstehen. Sie hätte ihn einfach jemand anderem überlassen können.«

»Weiß nicht. Also, was sie ihr angetan haben, war fürchterlich. Ein ganzes Jahr. Ich weiß nicht, wie sie es durchgestanden hat. Besonders, nachdem ...«

Er brach ab. Josie wartete darauf, dass er weitersprach, aber es blieb still in der Leitung.

»Nach was?«, fragte Josie auffordernd.

Starkey zögerte einen Augenblick. Dann sagte er: »Billy wurde ermordet.«

»Das habe ich mir gedacht«, erwiderte Josie. »Sie haben erzählt, die Devil's Blade hätten herausgefunden, dass er ein verdeckter Ermittler des ATF war. Ich nehme an, dass sie nicht sehr erfreut darüber waren, das zu erfahren.«

»Sie sind erst nach seinem Tod dahintergekommen.«

»Also ist er nicht von den Devil's Blade umgebracht worden?«

»Nein, nicht von ihnen.«

»Oh. Was ist dann passiert?«

»Detective«, entgegnete Starkey, »es gibt Dinge, über die ich lieber persönlich mit Ihnen sprechen würde, wenn es Ihnen nichts ausmacht.«

»Ich glaube nicht, dass mir mein Chef einen Flug nach Seattle bezahlen würde, Agent Starkey. Es ist ziemlich dringend. Wenn Sie mir irgendwas über Gretchens Vergangenheit erzählen können, dann besser früher als später.«

»Nun ja, Detective. Ich bin gerade nicht in Seattle. Ich bin in New York City. Wenn Sie zu mir kommen können, erzähle ich Ihnen gern alles, was ich weiß. Aber ich kann das nicht am Telefon tun.«

42

SEATTLE, WASHINGTON

JANUAR 1995

Im Raum roch es nach Schweiß und alten Zigaretten. Die gelbe Farbe blätterte von den Wänden. Eine einzige Glühbirne hing an einem geknickten Draht an der Mitte der Decke. Eine schmutzige Matratze bedeckte die Hälfte des Parkettbodens. Obwohl sie erschöpft war, konnte sich Gretchen nicht dazu überwinden, sich darauf zu legen. Sie wollte noch nicht einmal daran denken, wonach sie aus der Nähe roch. Die einzige Alternative war ein abgewetzter Holzstuhl. Ein paar vereinzelte getrocknete rostfarbene Flecken bedeckten die Holzlatten der Rückenlehne. Sie versuchte, nicht darüber nachzudenken, was – oder wer – sie dort hinterlassen hatte. Als sie sich darauf niederließ, bemerkte sie unweigerlich, dass die Armlehnen dort, wo ihre Handgelenke ruhten, abgenutzt waren. Fröstelnd legte sie die Hände in den Schoß.

Es bestand keine Möglichkeit, herauszubekommen, wie lange sie schon dort war. Keine Uhr schmückte die hässliche

Wand. Das einzige Fenster war mit einem Brett vernagelt. Kein Tageslicht konnte hineingelangen. Als Linc zu ihr kam, war sie mit dem Kinn auf der Brust eingeschlafen. Er rüttelte sie an den Schultern, damit sie wach wurde, und sie blinzelte ihn schläfrig an.

»Hey«, sagte er und beugte sich zu ihrem Gesicht hinunter.

Aus der Nähe roch er nach dem Wetter draußen, so, als ob er eine frische Brise mitgebracht hätte. Darunter lag der leichte Geruch von Motorenöl und etwas Erdigem, das Gretchen nicht genau einordnen konnte. Seine Jeans war zerschlissen und schlammig. Das Devil's-Blade-Messer hing an seiner linken Hüfte. Ein Bandana bedeckte seine struppigen schwarzen Haare.

Sie brauchte ihm gar nicht auf den Kopf schauen, um den Aufdruck des Bandanas zu kennen: ein weißer Totenkopf mit blutigen Augen, unter dem zwei Messer gekreuzt waren. Es war in den Farben der Blade gehalten: schwarz und rot. Seine abgetragene Lederjacke ließ ihn viel kräftiger wirken, als er eigentlich war.

»Ich bin wach«, sagte Gretchen.

Linc ging einen Schritt zurück und gab ihr etwas Raum. »Bereit?«

Sie nickte, obwohl sich jede Zelle ihres Körpers gegen das, was bevorstand, auflehnte. Linc musste es ihr angesehen haben. Er kniff die Augen zusammen. »Bist du dir sicher?«

»Ja«, erwiderte sie schwach. Tränen flossen ihr aus den Augenwinkeln. Sie hasste sich dafür, weinen zu müssen, aber in den letzten paar Monaten hatte sie gelernt, dass sie sehr wenig Kontrolle über ihren eigenen Körper besaß.

»Du hast die Wahl«, erinnerte sie Linc.

Ein seltsames Lachen sprudelte ihr aus dem Hals. »Keine guten Optionen«, erwiderte sie.

»Ich könnte die Dinge einfacher für dich machen.«

Sie schüttelte den Kopf. »Ich habe meine Entscheidung getroffen.«

Er seufzte und holte sein Messer aus der Hülse. Gretchens Körper erzitterte und ließ eines der ungleichen Stuhlbeine einen unregelmäßigen Takt auf den Boden klopfen.

Linc fragte: »Willst du die ganze Zeit heulen?«

Sie biss sich auf die Unterlippe und gab ihr Bestes, um die über sie hineinbrechenden Emotionen zurückzuhalten, die Flut der sie überwältigenden Tränen abzudämmen. Atme ein und wieder aus, sagte sie sich selbst. Sie hob das Kinn und sah Linc in die Augen. »Lass es uns einfach über die Bühne bringen.«

43

DENTON, PENNSYLVANIA

GEGENWART

Als Josie sich kurz Agent Starkeys Hotelinformationen notierte, kam Noah zu ihrer Schreibtischseite, stellte sich hinter sie und sah ihr über die Schulter. Er hatte während des gesamten Gesprächs mitgehört.

»Das ist doch jetzt nicht wahr«, sagte er. »Er will, dass ihr euch trefft?«

Josie seufzte. »Er will, dass ich nach New York komme. Sagt, dass er mir etwas zu erzählen hat, dass das aber nicht am Telefon geht.«

»So ein Schwachsinn«, meinte Noah. »Was kann es denn wohl sein, das nicht einfach am Telefon gesagt werden kann?«

Josie zuckte mit den Schultern. Sie öffnete den Internetbrowser an ihrem Bürocomputer und googelte nach Hotels in New York.

»Nicht dein Ernst, oder?«, bemerkte Noah.

»Ach, stimmt ja«, murmelte Josie. »Warum schaue ich nach einem Hotel, wenn meine Schwester doch in New York lebt?«

Sie nahm ihr Handy hervor und tippte eine Nachricht, bis Noahs erhitzter Blick sie innehalten ließ. Sie sah zu ihm hoch. Sein Gesichtsausdruck war starr vor Frustration und Unglauben.

»Was ist?«, fragte Josie.

»Du willst also nach New York fahren und dich mit diesem Kerl treffen. Einem völlig Fremden.«

Josie sah ihn mit hochgezogener Augenbraue an. »Lieutenant Boyd, Gretchens ehemaliger Partner bei der Mordkommission in Philly, war ein völlig Fremder. Genauso Dr. Larson, Omars Mentor. Ich habe das hingekriegt.« In ihren letzten Worten steckte Sarkasmus, aber sie konnte es nicht vermeiden. Noah hatte sie nie bevormundet oder wie ein hilfloses weibliches Geschöpf behandelt. Damit sollte er jetzt gar nicht erst anfangen.

Noahs Gesicht entspannte sich leicht. »Du weißt, dass mir klar ist, dass du auf dich aufpassen kannst. Das wollte ich nicht in Frage stellen. Ich traue diesem Typen nur einfach nicht. Es gibt keinen Grund für ein persönliches Treffen. Es gibt eigentlich nichts, das dir dieser Typ unbedingt direkt vor Ort erzählen müsste.«

Josie musste ihm zustimmen. Starkey hatte fast schon paranoid auf sie gewirkt. Entweder war er das, oder er fand einfach Gefallen daran, ihr Aufwand zu bereiten, oder vielleicht war er ein manipulativer Typ. Das konnte man nach einem einzigen Telefongespräch nicht sagen. Er war auf jeden Fall über alles andere gesprächig gewesen.

»Da hast du recht«, sagte Josie. »Ich muss aber wissen, was er weiß. Selbst wenn es sich als heiße Luft herausstellen sollte. Noah, Gretchens Leben könnte davon abhängen.«

»Wovon? Davon, dass du herausfindest, was sie mit Anfang

zwanzig in Seattle getan hat? Wie soll sie irgendeine Information vor dem Gefängnis bewahren? Josie, sie hat gestanden.«

Wie konnte sie nur einen Weg finden, mit ihrer Erklärung zu ihm durchzudringen? Sie wusste, dass Gretchen log. Sie wusste nicht, weshalb, aber dass an der Geschichte viel mehr war, als in Gretchens dürftigem Geständnis stand. Josie war nicht der Typ, der Dinge unversucht lassen konnte. Sie musste alle Informationen sammeln, die es gab. Sie würde später entscheiden können, welche nützlich waren und welche nicht. Vielleicht würde auch gar nichts von dem, was sie aufdeckte, nützlich sein, aber sie konnte nicht einfach die Akte Gretchen schließen, ohne jede letzte verfügbare Möglichkeit ausgeschöpft zu haben. Wenn auch nur die geringste Chance bestand, dass Josie Gretchen entlasten konnte, dann musste sie handeln.

»Ich werde hinfahren«, erklärte sie Noah in einem Ton, der keinen Raum für eine Diskussion ließ.

Er machte auf dem Absatz kehrt und verließ das Großraumbüro.

Josie sah nach der Zeit auf ihrem Handy. Sie würde zum Abendessen in New York sein können. Sie schickte eine schnelle Nachricht an Trinity: *Hey, weißt du noch, dass du mich gern zu Besuch in NYC haben wolltest?*

44

Josie stand orientierungslos inmitten der wimmelnden Masse an Menschen in der belebten Penn Station. Trinity hatte ihr davon abgeraten, mit dem Auto zu fahren. Josie war bisher nur einmal in New York City gewesen, und zwar als Jugendliche bei einer Klassenfahrt. Sie erinnerte sich nur vage an die überfüllten Bürgersteige und verstopften Straßen. »Wenn du mit dem Auto fährst, steckst du stundenlang im Stau«, meinte Trinity. »Fahr die zwei Stunden nach Philadelphia zur Thirtieth Street Station und steig dort in den Zug.« Josie hatte ihre Anweisungen befolgt und fand es einfach, sich in Philadelphia zurechtzufinden. Auch die Zugfahrt gestaltete sich kurz und ereignislos. Erst als sie in New York aus dem Zug stieg, wurde sie von den Menschenmassen mitgerissen und fühlte sich langsam ein wenig überfordert. Ihr verstorbener Ehemann Ray hatte zu ihrem ersten Hochzeitstag für sie beide einen Ausflug zur Disney World gebucht. Damals hatte sie gedacht, dass es dort voll wäre. Im Vergleich zu New York war Disney World aber bloß eine Geisterstadt.

Sie nahm ihr Handy kurz heraus, um Trinity zu schreiben, dass sie angekommen war. Dann zog sie ihren kleinen Koffer hinter sich her und versuchte, durch die Menschenschwärme zum Bürgersteig zu gelangen, um ein Taxi rufen zu können. Vierzig Minuten später befand sie sich schließlich auf der Fahrt zu Trinitys Wohngebäude im Herzen von Manhattan. Sie überprüfte noch einmal ihr Handy. Keine Nachricht von Noah. Das Taxi hielt abrupt vor einem weit in den Himmel ragenden versilberten Glasgebäude an. Allein beim Blick auf die Fassade wurde Josie ein wenig schwindelig. Der Fahrer war verschwunden, bevor sie auch nur ihren kleinen Koffer auf dem Boden abstellen konnte.

Trinity kam aus dem Gebäude auf sie zu und zwei automatische Türen schlossen sich hinter ihr.

»Hey, Schwesterherz«, sagte sie, drückte Josie kurz und übernahm die Kontrolle über den Koffer. Sie runzelte die Stirn. »Was ist denn mit deiner Wange passiert?«, fragte sie und zeigte auf die Schnittwunde, die Gretchen Josie zugefügt hatte.

Vorsichtig berührte Josie das Klammerpflaster. »Eine lange Geschichte, über die ich nicht gern reden möchte.«

Trinity zog eine Augenbraue hoch, ließ aber vom Thema ab. »Na gut«, sagte sie, drehte sich um und schritt auf das Gebäude zu. Josie folgte Trinity, die den Koffer in die prächtige, weiß und beige gehaltene Empfangshalle zog. Sie liefen über marmorne Fliesen und kamen an weißen Lederstühlen mit gerader Rückenlehne vorbei. Um zu den Glasfahrstühlen zu gelangen, mussten sie einen weißen halbrunden Sicherheitsschalter passieren, der von zwei kräftigen Männern in Uniform besetzt war. Trinity stellte Josie stolz vor und ihr Megawatt-Fernsehlächeln reichte ihr bis an die Ohren. Als sie in den Fahrstuhl stiegen, sprudelte es aus Trinity hervor: »Ich kann es gar nicht abwarten, dass du meine Wohnung siehst. Ich bin erst vor ein paar Monaten hier eingezogen. Mein altes Gebäude war eine Absteige im Vergleich zu dem hier.«

Josies Handy vibrierte, als der Fahrstuhl höher und höher stieg und schließlich im dreiunddreißigsten Stock anhielt. Sie schaute, ob sie einen Anruf von Noah verpasst hatte. Mit dem Handy in der Hand versuchte Josie, sich jede Kurve zu merken, die Trinity und sie nahmen, damit sie ihren Weg zurück zu den Fahrstühlen finden würde, wenn es an der Zeit für das Treffen mit Jack Starkey war. Als sie über die Türschwelle getreten war, zog der atemberaubenden Ausblick Josies Aufmerksamkeit auf sich und sie war einen Moment lang völlig gebannt. Eine ganze Wand von Trinitys Wohnung bestand nur aus Fenstern, was einen weiten Ausblick über die Stadt ermöglichte.

»Ziemlich cool, oder?«, fragte Trinity, zog Josies Koffer hinein und stellte ihn neben der Wohnungstür ab.

Der Ausblick war fantastisch, aber Josie kam die Wohnung selbst klein vor. »Für New Yorker Verhältnisse ist sie riesig«, versicherte Trinity ihr. Wohnzimmer, Esszimmer und Küche schienen auf eine Fläche von ungefähr Josies Wohnzimmer gedrängt worden zu sein. Ein kurzer Flur führte zu Schlafzimmer und Bad. Die Möbel waren weiß und glänzend, alles war klein und dezent und mit goldenen und silbernen Akzenten versehen: abstrakte Wandkunst aus Metall, schimmernde Dekokissen aus Satin und große Glasvasen mit Weidenzweigen, die bis an die Decke reichten. Es war modern und elegant und Josie konnte sich vorstellen, dass die Wohnung Gegenstand eines Zeitschriftenartikels hätte sein können. Einer dieser Promi-zeigt-sein-Zuhause-Beiträge.

»Gefällt sie dir?«, fragte Trinity.

»Sie ist wunderschön«, antwortete Josie, obwohl sie einen wohnlicheren Ort bevorzugt hätte, in dem sie weniger Angst gehabt hätte, Essen auf die Möbel zu kleckern.

Als ob sie ihre Gedanken gelesen hätte, sagte Trinity: »Mach dir keine Sorgen darüber, etwas schmutzig zu machen. Ich habe Wear-Care-Schutz auf den Bezügen. Du kannst Rotwein darüber schütten und die Flecken gehen in ein paar Minuten raus.«

Josie fragte sich, wie viel das wohl gekostet haben musste.

Sie ging in den Wohnzimmerbereich, in dem sich ein großer, quadratischer weißer Zottelteppich befand, auf dem ein Sofa mit passendem Glastisch sowie ein Großbildfernseher standen. »Ich muss Noah zurückrufen.«

»Mach das nur«, sagte Trinity. »Ich habe Kaffee gekocht. Du rufst ihn an und ich mache dir deine Tasse fertig.«

Josie nickte, nahm auf dem Sofa Platz und wählte Noahs Nummer, während sie Trinity, kaum ein paar Schritte entfernt in der Küchenzeile, zusah. Sie hatte ihre Schwester selten so glücklich und sorglos erlebt. Josie kam der Gedanke, dass Trinity außer ihren Eltern, die stolz hinter ihr standen, niemanden hatte, mit dem sie ihr Leben oder ihre Erfolge teilen konnte. Josie wollte sich gar nicht erst ausmalen, wie hoch die Miete für eine Wohnung wie diese sein musste, aber sie wusste, dass Trinity sich ziemlich abarbeitete, um sie sich leisten zu können. Wenn sie nicht dreißig Jahre verloren hätten, würden sie alles miteinander teilen. Josie fragte sich nicht zum ersten Mal, wie sich ihre beiden Leben – sogar ihre Persönlichkeiten – anders entwickelt hätten, wenn sie sie gemeinsam verbracht hätten. Sie dachte an Dr. Perry Larson und seine Studie darüber, wie sich Gene unterschiedlich ausdrücken, und fragte sich, ob das auch für Geschmäcker und Vorlieben galt.

Nach dem achten Klingeln ging Noah ans Handy. »Hey« sagte er. »Es gibt Neuigkeiten.«

Er fragte sie nicht danach, wie ihre Fahrt gewesen oder ob sie sicher angekommen war. Das war ihr alter Rhythmus. Gleich zur Sache. Es stand Arbeit an. So zu reden – wie sie es immer getan hatten – bewirkte bei ihr, dass es sich besser zwischen ihnen anfühlte. »Sag schon«, bat ihn Josie.

»Der Wawa-Becher? Sie haben Gretchens Fingerabdrücke auf ihm gefunden.«

Josie blieb kurz die Luft weg. Ein Teil von ihr war sich sicher gewesen, dass sie sich an Strohhalme klammerte, als sie die Tasse zur schnellen Bearbeitung ins Labor geschickt hatte.

Obwohl sie vermutet hatte, dass der Becher Gretchen gehörte, war sie trotzdem über den handfesten Beweis schockiert. »Waren noch andere Abdrücke darauf?«, fragte sie.

»Ein partieller, aber die Qualität ist nicht gut genug dafür, dass man ihn durch die AFIS-Datenbank jagen könnte.«

»Mist.«

Trinity winkte ihr von der Küche her zu und sie ging zu ihr. Der Kaffee, den ihr Trinity anbot, war genau so zubereitet, wie sie ihn mochte. Noah sprach am Handy weiter: »Ich habe schon Loughlin hier. Wir treffen uns mit Bowen. Loughlin wollte Gretchen über den Becher befragen – zumindest zur Bestätigung, dass ihr ein Wawa-Reisebecher gehört – aber Bowen hat alles abgebremst.«

»Was?«, fragte Josie.

»Er macht sich Sorgen, dass Gretchen ein Gegenstand von einem zweiten Tatort, auf dem ihre Fingerabdrücke sind, nur schaden könnte. Er sagt, wenn wir sie mit den Wilkins-Morden belasten wollen, dann müssen wir unseren Fall allein bearbeiten. Er wird uns nicht dabei helfen und seine Mandantin unsere Fragen beantworten lassen.«

Josie schlürfte an ihrem Kaffee und Trinity schlug eine Illustrierte auf der Küchenarbeitsplatte auf. Josie wusste, dass sie zuhörte, obwohl sie vorgab, in die Seiten vertieft zu sein. »Ich denke, ich verstehe das, aber wir können unmöglich die Verbindung zwischen einer Tasse mit ihren Abdrücken drauf zum Doppelmord ziehen. Margie Wilkins wurde vergewaltigt. Das hat Gretchen nicht getan.«

»Bowen denkt, dass wir sie als Komplizin bei den Morden festnageln werden.«

»Ich kann mir vorstellen, dass Chitwood das versucht. Ich sage schon die ganze Zeit, dass jemand anders beteiligt ist, aber nicht als Komplize.«

»Oder vielleicht schützt sie ihren Komplizen«, schlug Noah vor.

»Nein«, sagte Josie sofort. Gretchen hatte solche Angst gehabt, dass sie eher einer Kollegin ins Gesicht schlug und ins Gefängnis wanderte, als entlastet zu werden. Wie bei den spitzen Nägeln vor den Fenstern ihres Hauses war sie auch bei ihren Handlungen von der Angst vor etwas angetrieben und nicht vom Bedürfnis, einen Mörder zu schützen.

»Na ja«, sagte Noah, bevor sie einen erneuten Streit über Gretchens Schuld oder Unschuld beginnen konnte. »Loughlin versucht es mit noch einem Anlauf bei Bowen und schaut, ob sie nicht doch ein Gespräch mit Gretchen bekommen kann.«

»Halt mich auf dem Laufenden«, sagte Josie kurz angebunden und drückte auf ANRUF BEENDEN, bevor sie sich noch dazu verleiten ließ, ein längeres Gespräch mit ihm zu führen. Sie waren es mehrmals durchgegangen. Nichts, weder beim Fall Omar noch beim Fall Wilkins, passte zusammen – und jetzt ergab auch gar nichts mehr Sinn. Josie konnte nicht einen Augenblick lang daran glauben, dass Gretchen im Haus der Wilkins gewesen war. Sie war sich sicher, dass die Person, die Omar erschossen hatte, Gretchens Reisebecher aus ihrem Haus mitgenommen und sie nach den Morden an den Wilkins dort zurückgelassen hatte. Weshalb, das war eine Frage, die sie jetzt noch nicht angehen konnte. Sie brauchte weitere Informationen. Sie wusste nicht, wie sie an die gelangen konnte, aber sie würde so lange weiter jeden Stein umdrehen, bis sie etwas Nützliches gefunden hatte. Ein Anfang war das Treffen mit ATF-Ermittler Jack Starkey, was auch immer er über Gretchens geheime Vergangenheit wusste.

»Na, das war ja mal ein angespanntes Gespräch«, bemerkte Trinity, als Josie ihre Kaffeetasse in der winzigen Spüle abwusch.

Josie lächelte gequält. »Wir haben unterschiedliche Meinungen bei etwas.«

»Das klingt ja nach Spaß.« Trinity begleitete sie die wenigen Meter zur Tür. »Ach, ich sollte es dir erzählen. Ein

Professor von der Drexel University hat mich angerufen. Er führt eine Studie durch. In Genetik oder sowas.«

Josie stöhnte auf. »Epigenetik.«

Trinity wölbte ihre perfekt gezupfte Augenbraue. »Ja, genau. Er führt eine Studie über Zwillinge durch, die bei der Geburt getrennt wurden. Ich habe den Anruf nur angenommen, weil mir meine Assistentin gesagt hat, er hätte schon mit dir gesprochen.«

»Er hat auch mit mir gesprochen«, sagte Josie gereizt. »Und ich habe ihm gesagt, dass wir nicht interessiert sind.«

Sie hätte Perry Larson nicht für einen aufdringlichen Menschen gehalten – nicht für jemanden, der hinter Josies Rücken etwas versuchen würde, das sie bereits abgelehnt hatte.

Trinity stemmte eine Hand in die Hüfte. »Du hast ihm gesagt, dass ›wir‹ nicht daran interessiert sind? Ohne mich überhaupt zu fragen?«

Josie zog die Augenbraue hoch. »Du kannst unmöglich an einer Zwillingsstudie interessiert sein. Nein, lass es mich anders ausdrücken. Du kannst unmöglich Zeit für eine haben.«

Trinity erwiderte: »Na ja, das stimmt, auch wenn er sehr überzeugend war. Anscheinend ist es ziemlich schwer, Zwillinge zu finden, die bei oder kurz nach der Geburt getrennt worden sind.«

»Das ist nicht mein Problem«, murmelte Josie. »Ich muss Mörder finden.«

Trinity lächelte. »Und ich muss Nachrichten sprechen. Vielleicht könnten wir aber in Zukunft solche Entscheidungen gemeinsam treffen?«

Es fiel Josie schwer, sich daran zu gewöhnen, eine Schwester zu haben. Sie berührte Trinitys Hand. »Klar.«

»Aber jetzt geh und triff deinen mysteriösen ATF-Agenten und ruf mich an, wenn ich dich retten soll.«

45

Man konnte New York viel leichter zu Fuß durchqueren – trotz der Menschenmassen, die jeden Quadratmeter des Gehwegs bevölkerten, und den Männern in Poloshirts an jeder Ecke, die Touristen für Busrundfahrten gewinnen wollten. Wie Trinity sie angewiesen hatte, hatte Josie Starkey gebeten, sich mit ihr in einem Restaurant zu treffen, das nicht weit von der Wohnung entfernt war. Es handelte sich um einen kleinen Pub im Erdgeschoss eines schmalen Backsteingebäudes, das zwischen zwei anderen Hochhäusern eingebettet war. Josie fand einen kleinen Tisch im hinteren Teil bei den Toiletten. Die Einrichtung bestand aus glänzendem Holz und wurde trübgelb beleuchtet. Josie schaute auf ihr Handy. Starkey verspätete sich. Als die Kellnerin fragte, ob sie etwas trinken wolle, bestellte sie einen Whisky Sour, änderte aber ihre Meinung gleich zu einer Limonade. Falls die Kellnerin dachte, dass ihre Unentschlossenheit seltsam war, zeigte sie es zumindest nicht.

Josie spielte mit dem Strohhalm und hatte beinahe schon ihre ganze Limonade ausgetrunken, als Jack Starkey endlich auftauchte. Der erste Gedanke, der ihr in den Kopf schoss, als er sich mit seinem gewölbten Bauch auf die Bank gegenüber von ihr schob, war, dass er wie der Weihnachtsmann aussah. Seine dichten weißen Haare waren zurückgekämmt und fielen ihm bis auf die Schultern. Sein weißer Rauschebart rahmte ein heiteres Lächeln unter einer Knollennase und funkelnden blauen Augen ein.

»Sind Sie Quinn?«, fragte er.

Josie nickte und ihr Blick wanderte zu der Lederjacke, die er über einem zerrissenen schwarzen T-Shirt trug. Ein Geruch nach Tabak und süßlichem Alkohol drang zu ihr. Er sah nicht wie einer der staatlichen Ermittler aus, denen Josie je begegnet war. Wenn sein Team aber gewöhnlich verdeckt in gesetzlosen Motorradgangs unterwegs war, dann passte sein Aussehen.

»Agent Starkey«, sagte sie. »Danke, dass Sie gekommen sind.«

Er winkte der Kellnerin zu und bestellte ein Bier. »Einfach Starkey. Es tut mir leid, dass ich Ihnen Umstände bereitet habe«, entschuldigte er sich. »Vor einiger Zeit musste ich Gretchen versprechen ...«

Er wirkte kurz abwesend und seine Augen trübten sich, als ob ihn eine plötzliche Erinnerung abdriften ließ. Josie räusperte sich, um seine Aufmerksamkeit zurückzulenken. »Was mussten Sie Gretchen versprechen?«

»Vielleicht sollten wir ganz von Anfang an beginnen. Würde es Ihnen etwas ausmachen, mir Ihren Dienstausweis zu zeigen?«

Josie schaute skeptisch, aber erwiderte: »Sie können meinen sehen, wenn Sie mir Ihren zeigen.«

Starkey schmunzelte und nahm ein abgewetztes Portemonnaie aus seiner Hosentasche. Er warf es zu ihr herüber. Das Leder fühlte sich warm in Josies Händen an, als sie hineinschaute und seinen staatlichen Ausweis begutachtete. Er sah auf dem Foto um einiges gepflegter aus.

Er prüfte ihren ein wenig länger, als sie das getan hatte. »Sie waren im Fernsehen«, bemerkte er.

»Ja«, sagte Josie. »Kurz nach der Geburt getrennte Zwillinge. Trinity Payne ist meine Schwester. Ich möchte wirklich ungern darüber reden, wenn es Ihnen nichts ausmacht.«

Starkey zog die buschigen Augenbrauen zusammen. »Zwillinge? Nee. Das war vor ein paar Jahren. Diese ganzen verschwundenen Mädchen, die auf diesem Berg gefunden wurden.«

Der Fall um die verschwundenen Mädchen hatte Josies Welt auf den Kopf gestellt und die Stadt Denton beinahe ruiniert. »Ja«, antwortete sie. »Das war ich.«

»Nun«, meinte er, »ich kann nachvollziehen, warum Gretchen mit Ihnen arbeiten wollte. Da haben Sie ja eine ordentliche Wunde im Gesicht. Was ist da passiert?«

Josie lächelte verkrampft. Es juckte sie in den Fingern, den Schnitt zu berühren, aber sie ließ ihre Hand an Starkeys Ausweis. »Ich bin gestürzt«, log sie, denn er brauchte die Wahrheit dahinter nicht zu kennen. Sie gaben sich die Ausweise zurück und Josie wechselte das Thema. »Starkey, ich wäre Ihnen sehr verbunden, wenn Sie mir von dem erzählen könnten, weswegen ich herkommen sollte. Je länger ich brauche, um herauszufinden, was wirklich bei diesem Mord vor sich gegangen ist, desto länger steckt Gretchen in Schwierigkeiten.«

Die Kellnerin kam mit Starkeys Bier zurück und er kippte die Hälfte davon mit einem langen Schluck herunter. Goldene Tröpfchen glitzerten seinem Bart. Er stellte den Glaskrug Bier donnernd auf dem Tisch ab und sagte: »Ich brauche noch mehr Drinks und mehr Informationen.«

Josie seufzte und fragte ihn: »Was für Informationen?«

Er kniff die Augen zusammen. »Mit wem vom FBI haben Sie zusammengearbeitet? Als Sie diesen Fall um die verschwundenen Mädchen aufgeklärt haben?«

»Warum fragen Sie das? Was hat das mit Gretchen zu tun?«

»Ich brauche jemanden, der für Sie bürgt.«

Josie zog eine Augenbraue hoch. »Dann rufen Sie meinen Chef an.«

Die Kellnerin brachte ein neues Bier und Starkey sagte: »Nein. Jemanden, der nicht von Ihrer Dienststelle ist.«

»Mein Chef ist neu«, entgegnete Josie. »Ich habe ihn erst vor sechs Monaten kennengelernt. Er könnte genauso gut auch nicht von meinem Revier sein.«

Starkey stürzte die Hälfte seines Bieres hinunter. »Nee, ich würde mich besser fühlen, wenn ich mit einem staatlichen Ermittler sprechen könnte. Dieser Fall um die verschwundenen Mädchen – das war ein großer Korruptionsskandal bei der Polizei, oder nicht? Ich vermute mal, dass sie jemanden von der Abteilung für Bürgerrechte geschickt haben, wenn das FBI hinzugezogen wurde. Diese Leute werden dafür bezahlt, sicherzustellen, dass jeder redlich ist.«

»Sie stellen meine Integrität in Frage?«, erkundigte sich Josie und ihr kribbelte die Haut vor Empörung.

»Ich muss es«, erwiderte er. »Es ist zu Gretchens Besten.«

»Na schön«, gab Josie bissig zurück. »Special Agent Marcus Holcomb. Wollen Sie auch seine Nummer haben?«

Starkey grinste. Er nahm sein Handy heraus und stand auf. »Nicht nötig. Ich melde mich bei ihm.«

Sie sah ihm zu, wie er vom Tisch zum anderen Ende der Bar lief und Ziffern auf dem Tastenfeld seines Handys eingab. Josie ballte ihre Hände auf dem Tisch zu Fäusten. Sie wusste nicht, ob sie ihm die Meinung sagen oder einfach weggehen sollte. Sie wollte beides, aber konnte sich nicht von dem Verdacht befreien, dass dieser Mann Informationen besaß, die hilfreich dabei sein könnten, das Chaos, in das sich Gretchen gebracht hatte, zu entwirren.

Nach zwanzig Minuten am Telefon schlenderte er lächelnd zurück zum Tisch. Er ließ sich ihr gegenüber auf den Platz fallen und schlürfte den Rest des Bieres herunter, das er stehengelassen hatte. »Habe mit Holcomb gesprochen«, sagte er. »Und Sie überprüft.«

Mit zusammengebissenen Zähnen gab sie ihm zu verstehen: »Ich habe keine Zeit für Spielchen, Agent Starkey. Erzählen Sie mir jetzt etwas über Gretchen? Wenn nicht, werde ich nämlich gleich wieder nach Denton fahren und mit meinen Ermittlungen fortfahren.«

Starkey winkte der Kellnerin, um noch ein Bier zu bestellen. »In Ordnung«, sagte er. »Haben Sie schon mal vom Pärchenwürger gehört?«

46

Josie sah ihn fragend an. »Es tut mir leid. Von wem?«

»Dem Pärchenwürger. Ein Serienmörder, der Anfang der Neunziger sein Unwesen in Seattle getrieben hat.«

Sie schüttelte den Kopf. »Nein, habe ich nicht. Was hat das mit Gretchen zu tun?«

Er hielt eine Hand hoch, als ob er sie aufforderte, zu warten. Er führte den Krug an die Lippen, kippte das restliche Bier hinunter und gab der Kellnerin ein Zeichen für Nachschub. »Also, ich nehme mal an, dass er außerhalb von Seattle nicht wirklich berühmt war. Er wurde nie gefasst. 1994 ist er in Gretchens und Billys Haus eingebrochen, hat Billy umgebracht und Gretchen vergewaltigt.«

»Mein Gott«, sagte Josie und konnte ihre Erschütterung nicht verbergen. Sie war sich nicht sicher gewesen, was von Jack Starkey mit seiner seltsamen, ans Exzentrische grenzenden Paranoia zu erwarten war, aber damit hatte sie nicht gerechnet.

»Ja. Sie war das einzige seiner Opfer, das überlebt hat.«

Jetzt dachte Josie ernsthafter über den Drink nach, gegen den sie sich entschieden hatte. »Bitte«, sagte sie, während sie mit ihrem Strohhalm die Eiswürfel am Boden ihres Glases umrührte, »erzählen Sie mir mehr.«

Starkey sah sich um, ob irgendwer mithören könnte, aber die anderen Stammkunden waren in Gespräche vertieft oder sahen sich das Fußballspiel an, das auf den Flachbildfernsehern übertragen wurde, die verteilt im Pub hingen. »Wie gesagt, er war Anfang der Neunziger in Seattle aktiv. Genau genommen von März bis März – 1993 bis 1994. Hat die ganze Stadt in Aufruhr versetzt. Die Leute sind durchgedreht. Aus gutem Grund.«

»Warum wurde er der Pärchenwürger genannt?«, fragte Josie.

Die Kellnerin kam mit einem neuen Bier vorbei und Starkey stürzte es bis fast zum letzten Schluck hinunter. Er stellte das Glas an der Tischkante ab und wischte sich mit der fleischigen Hand über den Bart. »Also, ›Würger‹ können Sie schon erraten – er hat alle seine Opfer erwürgt. Die Presse hat ihn aber den Pärchenwürger getauft, weil er immer nur Paare angegriffen hat.«

Ein Frösteln lief Josie über die Wirbelsäule. »Wie viele?«

»Sieben Paare.«

Josie fühlte sich sturzbetrunken, obwohl sie doch nur eine Limonade getrunken hatte. »Meine Güte. Gretchen und Billy waren die Letzten?«

»Nein. Es gab noch ein weiteres Paar, 2004.«

»Das ist ein langer Abstand«, bemerkte Josie.

Er nickte. »Zehn Jahre. Es war ein ziemlicher Schock, weil jeder, um ehrlich zu sein, gedacht hat, er sei tot.«

»Nicht möglich, dass es ein Nachahmer war?«

»Nein, wissen Sie, er hat es gemocht, Dinge vom einen zum anderen Tatort mitzunehmen und sie da zurückzulassen. Er hat nach dem Mord Billys Messer aus ihrem Haus mitgenommen. Zehn Jahre später ist es am Tatort bei den Neals aufgetaucht – so hieß das Paar, Justin und Amy Neal – und außerdem war alles andere genau gleich. Er hat den Strom abgeschaltet, ist durch ein Fenster reingekommen, hat beide Opfer mit einem Seil gefesselt, das er mitgebracht hatte, die Frau vergewaltigt und dann beide erwürgt.«

Josie musste unweigerlich an den verfluchten Wawa-Becher denken, der seinen Weg von Gretchens Wohnzimmer zur Küche der Wilkins gefunden hatte. Omar war allerdings erschossen und Joel Wilkins erschlagen worden – und während des Durchgangs mit Robyn Wilkins war ihr nichts aufgefallen, das gefehlt hatte.

Dann war da noch das Foto des kleinen Jungen, der durch hohes Gras lief – mit dem Datum 2004 auf der Rückseite.

»Was hat er vom Tatort bei den Neals mitgenommen?«, fragte Josie abrupt und beugte sich zum Tisch. Eine Kellnerin huschte mit einem Tablett voller Drinks vorbei und Josie sehnte sich nach dem Brennen des Wild-Turkey-Bourbons in ihrer Kehle. Sie konzentrierte sich aber weiter auf Starkey.

»Nichts. Deswegen haben wir gedacht, das wäre es gewesen. Manche Leute haben gedacht, er hätte aufgehört. Gretchen hat gesagt, dass er wahrscheinlich Ende dreißig war, als er sie angegriffen hat – obwohl sie sein Gesicht nicht wirklich gut gesehen hatte. Also hätte er 2004 Ende vierzig sein müssen. Ein Serienmörder, der über fünfzig ist?«

»Sie denken, dass er zu alt dafür wurde? «, fragte Josie. »Dass er wusste, es würde schwieriger für ihn sein, an einem Tatort die Oberhand über zwei Leute zu behalten, und dass er es deshalb irgendwie geschafft hat, aufzuhören?«

»Das ist eine Theorie, die im Umlauf war, ja. Manche FBI-Psychiater sagen, dass sein Testosteronspiegel mit fortgeschrittenerem Alter sinken würde und dass sein Drang, zu vergewaltigen und zu töten, mit der Zeit nachlassen würde. Niemand weiß es. Das sind alles nur Theorien. Offensichtlich hat er sich zehn Jahre lang zurückhalten können. Manche Leute denken, dass er wirklich tot ist. Oder dass er für ein anderes Delikt im

Gefängnis gelandet ist. Obwohl seine DNA im System sein müsste, wenn er im Knast sitzen würde, nicht wahr? Er hat seine DNA an jedem verdammten Tatort zurückgelassen und fünfundzwanzig Jahre später gibt es immer noch keine Übereinstimmung.«

Josie holte ihr Handy hervor, ging auf das Foto von 2004 und zeigte es Starkey. Er nahm ihr das Handy aus den Händen, hielt es eine Armlänge von sich entfernt, schaute in Richtung Nase und kniff die Augen zusammen. Dann sagte er: »Einen Moment.« Aus seiner Jacke zauberte er eine Lesebrille hervor und setzte sie sich auf den Nasenrücken, um das Foto prüfen zu können.

»Das wurde an James Omars Körper gefunden, nachdem er in Gretchens Einfahrt erschossen wurde.«

Er gab ihr das Handy zurück. »Habe den Jungen noch nie gesehen.«

»Hatten die Neals Kinder?«

Starkey lachte so heftig, dass ihm Tränen in die Augen stiegen. Er legte die Brille an die Seite und trank die letzten Schlucke Bier. Ein paar Sekunden später hatte die Kellnerin den leeren Krug durch einen vollen ersetzt. Er hielt ihn in einer Hand, trank aber noch nicht aus ihm. »Wollen Sie mir sagen, dass Sie denken, der Pärchenwürger von Seattle wäre in Ihrer Stadt gewesen?«

»Ich möchte Ihnen gar nichts sagen«, antwortete Josie. »Ich frage nur, ob die letzten bekannten Opfer Kinder hatten. In Gretchens Haus hat etwas gefehlt. Ein paar Tage später haben wir einen Doppelmord vorgefunden. Ein Paar. Der Ehemann wurde zwar erschlagen, aber seine Frau wurde erwürgt – und vergewaltigt. Am Tatort wurde ein Kaffeebecher mit Gretchens Fingerabdrücken gefunden.«

Starkey schlürfte jetzt sein Bier und sah sie über den Rand des Kruges skeptisch an. »Die Neals hatten keine Kinder.«

Vielleicht war es verrückt von Josie, zu denken, dass ein

Serienmörder, der vor fünfundzwanzig Jahren in einer fast fünftausend Kilometer entfernten Stadt Menschen getötet hatte, nun sein Unwesen in Denton trieb – und neue Methoden anwandte. Allerdings gab es viele seltsame Übereinstimmungen, die sie sich nicht anders erklären konnte.

»Wie ist Gretchen davongekommen?«, fragte sie. »Sie haben gesagt, dass sie die einzige Person ist, die seine Taten je überlebt hat.«

Starkey stellte das Bier zurück auf den Tisch und nickte. Sein Gesicht wirkte nun eingefallen und eine bis ins Mark gehende Traurigkeit umgab ihn. »Wegen Billy. Als erstes hat er ihr gesagt, dass sie wegrennen sollte, und das hat sie getan. Der Mörder hat Billy ins Bein geschossen. Gretchen – sie hat gezögert und der Mörder hat sie eingeholt.«

Josies Herz blieb zwei Schläge lang stehen, bis es dann wieder rasend schnell einsetzte und wie wild klopfte. Sie musste schmerzhaft an ihre Freundin denken, die verliebt gewesen war und als junge Ehefrau versucht hatte, ein neues Leben anzufangen, nachdem sie und ihre Schwester jahrelang von ihrer Mutter gequält worden waren.

»Der Mörder«, fuhr Starkey fort, »hat die Frauen dazu gezwungen, die Männer zu fesseln, und dann mussten sich die Männer mit dem Kopf nach unten auf den Boden legen, und dann hat er ihnen Teller und Gläser auf den Rücken gestellt.«

»Teller und Gläser?«, fragte Josie.

»Ja, also Ess- und Trinkgeschirr. Alles, was einen Mordskrach machen würde, wenn man sich umdrehen und es auf den Boden fallen würde. Keiner wusste, was zur Hölle der Zweck dieser Sachen an den anderen Tatorten war. Erst, als Gretchen überlebt und ihnen die Ereignisse geschildert hatte, konnten sie rausfinden, was an den früheren Tatorten losgewesen war.«

»Also sagt er den Männern, sollten sie sich bewegen, versuchen, Hilfe zu holen, oder Lärm machen ...«

»Tötet er ihre Frauen.«

»Mein Gott.«

Sie dachte an die Teller, Tassen und Schüsseln aus Plastik in Gretchens Küche und die Limonade brannte in ihrem Magen. Wie schrecklich musste diese Erfahrung gewesen sein, wenn Gretchen fünfundzwanzig Jahre später noch immer kein Geschirr aus Porzellan oder Glas bei sich zu Hause haben konnte?

»Wir gehen davon aus, dass Billy langsam verblutet ist und dass er es wusste, weil er nicht liegengeblieben ist. Gretchen hat gesagt, dass sie irgendwann hörte, wie Teller zerbrachen. Der Mörder war da schon fertig mit ihr. Als sie den Lärm hörte, wusste sie, dass er sie umbringen würde. Ihr war klar, dass er sie beide sowieso töten würde. Er hat nur eine Sekunde lang gezögert, von ihr abgelassen, um zum Schlafzimmereingang zu gehen und sie hat ihn mit einer Lampe auf den Hinterkopf geschlagen. Dann hat sie ihn in den Flur getreten, die Tür zugemacht und abgeschlossen und ist aus dem Fenster geklettert. Bis sie Hilfe holen konnte, war der Mörder abgehauen und Billy tot. Vom Zustand des Wohnzimmers hat die Polizei geschlossen, dass es zu irgendeiner Konfrontation, einem Kampf gekommen ist und Billy der Verlierer war. Der Mörder hat ihn noch einmal aus der Nähe in die Brust geschossen. Das war das einzige Mal, dass er eine Pistole benutzt hat. Sie dachten, er hätte eine gehabt – und sie dazu benutzt, den Tatort zu kontrollieren. Sie wussten es aber erst nach seinem Angriff auf Gretchen und Billy. Gretchen konnte der Polizei einige wichtige Informationen geben, die aber nie zu irgendwas geführt haben.«

Es war Josie nicht entgangen, dass Starkey immer wieder von »sie«, »ihnen« und »die Polizei« gesprochen hatte. Sie fragte: »Sie sind vom ATF. Wie kommt es, dass Sie so viel über den Fall wissen?«

»Na ja, also wir hatten ein Auge drauf. Es war etwas Persönliches, verstehen Sie?«

»Natürlich.«

»Der Hauptgrund ist aber, dass ich selber nachgeforscht habe. Wissen Sie, Gretchen war immer davon überzeugt, dass der Täter jemand aus den Strafverfolgungsbehörden war.«

»ATF oder Seattle PD?«

»Wir wussten es nicht.«

»Warum hat sie das gedacht?«

»Ich habe Ihnen erzählt, dass Billy verdeckter Ermittler war. Sein Deckname war Benji Stone. Er hat fast zwei Jahre lang ziemlich tief bei den Devil's Blade dringesteckt, bis er dann getötet wurde. Hatte fast schon die Kuttentaufe bekommen. Wissen Sie, was das ist?«

Josie nickte.

»Jeder hat ihn Benji Stone genannt. Auf seinem Führerschein stand Benjamin Stone. Der Mietvertrag für sein Haus war auch unter Benjamin Stone abgeschlossen. Nebenkosten, Fahrzeug, alles. Sogar Gretchen hatte einen Führerschein für Gretchen Stone. Die einzigen Leute, die ihn jemals Billy genannt haben, waren wir.«

»In der ATF«, stellte Josie klar.

Starkey nickte. »Ja, und im Seattle PD. Kurz bevor Billy undercover gegangen ist, haben wir mit der Polizei von Seattle Verhaftungen wegen illegalen Waffenbesitzes durchgeführt. Hatte nichts mit irgendeiner Bikergang zu tun. Auf jeden Fall hat er sich dabei verletzt und musste für ein paar Tage ins Krankenhaus. Also haben ihn dadurch manche der Seattle-Leute von dieser Razzia gekannt.« Er nahm sein Bier wieder hoch. Josie fragte sich, ob sie sich eine Vorspeise oder etwas anderes hätte bestellen sollen. Allerdings raubte ihr dieses Gespräch den Appetit.

»Also hat ihn jeder Benji genannt«, sagte Josie. »Fahren Sie bitte fort.«

»Als der Mörder gehört hat, wie Billy die Teller vom Rücken gefallen sind, hat er, laut Gretchen, leise vor sich hingemurmelt, und zwar: ›Verdammt noch mal, Billy‹.«

»Also kannte der Täter seinen echten Namen«, schloss Josie daraus. »Besteht irgendeine Möglichkeit, dass er gehört hat, wie Gretchen ihn erwähnt hat?«

»Das habe ich auch gedacht. In Wahrheit werden wir es nie sicher wissen, aber spätere Ereignisse haben mich dann davon überzeugt.«

47

»Was ist nach Billys Ermordung passiert?«, fragte Josie.

Starkey nahm einen Schluck von seinem vierten Bier. »Sie konnte nicht zurück nach Hause und wusste nicht, wohin. Beim Seattle PD gab es eine uniformierte Kollegin, die Mitleid mit Gretchen hatte. Hat sie für ein oder zwei Wochen bei sich auf dem Sofa schlafen lassen. Dann ist jemand in das Haus der Polizistin eingebrochen.«

»Lassen Sie mich raten«, bot Josie an. »Das Fenster wurde aufgebrochen?«

»Ganz genau. Das war die Vorgehensweise des Würgers. Jedenfalls hat Gretchen Leute gefunden, bei denen sie bleiben konnte, aber immer, wenn sie umgezogen ist, ist irgendwas passiert. Jemand hat versucht, einzubrechen, oder sie hat … Anrufe bekommen.

»Was für Anrufe?«

»Er war es. Immer hat er rausgefunden, wo sie war, und angerufen – sie sind schließlich dahintergekommen, dass er dafür Münztelefone benutzt hat.« Er kicherte. »Erinnern Sie sich noch an die?«

»Vage«, sagte Josie scherzhaft.

»Nun, er hat Gretchen angerufen und verhöhnt. Eine Zeit lang hat die Polizei versucht, sie als Köder zu benutzen. Sie sind an ihrem Aufenthaltsort geblieben, haben auf seinen Anruf gewartet und versucht, ihn aufzuspüren. Es hat nie geklappt. Sie kam zu mir und sagte, dass sie denke, der Täter sei von der Strafverfolgungsbehörde. Wir haben jeden Typen des Seattle PD überprüft, aber keiner von ihnen schien als der Pärchenwürger in Frage zu kommen. Also haben wir versucht, sie zu verstecken.«

»Das ATF?«

»Nein, nicht offiziell. Es waren nur ein paar von uns, die Billy gekannt hatten. Wir wussten, er hätte gewollt, dass wir ihr helfen. Wir haben sie immer wieder woanders hingebracht, sie in unseren Häusern wohnen lassen, aber an den Fenstern gab es immer wieder Spuren von Einbruchsversuchen und die Anrufe haben nicht aufgehört. Weil sie so eine wichtige Zeugin war, hat die Seattle Police am Anfang jederzeit wissen müssen, wo sie sich aufhielt. Dann haben wir uns dazu entschieden, dass wir ihnen nichts erzählen. Dass sie mich anrufen könnten, wenn sie Gretchen für irgendetwas bräuchten, und ich sie zu ihnen bringen würde. Danach hat es aufgehört. Deswegen haben wir gedacht, dass es jemand vom Seattle PD sein musste. Ich meine, es hätte vermutlich auch wer vom ATF sein können, aber nur vier von uns haben sich um ihre Sicherheit gekümmert, und als wir dann aufgehört hatten, ihre Aufenthaltsorte an die Seattle Police weiterzugeben, hat der Mörder mit seinen Spielchen aufgehört.«

»Aber die Devil's Blade haben sie gefunden?«, fragte Josie.

Starkey gab der Kellnerin ein Signal und bestellte Tequila-Shots. Sie warteten, bis sie hergebracht wurden. Josie lehnte kopfschüttelnd ab. Starkey zuckte die Schultern und stürzte auch ihren hinunter. »Als Billy ermordet worden war«, sagte er, »hat die örtliche Polizei den Fall aufgenommen. Alles ist ziemlich schnell gegangen und irgendwie ist zur Presse durchgedrungen, dass er ein verdeckter ATF-Ermittler war. Glauben Sie mir, wir waren nicht glücklich drüber, hätten aber nie gedacht, dass sich die Devil's Blade rächen würden. Ich meine, Billy war tot, ja? Die Kuttentaufe hatte noch nicht stattgefunden. Es hatte keinen Fall gegeben. Keinen Schaden für irgendwen.«

»Aber Linc Shore hat das anders gesehen«, warf Josie ein.

»Anscheinend.«

»Wie konnte sie entführt werden, wenn sie von Ihnen beschützt wurde?«, fragte Josie und versuchte so wenig anklagend wie möglich zu klingen.

Starkey fuhr sich mit der Hand übers Gesicht. Seine Wangen glühten rot und Josie hätte nicht sagen können, ob es die Erinnerungen waren oder der Alkohol. Vielleicht beides. »Sie musste nach Hause und die Sachen packen. Ohne Billy konnte sie sich die Miete nicht leisten. Ein paar Tage lang habe ich sie am Haus abgesetzt, bevor ich zum Büro gefahren bin. Einer meiner Kollegen hat uns da erwartet und ist bei ihr geblieben, hat ihr beim Packen geholfen. Es ist ihr schwergefallen, aber sie hat gesagt, dass sie es tun wollte. Dass noch jemand bei ihr war, hat es ihr etwas leichter gemacht. Sie konnte es da kaum aushalten.«

»Mehr als verständlich«, bemerkte Josie

»Am zweiten Tag bin ich zur Mittagszeit vorbeigefahren, um zu sehen, wie es bei ihnen so lief, und sie war verschwunden. Mein Kumpel lag bewusstlos und am Kopf blutend in der Nähe der Haustür. Ich dachte, er wäre tot. Sie hatten ihm den Schädel gebrochen. Es hat lange gedauert, bis er sich davon erholt hatte. Konnte sich an absolut nichts erinnern, was passiert ist. Die Pistole hat ein paar Schritte von seinem Körper entfernt gelegen und sein Handgelenk war ebenfalls gebrochen. Er hat keinen Schuss abgeben können. Das Haus war völlig verwüstet, als ob es zu einem Kampf gekommen wäre. Im Wohnzimmer lag der zerrissene Fetzen eines Devil's-Blade-

Bandanas. Wir wissen nicht, ob es das von Billy war oder von ihrem Kampf mit den Typen der Devil's Blade stammte.«

Josie musste wieder lang und scharf über ein alkoholisches Getränk nachdenken. Sie konnte sich nicht vorstellen, so jung zu sein, gerade erst den eigenen Mann bei einem brutalen Einbruch in ihr Haus verloren zu haben, von seinem Mörder verhöhnt und dann noch von einer gesetzlosen Bikergang entführt zu werden. Einerseits fragte Josie sich, wie ein Mensch nur so viel Unglück erleiden konnte, andererseits aber hatte Billys Einsatz als verdeckter Ermittler für Gretchen und ihn ein Risiko dargestellt. Wäre sie nicht mit ihm verheiratet gewesen und wäre seine wahre Identität nicht aufgeflogen, hätte sie ihr Leben ohne die zusätzliche Gewalt und Traumatisierung wieder in Ordnung bringen können.

Starkey fuhr fort: »Aber wir haben sehr schnell herausgefunden, dass sie von ihnen festgehalten wurde. Wie gesagt, durch Informanten. Ich habe getan, was ich konnte. Wir haben es der Presse aber nicht mitgeteilt. Wir wollten den Pärchenwürger nicht wissen lassen, dass wir seine Kronzeugin verloren hatten. Soweit er wusste, hielt sie sich immer noch versteckt.«

»Aber Sie haben sie nicht gefunden«, ergänzte Josie. »Sie wurde freigelassen.«

Starkey nickte. Die Kellnerin kam mit der Flasche Tequila zurück und Starkey berührte sie am Arm. »Ich bezahle die Flasche, Liebes«, sagte er zu ihr.

Sie lächelte und stellte sie auf den Tisch. Mit dezent hochgezogener Augenbraue sah sie Josie an und fragte sie: »Kann ich Ihnen etwas bringen, Süße?«

Josie lächelte auch. »Nein, danke, alles gut bei mir. Ich gebe Ihnen dann Bescheid.«

Die Kellnerin nickte und ging davon. Starkey goss sich weitere Shots ein und trank sie hinunter, während er weitererzählte. »Ein paar Mal haben wir gedacht, dass wir gute Hinweise hätten, aber sie haben nichts genützt. Dann wurde sie eines Tages von ihnen vor dem Gebäude abgeladen. Früh am Morgen. Gegen fünf Uhr. Wie ein Kartoffelsack rausgeworfen. Wir hatten Aufnahmen der Überwachungskamera davon, aber sie waren unscharf und wir haben die Nummernschilder der Motorräder nicht erkennen können. Aber wir wussten, dass es die Devil's Blade waren.«

»Wie lange, haben Sie gesagt, war sie verschwunden?«

»Dreizehn Monate.«

»Warum wurde sie freigelassen?«, fragte Josie, obwohl sie wusste, dass Starkey die Antwort darauf nicht wirklich kannte. Nur Gretchen und Linc Shore wussten, weshalb die Devil's Blade sie nach dreizehn Monaten in Gefangenschaft gehen lassen hatten. Linc Shore war tot und Gretchen sprach nicht mit ihnen. Sie wollte Starkeys Theorie hören.

Er trank zwei weitere Shots. Die bernsteinfarbene Flüssigkeit des Tequilas schwappte diesmal über und tropfte ihm vom Kinn. »Keine Ahnung«, antwortete er.

Josie wartete auf mehr, aber Starkey hatte nichts zu sagen. Sie sagte: »Ich bin mir sicher, dass sie so einige Leute umbringen. Verschwinden lassen. Warum sie dann nicht?«

Seine Augen waren nun glasig. Josie hatte den Überblick darüber verloren, wie viel er getrunken hatte, aber in der Tequilaflasche war nur noch ein Fingerbreit übrig. »Ich kann es mir nicht erklären«, sagte er. »Es hat mir schon immer zugesetzt. Gretchen wollte niemals über diese Zeit reden.«

Sie fragte sich, ob er nach fünfundzwanzig Jahren wirklich noch keine Theorie hatte oder ob er jetzt bloß zu betrunken war, um sie zu erläutern. Sie seufzte und fragte ihn: »Warum haben Sie mich gebeten, herzukommen? Sie hätten mir diese Dinge am Telefon erzählen können.«

Er griff über den Tisch, als ob er ihre Hand nehmen wollte, aber Josie legte ihre beiden Hände in den Schoß. »Der Pärchenwürger ist immer noch da draußen«, erklärte Starkey. »Ich meine, er könnte tot sein, aber wir haben das schon mal gedacht und er ist zurückgekommen. Wegen der Verbindung zu den Strafverfolgungsbehörden ... Gretchen war da wirklich paranoid. Ich musste ihr versprechen, dass ich, falls ich jemals mit irgendeinem Strafverfolger über den Fall sprechen sollte, denjenigen zuallererst überprüfen würde. Ganz egal, wie lange es her wäre. Ich musste mich mit Ihnen persönlich treffen. Sichergehen, dass Sie wirklich die Person sind, als die Sie sich ausgeben.«

Das klang fragwürdig und die Skepsis in Josies Gesicht war ihr wohl anzusehen, weil er nachschob: »Sie verstehen nicht, wie es für Gretchen war. Er hat sie immer gefunden. Immer.«

»Und als sie zurück an die Ostküste gezogen ist?«, fragte Josie. »Hat er jemals Kontakt zu ihr aufgenommen?«

»Ich weiß nicht. Wenn er es hat, dann hat sie es mir nie erzählt. Wir haben den Kontakt verloren ...«

Er verstummte, sein Blick wanderte durch den Raum zur Kellnerin und er fuhr sich mit der Zunge über die Lippen. Josie fragte sich, ob sie den Kontakt verloren oder ob Gretchen ihn abgebrochen hatte. Sie fragte sich auch, ob der Pärchenwürger Gretchen wirklich nach Pennsylvania gefolgt war. Wenn nicht vor all diesen Jahren, dann vielleicht kürzlich.

Sie brauchte mehr Informationen über den Mörder und seine Opfer, aber Starkey war eindeutig an den Grenzen seiner Nützlichkeit angelangt.

Gut, dass Josie wusste, wen sie fragen konnte.

48

Josie sah Trinity dabei zu, wie sie, das Handy am Ohr, den kurzen Weg vom einen bis zum anderen Ende ihrer Wohnung schritt. Hinter ihr leuchteten die Lichter New Yorks, sodass sich Josie kaum auf ihre Schwester konzentrieren konnte. Sie telefonierte seit zwanzig Minuten mit einer Quelle, die laut ihr alles Mögliche über den Pärchenwürger von Seattle wusste. Sie hielt an der Küchentheke an und riss ein Blatt Küchenpapier von der Rolle bei der Spüle ab. Dann nahm sie sich einen Stift und notierte sich schnell etwas auf dem Papier. Schließlich sagte sie ins Handy: »Ich schätze das sehr. Ja. Sie sind ein eine große Hilfe. Natürlich. Versprochen.«

Josie musste ein Ächzen unterdrücken. Sie wusste nicht, was Trinity diesem Typen versprochen hatte, aber sie war sich sehr sicher, dass es etwas mit exklusiven Interviews zu tun hatte, denn das war oft Trinitys Währung. Trinity legte auf und brachte das Küchentuch zu Josie.

»Was hast du diesem Kerl versprochen?«, fragte Josie.

»Ist das wirklich wichtig, wenn es Gretchen hilft und ein paar Fälle löst?«

Diesmal versuchte Josie gar nicht erst, ihr Ächzen zurückzuhalten.

»Ach, es ist nicht so schlimm«, stichelte Trinity.

»Bitte. Du bist nicht diejenige, die diese Gespräche führen muss. Du weißt, dass ich die Presse hasse.«

»Keine Presse. Nur Informationen diesmal. Er möchte hören, was auch immer du weißt, bevor es öffentlich gemacht wird. Er ist vertrauenswürdig.«

Josie schaute auf Trinitys Gekritzel auf dem Küchenpapier. Eine Website mit Benutzernamen und Passwort. »Wer ist dieser Typ?«

»Eine sehr gute und nützliche Quelle, die sich über die Jahre als außerordentlich diskret herausgestellt hat. Er ist dazu auch zufällig noch Experte für Serienkiller – also, solche, die nicht geschnappt worden sind. Diese Internetadresse wird dich zu einer Reihe von Onlineforen führen, in denen Blogger, Journalisten und andere Leute im Prinzip versuchen, diese Fälle zu lösen, indem sie Informationen miteinander teilen.«

Josie schaute sie skeptisch an. »Ich kann gerade keine Internet-Trolle und Spinner gebrauchen.«

Trinity lächelte und legte das Küchentuch in Josies Hand. »Keine Trolle. Keine Irren. Man kommt in diese Foren nur durch Einladung und die Mitglieder werden sorgfältig von meinem Kontakt überprüft.«

Josie dachte an Starkeys und Gretchens Paranoia.

»Er ist kein Strafverfolger, oder?«

»Nein. Niemand aus den Strafverfolgungsbehörden ist da erlaubt. Er möchte, dass bei einem ›neuen Blickwinkel‹ geblieben wird. Mit Leuten, die an diese Fälle aus unterschiedlichen Perspektiven herangehen. Versteh mich bitte nicht falsch, er hat Kontakte zur Strafverfolgung und viele der Mitglieder sind außerhalb der Anonymität des Forums Journalisten und können auf viele Informationen der Strafverfolgungsbehörden zugreifen. Übrigens, er hat mich gebeten, dass du keine Beiträge erstellst oder Kommentare abgibst. Du darfst dich umsehen, aber nicht mitmachen. Er möchte, dass du so diskret wie möglich vorgehst, weil du ja eigentlich zu den Strafverfolgern gehörst.«

»Wer ist dieser Typ«, fragte Josie.

»Das kann ich dir nicht verraten. Er ist eine geschützte Quelle. Wie gesagt, wertvoll. Ich kann das nicht aufs Spiel setzen. Außerdem gibt es eine Reihe von Regeln auf der Homepage, die du nach dem Einloggen siehst – nichts öffentlich teilen, die Privatsphäre der anderen Forumsmitglieder nicht verletzen –, solche Sachen. Du musst dich daran halten. Ich hoffe, du verstehst das?«

»Natürlich.« Josie sah sich die Informationen noch einmal an. »Ist das so Darknet-Zeug?«

Trinity lachte. »Nein, nicht das Darknet. Obwohl ich wirklich einen kompetenten Kontakt in Sachen Darknet habe, falls du da etwas brauchst.«

»Nein, mir würde erst mal ein Laptop ausreichen.«

Trinity baute ihren Laptop auf dem Küchentisch auf, während Josie sich Jogginghose und T-Shirt anzog. Es fühlte sich an, als ob ihr eine lange Nacht bevorstünde.

49

Es war relativ einfach, sich im Cold Serial Case Forum für ungeklärte Serienmorde zurechtzufinden, und innerhalb weniger Augenblicke hatte Josie ein Unterforum gefunden, in dem es etliche Threads zum Thema Pärchenwürger gab. Vielleicht ein Dutzend User hatten zu den verschiedenen Unterhaltungen beigetragen und es schienen fünf oder sechs Personen zu sein, die sich regelmäßig einschalteten, wie sie in den neueren Diskussionen sah. Die Titel der Threads reichten von *Wenn er gefasst ist, bekommt dann die Wissenschaft das Gehirn des PW aus Seattle?*, bis hin zu *PWS – Tot oder im Knast?*

Sie klickte auf *Mitgenommene/dagelassene Haushaltsgegenstände* und fand eine sehr einfache Übersicht, die jemand erstellt hatte:

Opfer 1 und 2, Alexandra und Martin Wrede, März 1993, mitgenommen: Zeichnung des Sohns.

Opfer 3 und 4, Luisa und Josh Munroe, Mai 1993, gefunden: Wrede-Zeichnung; mitgenommen: Heißluftballon-Windspiel.

*Opfer 5 und 6, Mary und Tim Donegal, Juli 1993,
gefunden: Heißluftballon-Windspiel; mitgenommen:
eine Herrenbrille.*

*Opfer 7 und 8, Travis Green und Janine Ives, September
1993, gefunden: eine Herrenbrille; mitgenommen:
Travis Greens Portemonnaie.*

*Opfer 9 und 10, Kristen und Darryl Spokes, Januar
1994, gefunden: Travis Greens Portemonnaie; mitgenommen: eine Tasse.*

*Opfer 11 und 12, Gretchen und Billy Lowther, März
1994, gefunden: Tasse; mitgenommen: ein Messer.*

*Opfer 13 und 14, Justin und Amy Neal, März 2004,
gefunden: Billy Lowthers Messer; mitgenommen: es ist
nichts bekannt, das von diesem Tatort entwendet worden
ist. Das war das letzte bekannte Verbrechen des PWS.*

Es war ein durchgängiges Muster. Sogar nach zehn Jahren
hatte der Mörder Billy Lowthers Messer bei sich gehabt und
am Tatort zurückgelassen. Es war fast zwanghaft. In einer
Ecke ihres Gehirns fragte eine Stimme, ob sie auch James
Omar und die Wilkins zur Liste seiner Opfer hinzufügen
könnte. Sie passten aber doch nicht richtig dazu? Nicht
genau.

Sie klickte zurück auf die Liste der Threads und suchte
weiter. Sie rief eine Diskussion auf, die mit *Warum gibt es keine
Phantombilder?* betitelt war. Darin beschwerte sich ein halbes
Dutzend User darüber, dass von der Presse niemals Skizzen des
Pärchenwürgers verbreitet worden waren. Zwei weitere Leute
erinnerten ihre Forumskollegen daran, dass niemand außer
Gretchen Lowther den Mörder jemals gesehen hatte, und es

war dunkel gewesen, sodass sie sein Gesicht nicht hatte deutlich erkennen können.

Josie schaute weiter und klickte auf einen anderen Thread, der *FBI-Profil* genannt wurde. Es schien das echte Profil zu sein, das vom Federal Bureau of Investigation angefertigt worden war, nachdem die eingereichten Materialien der Polizei von Seattle ausgewertet worden waren. Ein flüchtiger Blick auf den ausführlichen Bericht reichte aus, damit sie sicher wusste, dass jemand aus dem streng geheimen Forum tatsächlich an das echte FBI-Profil des Pärchenwürgers von Seattle gekommen war. Es war vor über zehn Jahren, nach den letzten Morden von 2004, erstellt worden. Wie Josie wusste, waren die Strafverfolgungsbehörden manchmal eher dazu geneigt, bestimmte Details über einen Fall zu veröffentlichen, wenn er lang genug zurücklag und Spuren immer noch ausgeblieben waren, weil sie hofften, es beschleunige die Ermittlungen. Natürlich hatte das Profil, so detailliert und gründlich es auch war, zu keiner Verhaftung geführt.

Sie überflog die Beschreibungen der Opfer, ihrer Wohnungen und die Analysen der Tatorte. Es gab nichts, das sich als besonders hilfreich erwies. Wofür es hilfreich sein sollte, war sie sich nicht sicher. Sie wusste immer noch nicht, was sie eigentlich mit ihrer Recherche über den Pärchenwürger von Seattle zu erreichen versuchte. Ihre Theorie, nach der er bei Gretchens Haus gewesen war, Omar erschossen und Gretchen entführt hatte, wurde von keinem handfesten Beweis und nicht einmal von Gretchen selbst unterstützt. Die Theorie erklärte außerdem nicht, weshalb Gretchen sich zu Omars Ermordung schuldig bekannte, anstatt zu versuchen, den Mann zu fassen, der ihren Ehemann getötet hatte. Für einen Augenblick kamen Josie Zweifel. Was, wenn Noah recht hatte? Was, wenn die eindeutige Erklärung auch die korrekte war? Was, wenn Gretchen Omar einfach erschossen hatte und jetzt dafür büßte? Las sie zu viel in die Situation hinein? Versuchte sie, zwanghaft dem Szenario etwas hinzuzufügen, das es nicht gab, weil sie ihre Freundin retten wollte? Nein, dachte sie. Es gab zu viele Widersprüche und unerklärliche Zufälle. Der Pärchenwürger war ein brauchbarer Anhaltspunkt, und wenn er fünfundzwanzig Jahre nach seinen ersten Verbrechen zurück auf seiner Mordtour war und das Wilkins-Ehepaar getötet hatte, dann würden es die DNA-Spuren beweisen.

Seufzend widmete sie sich den Tätereigenschaften. Aufgrund seiner Fähigkeit, die Verbrechen zu planen und durchzuführen sowie die Tatorte unter Kontrolle zu halten, wurde angenommen, er sei intelligent. Von Gretchens Bericht wussten sie, dass er groß, weiß, männlich und im Alter zwischen fünfunddreißig und vierzig gewesen war. Weil niemandem je etwas Verdächtiges aufgefallen war, passte er anscheinend gut in die Mittelschichtsviertel, in denen er die Opfer wählte. Wahrscheinlich fuhr er ein grundsolides Auto, das in diesen Vierteln nicht ins Auge fiel. Im Bericht war auch vermerkt, dass er über finanzielle Mittel verfügen müsste, weil er nie Wertgegenstände aus den Häusern gestohlen hatte. Da er von der ersten Tat an Raffinesse gezeigt hatte, standen bei ihm wahrscheinlich Einbrüche im Vorstrafenregister und auch Auseinandersetzungen mit den Behörden wegen häuslicher Gewalt.

Freunde, Familienmitglieder und Kollegen würden ihn als ordentlich und organisiert beschreiben, aber auch als herrschsüchtig, arrogant, cholerisch und äußerst manipulativ. Er hatte sicherlich entweder Erfahrungen bei den Strafverfolgungsbehörden und/oder dem Militär und war vermutlich Jäger. Laut der Analyse war es unwahrscheinlich, dass er einfach aufhören würde. Er dürfte im Gefängnis sitzen, tot sein oder in einem anderen Teil der Welt leben, wo seine Verbrechen nicht mit denen von Seattle in Verbindung gebracht wurden. Der Bericht behandelte noch einige Seiten lang sein Verhältnis zu Frauen. Das Fazit war nicht überraschend: Der Mörder hegte Frauen gegenüber extremen Hass.

»Ach, wirklich«, murmelte Josie zum Bildschirm.

»Was?«, fragte Trinity, die in einem Seidenpyjama an ihr vorbeirauschte. Sie ging zum Kühlschrank und nahm mehrere Gegenstände heraus, die verdächtig nach Zutaten für Putensandwichs aussahen. Als ob er antworten würde, knurrte Josies Magen.

Josie stand auf und räkelte sich. »Ich habe nur mit mir selbst gesprochen. Kann ich dir eine Frage stellen?«

»Über Serienmörder?«, fragte Trinity, während sie zwei Teller aus dem Küchenschrank holte.

»Nein, über gesetzlose Bikergangs.«

Trinity sah von den zwei Sandwichs auf, die sie gerade in Scheiben schnitt, und für Josie war es zu ihrem Erstaunen wieder einmal so, als ob sie in einen Spiegel sähe – besonders in Augenblicken wie diesen, in denen Trinity kein Fernseh-Make-up trug. »Wir sind wieder bei den Bikergangs? Ich dachte, der Pärchenwürger wäre eure gute Fährte.«

Josie nahm ihr Sandwich, aß es aber nicht sofort. »Ich bin mir ziemlich sicher, dass er das ist, aber ich brauche eine kurze Pause davon. Außerdem beschäftigt mich etwas anderes.«

Trinity ließ sich auf einen Stuhl am Küchentisch fallen, biss in ihr Sandwich und sah Josie an, die über die Fragen nachdachte, die seit ihrem Gespräch mit Starkey an ihr genagt hatten.

Josie fragte: »Wenn eine Gang wie die Devil's Blade die Frau eines verdeckten Ermittlers entführen würde, weil sie sich dafür rächen wollen, dass dieser Ermittler ihre Organisation unterwandert hat, was würden sie mit ihr anstellen?«

Trinity legte ihr Sandwich auf den Teller und sah Josie mit ernstem Gesichtsausdruck an. »Josie«, antwortete sie. »Du arbeitest lange genug bei der Polizei, um die Antwort zu kennen. Was tun Männer wie diese Frauen immer an?«

Josie wusste, dass sie beide an den Fall dachten, der die dauerhafte Freundschaft zwischen ihnen besiegelt hatte. Der

Fall um die verschwundenen Mädchen. Ein Schauer lief durch Josies Körper.

»Würde sie von ihnen freigelassen werden? Nachdem sie eine lange Zeit – sogar ein ganzes Jahr – festgehalten wurde? Würde sie von ihnen einfach wieder direkt in die Hände der Polizei gegeben werden?«

»Nein«, sagte Trinity. »Sie würden sie so lange bei sich behalten, wie sie ihnen für ihre Zwecke nützlich wäre, sie dann aber töten. Vielleicht findet man die Leiche nie, aber niemand sieht sie je wieder.«

»Das denke ich auch«, erwiderte Josie und biss in ihr Sandwich.

50

Josie ging die Threads in den Diskussionsforen noch immer durch, als erstes Tageslicht in Trinitys Wohnung schien. Fünfzehn Minuten später klingelte ein Wecker in einer der Nischen im Flur. Das Geräusch endete abrupt und Trinity tauchte in zerknittertem Pyjama und zerzaustem Haar vor ihr auf. Sie kniff die Augen zusammen, als ob sie sich nicht sicher war, was sie gerade sah. »Mein Gott, Josie. Du bist immer noch da dran?«

Josie merkte erst jetzt, dass ihre Augen brannten und ihr Rücken steif war und schmerzte. Blinzelnd klickte sie auf einen neuen Thread, der mit *Die Familie Neal* betitelt war. »Das sind die letzten Beiträge, die ich lese«, sagte sie zu Trinity. »Dann werde ich etwas schlafen.«

Trinity zeigte auf die digitale Uhranzeige an der Mikrowelle. »Beeil dich lieber. Du wirst nicht viel Zeit haben, zu schlafen, bevor dein Zug abfährt.«

»Ich schlafe im Zug«, sagte Josie.

Sie hatte Stunden damit verbracht, Informationen über den Pärchenwürger von Seattle und alle seiner Opfer zu lesen. Ein paar Mal hatte sie das Forum verlassen, um über den Browser nach Verbindungen zwischen dem Mörder und James Omar oder den Opfern und James Omar zu suchen. Sie fand nichts. Es lag nahe, dass der Täter seinen Ruhestand unterbrochen hatte, um die Wilkins zu ermorden, und dass er Gretchens Kaffeebecher am Tatort platziert hatte. Sie hätte denken können, dass er überhaupt nichts mit dem Mord an Omar zu tun gehabt hatte, wenn da nicht das Foto wäre, das an seinem Körper befestigt worden war. Würde sie eine Verbindung zwischen den Neals und dem Foto finden, könnte sie ihren Chef davon überzeugen, ihre Theorie ernst zu nehmen, und Gretchens Befreiung würde möglicherweise näher rücken. Starkey hatte gesagt, dass die Neals keine Kinder gehabt hätten und die Informationen in den Diskussionsforen bestätigten das. In der Tat waren Amy und Justin Neal, obwohl ihre Ermordung am kürzesten zurücklag, das Paar, über das am wenigsten bekannt war. Die einzigen Threads, die sie über das Ehepaar Neal hatte finden können, drehten sich um die Frage, weshalb der Täter nichts aus ihrem Haus mitgenommen hatte. Manche stellten die Theorie auf, dass er geplant hätte, die Neals als letztes Ehepaar zu töten, und dass er deshalb keine Trophäen mitgenommen hätte. Dass er damit der Welt das Ende seiner Mordserie signalisieren wollte. Andere Leute dachten, dass er tatsächlich etwas mitgenommen hätte, aber dass niemand die Neals gut genug kannte, um den versteckten Gegenstand identifizieren zu können.

Josie fragte sich, ob es bei der Diskussion, die sie gerade aufrief, auch darum ging, aber, wie sich herausstellte, handelte es sich um eine Sammlung von Gerichtsunterlagen. Josie klickte auf jede einzelne PDF-Datei und las sie sich durch. Sowohl Justin als auch Amy Neal hatten Vorstrafenregister. Die meisten der Anklagepunkte hatten mit Drogen zu tun, außer einem Körperverletzungsdelikt, wegen dem Justin gerade auf Bewährung war, als er getötet wurde.

Es gab noch viele weitere PDF-Dateien und Josie rang mit der Müdigkeit, während sie klickte und las, klickte und las.

Beinahe hätte sie sich mit den letzten paar Dokumenten keine Mühe mehr gemacht, aber sie konnte sie nicht ungelesen lassen. Nicht, nachdem sie schon so viel Zeit verschwendet hatte. Das allerletzte PDF war ein Adoptionsantrag. Sie wusste gleich, dass es sich dabei um ein versiegeltes, vertrauliches Gerichtsdokument handelte. Wer auch immer den Zugriff darauf erhalten und es ins Forum gestellt hatte, hatte das illegal getan. Kein Wunder, dass die für das Forum verantwortliche Person Strafverfolgern keinen Zugang gewährte.

»Kaffee?«, fragte Trinity.

Josie hatte fast schon vergessen, dass sie da war. »Nein«, sagte sie knapp. Sie konnte keinen Kaffee gebrauchen, nicht jetzt, wo ihr das Adrenalin in Blitzgeschwindigkeit durch die Adern schoss. Amy und Justin Neal hatten einen Sohn gehabt und ihn einige Monate vor ihrem Tod zur Adoption freigegeben.

Josie stand auf und lief zu ihrer Handtasche, die sie auf das Sofa geworfen hatte. Sie nahm ihren Notizblock heraus und schrieb die Namen des Paars auf, das die Adoption bei Gericht beantragt hatte. Der Name des Sohns der Neals und andere Informationen waren entfernt worden, da er minderjährig gewesen war. Josie hatte aber, was sie brauchte, um seine Adoptiveltern ausfindig zu machen. Sie schaute unten rechts auf dem Laptop nach der Uhrzeit. Es war zu früh für Telefongespräche. Wenn aber die Sonne aufgegangen war und sie ein paar Stunden Schlaf bekommen hatte, würde sie gleich als erstes Jack Starkey anrufen.

51

SEATTLE, WASHINGTON

MÄRZ 2004

Amy Neal kreischte, als ihr Ehemann die Bettdecke von ihrem Körper zog. Die Taschenlampe, die sie mit der einen Hand umklammert hielt, fiel in die Kissen hinter ihr und der Strahl ging verloren. Mit der anderen Hand hielt sie ein Foto eng an ihre Brust gepresst. »Verdammt noch mal, Justin«, sagte sie. »Was zum Teufel machst du da?«

In der Dunkelheit des Schlafzimmers ragte seine Gestalt von 1,82 Metern als Schattenfigur über dem Bett. Ihr Wecker zeigte an, dass es 2.13 Uhr war. Wie gewöhnlich war Justin auf dem Sofa eingeschlafen. Sie hatte ihn dort nach den Abendnachrichten alleingelassen. Als sich ihre Augen an die Dunkelheit gewöhnt hatten, erkannte sie, dass er ihr eine Hand hinhielt.

»Amy, gib mir das Bild.«

Sie vergrub es in den Falten ihres Nachthemds. »Nein.«

Er seufzte tief. Ob vor Frustration oder Niedergeschlagenheit konnte sie nicht sagen. Als nächstes spürte sie sein Gewicht am Bettrand. Diesmal klang seine Stimme sanfter. »Amy, es geht ihm gut. Wir haben das Richtige getan.«

Tränen brannten ihr in den Augen. »Haben wir das, Justin? Geht es ihm gut bei diesen ... diesen Fremden?«

Seine Finger fanden zu ihrem nackten Knie und drückten es zärtlich. »Das sind jetzt seine Eltern, Ame. Du bist die diejenige, die wie verrückt an dem Foto hängt. Findest du, er sieht unglücklich aus?«

Ein Schluchzer blieb ihr im Hals stecken. Nein. Ihr Sohn sah nicht unglücklich aus. Er wirkte frei und gesünder, als er es jemals bei ihnen gewesen war. »Es macht, dass ich wieder was nehmen möchte«, piepste sie.

Justin streichelte ihr Knie. »Ich weiß. Mir geht es genauso. Deswegen sollten wir das Foto wegtun, denke ich. Wir müssen das hinter uns lassen.«

Jetzt flossen ihr Tränen über die Wangen. »Wie denn? Wie lässt du deinen eigenen Sohn hinter dir?«

»Ich weiß es nicht.«

»Bist du wirklich dazu bereit?«, fragte sie.

»Nein, aber es kann so nicht weitergehen – dass wir nicht loskommen von ...«

Er verstummte. Von der Trauer. Dem Verlust. Dem Zweifel. Das waren die Worte, die er nicht aussprechen konnte. Sie waren erst seit ein paar Monaten clean. Sie hatten Vorstrafen und Justin war noch auf Bewährung. Sie hatten der Pflegefamilie ihres Sohnes die Erlaubnis gegeben, ihn zu adoptieren. Sie wussten, dass das zu seinem Besten war. Sie hatten aber nicht gewusst, wie hart es sein würde.

»Ich habe das Messer gesehen«, sagte Amy mit tränenerstickter, heiserer Stimme. »Was hast du vor?«

Er riss den Kopf hoch. »Messer?«, fragte er. »Was für ein Messer?«

»Das Jagdmesser. Du hast es auf dem Küchentisch liegen lassen. Woher hast du es? Von wem hast du es geklaut?«

»Ame, ich habe kein Messer ins Haus gebracht. Bist du verrückt? Wovon redest du?«

»Du weißt ganz genau, wovon ich rede. Lüg mich nicht an. Wir haben ausgemacht, dass wir uns nicht mehr anlügen.«

Das Bett knarrte, als Justin aufstand. »Das ist Schwachsinn«, sagte er. »ich weiß nicht, wovon du sprichst.«

»Dann sieh es dir selbst an!«, erwiderte Amy.

Justin wollte schon gehen, aber plötzlich fiel ein Lichtstrahl durch den Raum und blendete sie. Das Gelächter eines Mannes folgte. »Ich habe eine bessere Idee«, sagte die fremde Stimme. »Ihr beide bleibt hier und wir spielen etwas.«

52

NEW YORK

GEGENWART

Ein Anruf von Noah weckte sie. Josie lag mit dem Gesicht nach unten in Trinitys Bett und Speichel lief ihr aus dem Mund, als ihr Handy unaufhörlich zu klingeln begann und sie aus der warmen Umarmung des Schlafs riss. Verschlafen tastete sie nach dem Handy auf Trinitys Nachttisch. Sie sah Noahs Namen auf dem Display, drückte auf Annehmen und begrüßte ihn krächzend.

»Bist du noch in New York?«, erkundigte sich Noah.

Josie drehte den Kopf und schaute auf Trinitys Wecker. »Mist«, sagte sie. »Ich muss in einer Stunde den Zug kriegen.«

»Chitwood fragt nach dir«, berichtete Noah. »Ich habe ihm gesagt, dass es in deiner Familie ein Problem gibt und dass du dir einen Tag freinehmen musstest.«

»Anstatt ihm zu sagen, dass ich wegen der Ermittlungen im Fall Omar in New York bin?«, fragte Josie.

»Du weißt, dass er es nicht gut gefunden hätte. Die Presse

sitzt ihm wegen der Wilkins-Morde im Nacken. Er hat darum gebeten, dass die DNA-Analyse beschleunigt wird.«

Josie setzte sich auf und schwang ihre Beine über die Bettseite. »Das ist gut. Wir müssen die Ergebnisse durch die staatliche Datenbank laufen lassen, sobald wir sie haben. Hör mal, ich werde zum Mittagessen zurück sein, okay? Ich habe einiges zu berichten, aber ich muss mich jetzt fertigmachen, damit ich den Zug bekomme.«

»Natürlich. Die Befugnis habe ich an den Telefonanbieter rausgeschickt, um zu sehen, was wir über die entscheidende Nummer rausfinden können, die Omar in den letzten zwei Wochen angerufen hat. Sie haben gesagt, dass es leider fünf bis sieben Tage dauern wird. Die gute Neuigkeit ist aber, dass wir Omars Textnachrichten der letzten zwei Wochen haben.«

Energie schoss durch ihren Körper. »Was steht drin?«

Noah seufzte. »Nichts, was uns weiterbringen würde. Du kannst sie dir anschauen, wenn du zurück bist.«

Die Energie ließ nach und Enttäuschung machte sich in ihr breit. »Kannst du sie mir als PDF schicken? Ich kann sie mir im Zug durchlesen.«

»Klar. Ich schicke sie in ein paar Minuten rüber.«

Sie legten auf und Josie bereitete sich, trotz ihrer Erschöpfung, in Rekordgeschwindigkeit auf den Tag vor. Eine halbe Stunde später stand sie mit ihrem Koffer am Straßenrand. Sie hielt ein Taxi an und telefonierte auf der Fahrt zur Penn Station mit Jack Starkey.

Er klang, als ob er die ganze Nacht aufgeblieben wäre und getrunken hätte. Seine Begrüßung klang undeutlich. »Quinn?«, fragte er, als ob er nicht glauben könnte, dass sie es war.

»Ja«, antwortete Josie. »Hören Sie, es tut mir leid, dass ich Sie noch einmal störe, aber ich hätte ein paar Fragen.«

Es folgte Stille. Dann sagte er: »Klar, in Ordnung, aber ich habe zuerst eine Frage an Sie.«

»Okay«, sagte Josie. »Schießen Sie los.«

Seine Stimme war voller Feindseligkeit. »Was spielen Sie hier?«

»Entschuldigung, wie bitte?«

»Ich habe letzte Nacht im Internet recherchiert. Sie haben mir nicht gesagt, dass Gretchen für den Mord an dem Jungen festgenommen wurde. Warum, zum Teufel, nicht? Was geht da bei Ihnen in Zentral-Pennsylvania vor sich?«

Josie seufzte. »Ich habe es Ihnen nicht gesagt, weil ich es zu dem Zeitpunkt nicht für relevant hielt.«

»Nicht relevant?«, donnerte er.

»Gibt es etwas, das Sie zurückhalten und mir jetzt erzählen wollen, wo Sie wissen, dass Gretchen wegen Mordes angeklagt ist?«

»Was? Nein. Nein, so ist es nicht. Ich habe Ihnen erzählt, was ich weiß.«

»Wussten Sie, dass Amy und Justin Neal einen Sohn hatten?«

»Einen Sohn? Nein, nein. Sie hatten keine Kinder.«

»Doch«, sagte Josie. »Einen kleinen Jungen. Er war mehrere Jahre in einer Pflegefamilie untergebracht, bis sie zugestimmt haben, dass die Pflegeeltern ihn adoptierten.«

»Woher zur Hölle wissen Sie das?«

»Ich habe so meine Quellen«, sagte Josie. »Wussten Sie, dass die Neals vorbestraft waren?«

»Ja, ja, das war mir bekannt«, antwortete er irritiert. »Was hat das damit zu tun?«

»Was, wenn der Gegenstand, den der Pärchenwürger vom Tatort bei den Neals mitgenommen hat, ein Foto ihres Sohns war?«

»Unmöglich.«

»Wieso nicht? Wer ist nach ihrem Tod durch die Wohnung gegangen?«

»Es war ... es war ein Kollege. Jemand von Justins Arbeit.«

Das Taxi hielt ruckartig einen Block von der Penn Station

entfernt an. Josie gab dem Fahrer ein Trinkgeld, formte ein Dankeschön mit den Lippen, stieg aus und zerrte den Koffer hinter sich her. Sie sagte zu Starkey: »Ein Kollege? Nicht die Eltern oder Geschwister? Noch nicht mal ein Freund?«

»Soweit ich mich erinnern kann, hatten sie niemanden. Alle aus ihrem Umfeld hatten sie wegen der ganzen Drogenprobleme abgeschrieben«, sagte Starkey. »Ich glaube, eine Freundin ist nach den Beerdigungen durchgegangen und hat sich umgeschaut, aber sie hat gesagt, dass nichts fehlte.«

»Also ist es möglich, dass das Foto gemacht wurde und niemand davon gewusst hat«, betonte Josie.

Wieder Stille in der Leitung. Schließlich sagte er: »Ich nehme es an, ja. War's das?«

»Nein«, erwiderte Josie kühl. »Noch nicht. Sie haben auch gesagt, dass Gretchen, als sie von den Devil's Blade vor der ATF-Zentrale in Seattle abgeladen worden ist, ›aufgeschlitzt‹ war. Was haben Sie damit gemeint?«

»Was soll ich denn gemeint haben? Ich habe gemeint, dass sie lauter Schnittwunden hatte.«

Josie ging durch die Türen der Penn Station, bewegte sich in der Menschenmasse vorwärts und drückte das Handy fester ans Ohr, um Starkey durch den Lärm hören zu können. »Wo haben sie ihr die zugefügt?«

»Was für eine Frage ist das denn?« Nun klang er wie ein wütender Betrunkener, aber Josie bedrängte ihn trotzdem weiter.

»Wo an ihrem Körper, Starkey? Sie muss außer den Wunden auch Narben gehabt haben? Wo waren die?«

»Oh«, meinte er und die Anspannung in seiner Stimme ging zurück. »Auf ihrem Bauch. Überall. Kreuz und quer. Da waren einige. Wir mussten Fotos machen, wissen Sie? Für unsere Akte. Wir hatten den Krankenhausbericht und alles. Wir haben gehofft, die Devil's Blade dranzukriegen für das, was sie ihr angetan hatten, aber sie wollte uns am Ende nicht dabei helfen.«

»Okay«, sagte Josie. »Wie tief waren die Schnitte?«

»Ich weiß es nicht. Ich meine, manche von ihnen waren alt – wie die in der Nähe ihrer Brust. Sie müssen sie gequält ... die ganze Zeit über aufgeschlitzt haben.«

»Hat Sie Ihnen das erzählt? Hat sie gesagt, dass alle Narben von ihrer ... Tortur gestammt haben?«

Er seufzte genervt. »Nun, ja, Quinn. Das hat sie den Ärzten erzählt. Ich bin ihre Akte über hundertmal durchgegangen und habe versucht, sie zu überzeugen, gegen die Devil's Blade auszusagen. Woher, verdammt noch mal, denken Sie, dass ich das alles weiß?«

»Mussten die neueren Wunden genäht werden?«

»Nein, ich denke nicht. Ich meine, sie war ganz schön übersät mit Wunden, aber sie waren oberflächlich. Die neueren. Daran erinnere ich mich noch. Habe mir gedacht, wie viel Glück sie gehabt hatte, aber auch wie grausam es gewesen war, dass sie von ihnen gerade so weit zerschnitten worden war, dass Narben geblieben waren. Ein hübsches junges Mädchen wie sie?«

Josie wollte schon bissig sagen, dass ein »hübsches junges Mädchen« das eigene Leben wichtiger fand, als sich im Bikini zu zeigen, aber sie blieb still.

»Worum zum Teufel geht es hier, Quinn«, fragte er.

Es geht um die Lügen, die Gretchen erzählt hat, dachte sie. Zu Starkey sagte sie: »Um eine Vermutung. Lassen Sie uns später darüber reden.«

Sie spürte das Vibrieren ihres Handys in der Tasche, als sie sich ihren Weg durch die Penn Station bahnte, wartete aber, bis sie im Zug saß, um sich Omars Textnachrichten anzusehen, die Noah geschickt hatte. Es waren mehrere Seiten. Manche waren zwischen ihm und seiner Familie und es ging darin hauptsächlich um den Geburtstag seiner Mutter, wer was besorgen würde und ob er die Zeit und das Geld hätte, an diesem Wochenende nach Hause zu fliegen, um sie zu sehen. Dann gab es noch einige andere Nachrichten zwischen ihm und unbekannten Nummern, in denen es um Aufgaben fürs Studium oder Verabredungen mit der Lerngruppe ging. Außerdem waren da noch die Nachrichten zwischen Omar und seinem Mitbewohner, Ethan Robinson. Josie sah sofort, was Noah gemeint hatte. Die beiden hatten anscheinend ihre eigene Kurzschrift gehabt. Manche der Nachrichtenwechsel waren unscheinbar, wie einer, in dem Omar Ethan daran erinnerte, nicht die »Guac« zu vergessen, wenn er das mexikanische Essen abholen würde, oder ein anderer, in dem Ethan Omar fragte, ob er ein Lehrbuch liegengelassen hatte.

Dann gab es einige Nachrichten, deren Bedeutung Josie

nicht erraten konnte, wie etwa einen Austausch von zwei Wochen davor:

Ethan: *haste mit ihm geredet*

Omar: *ja*

Ethan: *was sagt er*

Omar: *ich erzähls dir später*

Ein paar Tage später gab es eine weitere auffallende Unterhaltung:

Omar: *wo bist du*

Ethan: *essen holen wieso*

Omar: *habe mit ihr gesprochen. sie glaubt mir nicht. ist nicht gut gelaufen. wann bist du zu hause?*

Ethan: *was hat sie gesagt? hast du gefragt, ob sie es macht?*

Omar: *erzähls dir zu Hause*

Josie nahm ihren Notizblock heraus und blätterte ihn auf der Suche nach den Informationen durch, die sie schnell aufgeschrieben hatte, als Noah und sie Omars Handydaten durchgegangen waren. Omar hatte Gretchen am gleichen Tag angerufen, als auch diese Nachrichten geschrieben wurden. Josie war sich sicher, dass »sie« in ihren Nachrichten für Gretchen stand.

Danach gab es nichts mehr außer banalen Alltagstexten – bis zu dem Tag, an dem Omar erschossen wurde.

Omar: *das war keine gute Idee*

Ethan: *was ist los*

Omar: *wir hätten nicht lügen sollen*

Ethan: *brich es ab. fahr zurück.*

Omar: *zu spät*

Mehrere Minuten vergingen und dann schrieb Ethan:
bro, was ist?

Ein paar Stunden später, etwa um die Zeit herum, als Josie und Noah bei Gretchens Haus angekommen waren und Omar tot in der Einfahrt vorgefunden hatten, war noch eine Nachricht von Ethan gekommen: *alter, was ist????*

Zwei Minuten später kam eine Antwort von Omars Handy: *Ihr sitzt in der Scheiße.*

54

»Sind Sie verrückt geworden?«, brüllte Bob Chitwood.

Er stand gegenüber von Josie, Noah und Detective Heather Loughlin am Kopfende des Besprechungstisches. Josie hatte ihm gerade vom Ausflug nach New York berichtet und von allem, was sie von Jack Starkey und aus dem Onlineforum, zu dem Trinity ihr Zugang verschafft hatte, erfahren hatte.

Chitwood fuhr fort: »Sie wollen mir sagen, dass Sie denken, ein Serienmörder vom anderen Ende des Landes, der vor über zwei Jahrzehnten aktiv war, wäre jetzt hier in Denton?«

Josie sagte: »Ja.«

»Sie denken, dass Gretchen, eine geschulte Polizistin, den Kerl gesehen hat, der ihren Ehemann vor über zwei Jahrzehnten umgebracht hat, und, anstatt ihn festzunehmen, hat sie ihn Omar erschießen lassen und ist dann mit ihm in ihrem Auto mitgekommen?«

»Nein«, antwortete Josie. »Ich meine, ja, ich denke, dass dieser Typ Omar erschossen und Gretchen entführt hat. Ich weiß nicht, was passiert ist, aber er hatte eindeutig die Kontrolle über die Situation und über Gretchen. Ich bin mir sicher, dass sie ihn ansonsten sofort angeschossen hätte. Ich denke, dass er sie gegen ihren Willen festgehalten hat.«

»Und sie dann gehen lassen hat?«, fragte Chitwood. »Wie soll das genau abgelaufen sein? Er hat ihr befohlen, dass sie die Schuld auf sich nimmt und dann gesagt: ›Ach ja, Gretchen, es wäre toll, wenn du nicht erwähnst, dass ich an dem Tag da war?‹ Verstehen Sie, wie das klingt? Denn das wollen Sie mir weismachen. Glauben Sie das wirklich?«

Josie stemmte eine Hand in die Hüfte. »Ich habe noch nicht alles herausgefunden«, gab sie zu.

»Was Sie nicht sagen!«, rief Chitwood aus. »Das ist der unfertigste Mist, der mir jemals zu Ohren gekommen ist.«

Josie ignorierte seine Gehässigkeit und sagte: »Genau deswegen brauche ich ein Gespräch mit Gretchen.«

»Wird nicht gehen«, zwitscherte Loughlin, ohne es böse zu meinen. Sie lehnte sich zurück und streckte die Beine aus. Mit einem Fuß ließ sie den Stuhl vor- und zurückwippen. Sie wirkte beinahe gelangweilt. »Gerade jetzt wird Bowen es nicht zulassen.«

»Dann führen Sie ein Gespräch mit ihr«, meinte Josie. »Gehen Sie mit ihr in den Befragungsraum. Ich sage Ihnen, wie ich vorgehen würde.«

Chitwood trommelte mit zwei Fingern auf den Tisch. »Sie hören nicht zu, Quinn. Keiner von uns wird mit Gretchen in den Befragungsraum gehen. Bowen denkt, dass wir versuchen, ihr den Doppelmord anzuhängen, und ich bin mir nicht so sicher, dass wir das nicht tun sollten. Wir haben ihre Fingerabdrücke im Haus. Kein Alibi für die Nacht.«

»Wir haben nicht genug, um ihr die Wilkins-Morde anzulasten«, warf Noah ein.

»Wir haben auch nicht genug für Quinns sonderbare Theorie, dass jemand anders an der Erschießung von Omar beteiligt war. Und falls Sie denken, dass uns Bowen mit ihr reden lässt, wenn wir ihm erzählen, dass sie den Kopf für einen Serienmörder hinhält: Er wird uns sagen, dass wir die Fliege machen sollen«, meinte Chitwood. »Er wird denken, dass wir versuchen, sie als Komplizin festzunageln – und selbst, wenn Sie beweisen könnten, dass jemand anders da war, bin ich mir nicht so sicher, warum wir es nicht tun sollten. Quinn, Sie haben nichts, das ihre verrückten, unfertigen Theorien unterstützt.«

Es klopfte leise an der Tür und Lamay schlurfte mit einem Papierstapel herein, den er Josie gab. Mit einem Finger zeigte er auf etwas, das er für sie markiert hatte. Sie brauchte nur ein paar Sekunden, bis sie erkannt hatte, worum es sich handelte. »Warten Sie bitte kurz«, sagte sie. »Wir dürften hier etwas haben. Ein Haar. Ein kurzes graues Haar wurde auf der Fahrerkopfstütze in Gretchens Wagen gefunden. Die Wurzel ist noch dran, was bedeutet, dass wir die DNA davon bekommen können.«

Chitwood blieb unbeeindruckt. »Quinn. Gretchen hat kurze Haare und ist in den Vierzigern. Denken Sie nicht, dass da ein paar graue dabei sind?«

Noah bemerkte: »Sie färbt sie. Sie lässt sie braun.«

Josie sah ihn mit hochgezogener Augenbraue an. Sie hatte ihn nicht für jemanden gehalten, dem so etwas auffiel, aber sie war froh darüber. Sie wandte sich wieder Chitwood zu und sagte: »Ich bitte nur darum, dass Sie die Analyse dieses Haars und die der DNA, die an Margie Wilkins' Körper gefunden wurde, beschleunigen. Wenn keine von beiden mit dem Profil des Pärchenwürgers von Seattle übereinstimmt und sie beide nicht gleich sind, können Sie alles gern abtun, meine ganzen – wie haben Sie sie genannt? – *sonderbaren* Theorien.«

Chitwood sah sie mit zusammengekniffenen Augen wütend an.

»Überprüfen Sie meine Theorie«, fuhr Josie entschieden fort. »Wenn ich falsch liege, bin ich mit dabei, Gretchen als Omars Mörderin anzuklagen.«

Aus dem Augenwinkel konnte Josie sehen, wie Loughlin nun aufrecht saß und sie interessiert ansah.

»Sie wollen das Risiko eingehen, dass es Ihnen das Genick bricht, Quinn?«, fragte Chitwood.

Josie schob das Kinn nach vorn. »Jawohl, das will ich.«

Sie sahen sich ein paar Sekunden länger an. Josie war froh, dass Chitwood den Blickkontakt als erstes abbrach. »Na schön«, sagte er, ging an Josie vorbei und riss ihr den Bericht aus den Händen. »Ich werde ein paar Anrufe erledigen. Mal sehen, wie schnell wir die Ergebnisse bekommen. Aber merken Sie sich eins – ich möchte Festnahmen im gottverdammten Wilkins-Fall. Eigentlich schon gestern. Wenn es nicht bald zu Verhaftungen kommt, können Sie mir glauben, dass ich Ihnen das Leben zur Hölle mache.«

Damit stolzierte er aus dem Raum.

Noah meinte: »Dann kann es ja nur noch besser werden.«

Josie lachte. Loughlin sah sie immer noch interessiert an. Sie fragte: »Meinen Sie, es gibt etwas, das ich Bowen sagen könnte, damit er uns eine Chance mit Gretchen gibt?«

Josie antwortete: »Ich denke, sie würde mit uns reden, wenn wir nur zu ihr durchkommen könnten.«

»Sie hat es vorher auch nicht gemacht«, warf Noah ein.

»Ich weiß jetzt mehr«, sagte Josie. Sie beauftragte Loughlin: »Bitten Sie Bowen darum, dass er Gretchen eine Nachricht übermittelt.«

»Die wie lautet?«, fragte Loughlin und nahm ihr Notizbuch sowie einen Stift hervor.

»Bitten Sie ihn darum, Gretchen zu sagen, dass ich die Wahrheit über Linc Shore and ihr Jahr bei den Devil's Blade kenne. Er soll auf jeden Fall Josie dazusagen. Wenn sie denkt, ich hätte es allen erzählt, wird sie nie reden.«

Loughlin notierte sich schnell ihre Worte und sah dann wieder hoch. »Noch irgendwas anderes?«

»Nein, bitten Sie ihn einfach, ihr die Nachricht weiterzuleiten.«

Loughlin stand auf und schob das Notizbuch wieder in die Jackentasche. »Was ist die Wahrheit über Linc Shore und ihr Jahr bei den Devil's Blade?«

Josie lächelte. »Ich bin mir noch nicht sicher. Ich tu nur so, als ob. Ich weiß nur, dass sie in Bezug darauf gelogen hat, aber ich weiß nicht, warum.«

»Wieso glaubst du das?« fragte Noah.

»Starkey hat gesagt, dass sie überall aufgeschlitzt war, als sie vor dem ATF-Gebäude abgesetzt wurde, aber dass die neueren Schnittwunden nur oberflächlich waren. Sie mussten noch nicht einmal genäht werden. Er hat gesagt, dass die älteren laut ihr auch aus der Zeit gestammt hätten, in der sie verschwunden gewesen war. Vor sechs Monaten, als wir am Belinda-Rose-Fall gearbeitet haben, hat mir Gretchen die alten Narben gezeigt, die sich kreuz und quer über ihren Oberbauch ziehen. Sie hat mir erzählt, dass sie von Operationen wären, zu denen ihre Mutter Ärzte überredet hat, als sie ein Kind war.«

»Meine Güte«, sagte Loughlin.

»Ihre Mutter hatte das Münchhausen-Stellvertreter-Syndrom«, erklärte Noah.

»Zuerst habe ich gedacht, dass sie vielleicht dem medizinischen Personal nicht davon erzählen wollte – von ihrer Mutter und ihrer Vergangenheit. Aber ich denke, dass sie wirklich alle im Glauben lassen wollte, dass die Devil's Blade sie schlimm gequält hatten.«

»Aber sie hat sich geweigert, Anzeige zu erstatten«, sagte Noah. »Warum hätte es ihr also wichtig sein sollen, dass alle dachten, sie wäre in der Zeit bei ihnen gequält worden?«

»Weil sie gelogen hat. Ich bin mir noch nicht sicher, warum. Ich weiß nur, dass an der Geschichte über ihr Jahr in Gefangenschaft mehr dran ist.«

»Woher wissen Sie, dass Gretchen Sie in Bezug auf die

Narben nicht angelogen hat, als sie sie Ihnen gezeigt hat?«, fragte Loughlin.

Weil wir uns über toxische Mütter unterhalten haben, dachte Josie. Es war ein heiliges Thema für sie beide. Nichts, bei dem Gretchen lügen würde. Das war aber etwas, das sie Loughlin nicht erklären konnte, deshalb sagte sie: »Es sollte relativ einfach zu beweisen sein. Ihre Mutter wurde wegen Mordes und versuchten Mordes verurteilt. Gretchens Verletzungen müssten in den Gerichtsakten gut dokumentiert sein.«

Loughlin nickte. »Ausgezeichnet. Ich bin mir sicher, dass wir an die herankommen, wenn wir es müssen, aber hoffentlich wird das gar nicht erst nötig sein. Ich mache mich los und spreche mit Andrew Bowen.«

Noah und Josie sahen ihr hinterher und hörten das nachlassende Geräusch ihrer Schritte. Noah zog einen Stuhl hervor und setzte sich. »Hast du die Textnachrichten gelesen?«

»Sie werfen mehr Fragen auf, als sie beantworten«, sagte sie.

Noah lehnte sich in seinem Stuhl zurück und verschränkte die Hände hinter dem Kopf. »Omar und Robinson hatten etwas geplant«, meinte er. »Aber was?«

»Ich weiß es nicht«, erwiderte Josie. »Aber ich nehme an, dass mit ›sie‹ Gretchen gemeint ist.«

»Das muss so sein. Aber worüber haben sie gelogen?«

»Keine Ahnung. Das Problem ist, dass die einzigen zwei Personen, die das beantworten können, Omar und Ethan Robinson sind. Omar ist tot und Robinson verschwunden«, sagte Josie. »Hast du die Nachrichten an die Polizei von Philly geschickt?«

»Ja, ich habe mich mit dem Detective in Verbindung gesetzt, der Robinsons Vermisstenfall bearbeitet. Er wollte sie per E-Mail haben und war froh darüber. Hat gesagt, dass er alle Freunde von Robinson und Omar auf dem Campus befragen würde, ob sie wissen, was die beiden geplant hatten. Er hat mir auch berichtet, dass sie Omars und Robinsons Wohnung durchsucht haben und dass Robinsons Handy und Laptop fehlen. Robinson hat kein eigenes Auto. Er benutzt die Öffentlichen.«

»Was ist mit Bankkonten?«, fragte Josie. »Kreditkarten?«

»Die Polizei von Philly sagt, dass er ein Bankkonto besitzt, auf das sein Vater Geld überweist, und er hat eine Bankkarte. Sie haben seinen Vater den Kontostand überprüfen lassen. Anscheinend hat er am Tag, als Omar erschossen wurde, dreitausend Dollar abgehoben. Kurz nachdem er die letzte Textnachricht erhalten hatte.«

»Also ist Ethan weggelaufen«, meinte Josie. »Er versteckt sich.«

»Sieht so aus«, stimmte ihr Noah zu. »Jedenfalls melden sie sich vom Philly PD bei uns, wenn sie etwas herausfinden.«

»Das ist super«, sagte Josie. Sie spürte ein klein wenig Erleichterung, dass an Ethans Fall aktiv gearbeitet wurde. Trotzdem gab es so viele offene Fragen, dass ihr Kopf ratterte. Wovor lief Ethan weg und was hatten Omar und er von Gretchen gewollt?

Noah warf einen Blick auf die Uhr. »Es wird noch eine Weile hell sein. Was möchtest du als nächstes angehen?«

Sie richtete ihre Aufmerksamkeit auf ihn und ließ den Strudel an Fragen in ihrem Verstand nach hinten treiben. Vielleicht würde ihr Unterbewusstsein alles, was sie bereits wussten, nutzen und ein paar Antworten ausspucken. Zu Noah sagte sie: »Ich möchte Amy und Justin Neals Sohn finden.«

55

Sie brauchten eine Stunde, um das Paar ausfindig zu machen, das Amy und Justin Neals Sohn 2004 adoptiert hatte. Da Josie in der letzten Woche schon nach Philadelphia und New York gereist war, fiel Noah die Aufgabe zu, sie unangekündigt anzurufen und eines der unangenehmeren Gespräche zu führen, die Josie in ihrem Leben mitbekommen hatte. Er erreichte sie über das Festnetz und Josie konnte sowohl die Stimme des Manns als auch der Frau durch Noahs Schreibtischtelefon hören. Sie stellte sich vor, wie eine Person von beiden in der Küche am Telefon sprach, während die andere im Stockwerk darüber auf dem Bett saß und am anderen Apparat war.

Ihr Sohn war nun erwachsen und sie konnten nicht verstehen, warum das Thema Adoption wieder auf den Tisch gebracht wurde. Sie hatten ihn als Pflegekind bekommen, als er noch ein Kleinkind gewesen war und ihn mehrere Jahre lang großgezogen, bis die Adoption abgeschlossen war. Das erklärte vermutlich, warum niemand, der die Neals zum Zeitpunkt ihrer Ermordung gekannt hatte, von ihrem Sohn gewusst hatte. Er war ihnen als Baby genommen worden. Die Adoptiveltern erzählten Noah, dass ihr Sohn über seine Adoption Bescheid wisse, dass es ihnen aber lieb wäre, wenn die Angelegenheit so viele Jahre danach nicht wieder hervorgezerrt werden würde. Im weiteren Verlauf des Gesprächs war Josie froh, dass Noah sich um den Anruf gekümmert hatte. Er war wie immer ruhig und geduldig und schaffte es irgendwie, zu erklären, dass vermutlich ein Foto ihres Sohnes an einem Tatort gefunden worden war, ohne ihre Angst in die Höhe zu treiben. Schließlich erklärten sie sich bereit, das Foto per E-Mail zu erhalten und zu schauen, ob der dort abgebildete Junge wirklich ihr Sohn war. Noah diktierte ihnen dreimal seine Telefonnummer, bevor er auflegte.

Er fuhr sich mit der Hand über das Gesicht. »Es könnte mehrere Wochen dauern, bis sie ihre E-Mail aufrufen und sich dann wirklich das Foto ansehen«, beschwerte er sich.

Josie rieb sich die Knoten in ihrem Nacken und versuchte, die Verspannung zu lösen, die sich während Noahs Gespräch mit dem Ehepaar festgesetzt hatte. Es hing einiges von der Antwort ab. »Lieber Gott, ich hoffe, sie brauchen nicht so lang dafür.«

Noah sah sie prüfend an. »Du solltest nach Hause gehen und etwas schlafen«, sagte er. »Du wirkst erschöpft.«

»Das bin ich, aber wenn du glaubst, dass ich schlafen kann, während wir darauf warten, eine Rückmeldung zum Foto oder eine Nachricht von Loughlin zu bekommen, ob wir uns mit Gretchen treffen können, dann bist du nicht bei Verstand.«

Im Stehen griff Noah nach seiner Jacke, die über der Stuhllehne gehangen hatte. »Lass uns dann rüber zu Komorrah's gehen und einen Kaffee trinken.«

Die Herbstluft war von den letzten Sonnenstrahlen erwärmt, als sie die zwei Blocks zu dem nahegelegenen Café gingen. Nachdem sie eingetreten waren, musste Josie unweigerlich daran denken, dass sie das letzte Mal mit Gretchen dort gewesen war. Sie hatten Gebäck gegessen und über ihre misshandelnden Mütter gesprochen und Josie hatte es beruhigt, dass Gretchen auf eine Weise verstand, was sie durchmachte.

»Ich brauche einen Plunder«, sagte Josie, als sie zur Theke gingen.

Noah lächelte und wollte bestellen, aber sein Handy klingelte. Er nahm es aus der Tasche und warf einen Blick darauf. »Es geht um das Foto«, sagte er.

Josie winkte ihn zur Seite und setzte die Bestellung fort. Dabei behielt sie Noah im Blick, der auf der anderen Seite des Cafés leise in sein Handy sprach. Sie bezahlte, wartete auf ihre Bestellung und fand einen Tisch hinten im Essbereich, wo es leise war und sie wahrscheinlich ungestört sein würden. Kurze Zeit später gesellte sich Noah mit blassem Gesicht zu ihr.

»Ich hatte recht«, sagte sie.

Er nahm seinen Kaffee hoch, trank aber nicht davon. »Ja«, sagte er. »Du hast recht gehabt. Das Foto – es ist von ihrem Sohn. Die Mutter hat es Amy Neal gegeben, nachdem die Adoption durch war. Sie wollte Amy wissen lassen, dass er glücklich war.«

»Also hat der Pärchenwürger von Seattle etwas vom Neal-Tatort mitgenommen und es die ganze Zeit bei sich behalten.«

»Wie wäre es sonst bis hierher nach Pennsylvania gekommen?«, fragte Noah. »Und in die Einfahrt des einzigen überlebenden Opfers? Er muss es zu Gretchens Haus mitgebracht, Omar getötet und es dagelassen haben«, sagte Noah.

»Dann hat er Gretchen entführt, aber er musste etwas vom Tatort entwenden, weil er diesen Zwang hat. Deswegen hat er ihren Becher mitgenommen und ihn dann beim Wilkins-Tatort zurückgelassen«, ergänzte Josie. »Und wir hätten es nie gewusst, wenn da nicht seine Verbindung zu Gretchen gewesen wäre.«

»Wir hätten es nie gewusst, wenn du nicht darauf bestanden hättest, Gretchens Vergangenheit zu entwirren«, sagte Noah. »Du hattest mit allem recht. Es tut mir leid, dass ich dir nicht geglaubt habe, Josie.«

»Du meinst, es tut dir leid, dass du an Gretchen gezweifelt hast.«

»Ja, aber es tut mir auch leid, dass ich an dir gezweifelt habe.«

Josie lächelte ihn an. »Schon gut. Ich lasse es diesmal durchgehen. In der Vergangenheit hast du immer hinter mir gestanden. Ich habe natürlich gedacht, das war, weil du mich heimlich geliebt hast.«

Es war als Scherz beabsichtigt gewesen, aber seine ernste Miene ließ sie mit dem Käseplunder auf dem Weg zum Mund anhalten.

»Das war kein Geheimnis«, sagte Noah. »Ich habe dich geliebt. Ich tue es immer noch.«

Sie rang nach Luft. Der Plunder fiel zurück aufs Tablett. »Noah.«

»Es ist in Ordnung. Mir geht es nicht darum, dass du es zurücksagst oder so. Ich weiß, dass du dein eigenes Tempo brauchst. Darauf will ich gar nicht hinaus. Ich sage nur, dass ich falsch lag. Ich verstehe, was du damit gemeint hast, dass wir zueinander halten sollten. Ich habe deine Beziehung zu Gretchen unterschätzt. Wenn dir jemand wichtig ist, stärkst du der Person den Rücken. Ich weiß, dass ihr beide, Gretchen und du, ein anderes Verständnis füreinander habt – als das, was wir haben. Ich hätte das respektieren sollen.«

Josie griff zu ihm hinüber und berührte seine Hand. »Danke.«

Der Augenblick ging vorüber. Noah räusperte sich und fragte: »Also, was jetzt? Sollen wir die Polizei in Seattle anrufen?«

»Wir brauchen erst mal einen DNA-Abgleich«, sagte Josie. »Ich möchte nicht Vollgas geben, bevor wir uns nicht sicher sind.«

»Was ist mit Gretchen? Warum hat sie uns nicht einfach gesagt, dass er es war? Warum hat sie ein Verbrechen gestanden, dass sie nicht begangen hat?«, fragte Noah. »Wovor hat sie Angst?«

»Genau da hänge ich auch«, gab Josie zu. »Ich verstehe es nicht. Ich kann mir nicht zusammenreimen, warum sie ihn schützt.«

»Vielleicht ist das so eine Gewalterfahrungssache«, schlug Noah vor.

»Was meinst du?«

»Er hat sie terrorisiert, oder?«

Josie nickte.

»Ist in ihr Haus eingebrochen, hat ihren Mann getötet, sie vergewaltigt und sie dann bis zu ihrer Entführung verspottet. Verdammt, vielleicht ist sie mit Linc Shore abgehauen, um vor diesem Freak sicher zu sein. Starkey hat gesagt, dass er sie immer wieder aufgespürt hat, richtig? Er hat sie nicht gefunden, als sie bei Shore war. Aber sie hat offenbar immer noch Angst vor ihm. Leute befestigen keine Nägel vor ihren Fenstern, wenn sie nicht schreckliche Angst vor etwas haben.«

»Und sie haben fünfundzwanzig Jahre nach der Tat nicht nur Plastikgeschirr im Haus, wenn sie sich nicht immer noch davor fürchten würden«, murmelte Josie.

»Was ist damit?«

Josie erzählte ihm von Gretchens Plastikgeschirr.

»Ach du liebe Güte«, gab er zurück.

»Ja, da ist einiges an Trauma«, sagte Josie.

»Also ist es vielleicht das Trauma, das sie davon abhält, ihn zu verraten. Sie hat so viel Angst vor ihm und in ihrem Kopf hat er so viel Macht – mehr als jede Polizeiabteilung, besonders, wenn er in der Lage ist, sie immer wieder, selbst unter Polizeischutz, aufzuspüren – und deshalb fühlt sie sich sicherer damit, ihn nicht anzuzeigen.«

»Das hast du mit Gewalterfahrungssache gemeint«, sagte

Josie. »Oft wissen Frauen, dass das System sie im Stich lassen wird und denken, sie können nur am Leben bleiben, wenn sie keine Anzeige erstatten.«

Noah schlürfte an seinem Kaffee. »Wir haben gesehen, was passiert, wenn die Dinge schieflaufen. Eine Frau ist so mutig, zu erzählen, was vorgefallen ist. Sie erstattet Anzeige. Ein Kontaktverbot wird erlassen.«

»Und dann, während sie auf den Prozess wartet, verstößt der Typ dagegen und bringt sie um«, fügte Josie hinzu. »Anderen Leuten ist die Frau so irrational vorgekommen, aber die Bedrohung war real.«

»Hey, erinnerst du dich an den Vorfall letztes Jahr an der Westküste, wo diese Teenagerin von zu Hause entführt wurde?«

»Ja, und jeder dachte, dass ihr Vater sie getötet hat?«

»Den meine ich«, antwortete Noah. »Der Täter hat sie in einen anderen Bundesstaat gebracht, aber als sie dort angekommen waren, hat er sich noch nicht einmal die Mühe gemacht, sie zu verstecken. Er hat angefangen, sie als seine Tochter auszugeben, und sie hat mitgespielt.«

»Weil sie total von ihm terrorisiert wurde.«

Er nickte. »Zwei Leute haben sie gesehen und erkannt, aber als sie sich bei ihr erkundigt haben, ob sie das vermisste Mädchen ist, hat sie es verneint, weil sie schreckliche Angst vor ihm hatte.«

»Ich dachte, jemand hätte sie mit dem Typen die Straße entlanglaufen gesehen und dass sie so entdeckt worden ist«, sagte Josie.

»Weil diese Person sie nicht direkt gefragt hat und sicherlich nicht, während der Täter neben ihr gestanden hat. Sie haben das Mädchen erst von ihm getrennt und nach vielen Fragen hat sie endlich zugegeben, wer sie war.«

»Jemand anders konnte es rausfinden«, bemerkte Josie. »Solange sie nicht diejenige war, die ihn verraten hat.«

»Genau.«

Josie fiel es nicht schwer, zu glauben, dass der Pärchen-würger Gretchens Psyche so verdreht hatte, dass sie nicht mehr wiederzuerkennen war, und dass er sogar die ganze Zeit danach noch einen seltsamen Einfluss auf sie hatte. Manche Traumata hinterließen tiefere Wunden als andere. Sie war sich aber nicht sicher, ob Noahs psychologische Theorie ausreichte, um zu erklären, weshalb Gretchen einen Serienmörder frei herum-laufen ließ.

»Sie hat gesagt, sie wäre für Omars Tod verantwortlich«, warf Josie ein. »Vielleicht bestraft sie sich selbst.«

»Vielleicht können wir sie fragen«, sagte Noah, als sein Handy piepte.

Bei Josie vibrierte es zur gleichen Zeit. Es war eine Nach-richt von Loughlin an sie beide. *Habe ein Gespräch mit Gret-chen für euch ausmachen können. Bellewood County Jail. Morgen, 9 Uhr. Seid vorgewarnt. Bowen ist sauer. Er hat ihr davon abgeraten. Sie möchte trotzdem reden.*

Erleichterung breitete sich in Josie aus. Sie schrieb zurück: *Danke. Bis dann.*

Josie und Noah tranken ihren Kaffee zu Ende. Sie war gespannt, ob er sie bitten würde, mit zu ihm nach Hause zu kommen oder mit zu ihr kommen zu können. Sie würde nicht ablehnen, so erschöpft wie sie auch war. Obwohl sie noch einige Stunden an Arbeit und viel Papierkram vor sich hatten.

»Hol mir besser auch einen Kaffee zum Mitnehmen«, sagte sie zu Noah und ging zu den Toiletten.

Die Besitzer des Komorrah's hatten eine Pinnwand im schmalen Gang zu den Toiletten angebracht. Darauf warben Leute für Musikunterricht, Hundeausführdienste und andere Dinge. Es hingen dort auch Flyer für Nachbarschaftstreffen und bunte Zettel, die Veranstaltungen bewarben, die im Komorrah's stattfinden würden – von Bands, Künstlern und auch Schriftstellern, die Signierstunden abhalten würden. Der letzte Zettel fiel Josie ins Auge – ein Flyer für eine Autorenveranstaltung im kommenden Monat. Das Buch handelte vom Fall um die verschwundenen Mädchen, den Josie selbst gelöst hatte.

»Unglaublich«, murmelte sie.

Sie hatte mit der Autorin des Buchs nicht gesprochen. Soweit sie wusste, hatte das niemand, der direkte Kenntnis vom Fall besaß. Trotzdem war hier eine Person, die ein Buch darüber geschrieben hatte. Sie schob ihre Frustration an den dunklen Ort zurück, an dem alle ihre Gefühle über den Fall angesiedelt waren, und ging zur Toilette. Auf dem Weg zurück hielt sie noch einmal an und überlegte, ob sie den Flyer nicht herunterreißen und wegwerfen sollte. Dann klingelte ihr Handy. Es war Misty Derossi.

»Es tut mir so leid, dich zu stören«, sagte Misty, nachdem Josie den Anruf angenommen hatte. »Ich weiß, dass ihr gerade so viel wegen dieser Morde zu tun habt. Ich würde gar nicht fragen, nur ...«

»Schon gut«, sagte Josie. »Was ist los?«

»Es ist die Arbeit. Sie brauchen jemanden, der in der Nacht bei der Hotline für häusliche Gewalt aushilft. Ich möchte es wirklich gern machen. Ich hatte diese vielen Stunden Schulung und kann sie kaum anwenden. Aber ich brauche einen Babysitter für Harris. Nur für die Nacht. Er kann jetzt wirklich gut ...«

Josie schnitt ihr wieder das Wort ab. »Bring ihn rüber, wenn du auf dem Weg dahin bist.«

»Wirklich?« Mistys Stimme war voller Aufregung.

»Natürlich. Ich werde da sein. Ich muss morgen nur um acht aus dem Haus sein.«

»Ich kann ihn um halb acht abholen. Danke, wirklich.«

Josie legte auf und ging zur Theke, an der Noah lächelnd stand und einen Kaffee in der Hand hielt. So viel zum gemeinsamen Abend.

56

Der kleine Harris Quinn war ein Jahr alt, und jetzt, wo er laufen konnte, musste Josie ihn ununterbrochen im Blick behalten. Seine Kleinkindschritte waren noch unbeholfen. Er zog sich an ihren Möbeln zum Stehen hoch und lief dann vom einen Ende des Wohnzimmers zum anderen. Er war seit einer Stunde da, und alles Spielzeug, das Misty mitgebracht hatte, zusammen mit den ganzen Spielsachen, die Josie für seine Besuche im Haus hatte, lag auf dem Boden verstreut.

»Du bist einfach ein kleiner Babytornado«, sagte sie zu ihm, als sie ihn hochnahm und drückte.

Er quietschte vor Freude und klatschte in seine molligen kleinen Hände. »Jo!«, rief er.

Jedes Mal, wenn er es sagte, blieb ihr Herz für einen Augenblick stehen. Sein Vater, ihr verstorbener Ehemann Ray, war die einzige Person gewesen, die sie Jo nennen durfte. Harris hatte damit erst vor ein paar Wochen angefangen und Josie wusste, dass er es tat, weil er ihren kompletten Namen nicht aussprechen konnte. Er nannte Rays Mutter »Gam« statt Grandma und Misty »Ma«, was sein erstes Wort gewesen war. Josie konnte gar nicht glauben, wie schnell er größer wurde.

Jeden Tag schien er einen neuen Meilenstein zu erreichen und jedes Mal, wenn er ein neues Wort sagte, riefen sich die drei Frauen voller Aufregung über das Wunder gegenseitig an.

Josie setzte sich mit ihm auf dem Schoß in ihren Schaukelstuhl. Sie reichte ihm seine Trinklerntasse und fand eines seiner Pappbilderbücher, die er sich gern anschaute, wenn er zu ihr kam. Während sie wippten, las sie ihm daraus vor. Er kuschelte sich enger an sie und seine blonden Haare kitzelten sie am Kinn. Als sie fertig war, hielt er einen Finger hoch und fragte: »Mehr?« Das war sein Signal dafür, dass es ihm noch einmal vorgelesen werden sollte. Sie gab ihm einen Kuss auf den Kopf und wandte sich wieder der Vorderseite des Buchs zu, um erneut zu beginnen. Ihr Mund las automatisch alle Wörter im passenden Tonfall vor – wie schon hundertmal zuvor, aber in Gedanken war sie bei Gretchen.

Seltsamerweise hatte der Flyer für das True-Crime-Buch über den Fall um die verschwundenen Mädchen bei ihr ausgelöst, dass sich etwas in den Ecken ihres Verstandes regte. Etwas Wichtiges über Gretchen und den Fall um den Pärchenwürger. Sie konnte es nicht aus ihrem Unterbewusstsein herauspressen, noch nicht jedenfalls. Sie schaukelte Harris, bis er, an sie geschmiegt, leicht schnarchte. Dann trug sie ihn nach oben ins Schlafzimmer, in dem sie neben ihrem eigenen Bett ein Beistellbettchen aufgestellt hatte. Er wachte nicht auf, als sie ihn hinlegte.

Sie setzte sich unten ins Wohnzimmer und hörte durch den Babymonitor, wie er atmete. Wenn Ray ihn jetzt nur sehen könnte. Er würde es nicht glauben können, aber er wäre glücklich. Nicht zum ersten Mal wünschte sich Josie, dass er seinen hübschen Sohn sehen könnte. Wenn Ray aber noch am Leben wäre, hätte Josie Harris nie kennengelernt. Misty, Ray und Baby Harris wären eine glückliche Kleinfamilie und Josie würde niemals an seinem Leben teilhaben. Sie würde niemals wissen, wie es sich anfühlte, eine andere Seele so sehr zu lieben, dass man für sie, ohne jeglichen Gedanken an das eigene Wohlergehen, töten oder sterben würde.

»Oh mein Gott.« Sie sagte es laut, sprang auf und rannte zu ihrem Laptop in der Küche. Ihre Finger arbeiteten so schnell, dass sie das Passwort dreimal falsch eingab. Vor sich hin fluchend, gelang es ihr schließlich, sie öffnete den Internetbrowser und loggte sich wieder im Forum ein. Es dauerte nur ein paar Minuten, bis sie den Thread fand, nach dem sie gesucht hatte. Sie brauchte ihr Handy und lief zurück ins Wohnzimmer.

»Wo zum Teufel liegt es?«

Ihre Hände tasteten die Sofakissen danach ab. Harris liebte Handys und wollte immer mit ihrem spielen. Sie fand es schließlich zwischen den weichen Klötzen, die verstreut auf dem Boden lagen. Es war von seinen klebrigen Fingerabdrücken bedeckt und hatte nur noch fünf Prozent Akku.

Sie raste in die Küche, in der sich eines ihrer Ladegeräte befand, und steckte es in die Steckdose. Dann wählte sie Dr. Perry Larsons Nummer. Er ging gleich ans Handy.

»Detective?«, fragte er. »Ist alles in Ordnung?«

»Es tut mir leid, Dr. Larson«, sagte Josie. »Ich weiß, dass es schon ziemlich spät ist, aber es ist wichtig. Ich möchte Sie bitten, etwas für mich zu tun, und ich habe auch ein paar Fragen an Sie.«

Gretchen wirkte, als ob sie in den wenigen Tagen in Haft Gewicht verloren hätte. Ihre Haut war fahl und sie hatte große Tränensäcke unter den Augen. Josie fragte sich, ob die anderen Häftlinge sie ins Visier genommen hatten, weil sie Polizistin war. Loughlin hatte darum gebeten, dass sie zu ihrer eigenen Sicherheit in Einzelhaft untergebracht würde, aber Josie wusste, dass diesen Wünschen nicht immer nachgekommen wurde. Gretchen saß an einem Tisch im Befragungsraum des Bezirksgefängnisses und sah niedergeschlagen aus. Mit den Zähnen fuhr sie sich über die Unterlippe.

Weder der Staatsanwalt noch Andrew Bowen hatten die Zustimmung geben, dass Josie Gretchen ohne Detective Heather Loughlins Beisein befragen durfte, was Josie schon geahnt hatte. Wenigstens wusste sie, dass Loughlin eine gute und faire Ermittlerin war. Sie würde Josies Führung folgen oder die Befragung übernehmen können, je nachdem, wie es lief. Bowen hatte darauf bestanden, anwesend zu sein, und als sie den Raum betraten, saß er neben Gretchen.

Als sich Josie und Loughlin Gretchen gegenüber gesetzt

hatten, sagte Bowen: »Ich habe ihr sehr von dieser Befragung abgeraten, aber meine Mandantin hat darauf bestanden.«

»Wir sind nicht hier, um ihr eine Falle zu stellen oder sie einzuschüchtern«, erklärte ihm Loughlin. »Wir versuchen, ein Verbrechen aufzuklären. Detective Quinn glaubt, dass sie Ihrer Mandantin helfen kann.«

Bowen warf Josie einen bösen Blick zu. »Oh ja, sie ist gut darin, Leuten zu helfen, nicht?«

»Ich möchte bitte mit Josie unter vier Augen sprechen«, sagte Gretchen, ohne vom Tisch hochzusehen.

»Ich denke wirklich, dass das keine gute Idee ist«, meinte Bowen.

»Andrew, bitte«, sagte Gretchen.

»Gretchen ...«

Sie sah zu ihm hinüber. »Ich bin die Mandantin. Bitte. Warten Sie draußen, ja?«

Einer seiner Kiefermuskeln zuckte, als er aufstand und aus dem Raum stolzierte. Als die Tür hinter ihm zugefallen war, forderte Gretchen: »Nur Josie, bitte.«

Josie entgegnete: »Gretchen, du kennst den Ablauf. Heather muss mit dabei sein. Es geht genauso darum, dich zu schützen wie auch das Denton PD. Das ist das Bestmögliche, was ich erreichen konnte.«

Seufzend setzte sich Gretchen auf ihrem Stuhl zurück, schaute an die Decke und atmete geräuschvoll aus. Nach einem Moment senkte sie den Blick, um Josie in die Augen sehen zu können. »Was auch immer du denkst, es ist falsch«, sagte sie.

Josie nahm ein zusammengefaltetes Bündel Papier aus ihrer Jackeninnentasche, glättete es auf dem Tisch und schob es zu Gretchen hinüber.

»Ich habe meine Lesebrille nicht hier«, sagte Gretchen.

Loughlin nahm ihre Brille vom Kopf und reichte sie Gretchen. »Ich gehöre auch zum Club der Ü-Vierziger«, scherzte sie schwach.

»Danke«, murmelte Gretchen.

Sie setzte sie auf, rückte sie auf dem Nasenbein zurecht und begann, zu lesen. Nach ein paar Augenblicken sah sie zu Josie hoch.

»Was ist das?«

»Ein Obduktionsbericht«, erwiderte Josie.

»Ich verstehe das nicht.«

Josie zeigte darauf. »Das ist der Obduktionsbericht des letzten Serienmörders, der dachte, er könnte in meiner Stadt Leute ermorden.«

»Also, meine Güte«, meinte Gretchen mit einem leichten Schaudern.

»Ich weiß, dass der Pärchenwürger von Seattle in Denton ist, Gretchen.«

Die wenige Farbe verschwand aus ihrem Gesicht.

»Nein«, krächzte sie.

»Ich weiß, dass er am Tag, als Omar in deiner Einfahrt erschossen wurde, da war«, fuhr Josie fort.

»Nein.«

»Ich bin ihm auf der Spur.«

»Oh Gott, nein.«

»Entweder finde ich ihn auf eigene Faust oder du kannst mir dabei helfen.«

Etwas in Gretchens Gesicht versteinerte. Sie schaute weg und starrte stattdessen die Wand hinter Josies Kopf an. Leere in ihren Augen. »Ich weiß nicht, wovon du sprichst.«

»Gretchen, ich weiß von Ethan. Ich weiß, dass er dein Sohn ist.«

Ihr Mund verzog sich, als sie erfolglos versuchte, ein Keuchen zu unterdrücken. Trotzdem schwieg sie.

Josie sagte: »Erzähl mir von Billy.«

Einen weiteren Augenblick lang herrschte Stille. Gretchens Finger knickten eine Ecke einer der vor ihr liegenden Seiten um und wieder zurück. »Billy war mein Ehemann.

Wir waren sehr ineinander verliebt und dann ist er gestorben.«

»Der Pärchenwürger hat ihn getötet.«

Gretchen sagte nichts.

Josie versuchte es mit einem Richtungswechsel. »Ich weiß, dass Billy die Kuttentaufe bei den Devil's Blade noch nicht gehabt hatte. Jack Starkey hat es mir erzählt.«

Überraschung blitzte so kurz in Gretchens Gesicht auf, dass es Josie beinahe entgangen wäre. Josie fuhr fort: »Aber er hat kurz vor der Kuttentaufe gestanden. Er hatte irgendeine Verbindung zu Linc Shore, oder?«

Josie wartete und als keine Antwort von Gretchen kam, fragte sie: »Was ist zwischen den beiden passiert?«

»Woher weißt du, dass da irgendwas war?«, fragte Gretchen mit so leiser Stimme, dass Josie sich anstrengen musste, sie zu hören.

»Weil ich weiß, was Linc für dich getan hat, und er hätte so etwas nicht getan, wenn er sich Billy nicht irgendwie verpflichtet gefühlt hätte. Was ist also passiert?«

Weiterhin Stille. Gretchen sah Loughlin an, die ihre Hände hochhielt. »Das ist alles neu für mich, und bis jetzt kommt es mir für den Mord an Omar nicht sehr relevant vor.«

Gretchen rutschte auf ihrem Stuhl herum und wandte sich wieder Josie zu. »Billy hat ihm das Leben gerettet. Das war lange vor Billys Tod. Er war gerade erst seit ein paar Monaten verdeckt als Hangaround unterwegs und versuchte, die Unterstützung von jemanden von den Devil's Blade zu gewinnen. Als er draußen vor einem Laden war, ist Linc vorgefahren. Irgendeine Dame auf dem Parkplatz hat im Auto einen Schlaganfall bekommen und hätte Linc fast überfahren. Billy hat ihn gerettet.«

»Das hat nicht für die Kuttentaufe gereicht?«, fragte Josie.

Gretchen schüttelte den Kopf. »Nein. Es ist nicht so

einfach, die zu bekommen. Aber Linc hat es nie vergessen. Er hat es abgesegnet, als einer der anderen Typen Billy unterstützen wollte, und ab und zu hat er Billy eine einfache Aufgabe gegeben. Er konnte keine Bevorzugung zeigen, aber Billy hat geschworen, dass er es nie vergessen hat.«

»Das nehme ich an«, sagte Josie. »Wie hast du Linc nach Billys Ermordung gefunden?«

»Es war nicht schwer, ihn zu finden. Diese Typen haben immer in derselben Bar rumgehangen. Ich wurde fast umgebracht, als ich da reinspaziert bin.«

»Hast du ihm von deiner Schwangerschaft erzählt?«

Gretchen zögerte, aber nickte dann.

»Du hast gewusst, dass das Baby nicht von Billy war?«

»Nein, ich habe es nicht gewusst. Ich habe nicht gedacht, dass das Baby von Billy war, weil Billy und ich seit zwei Jahren nicht verhütet hatten und ich nie schwanger geworden bin. Aber dann, in dieser Nacht ...« Sie driftete ab und war nicht in der Lage, den Satz zu beenden.

»Hast du Linc gesagt, dass du dachtest, das Baby sei vom Pärchenwürger?«

Gretchen nickte. »Ich habe nicht gewusst, was ich tun sollte. Ich wollte nur Schutz bekommen. Die Polizei war nicht in der Lage dazu, konnte ihn nicht von mir fernhalten. Ich dachte, dass er einer von ihnen war. Ich wusste, dass die Devil's Blade mich verstecken konnten. Billy hatte mir von ihnen erzählt. Serienmörder oder nicht, dieser Typ würde nicht an ihnen vorbeikommen.«

»Wer hatte die Idee, das Baby zur Adoption freizugeben?«

Gretchen fuhr sich nervös mit der Zunge über die Lippen. »Es war Lincs Idee. Nach der Geburt war mir klar, dass ich nicht für immer bei den Devil's Blade bleiben konnte. Viele von ihren Leuten haben sich ziemlich darüber aufgeregt, dass ich immer noch bei ihnen war, auch wenn ich unter Lincs Schutz stand. Ich hätte das Baby aber nicht mit zurücknehmen können. Was, wenn er uns gefunden hätte? Was, wenn er herausgefunden hätte, dass das Baby von ihm war? Ich hatte Angst, dass er es töten würde, und ich war nicht dazu bereit, Mutter zu sein. Ich wäre es gern gewesen, mit Freude, aber ich konnte keine Mutter sein und mein Baby vor einem Serienmörder beschützen. Ich hatte keine Mittel und hätte mich nicht für immer auf die Freundlichkeit anderer Menschen verlassen können.«

»Warum hast du ihn nicht einfach zu deinen Großeltern gebracht?«, fragte Josie.

»Ich hatte immer noch Angst, dass er uns finden würde. Mich finden und es zu Ende zu bringen war eine Sache, aber mir war klar, dass mein Kind niemals vor ihm sicher sein würde, wenn das Monster einmal von seiner Existenz wüsste. Du verstehst es nicht. Du weißt nicht – ich hatte gedacht, meine Mutter sei bösartig. Im Vergleich zu ihm wirkt sie wie eine Heilige.«

Josie dachte an den Wilkins-Tatort und ihre persönlichen Erfahrungen aus nächster Nähe mit einem Serienmörder. »Ich denke, ich kann es verstehen.«

»Ich war jung«, sagte Gretchen. »Jung und dumm. Zu der Zeit ist es mir nicht so vorgekommen, als ob ich viele Optionen hätte. Mein einziges Ziel, das einzige, was ich tun wollte, war, mein Kind zu beschützen.«

»Ich glaube dir«, sagte Josie.

»Deswegen mussten wir es so aussehen lassen, als ob die Devil's Blade mich gequält und dann rausgeschmissen hätten. Die Geschichte sollte zu jedem dringen, der mit dem Würger-Fall zu tun gehabt hatte, vom ATF bis zum Seattle PD, und auch zu ihm. Er würde nie wissen, dass ich schwanger gewesen war. Niemand wusste das. Niemand, bis …«

Sie hörte auf zu sprechen. Eine Träne lief ihr die Wange hinunter.

»Bis Ethan Robinson und James Omar dahintergekommen sind. Du hattest bis zu dem Tag, an dem dich James Omar angerufen hat, gedacht, Seth Cole wäre dein Sohn, oder?«

Gretchen nickte und weitere Tränen strömten ihr übers Gesicht.

»Deswegen hast du dir den Shore/Cole-Mord so zu Herzen genommen. Linc hatte dir geholfen, als du es brauchtest, und du hast geglaubt, dass Cole dein Sohn gewesen wäre«, sagte Josie.

»Ich war so wütend auf Linc. Er hatte mir versprochen, dass sie ... dass mein Sohn in ein normales Zuhause mit einer normalen Familie käme. Er kannte in einem anderen Staat jemanden vom Gericht, der ihm einen Gefallen schuldete. Er hat gesagt, der kenne Leute, die ihm helfen könnten, eine Adoption durchzukriegen, und es gäbe auch ein Paar, das sich ein Baby wünschte. Geld hat die Hände gewechselt. Ich habe niemals irgendwas davon gesehen. Bin niemals miteinbezogen wurden. Habe nichts gewusst, außer dem, was Linc mir versprochen hatte. Ich wollte nicht wissen, wo mein Sohn war, weil ich nicht wollte, dass diese Information jemals aus mir herausgefoltert werden könnte.«

»Also hast du, nachdem du den Fall über den Shore/Cole-Mord bekommen hattest, während der Ermittlungen herausgefunden, dass Cole adoptiert war ...«

»Und ich habe angenommen, dass er mein Sohn war. Warum sonst hätte er mit Linc an der Ostküste sein sollen? Ich hatte nie irgendeinen Beweis dafür, aber ich habe um meinen Sohn getrauert und habe die Mörder hinter Gitter gebracht.«

»Und dann hat dich James Omar angerufen.«

Gretchen antwortete nicht.

»Gretchen, wir haben die Bestätigung, dass das Foto, das an Omars Shirt gesteckt hat, von einem Tatort des Pärchenwürgers von 2004 stammt. Wir haben seine DNA. Er hat ein Haar in deinem Auto zurückgelassen und ein Paar in Denton getötet, bei dem auch seine DNA gefunden wurde.«

Das war nur vorgetäuscht, weil sie die DNA-Ergebnisse immer noch nicht hatten, aber Josie war davon überzeugt, dass sie beide mit denen des Pärchenwürgers übereinstimmen würden.

Gretchen sagte immer noch nichts.

»Ich habe mir nicht zusammenreimen können, was Omar mit allem zu tun gehabt hat. Wir haben aber gewusst, dass er dich zweimal angerufen hat, und nach dem letzten Anruf hast du die Wache verlassen, um dich mit ihm zu treffen. Wir haben gewusst, dass sein Mitbewohner und er etwas geplant hatten, an dem du beteiligt warst, weil ihre Textnachrichten das angedeutet haben. Wir wollten mit Omars Mitbewohner sprechen, aber Ethan ist seit der Mordzeit verschwunden. Ich habe mich weiter gefragt, was auch immer diese Jungen vorhatten, ob es da absolut keine Verbindung zum Pärchenwürger gab? Ist James Omar einfach zur falschen Zeit am falschen Haus aufgetaucht? War es Zufall, dass er genau in dem Augenblick da war, als dich der Pärchenwürger schließlich aufgespürt hat und zurückgekommen ist, um das zu Ende zu bringen, was er 1994 angefangen hatte?«

Gretchen schwieg weiter.

Josie preschte vorwärts. »Aber, wenn das stimmen würde, warum solltest du den Pärchenwürger schützen? Warum den Kopf für diese Bestie hinhalten?«

»Ich bin für James Omars Tod verantwortlich«, sagte Gretchen.

»Du hast diesen Jungen nicht erschossen«, meinte Josie. »Warum lügst du?«

»Ich bin für seinen Tod verantwortlich.«

»Die Person, die abgedrückt hat, ist dafür verantwortlich. Ich versuche, dir hier zu helfen, Gretchen.«

»Wo ist Ethan?«

»Wir wissen es nicht.«

Gretchen verschloss sich wieder. Josie wartete mehrere Minuten darauf, dass sie etwas sagte, eine Frage stellte, irgendetwas, aber der leere Blick war wieder zurück.

»Ich denke, es ist so passiert«, sagte Josie. »Ethan hat herausgefunden, dass er adoptiert worden ist, als er auf die Highschool ging. Seitdem hat es ihn beschäftigt. Während seines Masters hat er James Omar, einen Studenten der Epigenetik, kennengelernt. Vielleicht hat James gesagt: ›Hey, ich kann dir helfen, deine Blutsverwandten aufzuspüren.‹ Ich denke, dass James und Ethan dich als erstes gefunden haben. Nicht durch DNA, die du über eine dieser Websites eingereicht hast, sondern durch DNA, die deine Cousinen eingeschickt hatten – oder irgendwelche entfernten Verwandten. Ich denke, Ethan und James konnten dich durch Extrapolation vom Stammbaum deiner Verwandten finden, die DNA-Profile auf diesen Internetseiten haben. Ich denke, Ethan hat entdeckt, dass du ein Opfer des Pärchenwürgers warst. Weißt du, er ist er schon seit dem Teenageralter von Serienmördern besessen. Sein Hauptfach ist Kriminologie. Er hat Bücher über Serienfälle gelesen. Wusstest du, dass jemand ein Buch über den Pärchenwürger von Seattle geschrieben hat?«

Gretchen antwortete nicht.

»So ist es. Ich habe mich auf einem Forum über den Fall Pärchenwürger umgesehen. Da gibt es einen Thread über das Buch. Ich habe es gesehen, als ich in Omars und Ethans Wohnung war. Ich habe zu dem Zeitpunkt nicht gewusst, was es mit dem Fall auf sich hatte und dass es von Bedeutung war. Deswegen habe ich gestern Abend ihren Vermieter angerufen und ihn gebeten, in der Wohnung nachzuschauen und mir zu bestätigen, dass es bei Ethans Sachen liegt. Also war Ethan schon mit dem Fall vertraut. In seiner Sammlung hat er noch ein anderes Buch, worum geht es da? Um einen Fall, der ungeklärt war, bis die Polizei den Mörder mithilfe einer DNA-Abstammungs-Website über seine entfernten Verwandten ermittelt hat. Ich denke, Ethan hat irgendwie die Verbindung gezogen und dann haben die beiden genau das Gleiche für die andere Seite der Familie gemacht. Ich denke, sie haben den Pärchenwürger gefunden und, anstatt die Behörden zu verständigen, haben sie sich einen Plan ausgedacht, um Mutter, Vater und Sohn als glückliche Familie zusammenzubringen. Vielleicht hat Ethan auch gedacht, er könnte dir helfen, endlich mit allem abzuschließen, indem er mit dem Mörder auftaucht, den du erkennst und dann, jetzt als Polizistin, verhaften kannst. Du, als Heldin in deiner eigenen Geschichte. Ich bin mir nicht sicher, warum Ethan euch beide zusammenführen wollte, aber klar ist, dass Ethan wusste, dass sie es mit einem kaltblütigen Mörder zu tun hatten. Er hat Angst bekommen. Ihnen beiden kam die Idee, James an Ethans Stelle hinzuschicken. Falls der Typ absolut durchdrehen würde, könnte James sagen: ›Ich bin nicht dein Sohn‹, um sich etwas Zeit verschaffen, weil es dem Typen um seinen echten Sohn gehen würde.«

Gretchens Unterlippe zitterte.

»Nur dass etwas schiefgelaufen ist. Der Plan ging nach hinten los. Omar hat euch beiden erzählt, dass in Wirklichkeit nicht er euer Sohn war, sondern Ethan. Der Pärchenwürger hat Omar erschossen und dich gezwungen, mitzukommen. Ich weiß nicht, warum er dich gehen lassen hat. Vielleicht, weil er deine schreckliche Angst genießt – und auch die Tatsache, dass sie dein ständiger Begleiter ist – oder es war ein Spiel für ihn. Aber ich denke, dass du eine Vereinbarung mit ihm getroffen hast. Das ist das Einzige, was Sinn ergibt. Wenn er Ethan in Ruhe ließe, würdest du dich für den Mord an Omar schuldig bekennen und vorgeben, dass der Pärchenwürger gar nicht da gewesen wäre. Er hat Ethan gegen dich in der Hand und könnte ihn in der Zeit getötet haben, die du brauchen würdest, um Ethan zu finden, ihn in Schutzgewahrsam zu bekommen und dann den Pärchenwürger zu orten und zu verhaften. Ethan kennt seinen Namen, aber er ist ihm noch nie begegnet. Ethan würde ihn nicht erkennen, wenn er direkt auf ihn zukäme, was den Mörder noch einmal um einiges gefährlicher für deinen Sohn macht. Du glaubst, dass die einzige Chance, ihn zu beschützen, darin besteht, dich an das zu halten, was ihr vereinbart habt. Du glaubst nicht, dass du eine andere Wahl hast.«

Gretchens Gesicht strömten noch mehr Tränen hinunter.

»Er hat Ethan nicht in seiner Gewalt«, versicherte ihr Josie. »Ethan hat sich in Luft aufgelöst. Niemand weiß, wo er stecken könnte – weder die Polizei noch seine Freunde von der Uni noch sein Vater. Niemand. Der Pärchenwürger wird ihn nicht finden.«

In Gretchens Gesicht war keine Erleichterung zu sehen. Sie glaubte Josie nicht. Oder sie glaubte nicht, dass Ethan in Sicherheit war.

»Ich bin dem Pärchenwürger auf der Spur, Gretchen. Ich kann den Fall Omar erst mal zurückstellen – bis wir ihn gefasst haben und Ethan sicher aufgefunden wurde. Aber er hat ein Ehepaar in Denton getötet und wird dafür geradestehen müssen.«

»Bitte, tu das nicht«, wimmerte Gretchen.

Josies Herz blieb stehen. »Ich werde ihn schnappen. Es wird niemand verletzt werden.«

»Wie?«, fragte Gretchen. »Wie willst du ihn schnappen? Er ist ein Geist. Ich weiß noch nicht mal, wer er ist – ich habe sein Gesicht gesehen und weiß nicht, wer er ist.«

»Ethan weiß das – Ethan und James haben ihn gefunden.«

»Du hast gerade gesagt, dass Ethan verschwunden ist«, bemerkte Gretchen.

»Dann geben wir Ethans Foto an die Presse weiter und bitten sie, uns bei der Suche nach ihm zu helfen. In der Zwischenzeit fertigst du uns ein Phantombild an«, sagte Josie.

»Ich kann das nicht. Ich kann das nicht tun. Du kannst Ethan nicht so der Gefahr aussetzen. Der Mörder wird uns immer einen Schritt voraus sein.« Sie beugte sich zu Josie und senkte die Stimme. »Ich denke, er ist einer von uns.«

»Ein Polizist?«, fragte Josie. »Starkey hat mir erzählt, dass ihr beide davon ausgegangen seid. Aber Gretchen, er ist kein Polizist bei uns. Das weißt du.«

»Es ist zu riskant«, meinte Gretchen. »Bitte. Setz meinen Sohn nicht diesem Risiko aus.«

Josie hielt eine Hand hoch. »Okay, gut. Vergiss Ethan. Du gibst uns das Phantombild. Wir sagen, dass ihn ein Zeuge in der Nähe des Wilkins-Tatorts gesehen hat.«

Gretchen schüttelte den Kopf. »Ich kann das nicht tun. Er wird es wissen. Er wird wissen, dass ich es war. Bitte.«

Loughlin sagte: »Wenn Sie uns nicht helfen, können Sie wegen Behinderung der Justiz angeklagt werden.«

Josie sagte: »Gretchen, wir müssen diesen Typ zu fassen bekommen. Glaubst du wirklich, dass er sich an seinen Teil der Abmachung halten wird? Er ist ein Mörder. Glaubst du wirklich, dass er einfach mit dem Morden aufhören wird?«

»Tu das nicht«, sagte Gretchen.

Josie stand auf. »Ich muss meine Arbeit erledigen, Gretchen. Hilf mir oder hilf mir nicht dabei. Ich werde ihm nachgehen.«

Sie wartete einen weiteren spannungsgeladenen Augenblick, aber Gretchen bot nichts an. Schließlich seufzte Loughlin, stand auf und ging in Richtung Tür. Josie drehte sich um und wollte ihr folgen. Sie hörte das Geräusch von Gretchens Stuhl, der über die Fliesen schabte, aber bevor sie auch nur eine Chance hatte, sich zurückzudrehen, hatte Gretchen ihre Schultern gepackt. Josie hatte kaum Zeit, sich ihre Hände schützend vors Gesicht zu halten, als Gretchen sie gegen die Wand stieß. Josie schubste sie zurück und versuchte, sich aus Gretchens Griff zu befreien. Sie hörte Geschrei hinter ihnen und inner-

halb von Sekunden zogen Loughlin, Bowen und eine Wäch-
terin Gretchen von ihr weg. Aber erst, nachdem Gretchen Josie
mit verzweifelter, eindringlicher Stimme etwas ins Ohr geraunt
hatte.

Sie hatte gesagt: »Ich brauche nur mehr Zeit. Nur ein bisschen mehr Zeit.«

Josie saß mit einem unbenutzten Kühlakku neben sich auf der Liege in der Krankenstation des Bezirksgefängnisses. Noah lehnte mit verschränkten Armen ihr gegenüber an der Wand, während sie auf den Arzt warteten.

»Das ist lächerlich«, sagte Josie. »Mir gehts gut. Ich habe mir nicht den Kopf angeschlagen.«

»Lass dich einfach vom Arzt anschauen«, bat er sie.

»Ich bin nicht verletzt«, meinte Josie. »Sie hat mich nicht verletzt. Es war ein Versehen.«

Noah lachte. »Sie hat dich versehentlich mit dem Gesicht gegen die Wand gestoßen?«

»Sie hat mein Gesicht nicht gegen die Wand gestoßen. Ich habe mir nichts angeschlagen. Ich möchte nicht, dass sie auf irgendeine Weise bestraft wird.«

»Sie ist schon in Einzelhaft. Jetzt wird sie angekettet werden, wenn sie Besuch empfängt.«

Loughlin kam hinter dem Arzt herein. Während der Arzt Josie mit einer kleinen Lampe in die Augen leuchtete, berichtete Loughlin: »Sie wird Ihnen kein Phantombild geben.«

»Ach, wirklich?«, gab Josie zurück. Der Arzt stellte ihr eine

Reihe Fragen, die sie so schnell beantwortete, wie sie konnte. Schließlich war alles erledigt und sie konnte gehen.

Die drei Detectives gingen zusammen nach draußen zum Parkplatz. Noah und Loughlin sprachen über die Erkenntnisse des Tages, während Josies Gedanken immer wieder zu den Worten wanderten, die ihr Gretchen ins Ohr gezischt hatte.

Mehr Zeit wofür?

Sie wartete, bis sie allein mit Noah im Auto war, um ihm zu berichten, was Gretchen gesagt hatte, aber auch für ihn ergab es keinen Sinn. »Wir sollten zurückgehen und sie fragen«, meinte er. »Bowen darum bitten, dass er sie danach fragt.«

»Nein«, erwiderte Josie. »Sie wollte eindeutig, dass nur ich es höre, sonst hätte sie es einfach vor Loughlin gesagt. Es war nur für mich bestimmt.«

»Und du sagst es mir.«

Sie tätschelte ihm die Schulter. »Ich brauche deine Hilfe, um das rauszubekommen.«

»Na ja, ich weiß nicht, wofür sie mehr Zeit braucht. Sie sitzt im Gefängnis.«

Josies Handy klingelte. Sie warf einen Blick darauf und ächzte. »Es ist Chitwood«, sagte sie zu Noah. Sie drückte auf Annehmen und bellte heraus: »Quinn.«

Seine raue Stimme war in der Leitung genauso laut wie in Präsenz. »Quinn, Sie haben Ihre DNA-Übereinstimmung vom Wilkins-Tatort. Noch nichts über das Haar aus Gretchens Auto. Die Wilkins-DNA wurde in der staatlichen Datenbank als übereinstimmend mit der des Pärchenwürgers von Seattle angezeigt. Also, gute Arbeit. Schwingen Sie jetzt ihre Hintern hierher, weil wir eine Pressekonferenz abhalten müssen. Es sieht so aus, als ob dieser Typ ein Frauenhasser ist, deswegen sollten Sie das machen, finde ich. Das wird ihm wirklich unter die Haut gehen.«

Er hatte aufgelegt, bevor sie auch nur irgendetwas erwidern konnte.

Noah sagte: »Ich habe jedes Wort gehört. Ich weiß nicht, welcher Teil der seltsamste war: als er gesagt hat, dass du gute Arbeit geleistet hast, als er vom ›Frauenhasser‹ gesprochen hat oder als er angedeutet hat, dass du einem Serienmörder unter die Haut gehen solltest.«

Josie lachte, dann musste Noah lachen und sie lachten beide zusammen noch etwas weiter. Nach der anstrengenden Woche fühlte sich das wirklich gut an.

Innerhalb von wenigen Minuten war aber die Unbeschwertheit im Auto verschwunden. Sie mussten noch immer den Mörder fassen.

»Weißt du«, sagte Noah, der die veränderte Stimmung bemerkte, »ich glaube, dass Gretchen die Zeit bekommen wird, die sie haben möchte.«

»Was meinst du?«

»Ich meine, ergibt es Sinn, eine Pressekonferenz abzuhalten, wenn wir absolut null Hinweise haben? Also, wir erzählen der Öffentlichkeit, dass dieser Serienmörder, der von allen totgeglaubt war, vierzehn Jahre nach seinem letzten bekannten Mord hier zugeschlagen hat und nicht in seinem alten Jagdgebiet. Und dann? Dann weiß er, dass wir wissen, dass er es war. Wir haben aber immer noch keinen Schimmer, wer er ist.«

Josie ächzte. »Du hast recht. Ich bin mir nicht sicher, dass wir der Welt davon berichten sollen, ohne verlässliche Hinweise zu haben. Er kann einfach wieder untertauchen. Niemand wird ihn jemals wiedersehen.«

»Außer wir finden Ethan. Ethan weiß, wer der Würger ist – Ethan und James haben ihn ja gefunden«, sagte Noah.

»Ja, aber ich denke, dass alle Ergebnisse ihrer Nachforschungen auf Ethans Computer sind, den er bei sich hat. Das hilft uns nicht weiter.«

»Okay, also, Gretchen denkt, dass der Mörder vom Seattle PD ist. Können wir da irgendwelche Kollegen ausfindig machen, die entweder an die Ostküste gezogen sind oder gerade Urlaub haben?«, fragte Noah.

»Das können wir«, erwiderte Josie. »Und vielleicht bleibt uns keine andere Wahl, als so vorzugehen. Wenn dieser Typ aber wirklich in der Strafverfolgung tätig ist, sollten wir vielleicht nicht das Risiko eingehen, ihn zu alarmieren, bevor wir die Situation besser im Griff haben. Rufen wir bei der Polizei von Seattle an, findet dieser Typ heraus, was los ist, und verschwindet. Obwohl ...«

»Was denn?«

»Wenn dieser Kerl bei einer Strafverfolgungsbehörde arbeiten würde, wäre seine DNA irgendwo in einer Datenbank. Sie hätten die Übereinstimmung schon gefunden.«

»Stimmt.«

»Also arbeitet er vielleicht doch nicht da. Ich muss mir noch mal die Materialien des Falls anschauen«, sagte Josie.

Noah fuhr langsamer. Josie sah sich um und bemerkte, dass sie nur ein paar Blocks vom Polizeirevier entfernt waren.

»Was ist da los?«, fragte Noah leise, als sie hinter einem Verkehrsstau anhielten. Vor ihnen blockierten Streifenfahrzeuge und ein Krankenwagen die Hälfte der in einem Wohngebiet befindlichen Straße. Josie konnte Streifenpolizisten sehen, die draußen vor einem Haus warteten.

»Fahr ran«, wies sie Noah an. »Wir überprüfen das.«

Noah fand eine Parklücke am Straßenrand, aus der sie wahrscheinlich bei dem ganzen Verkehrsstau nie wieder herauskommen würden. Als sie sich dem Haus näherten, sah Josie, dass die Krankenwagentüren offenstanden. Darin saß eine Frau mit zerschlagenem und blutigem Gesicht auf der Bahre. Owen beugte sich zu ihr hinunter und wischte das Blut mit einem Stück gefalteter Mullbinde auf. Josie schielte zur Frau und erkannte sie als die Person, deren Anruf wegen häuslicher Gewalt sie vor Kurzem entgegengenommen hatte. Sie kletterte hinten in den Krankenwagen, während Noah weiter zu den uniformierten Polizisten ging.

Die Frau teilte ihr mit: »Ich bin dazu bereit, Anzeige zu erstatten.«

Josie nickte. »Ich werde alles tun, was ich kann, um Ihnen zu helfen.« Sie wandte sich Owen zu. »Bring sie zum Krankenhaus, damit wir ihre Verletzungen dokumentieren können.«

»Alles klar«, meinte Owen.

Josie stieg wieder aus dem Krankenwagen. »Wir treffen uns dort«, sagte sie.

Sie hörte, wie Owen der Frau vom neuen Frauenzentrum berichtete und vom neuen Frauenhaus, das die Stadt gerade hatte bauen lassen. Josie war bewusst, wie schwierig es für diese Frau sein würde, Sicherheit zu finden, bis ihr Mann verurteilt sein würde.

»Das alte Frauenhaus war in der Nähe des Krankenhauses«, erzählte er der Frau. »Aber das neue ist um einiges besser. Es liegt ein bisschen außerhalb. Sie kennen diese Straße in Denton East ...«

Josie hörte den Rest nicht mehr. Ihr blieb das Herz stehen.

Sie suchte nach Noah. Nachdem sich ihre Blicke getroffen hatten, sagte er etwas zu den Polizisten, mit denen er gesprochen hatte, und ging zu ihr herüber.

»Was ist los?«, fragte er.

»Kannst du diesen häuslichen Vorfall übernehmen?«, fragte sie. »Ich muss wirklich zurückfahren und mir noch mal Omars Handydaten ansehen.«

»Natürlich«, antwortete er. »Worum geht es?«

»Ich glaube, ich weiß, wie ich die Identität des Würgers rausfinden kann.«

»Quinn«, brüllte Chitwood sofort, als Josie das Großraumbüro betreten hatte. Er stand an seiner Bürotür und die weißen Haare flogen ihm über den Kopf. Er sah hinter sie. »Wo ist der Andere?«

Josie blätterte durch die Papierstapel auf ihrem Schreibtisch. »Fraley? Er hat auf dem Weg hierher einen Fall übernommen. Er muss zum Krankenhaus fahren, um eine Aussage vom Opfer zu bekommen.«

»Das Opfer lebt noch?«

Die Telefondaten lagen nicht auf ihrem Schreibtisch. Sie lief zu Noahs und begann, sich durch die Berichte zu wühlen, die er dort liegen hatte. »Es war häusliche Gewalt«, berichtete Josie ihm.

»Wir müssen über die Würger-Lage reden«, sagte Chitwood. »Ich möchte sichergehen, dass wir alle auf dem gleichen Stand sind.«

»Möchte ich auch«, erwiderte Josie. Schließlich schlossen sich ihre Finger um den Datenbericht von Omars Handy. »Geben Sie uns ein paar Stunden.«

Josie wartete darauf, dass von seiner Seite Protest kam – er gab ihnen generell nicht gern zusätzliche Zeit –, aber er starrte sie nur einen Augenblick länger an. Dann klopfte er mit der Hand gegen den Türrahmen und ordnete an: »Fraley und Sie sind in zwei Stunden in meinem Büro. Kriegen Sie Ihren Mist geregelt, verstanden?«

Josie nickte und murmelte: »Verstanden«, aber ihre Hände blätterten, auf der Suche nach dem Anruf, der ihr von Omars Handydaten im Gedächtnis geblieben war, hektisch durch die Seiten. Nach dem, den sie für eine falsche Nummer gehalten hatte, weil er einmalig gewesen war. Dem Anruf an den freiwilligen Sanitätsdienst von Norristown, zwei Wochen vor seiner Ermordung. Sie raffte die Seiten zusammen, ging wieder zurück an ihren eigenen Tisch und fuhr den Computer hoch. Sie suchte über Google nach dem Namen des Sanitätsdiensts, und als sie den Ansprechpartner herausgefunden hatte, wählte sie die Nummer.

Zwei Stunden später stand Josie, mit einem Papierbündel an die Brust gedrückt, vor Chitwoods Schreibtisch. Noah war auf dem Weg zurück vom Krankenhaus. Unter dem Tisch machte Chitwoods Loafer-Schuh Tap-tap-tap auf den Fliesen und das Geräusch füllte den Raum. Demonstrativ sah er auf die Uhr über Josies Kopf. »Ich habe nicht den ganzen Tag Zeit, Quinn«, erinnerte er sie.

»Noah wird jede Sekunde hier sein«, sagte sie. »Nur noch einen kurzen Moment.«

Ehe Chitwood noch irgendetwas hinzufügen konnte, kam Noah leicht außer Atem durch die Tür gejoggt. Er ließ sich auf einen Stuhl fallen und schaute erwartungsvoll von Josie zu Chitwood.

»Nett von Ihnen, dass Sie zu uns stoßen«, meinte Chitwood zu ihm.

Noah ignorierte die Gehässigkeit und wandte sich Josie zu. »Was hast du rausgefunden?«

»Der Pärchenwürger ist nicht in der Strafverfolgung tätig«, berichtete Josie ihnen. Sie reichte ihnen eine Sammlung von Seiten. »Heute, als wir wegen des Falls von häuslicher Gewalt anhielten, habe ich mitbekommen, wie Owen dem Opfer den Standort des Frauenhauses mitgeteilt hat.«

Chitwood fragte: »Wer zur Hölle ist Owen?«

»Er ist Rettungssanitäter«, antwortete Noah. »Er leistet mehr Schichten ab als irgendwer anders in seiner ganzen Abteilung.«

»Und?«, fragte Chitwood. »Manche einheimischen Sanitäter wissen, wo diese Opfer hin können. Was hat das mit dem Pärchenwürger zu tun?«

Josie erwiderte: »Der Pärchenwürger war ein Mitarbeiter im Rettungsdienst.«

Beide Männer starrten sie an, Chitwood mit der für ihn typischen Skepsis, die Josie schon beinahe für seinen Normalzustand hielt, und Noah mit dämmernder Erkenntnis.

Noah sagte: »Sie sind an fast allen Tatorten. Selbst wenn es keine lebenden Opfer zu behandeln gilt, bringen sie die Toten zum Leichenschauhaus.«

»Sie sprechen mit der Polizei«, fuhr Josie fort. »Und wir erzählen ihnen Dinge. Sie sind Teil unseres Teams. Sie wissen über die Gewaltverbrechen in unserer Stadt fast so gut Bescheid wie wir. Ich weiß, dass wir hier in Denton eine hervorragende Beziehung zu den Sanitätern pflegen, die immer an den Tatorten zur Stelle sind. Es wäre ein Leichtes für einen von ihnen, unsere Gespräche mitzuhören oder sogar, sich mit einem Officer anzufreunden und ganz nebenbei ein paar Fragen zu stellen.«

»So hat er Gretchen immer wieder gefunden«, sagte Noah, ihrem Gedankengang folgend. »Er hat das einzige lebende Würger-Opfer an einem Tatort nur ganz beiläufig bei seinen Kollegen vom Seattle PD zu erwähnen brauchen. Sich besorgt zu geben, ein paar unschuldige Fragen zu stellen.«

Josie sagte: »Laut FBI-Profil ist er wahrscheinlich sehr manipulativ. Stellen wir uns vor, er ist an einem beliebigen Tatort. Alle schwirren um ihn herum. Er bekommt die Gelegenheit, über den Würger-Fall zu sprechen. Vielleicht sagt er sogar: ›Mensch, bin ich froh, dass das keine Tat des Würgers war, wegen dieses Typs ist die ganze Stadt in Panik. Ich kann gar nicht glauben, dass diese letzte Frau wirklich überlebt hat‹, und so geht es weiter.«

»Er fängt an, davon zu reden, wie froh er wäre, dass sie es geschafft hat, und fragt, wie es ihr denn geht. Seine Kumpel bei der Polizei haben sich bestimmt nichts dabei gedacht«, ergänzte Noah. »Ich kann es verstehen. Ich meine, wir sollen vertraulich mit den Fällen umgehen, aber in solchen Situationen verschwimmen die Grenzen. Ich meine, wir brauchen Rettungssanitäter. Es ist unmöglich, alles vor ihnen geheim zu halten.«

Chitwood verschränkte die Arme vor der Brust. Ausnahmsweise war seine Stimme diesmal auf normalem Level. »Das klingt plausibel«, meinte er. »Der Würger ist ein Rettungssanitäter. Können Sie eine Liste der Sanitäter besorgen, die 1993 und 1994 an den Würger-Tatorten in Seattle zur Stelle waren?«

»Besser noch«, erwiderte Josie. »Ich habe ihn gefunden.« Sie zeigte auf das Papierbündel in ihren Händen. »Zwei Wochen vor seiner Ermordung hat James einen freiwilligen Sanitätsdienst in Norristown, das in der Nähe von Philadelphia liegt, ein einziges Mal angerufen. Ich dachte, er hätte sich verwählt. Warum sollte ein Masterstudent aus Philadelphia einen freiwilligen Sanitätsdienst anrufen? Ich habe seinen Mentor, Professor Larson, und seinen Vater angerufen und gefragt, ob er vor Kurzem irgendeinen Unfall hatte oder im Krankenhaus war. Ob es irgendeinen Grund für ihn gab, diesen Sanitätsdienst zu kontaktieren. Nichts davon. Also habe ich nach dem Dienst gesucht, den Namen des Vorgesetzten gefunden und ihn angerufen.«

»Sind Sie sicher, dass der Vorgesetzte nicht der Würger ist?«, fragte Chitwood.

Josie schüttelte den Kopf. »Ich habe nach ihm recherchiert. Er hat sein ganzes Leben schon in Montgomery County gelebt und ist zu jung, um der Würger sein zu können. Er hat mir sehr geholfen. Hat noch nicht mal nach einer Befugnis verlangt – nachdem ich ihm erzählt hatte, worum es ging. Bei ihnen arbeitet ein dreiundsechzigjähriger Sanitäter, der vor fünf Jahren zum Dienst dazugestoßen ist.«

»Dreiundsechzig«, bemerkte Noah. »Und er macht diese Arbeit immer noch?«

»Der Vorgesetzte sagt, dass der Mann hauptsächlich fährt – er sagt, dass er an einer Schulung teilgenommen hat, um das Gebiet kennenzulernen. Nichts macht, wobei er schwer heben muss, obwohl der Vorgesetzte sagt, dass er ziemlich fit ist. Die Arbeit ist ehrenamtlich. Anscheinend ist er früh in Seattle in Ruhestand gegangen und hierher gezogen. Er ist leidenschaftlicher Jäger.«

»Das stand auch im FBI-Profil«, erinnerte sich Noah.

»Ja. Er passt ins Bild.« Sie zog eine Kopie seines Führerscheins heraus, die einen weißen Mann mit lichtem weißen Haar und einem kantigen Gesicht zeigte. Stechende braune Augen schauten widerborstig in die Kamera. Es sah mehr wie ein Polizeifoto als das eines Führerscheins aus. Oder vielleicht wirkte er bloß abschreckend, weil Josie von dem wusste, was er unschuldigen Menschen angetan hatte. »Ed O'Hara. Ich habe beim Seattle PD angerufen und mit jemandem gesprochen, der den Fall der Neals, die 2004 ermordet wurden, bearbeitet hat. Er konnte sich nicht an O'Hara erinnern, aber ein paar der älteren Kollegen konnten es. Sie haben gesagt, dass er immer dabei war, viel gearbeitet hat. Er hat 1998 geheiratet und eine Tochter bekommen, es gab aber viele häusliche Vorfälle und schließlich hat ihn die Frau mit der Tochter verlassen.«

»Du meinst, häusliche Gewalt«, sagte Noah. »Er hat sie geschlagen.«

»Ja.«

»Sie kann von Glück sprechen, dass sie davongekommen ist«, bemerkte Chitwood.

Josie nickte. »Der Vorgesetzte aus Norristown sagt, dass O'Hara seit fast zwei Wochen nicht mehr da war. Sie haben ihn mehrere Male angerufen, um ein paar Schichten zu verteilen, aber er ist nicht ans Telefon gegangen. Niemand hat ihn seit Tagen gesehen. Die Polizei von Norristown ist verständigt. Sie fahren zu seinem Haus. Ich habe es auch dem Philadelphia PD mitgeteilt, weil das alles ja mit Ethan Robinsons Verschwinden zusammenhängt.«

»Hast du eine Befugnis aufgesetzt?«, fragte Noah.

Sie schüttelte den Kopf. »Noch nicht. Momentan ist er bloß eine Person von polizeilichem Interesse. Wir brauchen eine DNA-Probe von ihm, um sicher zu sein.«

»Oder jemanden, der ihn sicher identifizieren kann«, wies Noah sie hin, obwohl sie beide wussten, dass das nicht passieren würde.

»Also gut«, sagte Chitwood in noch immer angemessener Lautstärke. Drei horizontale Linien erschienen auf seiner Stirn. »Das wird heikel werden. Lassen Sie uns sehen, was die Polizei von Norristown auftreibt. Lassen Sie diese Führerscheinkopie jeder Polizeiabteilung im Staat zukommen und stellen Sie sicher, dass alle davon wissen, dass wir auf der Suche nach ihm sind. Wenn wir an diesen Typen aber nicht herankommen sollten, werde ich alles auf eine Karte setzen. Wir werden diesen Kerl aus der Reserve locken. Es ihm unmöglich machen, unterzutauchen.«

»Ihm unter die Haut gehen?«, fragte Noah.

»Ja«, erwiderte Chitwood. »Wir stellen Quinn hier vor die Kameras. Sie soll ihn provozieren. Ihn als den kleinen Loser bezeichnen, der er ist, und wenn er seinen bösen kleinen Kopf aus dem Sand steckt, schnappen wir ihn uns.«

Noah runzelte die Stirn. »Sprechen Sie davon, Quinn als Köder zu benutzen?«

»Nein, ich sage nur …«

»Das haben Sie gemeint«, unterbrach ihn Josie. »Sie wollen mich da draußen rumzappeln lassen, ihn dazu bringen, seine ganze Wut gegen mich zu richten, und dann darauf warten, dass er mich verfolgt.«

»Nein, nein«, entgegnete Chitwood. »Ich sage nur, dass er sich nicht anders verhalten können wird. Er wird den Drang spüren, etwas zu tun, um seine Dominanz wieder zu behaupten, um zu beweisen, wie überlegen er ist. Und sobald er das tut, wird er sich selbst entlarven.«

Chitwood musste ihnen angesehen haben, dass sie ihm nicht glaubten. Er seufzte vor Frustration. »Erinnern Sie sich nicht an diesen Typen aus Kansas? Die Polizei hat ihn öffentlich provoziert und daraufhin hat er ihnen irgendeine Daten-CD geschickt, durch die sie seinen Aufenthaltsort zurückverfolgen konnten.«

Josie dachte an Margie Wikins' tote Augen. »Dieser Typ ist niemand, der USB-Sticks schicken würde. Wenn ihn jemand genug reizt, mordet er. Wir können nicht jeden Menschen in dieser Stadt beschützen.«

»Ich dachte, Ihnen würde die aggressive Vorgehensweise gefallen«, sagte Chitwood.

Josie bedachte ihn mit einem schiefen Lächeln. »Ich habe über die Jahre gelernt, dass die kluge Vorgehensweise besser funktioniert.«

»Nun, ich denke, es ist klug, diesen Typ zu provozieren. Ihn aus der Reserve zu locken. Wenn Sie Angst vor seiner Rache haben, stelle ich Ihnen eine Einheit zur Verfügung. Oder Sie bleiben bei Fraley und ich lasse Ihre beiden Häuser bewachen. Sie haben vierundzwanzig Stunden, um zu sehen, ob ihn die Polizei von Norristown oder Philly auftreiben kann. Machen Sie alles fest. Bereiten Sie sich gut vor. Morgen gibt Quinn eine Pressekonferenz und wir werden dieser Bestie auf den Fersen sein.«

61

Der Tag war endlos und Josie hatte die ganze Zeit das schreckliche Gefühl, dass sie auf ein sicheres Unheil zusteuerte. Es verschwand nicht, nachdem sie nach Hause gefahren und der Geschäftigkeit des Reviers entkommen war sowie den Stapeln über Stapeln an Büroarbeit über die Morde an Omar und den Wilkins. Die Pressekonferenz war es nicht. Als vorübergehende Polizeichefin hatte sie beinahe wöchentlich Pressekonferenzen abgehalten. Sie war dreimal mit Trinity bei *Dateline* gewesen. Es war noch nicht einmal die Vorstellung, dass ihr der Mörder nachstellen würde. Sein Gesicht und seinen Namen der Presse zu verraten, würde sehr dabei helfen, ihn zu finden. Dank Trinity war ihr eine nationale Berichterstattung gesichert. Es bestand eine große Chance, dass er, wo auch immer er sich im Land aufhielt, festgenommen werden würde – und das, bevor er überhaupt daran denken könnte, Josie ins Visier zu nehmen.

Es kam ihr nur so vor, als ob ihr etwas entgangen wäre.

Was hatte Gretchen damit gemeint, als sie um mehr Zeit gebeten hatte? Zeit wofür?

Sie lief durchs Wohnzimmer und hob alles Spielzeug von Harris auf. Ihre Enthüllung und das Gespräch mit Dr. Larson hatten sie in der vorigen Nacht so sehr beschäftigt, dass sie sich noch nicht einmal die Mühe gemacht hatte, aufzuräumen. Sie ging nach oben und baute das Beistellbett ab. Nachdem sie das Laken von der Matratze abgezogen hatte, roch sie für einen Moment daran. Es roch genau nach ihm. Nach Sonnenschein, frischer Luft und Früchten.

Zurück im Erdgeschoss schaltete sie den Fernseher ein, schaute aber gar nicht darauf. Ihr Kopf platzte fast vor Gedanken über die verschiedenen Fälle, Gretchen und ihren Sohn. Sie wünschte sich, dass sie ihn einfach abstellen könnte. Normalerweise würde sie in so einer Situation eine halbe Flasche Wild Turkey hinuntertrinken und auf dem Sofa in einen perfekten, behaglichen, traumlosen Schlaf fallen. Stattdessen rief sie Noah an. Als er sich gemeldet hatte, sagte sie: »Ich bin allein zu Hause.«

Er antwortete: »Ich bin in zwanzig Minuten da.«

Er war in zehn Minuten da. Er war noch nicht ganz durch die Tür gegangen, als sie sich auf die Zehenspitzen stellte, ihn küsste, die Arme um seinen Hals schlang und ihn zu sich herunterzog. Ihre Hände und Münder fielen wild übereinander her, als ob ihre Leben von Momenten wie diesem abhingen. Auf dem Weg zu Josies Schlafzimmer ließen sie im Eingangsbereich, auf der Treppe und im Flur eine Spur aus abgelegter Kleidung zurück. Noahs Haut fühlte sich heiß an ihrer an. Er legte sie auf dem Bett ab, nahm seinen Kopf nach hinten und sah ihr in die Augen. Eine unerträgliche Stille lag zwischen ihnen.

»Was ist?«, fragte Josie.

»Bist du dir sicher?«

Sie war sich tatsächlich in ihrem Leben nie wegen irgendetwas sicherer gewesen. Ihr wurde bewusst, dass sie ihn gar nicht angerufen hatte, um sich von düsteren Gedanken oder inneren Dämonen abzulenken. Ihr war es nicht darum gegangen, durch Sex ihre Angst zu vertreiben. Sicherlich, eine Ablenkung von der Arbeit war ihr willkommen, aber sie hatte ihn gebeten, herzukommen, weil sie ihn bei sich haben wollte.

»Ja«, sagte sie. »Ich bin mir sicher.«

62

In Josies Schlafzimmer schien erstes Tageslicht grau und undeutlich durch die Jalousien. Noah drehte sich von ihr weg, um vom Bett aus auf die großen Fenster sehen zu können. »Wir waren die ganze Nacht auf«, stellte er fest.

Josie streckte die Arme über den Kopf, drehte sich auf den Bauch und legte das Gesicht auf dem Kissen ab. Unter dem Lakendurcheinander fanden Noahs Hände ihren unteren Rücken und strichen ihre Wirbelsäule entlang. »Marathons sind nicht gerade für ihre Kürze bekannt«, scherzte sie.

Er lachte. Sein Kopf verschwand unter den Laken und kurz darauf spürte sie seinen warmen Mund an ihrer Schulter und wie er sich seinen Weg hinunterbahnte. Sie schloss die Augen und seufzte zufrieden. Das erste Mal seit Monaten fühlte sich ihr Kopf außergewöhnlich klar an und er war schon dabei, zu ihren Informationen über Gretchens Fall, dem Würger und den Wilkins-Morden zurückzukehren.

»Er wird Ethan Robinson umbringen«, sagte sie.

Sie merkte, wie Noahs Mund anhielt. Sein Kopf tauchte unter dem Laken hervor. »Wenn das deine Vorstellung von

Bettgeflüster ist«, erwiderte er, »dann muss ich mir diese Beziehung noch einmal durch den Kopf gehen lassen.«

Josie lachte. Sie drehte sich um, damit sie ihm in die Augen schauen konnte. »Tut mir leid. Sex hilft mir beim Denken.«

Noah schüttelte sich vor Lachen. Josie schlug ihm leicht gegen die Brust. »Hey«, sagte sie, »das ist nicht lustig. Fühlst du dich danach nicht klarer im Kopf?«

»Nein, ich fühle mich müde. Also, außer jetzt.«

Sein Zeigefinger fuhr ihr über das Schlüsselbein. Sie beobachtete ihn für einen langen Moment, während er sie mit seinen Händen erforschte. Ihr fiel die Narbe auf seiner rechten Schulter ins Auge, da, wo sie ihn während des Falls der verschwundenen Mädchen angeschossen hatte. Sie berührte sie behutsam.

Noah sagte: »Ethan kennt O'Haras Identität. Er muss ihn umbringen.«

Beider Hände bewegten sich weiter über den Körper des Anderen, so tasteten sie sich langsam ab. Um verlorene Zeit nachzuholen, nahm sie an. »Warum hätte Gretchen dann mit dem Würger ausmachen sollen, dass er Ethan in Ruhe lässt, wenn sie dafür die Schuld für Omars Ermordung auf sich nimmt? Sie kann nicht für Ethan sprechen. Es gibt keine Garantie dafür, dass er nicht zur Polizei gehen wird.«

»Na ja, er hat es noch nicht getan«, merkte Noah an.

»Aber warum? Was hält ihn davon ab? Er hat sich, seit er Teenager war, mit Serienmördern beschäftigt. Er hat das Buch über den Würger gelesen. Er weiß ganz genau, wozu O'Hara fähig ist, und wahrscheinlich auch, dass O'Hara James umgebracht hat. Warum geht er also nicht direkt zur Polizei?«

»Vielleicht hat er Schuldgefühle. Er hat Omar wahrscheinlich dazu überredet, das Treffen zwischen Gretchen und dem Würger zu arrangieren, und hat Omar, egal was der von der Sache hielt, dazu gebracht, es durchzuziehen. Und jetzt ist sein Freund tot.«

»Das stimmt«, sagte Josie. Sie dachte an Gretchens Erklärung, jung und dumm gewesen zu sein. Ethan war gerade mal Anfang zwanzig. Josie wusste nicht, was für ein Mensch er war oder wie er mit Stress umging. »Lass uns also annehmen, dass Ethan einfach jung und dumm gewesen ist. Aber das erklärt nicht, warum Gretchen denkt, dass O'Hara Ethan am Leben lässt. Sie muss es wissen. Ihr muss klar sein, dass O'Hara weiß, dass dieser Junge seine Identität kennt und dass er ihn zu jeder Zeit verraten könnte.«

»Ich bin mir sicher, dass ihr das bewusst ist. Aber wir wissen, dass sie dich um mehr Zeit gebeten hat, bevor wir diese ganze Sache an die Öffentlichkeit bringen. Also hat sie eindeutig etwas vor.«

»Was denn?«

Sie spürte, wie er unter ihren Händen mit den Schultern zuckte. Sie hatte keine Antwort erwartet. Er hatte die gleichen Informationen wie sie. Sie stellte eine nächste Frage, auf die sie von ihm keine Antwort erwartete: »Was zum Teufel könnte sie nur vorhaben?«

»Sie hat dir gesagt, dass für sie nur gezählt hat, ihr Kind zu beschützen, und dass das heute immer noch so ist«, erinnerte Noah sie.

Dann plötzlich.

Sie sprang auf und schlug Noah dabei beinahe mit dem Ellbogen ins Gesicht.

»Hey«, fragte er. »Was ist los?«

»Ich weiß, wo Ethan Robinson ist«, antwortete Josie.

Sie sprang aus dem Bett, lief zu ihrer Kommode und zog frische Kleidung heraus. »Zieh dich an«, sagte sie zu ihm.

»Ist das dein Ernst?«

»Musst du das wirklich fragen?«

Im Revier war es relativ ruhig, als sie, mit Kaffeebechern vom Komorrah's in den Händen, zu ihren Schreibtischen gingen.

»Ich brauche noch mal diese Handydaten«, sagte sie.

»Gretchens oder Omars?«, fragte Noah, stellte seinen Kaffee ab und begann, die Stapel auf seinem Schreibtisch durchzugehen.

»Omars«, erwiderte Josie, die auf ihrem eigenen Schreibtisch nach einem Ausdruck davon suchte.

»Habe sie«, sagte Noah. Er nahm die Seiten vom Schreibtisch und brachte sie zu Josie. Sie blätterte sie durch, bis sie den Anruf gefunden hatte. Es war das letzte Gespräch, das von Omars Handy ausgegangen war. Jemand hatte Ethan damit am Tag von Omars Ermordung, irgendwann in der unbestimmten Zeitspanne zwischen Gretchens Aufbruch vom Revier und dem Eintreffen des ersten Streifenwagens, angerufen. »Das war Gretchen«, teilte sie Noah mit und zeigte auf den Anruf. »Nicht O'Hara. Irgendwie hat sie es geschafft, sich von ihm zu entfernen und allein oder zumindest außer Hörweite von ihm zu sein. Sie ist an Omars Handy gekommen und hat dann

Ethan angerufen. Schau, das Gespräch hat vier Minuten gedauert.«

»Wie lange braucht man, um das MDT zu deaktivieren?«, fragte Noah.

»Ich weiß es nicht, aber O'Hara hat es getan und er hätte mindestens so lange dafür gebraucht.«

»Also war Gretchen allein mit den Handys im Auto, während O'Hara die Außenantenne abgebrochen und das ganze Ding ins Wasser geschmissen hat«, überlegte Noah.

»Genau«, stimmte ihm Josie zu.

»Was sagt sie Ethan?«, fragte er. »Sie hat vier Minuten. Was sagt sie?«

»Sie weist ihn an, das Gleiche zu tun, was sie in seinem Alter getan hat. Als sie jung und dumm war und Schutz vor diesem Kerl gesucht hat. Sie hat Ethan gesagt, dass er zu den Devil's Blade fahren soll.«

Noah starrte sie einen Moment lang an. Er sagte nichts, deshalb fuhr Josie fort: »Denk mal drüber nach. Das ist der sicherste Plan, den sie sich hätte überlegen können. Sie weiß, dass die Devil's Blade ihn verstecken werden. Deswegen braucht sie mehr Zeit. O'Hara ist so arrogant, dass er denkt, er braucht sich nicht an die Abmachung halten. Wahrscheinlich sucht er gerade in diesem Moment nach Ethan, damit er ihn umbringen kann. Sobald sie weiß, dass Ethan in Sicherheit ist, wird sie mit der Wahrheit rausrücken.«

Sie beobachtete, wie er ihre Worte sacken ließ. Er runzelte die Stirn. »Was machen wir jetzt?«, fragte er. »Rufen wir einfach beim Seattle-Club der Devil's Blade an und sagen: ›Hey, wir suchen diesen Jungen‹?«

Josie lachte. »Nein. Ich habe eine bessere Idee. Ethan kommt wahrscheinlich nur über den Mann und die Frau, die Gretchen die Jacke gegeben haben, an die Devil's Blade. Ich muss Steve Boyd von der Mordkommission in Philly anrufen

und rausfinden, ob er ihre Namen kennt oder an sie herankommen kann. Lincs Leute waren jeden Tag bei der Gerichtsverhandlung, hat er gesagt. Dann finden wir sie auch.«

64

Boyd kannte die Namen des Mannes und der Frau nicht. Er versprach, dass er alles in seiner Macht Stehende tun würde, um sie herauszufinden, und sich so schnell wie möglich bei ihr zurückmelden würde. In der Zwischenzeit rief Josie noch einmal philly.com auf, um sich die Artikel über die Morde und die Gerichtsverhandlung durchzulesen, die sie letztes Mal gesehen hatte. Sie suchte danach, ob irgendwo Linc Shores Frau oder Freundin oder ein anderes Mitglied der Devil's Blade erwähnt wurde, fand aber nichts. Sie rief Jack Starkey an, um herauszufinden, ob er oder einer seiner Kontakte im ATF entweder Lincs Lady oder eine andere Person kannte, die Linc besonders nahegestanden hatte. Wie sich herausstellte, hatte Linc mehrere Frauen und auch mehrere enge Vertraute in der Gang gehabt. Josie regte an, die Liste auf die Menschen einzugrenzen, die so bedeutend in Lincs Leben gewesen waren, dass sie zum Mordprozess nach Philadelphia gereist wären. Starkey sagte, dass er sich an die Arbeit begeben und sich später bei ihr zurückmelden werde.

Der Morgen verging wie im Flug, während Noah und sie Telefongespräche führten und versuchten, der Spur mit den

Devil's Blade nachzugehen, um Ethan finden zu können. Es war fast schon Mittag, als Chitwood neben ihrem Schreibtisch auftauchte. »Quinn«, sagte er. Wir geben diese Pressekonferenz.«

»Chief«, erwiderte sie, »bitte. Ein oder zwei Tage mehr. Ich denke, wir können Ethan Robinson finden. Er wird O'Hara eindeutig als den Würger identifizieren können. Er hat den DNA-Beweis. Wir können einen Haftbefehl erlassen.«

»Ich kann Ihnen nicht mehr Zeit geben, Quinn«, sagte Chitwood mit schockierend sanfter Stimme. »Wir müssen diesen Kerl verfolgen. Er hat in dieser Stadt innerhalb weniger Tage drei Menschen umgebracht. Je länger er noch draußen rumläuft, desto größer ist die Wahrscheinlichkeit, dass er wieder töten wird. Wir brauchen sein Gesicht auf jedem Fernsehbildschirm und jeder Internetseite in diesem Land. Jemand wird ihn erkennen. Bis dahin haben wir den Robinson-Jungen gefunden. Wir können nicht darauf warten.«

Über die Tische hinweg nickte Noah ihr zu. Sie hätte Ethan Robinson gern in Schutzgewahrsam gehabt, bevor sie die Medien auf Ed O'Hara losließen. Auf jeden Fall aber erleichterte sie die Gewissheit, dass sie brauchbare Hinweise hatten, um ihn zu finden. Es war nur eine Frage der Zeit. Die traurige Wahrheit war, dass Ethan wahrscheinlich bei der gesetzlosen Motorradgang in größerer Sicherheit war, als er es allein auf sich gestellt und auch unter Polizeischutz wäre, denn es fehlte ihnen an Ressourcen, um ihn auf lange Sicht beschützen zu können.

»In Ordnung«, sagte Josie.

Chitwood klopfte ihr auf die Schulter. »Wir bereiten alles in einer Stunde vor. Die Presse wird in zwei Stunden hier sein.«

Josie hatte seit Monaten nicht vor der Kamera gestanden und es überhaupt nicht vermisst. In den vierundzwanzig Stunden, nachdem Chitwood sich dazu entschieden hatte, die Pressekonferenz einzuberufen, hatte er es geschafft, fast die ganze Welt davon in Kenntnis zu setzen, dass der Doppelmord, der eine Woche zuvor in Zentral-Pennsylvania begangen worden war, mit einem ungelösten Serienmordfall zusammenhing. Als dann zwei Stunden später die Pressekonferenz stattfinden sollte, musste sie auf den Gemeindeparkplatz verlegt werden, damit es genug Platz für die ganzen Reporter gab. Kameras und Beleuchtung wurden auf Josie gerichtet, die hinter einem Podest mit dem Wappen des Denton PD stand. Sie hatte versucht, die Schnittwunde in ihrem Gesicht zu überschminken, wusste aber, dass man sie immer noch sehen konnte.

Trotz allem befolgte sie das, was Chitwood ihr nahegelegt hatte. Zuerst berichtete sie von den Wilkins-Morden und den Beweisen, die diesen Fall mit den ungelösten Serienverbrechen des Pärchenwürgers von Seattle in Verbindung gebracht hatten. Sie gab Ed O'Hara als Person von polizeilichem Interesse bekannt, richtete sich dann groß und gerade auf und sah direkt in das Meer aus Kameras, als ob sie in das Gesicht des Mörders sehen würde. So überbrachte sie die Nachricht an ihn: »Deine Zeit ist um. Das ist das Ende des Weges. Wir kennen deinen Namen. Wir wissen, wo du wohnst. Deine Schreckensherrschaft ist vorbei. Mach es dir und den Opfern leichter: Stell dich. Mach keinen Fehler, denn ich werde nicht aufgeben, bis ich dich zu fassen bekommen und dir Handschellen angelegt habe.«

Sie nahm keine Fragen entgegen. Als sie zurück ins Gebäude ging, spürte sie den fehlenden Schlaf der letzten Nacht deutlich. An ihrem Schreibtisch angekommen, hätte sie am liebsten ihren Kopf dort abgelegt und sofort sechs Stunden geschlafen. Glücklicherweise hielt Noah eine Tasse Kaffee für sie bereit. Er stellte sie vor ihr ab und sie bedankte sich.

»Du hast dich da draußen super geschlagen«, sagte er. »Lass uns warten, bis die Presse verschwunden ist, und dann können wir uns was Kleines zu essen holen und von hier verschwinden.«

»Klingt perfekt«, sagte Josie mit einem Lächeln.

»Heute Abend bei mir?«

Ihr wurde bewusst, dass er den ganzen Tag nicht nach Hause gekommen war, um sich umzuziehen. »Auf jeden Fall.«

65

Sie machten früh Feierabend, fuhren zu Noahs Haus und fielen ins Bett. Sie waren zu erschöpft, um noch etwas miteinander anzustellen, und schliefen bald tief. Als sie aufwachte, war es draußen dunkel und ein Blick auf die Uhr verriet, dass sie vier Stunden lang geschlafen hatten. Neben ihr lag Noah flach auf dem Rücken und schnarchte leise. Sie beugte sich zu ihm und fuhr ihm über die Kinnpartie und dann durch seine dicken braunen Haare. Das war etwas, das sie oft tun wollte, aber natürlich nie konnte, weil Arbeitskollegen um sie herum waren. Jetzt hatte sich alles verändert.

Lächelnd weckte sie ihn mit einem Kuss.

Eine Stunde später hatten sie geduscht und sich lockere Kleidung angezogen. Gemeinsam saßen sie an Noahs Küchentisch und vor ihnen war eine bunte Mischung aus chinesischem Fast Food ausgebreitet.

»Das«, sagte Noah, während er ein Stück Hühnchen süßsauer mit der Gabel aufspießte, »das ist schön.«

»Das Essen?«, neckte ihn Josie.

»Nein«, gab er zurück und wedelte mit der Gabel in der

Luft herum. »Das hier. Wir. Zusammen, ohne gestört zu werden. Endlich.«

Er hatte natürlich recht, aber Josie wusste, dass es nur eine vorübergehende Atempause war. Jeden Augenblick würde eines ihrer beiden Handys klingeln – hoffentlich mit einem Hinweis oder guten Neuigkeiten über Ethan Robinson. Gretchens geflüsterte Worte, dass sie mehr Zeit bräuchte, kribbelten ihr immer noch im Hinterkopf herum. Es war wie Kies im Schuh zu haben. Jedes Mal, wenn sie im Glauben, er sei draußen, weiterging, wurde sie kurz darauf wieder in die Fußsohle gepiekst.

»Ich kenne den Blick«, bemerkte Noah.

Sie blinzelte und konzentrierte sich auf sein Gesicht, auf die sexy Bartstoppeln, die ihm über den Tag gesprossen waren. »Was für ein Blick?«

»Du denkst an die Arbeit.« Er nahm einen Bissen Reis. Er war nicht verärgert oder etwa genervt, und das schätzte sie an ihm.

»Tut mir leid«, sagte sie.

Er lächelte. »Braucht es dir nicht. Ich weiß, dass du nicht anders kannst. Also, sag mir, was lässt dir keine Ruhe?«

Sie seufzte und suchte sich eine Frühlingsrolle aus, an deren blättriger Haut sie zupfte. »Es fühlt sich so an, als ob ich irgendwas übersehen hätte.«

»Immer noch?«

»Sollte Ethan nicht langsam bei den Devil's Blade sein?«, fragte sie. »Es ist schon eine Woche vorbei.«

»Schwer zu sagen«, meinte Noah. »Wir nehmen an, dass er zum Seattle-Club musste. Wir wissen nicht, was ihm Gretchen an Anweisungen hat geben können. Vielleicht war es nur ein Name. Er musste nach Seattle kommen und irgendeinen Mann oder irgendeine Frau finden und sie dann davon überzeugen, ihn davor zu beschützen, nicht von den Devil's Blade getötet zu werden. Gretchen hat um mehr Zeit gebeten. Sie rechnet bestimmt damit, irgendeine Benachrichtigung entweder von Ethan oder von den Devil's Blade zu bekommen.«

»Ich denke immer noch, dass da etwas ist, etwas Wichtiges, das wir noch nicht rausgefunden haben.«

»Ich bin mir nicht sicher, ob wir noch irgendwas rausfinden. müssen. Wir wissen, wer Omar getötet hat. Wir wissen, warum Gretchen gelogen hat. Wir wissen, wer das Wilkins-Ehepaar getötet hat. Wir kennen die Identität des Pärchenwürgers und wir haben eine verdammt gute Vermutung, wo wir Ethan Robinson finden können.«

Josie legte ihre Frühlingsrolle wieder zurück. Er hatte recht, aber es plagte sie trotzdem noch. Noah legte seine Gabel auf den Tisch, stand auf und reichte ihr die Hand. »Los«, sagte er. »Lass mich dir den Kopf freimachen.«

Josie lachte. Sie nahm seine Hand und er führte sie nach oben.

66

Josie wurde vom Piepen ihres Handys geweckt. Sie griff über Noahs schlafende Gestalt, um es von seinem Nachttisch zu angeln. Der Bildschirm verbreitete im ganzen Raum blaues Licht. Die Zeitanzeige verriet, dass es Mitternacht war. Trinity hatte geschrieben. *Ich finde, wir sollten bei Larsons Zwillingsstudie mitmachen. Dadurch kriegen wir vielleicht Zugang zu den Programmen und Techniken, mit denen die beiden Jungs einen Serienmörder gefunden haben. Übrigens, gratuliere, dass du den Fall gelöst hast.*

Josie seufzte. Sie schrieb zurück: *Es ist spät. Ich mache bei der Zwillingsstudie nicht mit. Und danke.*

Eine Minute später kam eine Antwort. *Ich kenne es gar nicht von dir, dass du schläfst.*

Josie warf einen Blick zu Noah. *Ich versuche es seit Neuestem.*

Denk noch mal über die Zwillingsstudie nach. Larson sagt, dass es super schwierig ist, Zwillinge zu finden, die kurz nach der Geburt getrennt worden sind. Wir könnten wirklich helfen, es reicht schon, wenn wir ein paar Fragen beantworten.

Josie schrieb zurück: *Du bist doch nur auf der Suche nach*

einer guten Story darüber, wie sich Mörder per DNA finden lassen.

Trinity: *Ich bin immer auf der Suche nach einer Story.* Dahinter hatte sie einen Smiley mit herausgestreckter Zunge gesetzt. *Lass uns die Studie machen.*

Josie antwortete: *Nein!!!*

Trinity: *Okay, wir reden später.*

»Ach verflixt noch mal«, murmelte Josie.

Sie las sich noch einmal ihre Nachrichten durch und musste gegen ihren Willen lächeln. Ein Puzzlestück, das in den hinteren Ecken ihres Verstands verwahrt gewesen war, löste sich nun und fügte sich an den Rest. Epigenetik. Die Zwillingsstudie. Bei der Geburt getrennte Zwillinge. »Ich fass es nicht«, sagte sie laut. Wie hatte es ihr nur entgehen können? Es war die ganze Zeit direkt vor ihren Augen gewesen.

»Noah«, sagte sie und rüttelte an seiner Schulter.

Er stöhnte im Schlaf auf.

»Noah, ich habe es rausgefunden. Ich weiß, was Gretchen verheimlicht hat.«

Er murmelte ein paar verschlafene Worte und drehte sich auf den Bauch. Sie dachte kurz darüber nach, ihn aufzuwecken, damit sie es besprechen konnten, aber entschied sich dann dagegen. So erschreckend die Enthüllung auch war, bis zum Morgen würde sie jedenfalls absolut nichts unternehmen können. Jetzt schoss ihr das Adrenalin wie Feuer durch die Adern. Sie versuchte, wieder einzuschlafen, lauschte Noahs gleichmäßigen Atemzügen und spürte, wie die Wärme seines Körpers auf sie überging. Zwanzig Minuten später gab sie auf und tapste nach unten. Sie war nach dem Belinda-Rose-Fall oft genug bei ihm zu Hause gewesen, sodass sie das Licht nicht anzuknipsen brauchte. Die Laterne draußen an der Vordertreppe beleuchtete den Eingangsbereich gerade ausreichend und die Zeitanzeige auf der Kabelbox im Wohnzimmer schimmerte grell genug, dass sie ihren Weg durch die Zimmer und bis in die Küche fand.

Sie hatte gerade die Küche betreten und die Finger auf dem Lichtschalter, als in ihrem Kopf die Alarmglocken zu läuten begannen. In Gedanken ging sie noch einmal die Schritte zurück zum Wohnzimmer und dann zum Eingangsbereich durch. Der Eingangsbereich. Im schwachen Laternenlicht von draußen hatte sie den Tisch gesehen, auf dem sie normalerweise ihre Schlüssel deponierten. Heute Abend waren sie so erschöpft gewesen, dass sie ihre Halfter mit den Dienstwaffen auch dort abgelegt hatten. Noah hatte sein Handy ebenfalls auf dem Tisch gelassen. Als Josie aber im Dunkeln vorbeigegangen war, hatte sie dort als einziges eine alte Lederjacke liegen gesehen.

Ihr gefror der Atem. Ihr Hals schnürte sich zu. Ihre Fingerspitzen zitterten am Lichtschalter.

Eine Lederjacke. Gretchens Lederjacke.

Das bedeutete, Ed O'Hara, der Pärchenwürger von Seattle, war in Noahs Haus.

67

Ihr Verstand arbeitete wie verrückt, ging alles durch, was sie aus dem Forum und von Jack Starkey erfahren hatte. Selbst den Wilkins-Tatort. Die Taschenlampe. Er würde eine Taschenlampe haben. Die Opfer in der Dunkelheit zu blenden und zu desorientieren gehörte zu seinem Plan.

Josie knipste das Küchenlicht an. Sie wollte ihm den Überraschungsfaktor nicht geben. Ihr Herz raste so schnell, dass ihr ganzer Körper vibrierte. Langsam ging sie durch den Raum, öffnete einen Wandschrank und nahm ein Glas heraus. Sie versuchte, sich immer noch natürlich zu verhalten, während sie überlegte, was zur Hölle sie nur tun könnte. Sie könnte weglaufen. Sie könnte aus einem Küchenfenster klettern oder zur Hintertür laufen. Allerdings könnte sie Noah nicht im Haus alleinlassen. Sie könnte ihn nicht zurücklassen. Noahs Handy war weg, genau wie ihre Waffen. Ihr Handy lag oben im Schlafzimmer. Sie dachte an die Polizeieinheit, die Chitwood ihr versprochen hatte. Waren die Kollegen noch da draußen? Hatte der Mörder sie verletzt oder sich über die Rückseite des Hauses hereingeschlichen, ohne dass sie es mitbekommen hatten? Sie musste annehmen, dass O'Hara ihnen etwas angetan hatte und dass sie nicht zu ihrer Rettung kommen würden. Sie drückte fest gegen das Glas in ihrer Hand und überlegte, wie sie vorgehen würde – wenn sie zwei Polizisten außer Gefecht setzen wollte, ohne tatsächlich einen Schuss abzugeben. Es gab dafür unzählige Möglichkeiten, wenn jemand skrupellos oder manipulativ genug war – und Josie wusste, dass beides auf O'Hara zutraf.

Sie lockerte ihren Griff um das Glas und ließ es auf die Fliesen fallen. Es zersprang mit einem Geräusch, das in dem kleinen Raum wie ein Pistolenschuss klang. Sie spürte, wie ein Stück Glas in ihrer Wade steckenblieb. Sie griff nach oben in den Schrank, nahm zwei weitere Gläser heraus und ließ diese ebenfalls fallen. Glasscherben flogen überall hin und bohrten sich ihr in die Haut an den Füßen und Beinen. Als sie alle Trinkgläser zerstört hatte, machte sie bei den Tellern weiter.

»Josie?« Es war Noahs Stimme.

Auf ihren bloßen, blutigen Füßen ging sie am äußeren Rand des Raumes entlang und versuchte das Glas, soweit sie konnte, zu umgehen. An der Türschwelle angelangt, konnte sie sehen, dass er das Flurlicht angeschaltet hatte, das den oberen Flurbereich, die Treppe und einen Teil des Erdgeschosses beleuchtete.

Barfuß, mit nacktem Oberkörper und in Boxershorts, taumelte er schlaftrunken die Treppenstufen herunter. Er hielt auf den drei letzten Treppenstufen an. »Was ist hier los?«

Josie lächelte. »Es tut mir so leid. Ich habe versucht, etwas hinten aus dem Küchenschrank zu holen, und das ganze Geschirr ist wie eine Lawine rausgefallen.«

Er kratzte sich am Kopf und hielt den Blick im schwachen Licht auf sie gerichtet.

In der Hoffnung, er könne so gut wie sonst von den Lippen ablesen, formte sie stumm mit dem Mund: *Er ist hier. Er hat unsere Pistolen. Mein Handy ist oben.*

Sie sah, wie sich seine Schultern anspannten, wie die

Müdigkeit aus seinem Gesicht verschwand und er sich aufrichtete, als es ihm klar wurde.

»Oh«, sagte er. »Na, dann lass mich dir mal beim Aufräumen helfen.«

Er formte mit den Lippen: *Wo?*

»Nein«, sagte sie und hielt eine Hand hoch. »Ich mache das schon. Geh wieder schlafen.«

Keine Ahnung, antwortete sie stumm. Wo auch immer er war – beim Eingang, im Wohnzimmer oder vielleicht sogar im Esszimmer, das Noah nie nutzte –, er hörte ihrem Gespräch zu, das wusste sie. Würde er darauf warten, dass sie beide auf einem Fleck standen, damit er zuschlagen konnte? Stellte es ein Risiko dar, hier überhaupt so lange zu stehen und miteinander zu reden?

»Bist du dir sicher?«, fragte er.

Lauf weg, sagte Noah lautlos.

Er wollte, dass sie sich aus dem Staub machte. Aus der Hintertür oder einem Küchenfenster verschwand. Dass sie entkam.

Ich lasse dich hier nicht zurück, antwortete sie.

»Ja«, sagte sie. »Ich mache das schon.«

Mein Handy liegt oben, drängte sie ihn.

Sie konnte ihn nicht zurücklassen. Sie war in ihrem Leben noch nie vor einem Kampf weggelaufen und würde es auch diesmal nicht tun. Sie würde den Mann, den sie liebte, nicht mit einem Monster alleinlassen, das so einfach tötete wie es atmete.

»Okay«, sagte er zu ihr. »Bis gleich im Bett.«

Mit der rechten Hand formte er eine Pistole, deren Lauf in Richtung Decke zeigte. Oben gab es eine weitere Pistole. Er musste sie nur holen gehen.

Geh, formte sie mit den Lippen, aber ein paar Sekunden später spürte sie den kalten, harten Gewehrlauf an ihrer Halswirbelsäule und eine fleischige Hand umklammerte ihre Schulter. In Noahs Gesicht standen Schreck und eine vorübergehende Panik geschrieben, die sich dann zu Wut verhärtete.

Die Stimme hinter ihr sagte: »Warum laden wir Noah nicht dazu ein, uns Gesellschaft zu leisten?«

Der Klang von Noahs Namen in O'Haras Mund jagte ihr einen Schauer über den Rücken. Ihr Herz blieb stehen und setzte wieder ein, blieb stehen und setzte wieder ein. Wie lange war er da gewesen? Was hatte er gehört? Hatte er sich im Haus versteckt, als sie sich geliebt hatten? Den Fall besprochen hatten? Er hatte seine List über Jahrzehnte hinweg perfektioniert.

»Lass sie los«, knurrte Noah und ging eine Treppenstufe herunter.

O'Hara lachte. Josie spürte seinen Atem an ihren Haaren. »Mache ich nicht, mein Lieber. Deine Lady und ich werden eine gute Zeit miteinander haben. Ich werde dir zeigen, wie man es macht. Warum bleibst du also nicht einfach hier?«

Josie stellte Berechnungen an. Sie musste davon ausgehen, dass die Einheit draußen nicht in der Lage war, ihnen zu Hilfe zu kommen. Dennoch war das hier eine Wohngegend und Noahs nächste Nachbarn würden es sehr wahrscheinlich hören, wenn er einen Schuss abgäbe. Andererseits hatte er auch James Omar mitten am helllichten Tag in einem Wohngebiet in den Rücken geschossen und niemand hatte wenigstens nach dem Rechten geschaut.

Er hatte aber während keiner seiner Verbrechen eine Pistole benutzt – außer bei Billy Lowthers Ermordung und das nur, weil es nicht nach Plan gelaufen war. Das war vor über zwanzig Jahren gewesen, als er noch den Mantel der Anonymität getragen hatte. Er stand jetzt mit dem Rücken zur Wand. Er wurde im ganzen Land gesucht. Wenn er sie töten und entkommen wollte, würde er manche seiner Impulse unter Kontrolle halten müssen. Dazu kam, dass er nur begrenzte Zeit zur Verfügung hatte. Wenn die Einheit draußen nicht einmal pro Stunde der Leitstelle Rückmeldung gab, würde die Polizei von Denton eine weitere Einheit zur Prüfung der Situation schicken. Josie zweifelte nicht daran, dass O'Hara die Pistole benutzen würde, aber hoffentlich nur als letztes Mittel. Trotzdem würde sie ihn nicht die Kontrolle über die Situation gewinnen lassen.

Ihr Blick traf Noahs. *Komm runter*, formte sie mit den Lippen.

68

O'Hara schubste sie näher zu Noah. »Wir werden jetzt schön beieinander bleiben. Du bekommst etwas, mit dem du deine Freundin hier fesselst, und wir begleiten dich, damit du gar nicht erst auf die Idee kommst, den Helden spielen zu wollen. Wenn du irgendwas versuchst, egal was, dann ist diese Schlampe tot. Verstanden?«

Josie wandte ihre Augen nicht von Noah ab. Er nickte ihr leicht, kaum wahrnehmbar zu. Still zählte sie für ihn herunter: *Drei, zwei, eins.*

Noah machte einen Hechtsprung auf den Boden und rollte sich außer Sichtweite ins Wohnzimmer. In dem Moment ließ O'Haras Griff um ihre Schulter nach, und der Pistolenlauf rutschte nur ein kleines Stück zur Seite. Sie hob ihren Fuß und fuhr mit der Unterseite ihres rechten Schuhabsatzes seine Jeans entlang, um sicherzugehen, dass sie seinen Fuß auch wirklich erwischen würde, bevor sie hart zutrat. Durch die Sportschuhe, die er trug, war der Tritt nicht stark genug, um ihm Schmerzen zu bescheren, aber er überraschte ihn für eine Sekunde. In einer fließenden Bewegung griff sie an ihrer Brust vorbei nach seiner Hand, umklammerte sie von seinem kleinen

Finger aus und verdrehte ihm das Handgelenk. Er schrie vor Schmerzen auf, sie löste seine Hand von ihrer Schulter und schlüpfte mit ihrem Körper darunter hindurch. Sie verdrehte ihm die Hand gewaltvoll auf dem Rücken, während er stolperte. Die Pistole fiel ihm aus der anderen Hand und Josie trat sie weg. Sie stieß ihn gegen die Wand, aber er war stark und steuerte dagegen. Sein Kopf schoss nach hinten und er traf sie damit so fest an der Stirn, dass sie Sterne sah. Sie verlor den Griff um seine Hand, er stieß sich von der Wand ab und prallte gegen sie.

Sie flog mit dem Rücken gegen die gegenüberliegende Wand, bevor sie schwindlig und orientierungslos auf den Boden rutschte. Dann war er über ihr, stieß sie auf den Boden, setzte sich auf sie und schloss die Hände um ihren Hals. Sie umklammerte seine Finger. Am Rand ihres Blickfeldes war es unscharf und dunkel. Ihre Lunge schrie und der Druck auf ihre Luftröhre war unerträglich. Als O'Hara fester zudrückte, merkte Josie, wie ihr das Bewusstsein entglitt. Auch wenn wahrscheinlich nur Sekunden vergangen waren, seit er über ihr war, fühlte es sich wie eine Ewigkeit an. Während ihr Körper nach Luft rang, pikste jeder Zentimeter ihrer Haut vor Angst. Wo zum Teufel steckte Noah? Dann auf einmal war O'Hara völlig ruhig. Sein Griff lockerte sich. Josie schnappte nach Luft. Sie sah, dass Noah hinter O'Hara stand und ihm eine Pistole an den Kopf hielt.

»Lass sie los«, sagte Noah.

O'Hara hielt die Hände hoch. Josie atmete gierig ein und rieb sich den gequetschten Hals. Sie wand sich unter ihm, versuchte erfolglos, sich zu befreien.

»Steh auf«, wies in Noah an. »Lass deine Hände da, wo ich sie sehen kann.«

O'Hara bewegte sich nicht.

Normalerweise hätten sie einem Tatverdächtigen befohlen, sich auf den Boden zu legen, aber Josie befand sich noch unter

O'Hara und, so sehr sie sich auch anstrengte, sie konnte sich nicht befreien. Seine Hüften drückten ihre auf den Boden.

Noahs brüllte jetzt. »Ich sagte: Aufstehen! Sofort, O'Hara. Steh auf und lass die Hände in der Luft.«

O'Hara bewegte sich immer noch nicht. Schließlich sagte Noah: »Es reicht.« Er nahm eine Hand von der Waffe, packte ihn von hinten am Kragen und fing an, ihn von Josie wegzustoßen, damit er auf seine rechte Seite fiel. Als erstes schien O'Hara nachzugeben, dann aber ballte er in Blitzgeschwindigkeit eine Hand zur Faust zusammen, schnellte nach hinten und schlug Noah gegen das Handgelenk.

Ein Schuss explodierte im kleinen Hausflur und das Mündungsfeuer barst in die Halbdunkelheit. Josie hatte gespürt, wie der Druck auf ihrem Becken nachließ, und stand taumelnd auf. Noah und O'Hara waren schattenhaft im Kampf ineinander verknotet und rollten in Richtung Wohnzimmer. Sie stolperte ihnen mit benommenem Kopf und Grauschleier vor den Augen den Flur hinterher. Sie suchte mit dem Blick die Holzdielen nach der Pistole ab. Blut strömte ihr aus den Wunden die Beine hinab und hinterließ Schlieren im Flur. Mit den Fingern tastete sie auf der Suche nach dem Lichtschalter die Wand ab. Aus dem Wohnzimmer drangen die Geräusche von zerbrechendem Glas, zersplitterndem Holz und ein kehliges Grunzen zu ihr. Josie fand den Lichtschalter für das Wohnzimmer und drückte ihn. Der Sofatisch war umgekippt und eines seiner Beine vollständig abgebrochen. Eine Lampe von einem der Beistelltische lag zerschmettert auf dem Teppich. Vor dem kleinen Fernsehschrank saß O'Hara über Noah und prügelte auf seinen Kopf ein. Noah hielt sich die Arme vors Gesicht und wehrte die meisten Hiebe ab.

Josie schaute sich noch einmal um, konnte aber die Pistole, die O'Hara weggeworfen hatte, immer noch nicht finden. Sie versuchte, ihre Verwirrtheit abzuschütteln. Ein Schrei stieg ihr tief aus dem Zwerchfell auf, sie rannte los und warf sich mit vollem Gewicht auf O'Hara. Sie beide stürzten. Josie hörte ein Knacken, als er seitlich mit dem Kopf gegen die Wand knallte. Sie nutzte seine kurze Benommenheit aus, um auf die Füße zu kommen und ihm den Kopf noch einmal mit ihrem Knie in die Wand zu rammen. Mit den Armen schlug er wild um sich und versuchte, sie zu greifen. Sie trat ihm gegen die Brust und stieß ihn zu Boden, sodass er flach auf dem Rücken lag.

»Noah«, rief sie atemlos.

Sie ging in die Hocke und versuchte, O'Hara auf den Bauch zu drehen, um ihm die Hände hinter dem Rücken festhalten zu können, aber er kämpfte. Eine Faust schoss hoch und traf sie genau dort an der Wange, wo ihr Gretchen erst vor ein paar Tagen die Haut aufgerissen hatte. Sie verlor das Gleichgewicht und fiel auf den Hintern. Vor Schmerz heulte sie auf, was bloß wie ein dumpfes Keuchen klang, und versuchte, sich aufzurichten. Sie sah, wie er auf sie zukam, und ging mit den Händen auf seinen Kopf los, um nach seinem Hals oder seinen Augen zu greifen. Dann sah sie Metall aufblitzen und O'Haras Kopf neigte sich zur Seite.

Noah trat zwischen sie und drehte die Pistole in den Händen, damit er den Lauf an O'Haras Kopf halten konnte. »Fass sie bloß nicht an«, sagte er.

Ehe sich O'Hara völlig von dem Schlag mit der Pistole erholen konnte, den Noah ihm verpasst hatte, stießen ihn Josie und Noah auf den Bauch.

Sie hatten weder Handschellen noch Plastikkabelbinder zur Hand. Noah drückte dem Mann die Handgelenke oben auf dem Rücken zusammen und legte ihm dann das eine Knie auf die Handgelenke und das andere aufs Genick. Er hielt O'Hara seine eigene Pistole an den Kopf.

»Lauf nach oben«, sagte Noah. »Hol dein Handy. Ruf 911 an. Dann geh nach draußen und schau nach der Streifeneinheit.«

69

Zum dritten Mal in knapp über einer Woche saß Josie auf einer Krankenhausliege und atmete jedes Mal zuckend vor Schmerz ein, wenn ihr die Krankenschwester einen besonders großen Glassplitter aus dem Bein oder Fuß zog. Dazwischen fühlten sich Josies Unterschenkel an, als ob sie in Flammen stünden, denn auch das Brennen des Desinfektionsmittels, mit dem sie das Blut abgewischt hatten, bevor sie die Scherben herausholten, tat seinen Teil. Noah stand mit vor der Brust verschränkten Armen am anderen Ende des Raumes und verzog jedes Mal das Gesicht, wenn Josie es auch tat. »Es ist schon gut«, sagte sie zu ihm. »Wirklich. Das ist nichts.«

»Es war viel Blut.«

»Alle Wunden sind bloß oberflächlich«, murmelte die Krankenschwester, ohne von ihrer Arbeit aufzusehen. »Bis jetzt müssen nur zwei davon genäht werden.« Ihr Blick schoss zu Josies Gesicht hoch. »Sie haben sehr viel Glück gehabt.«

Ja, dachte Josie. *Das habe ich.*

Sie legte ihren Kopf zurück aufs Kissen und konzentrierte sich darauf, langsam und tief ein- und auszuatmen. Sie streckte eine Hand aus und eine Sekunde später spürte sie, wie Noah sie nahm. »Sag bitte was«, bat sie ihn. »Lenk mich ab.«

»Wie konntest du wissen, dass er da war? Hat er Krach gemacht, als er eingebrochen ist? Ich habe überhaupt nichts gehört.«

»Ich war wach«, erklärte Josie. Sie öffnete die Augen, konzentrierte sich aber auf Noahs Gesicht anstatt auf ihre zerfetzten Beine. »Trinity hat mir geschrieben. Das hat mich aufgeweckt. Dann ist mir eingefallen, was Gretchen noch verheimlicht hatte. Ich habe versucht, wieder einzuschlafen, aber es ging nicht.«

»Warum hast du mich nicht geweckt?«, fragte er.

»Ich habe es versucht. Du warst so neben der Spur, dass ich dachte, du würdest sauer sein, wenn ich dich aufwecken würde, um dir etwas zu erzählen, das auch bis zum Morgen Zeit hätte.«

»Es wäre besser gewesen, als davon wach zu werden, dass du jedes Teil meines Geschirrs kaputt machst, und einen Serienmörder in meinem Haus vorzufinden.«

Josie lachte. Noah drückte ihre Hand. »Also?«, fragte er. »Was war es? Was hat Gretchen geheim gehalten?«

»Ethan Robinson hat einen Zwilling. Nachdem Gretchen von der Vergewaltigung durch O'Hara schwanger geworden war und sich bei den Devil's Blade versteckt hat, hat sie zwei Babys zur Welt gebracht. Deswegen ist Ethan noch nicht in Seattle angekommen. Gretchen hat ihm gesagt, er sollte seinen Zwilling abholen und sie oder ihn mitnehmen.«

70

EINE WOCHE SPÄTER

Gretchen saß im Polizeirevier am Besprechungstisch. Sie hatte den Deckel der Wasserflasche abgedreht, die Noah ihr gereicht hatte, und schob ihn zwischen den Zeigefingern hin und her, bis er von ihren Fingern abprallte und über den Tisch bis zu Josies Platz flog. Gretchen sprang auf und versuchte, ihn aufzufangen, bevor er Josie traf, warf aber stattdessen nur ihre Flasche Wasser um. Eine Pfütze breitete sich auf dem Tisch aus. Josie fing den Deckel gekonnt auf, stellte die Flasche wieder hin und sagte: »Gib mir eine Minute.«

Sie kam mit einer Rolle Küchentücher zurück und half Gretchen dabei, das Wasser aufzuwischen.

Gretchen sagte: »Es tut mir wirklich leid.«

Josie schenkte ihr ein Lächeln. »Das ist nur Wasser.«

Anstatt sich wieder hinzusetzen, lief Gretchen im Raum umher. Josie nahm wieder ihren Platz ein und beobachtete ihre Freundin, die hin- und herlief und deren Kopf dabei wie ein Metronom pendelte.

»Es wird alles gut werden«, versicherte ihr Josie.

»Wird es?«, fragte Gretchen.

Josie tippte auf die Glasscheibe des Tisches. »Hey«, sagte

sie und ließ Gretchen anhalten, damit sie ihr in die Augen schauen konnte. »Ja. Es wird alles gut werden.«

Gretchen legte beide Hände auf die Rückenlehne eines Stuhls und beugte sich zu Josie. »Woher hast du es gewusst? Wie konntest du es rausfinden?«

Zu reden und Puzzlestücke aneinanderzufügen hatte ihnen schon immer gegen ihre Angst geholfen. Josie antwortete: »In der Studie – also, in einer der Studien, an denen Dr. Larson und James Omar gearbeitet haben, ging es um Zwillinge, die bei der Geburt getrennt worden sind. Das war die, die für Larson von größtem Interesse war, als ich mich mit ihm traf. Er fragte, ob Trinity und ich bei der Studie mitmachen würden und, nachdem ich nein gesagt hatte, hat er sie angerufen und versucht, sie zu überreden.«

»Wie aufdringlich«, meinte Gretchen.

»Nein, ich denke, engagiert«, gab Josie zurück. »Ich meine, ja, schon aufdringlich, aber ich glaube, er hat das Herz am rechten Fleck. Ich denke, er möchte Menschen durch seine Forschung helfen. Jedenfalls habe ich zuerst gedacht, Ethan wäre nur neugierig gewesen, wer seine leiblichen Eltern waren, und dass James ihm dabei geholfen hat, sie durch die genetische Profile ihrer entfernten Verwandten zu finden. Du weißt, dass es dafür jetzt alle möglichen Internetseiten gibt.«

»Ja«, sagte Gretchen. »Ich sehe immer die Werbung dafür. Bezahl neunundneunzig Kröten und du bekommst dein Abstammungsprofil.«

»Genau«, sagte Josie. »Ich denke, dass Ethan einen dieser Tests gemacht und herausgefunden hat, dass er einen Zwilling hat. Ich denke, er hat zu ihm Kontakt aufgenommen ...«

»Zu ihr«, korrigierte Gretchen.

»Wie bitte?«

»Ethan hat eine Schwester, keinen Bruder. Sie sind zwei-eiige Zwillinge – ein Junge und ein Mädchen. Von beiden eins.« Sie lächelte traurig.

»Zu ihr«, sagte Josie. »Ich denke, Ethan hat zu ihr Kontakt aufgenommen und sie darum gebeten, an James' Zwillingsstudie teilzunehmen. Über die bei der Geburt getrennten Zwillingsgeschwister. Ich denke, so hat es angefangen. Ihm ist wahrscheinlich erst klar geworden, dass es eineiige Zwillinge sein müssen, als er mit James darüber gesprochen hat. Sein Fach war Kriminologie, nicht Genetik oder Epigenetik.«

»Sie hat da teilgenommen? Das heißt, Larson hat irgendwo in seinen Ordnern ihren Namen und ihre Adresse«, sagte Gretchen, die Dringlichkeit ließ ihre Stimme eine Oktave höher klingen.

»Nein«, antwortete Josie. »Wie gesagt, sie wären für die Studie nicht geeignet gewesen, weil sie zwei- und nicht eineiig sind. Ich glaube auch nicht, dass sie überhaupt mitgemacht hätte. Ich denke, sie hatte nur Interesse daran, dich zu finden und ... ihren Vater. Ich denke, Ethan hat weiter recherchiert. Ich denke, er hat rausgefunden, dass du seine Mutter bist, und als er mehr über dein Leben erfahren hat, musste er feststellen, dass du ein Opfer des Würgers warst.«

»Oh Gott«, sagte Gretchen und schloss ihre Augen. »Warum hat er nicht einfach die Polizei gerufen?«

»Du warst die Polizei«, erwiderte Josie.

Gretchen öffnete die Augen. Sie glitzerten vor Tränen. »Ich war nicht bereit. Als James mich angerufen hat – also, er hat sich als Ethan ausgegeben –, hat er nichts davon gesagt, dass er ... dass er ...«

»Dass er O'Hara mitbringen würde?«, ergänzte Josie.

Gretchen nickte. »Als er mich angerufen und gesagt hat, dass sie bei meinem Haus wären, dachte ich, er würde seine Schwester und sich meinen. Ich bin halb durchgedreht. Ich war nicht bereit dazu, mich mit ihnen zu treffen. Ich habe mich von der Rückseite des Hauses angeschlichen, weil ich erst mal einen Blick auf sie werfen wollte. Ich wollte sie nur sehen. Ich wusste nicht, wie es sein würde. Ich wusste nicht, ob sie wie ... O'Hara ... aussehen würden.«

Josie konnte verstehen, dass es Gretchen schwerfiel, seinen echten Namen das erste Mal auszusprechen. »Das wäre verstörend gewesen, wette ich«, murmelte Josie.

»Ja. Ich gebe es zu. Das wäre es. Aber trotz allem waren sie meine Kinder. Ich habe diese Babys immer gewollt. Ich habe mich immer gefragt, ob ich nicht andere Entscheidungen hätte treffen sollen. Vielleicht war ich nicht stark genug, nicht schlau genug ... Ich habe dreiundzwanzig Jahre damit verbracht, es in meinem Kopf immer wieder durchzugehen. Aber was vorbei ist, ist vorbei.«

»Wann ist dir klargeworden, dass er O'Hara mitgebracht hatte?«

»Ich bin hinten am Haus um die Ecke gebogen und die Einfahrt entlanggegangen. James hat mich gesehen und gelächelt. Er hat so nervös gewirkt. Gerade, als ich vor dem Haus angekommen war, hörte ich O'Haras Stimme.«

Ihr ganzer Körper erschauderte. Sie schloss die Augen wieder und atmete mehrmals tief ein. Schließlich öffnete sie sie und fuhr fort. »Er hat gesagt: ›Hallo, Süße. Ich habe dich vermisst‹. Du weißt nicht, wie oft ich diese Stimme in meinem Kopf, in meinen Albträumen gehört habe. Sie ist nie weggegangen. Solange er frei draußen rumlief, hatte ich Angst, dass er zurückkommen würde. Er hat immer davon gesprochen. Es ist besser geworden, als ich hierher zurückgezogen bin, aber sie ist nie weggegangen. Die Angst. Die schreckliche Angst.«

»Wann ist James bewusst geworden, dass etwas nicht in Ordnung war?«

»Oh, ich denke, er wusste das, bevor ich aufgetaucht bin, aber es war zu spät. Er hatte O'Hara abgeholt und nach Denton mitgenommen. Als er meine Reaktion gesehen hat, ist er noch nervöser geworden, denke ich. O'Hara hat zu mir gesagt: ›Du hast mir nie erzählt, dass wir einen Sohn haben‹. Da ist mir klargeworden, dass James – also, ich dachte immer noch, er wäre Ethan – meine Tochter nicht mitgebracht hatte, und dass O'Hara nicht von ihr wusste. Auf jeden Fall war O'Hara wütend. So wütend. Die Kälte in seinen Augen – ich kann sie mit nichts vergleichen, das ich jemals gesehen habe, außer seinem Blick in der Nacht, in der er Billy getötet hat. Er hat mich nach allen Regeln der Kunst beschimpft. Ich habe James gesagt, dass er ins Haus gehen soll. Ich habe gehofft, dass er den Plan verstehen würde – also, die 911 anzurufen – und er ist schon die Veranda hochgelaufen, aber O'Hara hat mich gepackt. Wir haben miteinander gekämpft und ich habe einen harten Schlag abbekommen. Er ist an meine Pistole rangekommen und hat sie mir an den Kopf gehalten. Er hat James gesagt, wenn er noch einen Schritt vorwärts täte, würde er ihn umbringen.«

»Meine Güte.«

»Ja, also ist James zurück zur Einfahrt gegangen. Es hat so ausgesehen, als ob er langsam versuchen würde, sich zu entfernen. Ich konnte ihm ansehen, dass es ihn in den Beinen gejuckt hat, wegzurennen. O'Hara hat mich auf die Veranda gezerrt und mich da auf den Boden geworfen. Er hat die Pistole auf mich gerichtet. Er hat so etwas gesagt wie: ›Wir haben hier ein echtes Problem‹, und dann hat James angefangen, zu plappern. Er hat uns alles erzählt. Dass er gar nicht Ethan Robinson war. Dass er James Omar hieß. Ethans Mitbewohner war. Dass Ethan uns aufgespürt und sich irgendwie vorgestellt hatte, seine Eltern zusammenzubringen – eine Überraschung daraus zu machen, und dass ich O'Hara festnehmen würde. Das einzige überlebende Opfer des Würgers, das Polizistin geworden ist und der es gelingt, ihn zu verhaften. Er hat gesagt, dass alles Ethans Idee gewesen sei. O'Hara hat ihn gefragt, wo Ethan denn stecke und James hat geantwortet, dass er es nicht wisse, aber herausfinden könne. Er hat etwas davon gemurmelt, Ethan anzurufen, hat sich umgedreht, um wegzugehen, und dann hat

O'Hara ihn erschossen. Einfach so. Er ist gleich umgefallen. Ich war so schockiert und fassungslos. Ich war nicht mehr ich selbst. Ich war wieder das zweiundzwanzigjährige Mädchen, und dieser Kerl hatte gerade meinen Ehemann erschossen.«

»Ich verstehe«, sagte Josie sanft.

»Dann hat er meine Schlüssel genommen. Er hat die Pistole immer noch auf mich gehalten und mich dazu gezwungen, ins Haus zu gehen. Ich dachte ... ich dachte, er würde mir wieder etwas antun. Wie er es vor all den Jahren getan hat. Aber alles, was er wollte, war dieser blöde Wawa-Becher. Dann hat er mich dazu gezwungen, ihn zu meinem Auto zu bringen, und niemand hat uns gesehen, weil wir hinten rausgegangen sind. Er hatte Kabelbinder dabei, auch wenn er sie eigentlich nicht gebraucht hätte, weil ich durch den Schlag noch benommen war. Er hat an der Brücke angehalten, als ihm klar wurde, dass das Auto speziell für unsere Dienststelle ausgerüstet war. Er musste das MDT deaktivieren. Das hat eine Weile gedauert. Dann hat er mich aus dem Auto gezogen und wieder geschlagen.« Sie zeigte auf ihre Stirn. »Und mich in den Kofferraum gezwängt. Ich kann mich nicht an Vieles danach erinnern. Bin in der Dunkelheit aufgewacht, war gefesselt und mein Kopf hat gehämmert. Irgendwann hat er mich aus dem Kofferraum geholt. Wir waren im Wald. Er hat geredet – so viele furchtbare Sachen gesagt. Stundenlang hat er davon gesprochen, was er mir und Ethan antun würde, wenn er ihn gefunden hätte. Dann hat er immer wieder davon geredet, dass er ja aufgehört und vierzehn Jahre nicht ein einziges Mal getötet hätte, bis jetzt, durch meine Schuld, wieder. Er hat andauernd über Ethan geschimpft und sich gefragt, wie Ethan nur hatte rausfinden können, wer er sei, und gesagt, dass er deshalb sterben müsse. So ging es die ganze Zeit lang. Fast, als ob er besessen gewesen wäre. Irgendwann kam es mir so vor, als ob er nicht mal mehr bemerkt hat, dass ich da war. Er ist nur wieder und wieder im Kreis gelaufen und hat vor sich hingebrummelt. Es wurde dunkel. Schließlich ist er weggefahren. Als er zurückgekommen ist, war es helllichter Tag. Ich war wirklich erleichtert, ihn zu sehen. Ich hatte Angst gehabt, dass irgendein wildes Tier vorbeikommen und mich fressen würde. Vielleicht wäre das besser gewesen.«

»Hat er dich dann freigelassen?«, fragte Josie.

»Noch nicht. Als er zurückkam, war er ein völlig anderer Mensch. Er war ruhig. Es war fast schon, als ob ihm jemand Drogen gegeben hätte – er war so verändert. Er hat mir etwas zu trinken und zu essen mitgebracht, die Fesseln gelöst, mir eine Decke zugeworfen. Mir erlaubt, mich zu erleichtern. Als er dann redete, klang er so vernünftig. Ich habe mir vorgestellt, dass er so in seinem ›echten‹ Leben sein musste. Das ihn die meisten Leute als diesen Menschen kennen würden. Dann ist mir klar geworden ...«

Sie brach mitten im Satz ab.

»Was?«, erkundigte sich Josie ermutigend.

»In der Nacht, in der er Billy getötet hat, war er aufgekratzt. Nicht so verrückt wie dieses Mal, aber er war ... erregt. Wütend. Böse. Als er mit mir fertig gewesen ist, war er so viel ruhiger. Selbst, als er gehört hat, wie das Geschirr runtergefallen ist, war er nicht mehr so in Alarmbereitschaft wie kurz nach seinem Einbruch. Es war, als ob er es gebraucht hätte, uns wehzutun, um damit einen überwältigenden Drang zu befriedigen. Genau wie ein Drogensüchtiger, der aus der Haut fährt, bis er das hat, was er braucht, und bei dem sich dann ein Entspannungsgefühl einstellt. So war es bei ihm. Damals, 1994, war es subtil, aber ich habe es diesmal trotzdem erkennen können.«

»Du hast gedacht, dass er jemanden getötet hat?«

Gretchen nickte. »Ich habe ihn gefragt: ›Was hast du getan?‹, und er hat geantwortet: »Wozu mich dein Drecksbalg von Sohn gebracht hat‹. Dann hat er gesagt, er würde sich nicht schnappen lassen. Dass Bullen dumm wären und dass er in über zwanzig Jahren nicht gefasst worden sei – und dass er sich jetzt nicht alles vermasseln lassen würde.«

»Also hast du versucht, etwas mit ihm auszuhandeln?«

»Ich musste es. Er hätte mich sonst umgebracht. Ganz sicher. Ich wusste, dass Ethan nach meinem Tod der Nächste sein würde. Ich hatte Ethan zwar gesagt, was er tun sollte, aber wie konnte ich wissen, ob er sich daran halten würde oder ob er schnell genug sein würde, bevor O'Hara ihn gefunden hätte. Ich wusste nur, dass ich Zeit rausschlagen musste. Wie gesagt, mir war mein Leben egal, aber das meiner Kinder ...«

»Du musstest sie beschützen«, sagte Josie. »Ich verstehe das.«

»Ich kannte seinen Namen nicht, aber Ethan schon. Seinen Namen, wo er gewohnt hat, alles. Ich wusste, wenn er Ethan jemals finden sollte, würde er auch von meiner Tochter erfahren und sie würde auch sterben. Die einzige Möglichkeit, meinen Kindern mehr Zeit zu verschaffen, war, mit ihm etwas auszuhandeln. Irgendwas. Ich dachte, auch wenn Ethan sich nicht an das hält, was ich ihm gesagt habe, wird er vielleicht vernünftig genug sein, zur Polizei zu gehen. Meine Tochter finden und zur Polizei gehen. Deswegen habe ich O'Hara gesagt, ich würde mich für den Mord an James stellen. Dass alle sowieso schon glaubten, ich wäre es gewesen, weil er so klug wäre und keine Spuren zurückgelassen hätte. Das hat ihm gefallen.«

»Er ist genauso arrogant, wie es im FBI-Profil steht.«

»Ja, sehr arrogant. Er hat sein Ego gern gestreichelt bekommen. Ich habe ihm vorgeschlagen, dass ich, anstatt von ihm umgebracht zu werden, für den Rest meines Leben hinter Gitter wandern könnte. Das, was ihm die Polizisten seit über zwanzig Jahren wünschten. Ich habe ihm gesagt: Stell dir das mal vor. Stell dir vor, wie du davonkommst. Das sogenannte Rechtssystem auf den Kopf stellst. Ich konnte ihm am Gesicht ablesen, dass er den Gedanken wirklich mochte. Er hat seiner

Selbstgefälligkeit wirklich zugesagt. Wie diese Tatort-Andenken, die er immer mitgenommen und woanders zurückgelassen hat. Er hätte das für die Verbrechen nicht tun brauchen. Er wollte aber mit den Leuten spielen, das war sein Ding. Ist es schon immer gewesen. Ich glaube, deswegen hat er Paare angegriffen. Ihm hat die Vorstellung gefallen, dass der Mann zuhören musste, wie seine Frau im Zimmer nebenan gequält wurde.«

Gretchen hielt inne und wurde blass im Gesicht.

»Setz dich«, sagte Josie behutsam. »Trink etwas Wasser.«

Sie schob ihr eine neue Wasserflasche über den Tisch und Gretchen trank sie in einem Zug aus. Dann setzte sie sich wieder. Jetzt wirkte sie eher müde als nervös. »Jedenfalls«, fuhr sie fort, »hat er anscheinend gedacht, dass lebenslange Haft für mich – besonders jetzt als Polizistin – das Schlimmste sein müsste. Ich habe ihm gesagt, dass ich das auf mich nehmen würde, wenn er im Gegenzug Ethan in Ruhe ließe. Er hat gemeint, ich sei verrückt, dass Ethan seine Identität kenne, wir nicht wüssten, wie er sich verhalten würde und deshalb nichts darüber aushandeln könnten. Ich habe gesagt, dass Ethan ihn schon längst verraten hätte, wenn das seine Absicht gewesen wäre, und dass er ganz klar einfach nur seinen Dad kennenlernen wollte.«

»Hat er dir das abgenommen?«

Gretchen zuckte mit den Schultern. »Ich weiß es nicht. Ich meine, es stimmt ja, oder? Ethan wusste, dass O'Hara ein Serienmörder ist, oder zumindest hatte er eine verdammt gute Ahnung, und hat es den Behörden nicht gesagt. Ich möchte hoffen, dass er es am Ende vorhatte.«

»Vielleicht war es nicht real für ihn«, meinte Josie. »Eher wie ein Spiel. Als Omar ihm geschrieben hat, dass er in Schwierigkeiten steckte, hat Ethan Angst bekommen.«

»Ich denke, du hast recht. Also O'Hara und ich haben die ganze Zeit diskutiert und ich habe dann mit ihm ausgemacht, dass er Ethan Angst einjagen, ihn aber nicht umbringen dürfe. Sollte ich herausfinden, dass Ethan getötet worden sei, würde ich O'Hara verraten. Ich habe ihm gesagt, wenn er Ethan nicht überzeugen könne, würde ich es probieren. Es hat Stunden gedauert. So viele Stunden. Es wieder und wieder mit ihm durchzugehen, bis ich ihn überredet hatte. Ich denke, dass er die ganze Zeit über vorhatte, Ethan zu töten, und dass er angenommen hat, meine Schilderung der Vorfälle würde auf taube Ohren stoßen, weil es keine handfesten Beweise dafür gegeben hat, dass er am Omar-Tatort gewesen ist, und weil ich seine echte Identität nicht kannte. Er hat nicht gedacht, dass die Polizei aus dem großen Hinweis, den er am Wilkins-Tatort zurückgelassen hatte, schlau werden würde. Es war ihm aber auch egal, ob die Polizei herausfinden würde, dass es der Pärchenwürger von Seattle gewesen war. Niemand hatte jemals einen Würger-Fall gelöst. Es war sein stolzer Triumph. Ich hatte das alles zerstört, als ich ihm entkommen war. Er hat mir erzählt, dass er über Jahre versucht hatte, mich aufzuspüren, und dass es ihm schließlich vor etwa zehn Jahren gelungen war. Deshalb ist er an die Ostküste gezogen. Er hat den Gedanken gemocht, mich ausspionieren zu können, immer in Reichweite zu sein, falls ihn der Drang packen würde. Ich habe mich oft beobachtet gefühlt, aber soweit ich das sagen kann, hat er sich nie gezeigt. Ich bin mir nicht sicher, dass er mich umbringen wollte, denn damit wäre das Spiel ein für alle Mal vorbei gewesen.«

»Wahrscheinlich hat ihn dieses Spiel die ganze Zeit davon abgehalten, zu töten. Er wurde älter, die Morde wurden riskanter, und allein, zu wissen, dass er Macht über dich hatte, hat ihm bestimmt schon gereicht, um seine Triebe zu befriedigen.«

»Ja«, stimmte ihr Gretchen zu.

»O'Hara hat sich dann auf die Abmachung eingelassen«, folgerte Josie. »Aber du hattest Ethan schon angerufen.«

»Es war wirklich ein Wunder. O'Hara hat mein Auto

benutzt. Anscheinend war er zusammen mit James in einem Mietwagen nach Denton gekommen, mit dem er aber nicht fahren wollte, weil es nachverfolgt werden konnte. Ich habe auf dem Rücksitz gelegen und gesehen, wie er die Handys auf den Beifahrersitz warf. Ich wusste, dass ich es versuchen musste. Gott sei Dank hatte er mir die Hände vorne zusammengebunden, also bestand die Chance, an Omars Handy zu kommen und einen Anruf zu machen. Wenn es passwortgeschützt gewesen wäre, wäre ich verloren gewesen. Ich habe ihm gesagt, er müsse das MDT aus dem Auto entfernen oder die Polizei würde ihn in wenigen Minuten finden. Ich habe ihn nach draußen geschickt, um die Antenne abzumachen, und war bei der Erklärung, wo sie sich befindet, extra ungenau, damit er dafür länger brauchen würde.«

Josie lächelte. »Es hat geklappt.«

»Ja, ich habe Ethan sofort drangehabt und einfach losgeredet. Ich hatte wirklich keine Ahnung, ob er irgendwas davon beherzigen würde, aber er meinte, er wisse, wo meine Tochter sei. Ich habe ihn meine Anweisungen wiederholen lassen und den Namen meines Kontakts bei den Devil's Blade. Ich habe ihm gesagt, dass sie beide, er und meine Tochter, mir irgendwie Bescheid geben sollten, wenn sie in Sicherheit wären. Wenn ich das wüsste, würde ich die Wahrheit erzählen.«

»Also, dein Plan ist aufgegangen«, stellte Josie fest.

»Josie«, sagte Gretchen mit traurigem Blick. »Es tut mir leid, dass ich kein Vertrauen in dich hatte und nicht gedacht habe, dass du mir helfen würdest.«

»Du brauchst dich nicht zu entschuldigen. Du hast gedacht, dass der Mörder in der Strafverfolgung tätig war. Das hat alles komplizierter gemacht. Ich weiß nicht, ob ich irgendwas anders gemacht hätte. Im Eifer des Gefechts treffen wir Entscheidungen, die wir ansonsten nicht treffen würden. Wenn es sich in deiner Welt nur noch ums Überleben dreht, ändert sich alles.«

»Danke«, sagte Gretchen. Ein weiterer Moment verging. Gretchens Lippen bogen sich zu einem kleinen Lächeln.

»Es tut mir leid, dass ich dich geschlagen habe.«

Josie lachte und zwinkerte ihr zu. »Um das wieder gutzumachen, wirst du mir etliche Plunderstücke kaufen müssen.«

Sie schwiegen einen Augenblick lang. Es gab ein letztes Puzzlestück, das Josie noch fehlte. »Du hast Zwillinge zur Welt gebracht«, sagte sie. »Warum hat das niemand bemerkt, nachdem dich die Devil's Blade vor dem ATF-Gebäude abgesetzt hatten? Ich weiß, dass es medizinische Untersuchungen gegeben hat. Zumindest hättest du jede Menge Schwangerschaftsstreifen haben müssen.«

Gretchen lächelte traurig. »Vor dreiundzwanzig Jahren hat eine junge Mutter namens Anne Carson vorzeitig ihre Wehen bekommen. Ihre Zwillinge sind sieben Wochen zu früh zur Welt gekommen. Die Carson-Babys A und B. Ich habe sie Billy und Agnes genannt – nach meinem Mann und meiner Großmutter. Sie haben jeweils noch nicht mal eineinhalb Kilo gewogen. Sie sind zwei Monate lang auf der Neugeborenen-Intensivstation gewesen. Ich bin bei ihnen geblieben, so lange ich konnte, und dann hat mich Linc in der Nähe eines seiner Unterschlüpfe abgesetzt. Er hatte mir eine falsche Identität beschafft, bevor die Babys zur Welt kamen, deswegen wurden mir keine Fragen gestellt, als ich mit Wehen ins Krankenhaus kam. Ich brauchte mir keine Sorgen um die Rechnungen zu machen, weil ich nicht wirklich Anne Carson war. Da wurde mir aber das erste Mal bewusst, dass ich mich nicht für immer verstecken konnte und dass ich diesen Babys ganz klar nicht das geben konnte, was sie brauchten. Linc hat mir viele Wunden verpasst, bevor sie mich dann zum ATF-Gebäude gebracht haben. So waren meine Schwangerschaftsstreifen kaum noch sichtbar. Ich hatte keinen Kaiserschnitt, also hat es davon keine Narbe gegeben. Es war sicherlich riskant, aber niemand hat mich jemals danach gefragt.«

Ein dumpfes Röhren drang von draußen zu ihnen. Gretchen und Josie verstummten mit gespitzten Ohren. Es kam näher und klang wie ein Flugzeug beim Abheben. Josies Stuhl schien zu vibrieren, während der Lärm zunahm, näherkam und sich zu einem ohrenbetäubenden Crescendo steigerte.

Gretchens Augen traten hervor. »Die Devil's Blade. Sie sind da.«

Vor dem Polizeirevier von Denton war, soweit das Auge reichte, ein ganzes Meer aus Harley Davidsons versammelt. Sie füllten die Straße und blockierten den Verkehr in allen Richtungen. Josie versuchte erst gar nicht, nachzuzählen, wie viele es waren. Sie trugen alle Devil's-Blade-Bandanas auf dem Kopf. Die meisten von ihnen entsprachen dem üblichen Biker-Klischee: schwere, grobe Lederjacken, lange zottelige Mähnen, lange Bärte, Tattoos auf entblößter Haut und finstere Blicke, die selbst einem erfahrenen Polizisten Angst einjagen würden. Nur, dass heute niemand Angst haben brauchte. Gretchen, Josie, Noah, Dan Lamay, Heather Loughlin und einige andere neugierige Officers standen auf der Vordertreppe des Reviers und warteten, während das Meer aus Motorrädern sich in der Mitte teilte und zwei Beifahrer von den Maschinen stiegen.

Josie konnte an ihrer unbeholfenen Weise, abzusteigen, erkennen, dass es Gretchens Kinder waren. Beide nahmen ihren Helm ab und gaben ihn dem Biker, der sie gefahren hatte. Ethan sah genau wie auf dem Foto von ihm und James an ihrem Kühlschrank aus, aber er war größer und dünner, als sie erwartet hätte. Seine Schwester war genauso groß und schlank, und sie hatte lange dunkle Haare, die ihr über den Rücken wallten. Als sie ihr Gesicht dem Gebäude zuwandte, war Josie verblüfft, wie ähnlich sie Gretchen sah. Tatsächlich ähnelten sie beide ihrer Mutter sehr. Josie beobachtete sie, während sie langsam näherkamen. Sie konnte O'Hara in ihren Gesichtern sehen, aber sein Stempel war schwach im Vergleich zu Gretchens.

Gretchen ging hinunter, um sie unten vor der Treppe zu begrüßen. Einen langen Augenblick schwiegen sie sich zu dritt verlegen an. Schließlich streckte das Mädchen ihre Hand in Gretchens Richtung aus. »Hi, ich bin Paula«, sagte sie.

Josie konnte von ihrer Position aus sehen, wie Tränen Gretchens Gesicht hinunterströmten, als sie das erste Mal die Hand ihrer Tochter berührte. »Gretchen«, krächzte sie.

Ethan schlang seine Arme um Gretchen und langsam erwiderte sie die Umarmung, legte die Arme um ihn und flüsterte ihm etwas ins Ohr.

Die Motorradmotoren röhrten noch einmal. Als sie hintereinander wegfuhren, winkte jeder Biker Gretchen kurz zu, was fast wie ein Ehrengruß wirkte. Gretchen winkte so lange zurück, bis jeder einzelne weggefahren war.

Josie ging auf den Bürgersteig hinunter und stellte sich vor. »Lasst uns reingehen«, schlug sie vor. »Es gibt viel zu erzählen.«

Josie stand vor dem Hotelfenster. Unter ihr schimmerten und leuchteten die Lichter von New York, als ob sie lebendig wären. Jetzt, wo sie für einen Urlaub hier war und nicht der Arbeit wegen, konnte sie den Ausblick schätzen, der zwar ähnlich wie – aber ein wenig besser als – der von Trinitys Wohnung aus war. Natürlich war das Zimmer Trinitys Werk gewesen. Josie hatte ihr erzählt, dass Noah und sie für ein paar Tage wegfahren wollten, und Trinity hatte alles für sie organisiert. Josie vermutete, dass Trinity beabsichtigte, sie in die Stadt verliebt zu machen, damit sie öfter zu Besuch kommen würde.

Hinter ihr öffnete sich die Tür knarrend und Noah trat ein. Er hielt eine ganze Sammlung an Broschüren und Karten in den Händen. Das Handy hatte er ans Ohr gedrückt.

»Ja, in Ordnung,« sagte er hinein. »Das sind gute Neuigkeiten. Ja, ich werde es ihr sagen.«

Er legte auf und warf das Handy auf die Kommode. »Das war Loughlin. Sie hat gesagt, dass sich der Staatsanwalt in Gretchens Fall gegen eine Anklage wegen Behinderung der Justiz entscheiden wird. Es würde auf sie ein zu großer Albtraum in Sachen Öffentlichkeitsarbeit zukommen, wenn sie das einzige überlebende Würger-Opfer jetzt bestrafen würden, wo er gefasst ist und die Presse seinen Fall so intensiv verfolgt.«

»Das ist großartig«, sagte Josie.

»Ja«, sagte er. »Das ist es.« Er winkte mit den Broschüren in der Luft. »Ich habe eine Karte von Manhattan.« Er lief zum Tisch in der Ecke des Zimmers und breitete sie aus. »Die hier ist für eine Tour durch das Rockefeller Center. Fahrten mit der Pferdekutsche im Central Park, das 9/11-Museum ... Oh, und es sieht so aus, als ob Trinity uns Tickets für eine Broadway-Show verschafft hätte.«

Josie schlang ihm von hinten die Arme um die Hüfte und vergrub das Gesicht zwischen seinen Schulterblättern. Er drehte sich in der Umarmung herum, lächelte sie an und strich ihr die Haare aus dem Gesicht. »Das ist toll«, sagte er. »Aber, wenn ich ehrlich bin, bist du das einzige, was ich in New York sehen möchte.«

Grinsend stellte sich Josie auf die Zehenspitzen und küsste ihn. »Mir geht es genauso«.

EIN BRIEF VON LISA

Vielen Dank, dass ihr *Ihre letzte Beichte* gelesen habt. Wenn es euch gefallen hat und ihr über meine Neuerscheinungen gern auf dem Laufenden bleiben wollt, registriert euch einfach unter dem folgenden Link. Eure E-Mail-Adresse wird nicht geteilt und ihr könnt euch jederzeit wieder abmelden.

www.bookouture.com/bookouture-deutschland-sign-up

Ich danke euch sehr, dass ihr in die fiktive Stadt Denton zurückgekehrt seid, um Josie Quinn bei ihrem neuesten Abenteuer zu folgen! Ich hoffe, dass ihr Josie auch in Zukunft bei weiteren faszinierenden und aufregenden Fällen begleiten werdet.

Ich freue mich sehr, von meinen Leserinnen und Lesern zu hören. Ihr könnt mit mir über jeden der unten genannten Social-Media-Kanäle, über meine Website und über mein Goodreads-Profil in Verbindung treten. Falls ihr möchtet, könnt ihr mir auch gern eine Rezension hinterlassen und eventuell *Ihre letzte Beichte* anderen Lesern empfehlen. Ich würde es sehr zu schätzen wissen. Rezensionen und persönliche Weiterempfehlungen tragen viel dazu bei, dass Leserinnen und Leser meine Bücher zum ersten Mal entdecken. Wie immer möchte ich mich bei euch sehr für eure Unterstützung bedanken. Sie bedeutet mir alles. Ich kann es gar nicht erwarten, von euch zu hören, und hoffe, wir sehen uns beim nächsten Band!

BLEIB IN KONTAKT MIT LISA REGAN

www.lisaregan.com

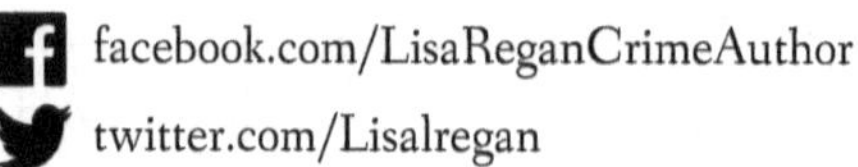

facebook.com/LisaReganCrimeAuthor
twitter.com/Lisalregan

DANKSAGUNG

Wie immer möchte ich mich an erster Stelle bei meinen wunderbaren Leserinnen und Lesern und treuen Fans bedanken! Ein großes Dankeschön für eure unaufhörliche Begeisterung und Leidenschaft und dafür, dass ihr mich auf dieser wundervollen Reise begleitet. Ich schätze jede Nachricht, E-Mail und jeden Tweet sehr. Ihr seid die Besten! Danke an meinen Ehemann Fred und meine Tochter Morgan für eure ständige Ermutigung und Bereitschaft, meine ganzen verrückten Fragen zu beantworten – und allgemein dafür, dass ihr das Leben lebenswert macht. Danke an meine ersten Leser: Nancy S. Thompson, Dana Mason und Katie Mettner und Torese Hummel. Danke an meine Entrada-Leser. Danke an meine Eltern – William Regan, Donna House, Rusty House, Joyce Regan und Julie House – für eure ständige Unterstützung und dafür, dass ihr euch immer wieder über gute Nachrichten freut. Danke an die »üblichen Verdächtigen« in meinem Leben, die mich unterstützen und ermutigen, die Nachricht von meinem Buch verbreiten und mich motivieren, am Ball zu bleiben: Carrie Butler, Ava McKittrick, Melissia McKittrick, Andrew Brock, Christine & Kevin Brock, Laura Aiello, Helen Conlen, Jean & Dennis Regan, Sean & Cassie House, Marylin House, Tracy Dauphin, Michael Infinito Jr., Jeff O'Handley, Susan Sole, die Familie Funk, die Familie Tralies, die Familie Conlen, die Familie Regan, die Familie House, die McDowells und die Kays. Danke an die lieben Menschen von Table 25 für eure Weisheit, Unterstützung und gute Laune. Ich möchte mich auch gern bei allen netten Bloggerinnen und Bloggern und Rezensentinnen und Rezensenten bedanken, die die ersten drei Josie-Quinn-Bücher gelesen haben. Danke, dass ihr so enthusiastisch Nachricht darüber verbreitet.

Einen großen Dank möchte ich auch an Sergeant Jason Jay richten, der meine Fragen rund um die Polizeiarbeit so schnell und in so vielen Einzelheiten beantwortet, dass ich in der Lage bin, alles so authentisch zu gestalten, wie es in einem Roman eben möglich ist.

Wie immer muss ich mich bei Jessie Botterill für ihre Genialität bedanken, für ihre unvergleichliche Unterstützung, ihre Begeisterung und ihren Glauben an mich, genau wie bei dem gesamten Team von Bookouture. Niemand arbeitet härter für seine Autoren als ihr. Ihr macht Wunder wahr, ihr alle, und ich fühle mich so gesegnet und dankbar, mit euch zusammenarbeiten zu dürfen.

www.ingramcontent.com/pod-product-compliance
Lightning Source LLC
Chambersburg PA
CBHW051204190726
48288CB00006B/1812